国家出版基金资助项目

国家出版基金项目
NATIONAL PUBLICATION FOUNDATION

全 乐 府

（一）

主 编 彭黎明 彭 勃

副主编 罗 姗 笑 雪

上海交通大学出版社

内 容 提 要

　　古乐府继承了《诗经》、《楚辞》的传统,滋育了魏晋南北朝、唐代及后世诗歌,形成了一种独有格致的歌行体,流传至今。在我国古代诗歌发展史上,乐府诗具有重要的历史和文学价值。

　　本书编者经过十余年的积累,广泛辑录先秦两汉至清近代七千六百多首乐府诗,涉及九百四十多位诗人,历史跨度长,涉猎古籍多,作品校勘较详,是目前收录乐府诗最多的总集,不仅包容了《乐府诗集》的全部,而且纵横扩展,从二十四史以及宋、金、元、明、清、近代诗集中辑录乐府作品,宏观地展示了古代乐府产生、发展的全貌,为学术研究提供了丰富的基础资料。

图书在版编目(CIP)数据

　　全乐府 / 彭黎明,彭勃主编. —上海:上海
交通大学出版社,2011
　　国家出版基金资助项目
　　ISBN 978 - 7 - 313 - 07132 - 3

　　Ⅰ.①全… Ⅱ.①彭…②彭… Ⅲ.①乐府诗－
中国－古代－选集 Ⅳ.①I222.6

　　中国版本图书馆 CIP 数据核字(2011)第 027989 号

全乐府

彭黎明 彭 勃 主编

上海交通大学 出版社出版发行
(上海市番禺路 951 号 邮政编码 200030)
电话:64071208 出版人:韩建民
杭州富春电子印务有限公司印刷 全国新华书店经销
开本:787 mm×960 mm 1/16 总印张:168 总字数:2717 千字
2011 年 3 月第 1 版 2011 年 3 月第 1 次印刷
ISBN 978 - 7 - 313 - 07132 - 3/Ⅰ 定价(全六册):590.00 元

序

周昭

　　写一本书，不容易；编纂一部总集，更为不易。

　　《全乐府》就是一部总集——古代乐府诗总集。书中收录了先秦两汉乐府，魏晋南北朝乐府，唐五代新乐府，宋元明清文人拟乐府，大约有七千首作品，二百多万言，前后花费了十几年的功夫，这可不是一件轻而易举的事情，值得重视。

　　由此书包涵的内容，可知《全乐府》的胸襟是宽阔的，视野是开放的。以往研究乐府，多局限于两汉，间或推及魏晋南北朝，也有涉及唐代新乐府的，但宋元明清文人拟乐府却少人问津。《全乐府》破了这个局限，让我们看到了乐府诗的延续和变迁的全貌，这也可以说是"业内"的一件大好事。

　　我国古代诗歌的总集，《诗经》、《楚辞》之后，最早是南朝徐陵的《玉台新咏》。《玉台新咏》虽然不是乐府诗的总集，但最早收录了乐府《古诗为焦仲卿妻作》却是有功之举。收录乐府诗较多，又题解较详的是宋代郓州才子郭茂倩的《乐府诗集》，此著受到学人的重视。此后古代诗歌总集出现了多部，但乐府诗的总集却是阙如,所以《全乐府》这部乐府诗总集就显得珍贵了。

《全乐府》作品,有题解,有校勘,而且较为详尽,这就更难得了。校勘本是使读者大受其益的工作,然而现在操此业者不怎么"兴旺",什么原因呢?值得思考。殊不知研究古代文学而缺乏文献典籍校勘功底,那种研究不就如同墙上芦苇吗?我相信,《全乐府》编纂者在这方面的努力,会受到读者欢迎的。

对汉魏南北朝乐府辑校用力深厚的,我觉得近人中一是黄节,二是逯钦立。黄节的《汉魏乐府风笺》,逯钦立的《先秦汉魏晋南北朝诗》,最值得研读。这里,我也希望《全乐府》一书能够像前贤黄、逯的大著一样,给后学带来较大的受益。

年迈目困,系此感言,略以为序也。

辛卯年立春后九日

前　言

彭黎明　彭　勃

一

　　说起汉代文学，人们往往以汉赋代表之，其实，汉乐府的价值和地位，并不亚于汉赋。

　　汉代对赋评价高，是因为当时以赋观才，评定身价，形成一种风尚。说到风尚，当时的乐府也是一种风尚。那时，作赋多半是读书人（或说上层社会）的事情，而乐府则不然，不仅为上层社会所好，民间也很盛行。由于乐府诉诸音乐，又兴唱，有观听者，自然很是风行。据记载，从汉武始，历经昭、宣、元、成四帝，迄于西汉末，百年之久，民间乐府风行全盛，以至郑卫之声（实指民间乐府）"尤盛"，哀帝下诏罢行乐府（罢的主要是民间乐府）。后来，东汉又恢复了乐的宏大规模，直至建安时代，又经魏晋以降，文人模拟乐府之风，代代有之。所以有人说，两汉乐府（主要指民间乐府），在诗歌史上开创了一个新局面，这个评价，不能说为过。

　　何为"新局面"？大概有这几个方面：它引发了民歌民谣的兴盛，继承了先秦《诗经》的写实传统，激发了大量文人诗的产生，促使了五言、七言诗的句法、体式形成，孕育了文人古体诗，并为衍生近体诗作了奠基。这几方面的作用，还不够新、不够"局面"吗？研究诗词，难免生发想像，我们溯想，在古代诗歌史上，诗歌的源头自然是《诗经》、《楚辞》。那么诗的盛极是何时？当然是大唐诗海诗峰了。由诗经到唐诗，这中间过渡的"桥梁"又是什么呢？回答应该是"中古诗歌"。在中古诗歌的"黄金期"中，两汉乐府无疑起了难以替代的重要作用。试想，如果没有"缘事而发"的两汉民间乐府，怎么能有魏晋时期"借旧题而写时事"的文人拟乐府？

没有中古时期文人拟乐府，又怎么会有诗体由四言、杂言向五言、七言转化，直至向律绝近体发展呢？这一切作用和影响，是汉赋难以替代、难以承载而完成的。

从古代诗歌发展史的角度，研究汉乐府的价值，是一个很重要、又很新的课题。这里不作全面论述，只想从五言、七言句法、体式形成，谈谈乐府诗的历史作用。大体说来，《诗经》绝大部分是四言体，《楚辞》在四言基础上形成变化，以适应抒情节奏的需要。两汉民间乐府继承了《诗经》、《楚辞》传统，形成杂言体，变化多端，叙事自由，抒情率真，演唱明快，又经过建安"曹氏三雄"的推进，由四言、杂言而形成五言、七言，两晋南北朝文人拟乐府又锤炼声律，这才走向大唐五言、七言律绝近体，形成恒定的模式。

在此过程中，首先发轫的是曹操。《诗》三百篇之后，四言难工，惟曹公得心应手，自有"奇响"。如《短歌行》(对酒当歌)、《步出夏门行》("东临碣石"、"神龟虽寿")，那"老到"的功夫，前追《诗经》中《伐檀》、《鹿鸣》之音节，近步汉高《鸿鹄歌》之横放，令人赞叹，至今仍在传诵。曹公五言、杂言亦多佳作，如五言《苦寒行》(北上太行山)，杂言《精列》(厥初生造化之陶物)，可以说，曹公乐府，既是《诗经》的"回光返照"，又具建安时期五言、七言文人拟乐府的"开导"之功。

七言乐府诗发端于《楚辞》。《楚辞》中的《国殇》、《山鬼》，以及《招魂》、《大招》，多是上四下三句法。有理由说，汉初乐府之《房中歌》、《郊祀歌》句法，是受到《楚辞》影响的。此二乐章中四言、三言分合，以及七言杂糅的句法、体式，可能就是仿《楚辞》脱化而成。后来到了曹丕手中，出现了《燕歌行》那样的全篇七言。曹丕在形成七言乐府中有卓然功绩，他的《燕歌行》(有两篇)是全篇七言的开山之作。南朝梁萧子显赞称曰："魏文之丽篆，七言之作，非此谁先？"①七言拟乐府，曹丕之后，又有相继者，如缪袭《魏鼓吹曲》十二章之《旧邦》，韦昭《吴鼓吹曲》十二篇之《克皖城》，晋《白纻舞歌》亦纯七言，其妙境直逼魏文《燕歌行》，又兼为舞曲，传播影响更甚也。其后，南朝鲍照、张率、沈约等皆作《白纻歌》，而鲍照《拟行路难》十八首，皆七言，堪称承前启后，既有汉乐府之影响，又启隋唐七言之门庭。

乐府五言之始，乃自两汉民歌。两汉初期，贵族乐府三大乐章(《房中歌》、《郊祀歌》、《铙歌》)皆无全篇五言者，此后盛行的民间乐府，一篇中往往五言句占半(另一半为杂言)。至东汉末，文人拟乐府几乎每篇全然五言。但将五言拟乐府提升至高雅之格调、藻丽之文字者，乃是曹植。其代表作，如《箜篌引》、《斗鸡篇》、《名都篇》、《怨诗行》、《美女篇》、《吁嗟篇》等，皆五言乐府，一变汉民间乐府之质朴天然情趣,而为浑厚咏怀之寄托。后来,五言成为两晋、南北朝乃至大唐诗坛主调,曹植五言乐府先行之功是不能埋没的。

两汉乐府对后世诗歌的影响是多方面的,如乐府诗的写实性、叙事性,以及声调节奏、修辞手法等,都对后来者起到潜移默化的影响。在写实性上,《诗经》是"食者歌其食,劳者歌其事",乐府是"感于哀乐,缘事而发",曹氏父子的拟乐府是"借旧题而写时事","元白"新乐府是"即事名篇,无所依傍",一脉相沿。这一现实主义传统,直至晚清"诗界革命"中,黄遵宪还提出"诗之外有事"的主张,足见其影响深远。

乐府诗纪事中写人,叙事中抒情,又边抒边议,一直为历代诗人所效仿。我们可以从两汉乐府代表作说起,直说到清近代,如汉民间乐府《十五从军征》、《陌上桑》、《焦仲卿妻》,唐新乐府《东海有勇妇》、《丽人行》、《兵车行》、《上阳白发人》、《新丰折臂翁》,宋元拟乐府《饿者行》、《驱猪行》、《义侠行》、《鬻女谣》,明清拟乐府《圆圆曲》、《关将军挽歌》、《冯将军歌》等等,皆注重叙事,情节生动完整,人物形象鲜明,艺术手法一脉相传。

"乐以诗为本,诗以乐为用"。声调的变化,必然带来歌诗的变化。五言诗的形成,从声调上说,受益于汉乐府的楚声秦调,楚秦二声,节奏较为停匀,所配歌诗,文句自然联整,而楚秦二声正是汉乐府的主要声调。"高祖乐楚声",故乐府有楚调曲。汉定都长安,处秦地,故取秦声。乐府有清、平、瑟调曲,秦也。西域传入新声,故有《黄鹄》十曲、《铙歌》十八曲。新声节奏参差,所配歌辞句式长短不齐,故产生乐府杂言,后代非近体乐府皆沿此制,如唐诗中部分歌行体即是也。

由上思及,昭明《文选》将诗、骚、赋同"乐府"并列,不仅表现了选编者高瞻的眼界,而且内含"深意",令人遐想。

二

说到"乐府"一词,亦当细加辨析、梳理。清人顾炎武、近人萧涤非皆有精辟阐释。顾曰:"乐府是官署之名。其官有令,有音监,有游徼……后人乃以乐府所采之诗,即名之曰'乐府'。"② 萧曰:"乐府者本一制音度曲之机关,其性质与唐之教坊、宋之大晟府初无大异,惟其职责在于采取文人诗赋及民间歌谣,被之管弦而施之郊庙朝宴,故后世遂并此种入乐之诗歌,亦曰乐府焉。"③

由此可知,乐府原是封建社会管理音乐的官方机构,后来这一机构的名称又变成了一种歌诗的称谓,即"乐府诗"。这里就引出了一个问题,即"入乐之诗歌"称作乐府诗,那么乐府机关所采民间歌谣以及文人拟乐府未曾入乐者,可否称作乐府诗呢?南朝梁刘勰写道:"乐府者,声依永,律和声也。"④唐人王昌龄也认为乐府者,选其清调合律,唱入管弦,所奏即入之乐府聚之,如《塘上行》、《怨诗行》、《长歌行》、《短歌行》之类是也。他们认为乐府诗是入乐的诗,即所谓"歌辞"。宋代郭茂倩却另有见解,在他编撰的《乐府诗集》中,不仅收录了入乐的歌辞,而且还收录了大量未入乐的"徒歌"民谣以及魏晋以降文人拟乐府、新乐府。

萧涤非说:"在今日而谈乐府,其第一著即须打破音乐之观念。盖乐府之初,虽以声为主,然时至今日,一切声调,早成死灰陈迹,纵寻根究底,而索解无由,所谓入乐与未入乐者等耳。侈言律吕,转生淆惑。"⑤这是与郭茂倩同样开放、宽泛和现实的态度,为广大研究者所接受。当时的乐府机关,既管按旧曲制新辞,也管采集民歌制新曲,旧曲新曲已失传,留存至今的歌辞已很难辨别入乐与否了。据《汉书·艺文志》记载,当时所采民歌,以及帝胄文人所创乐府辞,也不尽皆入乐的。因此,必当打破音乐之观念,还原历史的真实。这样一来,所称乐府诗的范围,不仅包括了两汉"原创"乐府,而且包括了魏晋以降历代文人的拟乐府、新乐府。

观念的宽泛,不能不考虑这样一个问题:乐府诗作为一种诗体,有没有较为共识的特征,或者说鉴别的标准呢?应该是有的。萧涤非认为:"乐府之立,本为一作用之机关,其采取之文字,本为一作用之文字,原以表现时代、批评时代为天职,故足以'观风俗,知薄厚',自不能与一般陶冶性情、啸傲风月之诗歌同日而语,第以个人之美感,为鉴别决择之标准也。是以宋之词、元之曲、唐之律绝,固尝入乐矣,然而吾人未许以与乐府相提并论,岂心存畛域?亦以其性质面目不同故耳。"⑥这里说明三个问题:一是乐府与宋词、元曲、唐律绝不能相提并论;二是说原因,它们性质面目不同;三是论者说乐府诗的主要特征是"表现时代,批评时代"的现实主义精神。

乐府诗确有它自身的"性质面目",何也?那就是乐府精神和体制。要说清楚这个问题,却是个大题目、大文章,本文篇幅所限,不能尽述。但这里又不能不说,我们只好重温民间乐府代表作,如《战城南》《病妇行》《东门行》《有所思》《上邪》《长城窟行》《羽林行》《陌上桑》《焦仲卿妻》,等等,感受那种直面现实、贴近生活、率真质朴的思想感情,活脱灵动的语言章法,自然而跌宕的戏剧化情节,适应视听者欣赏心理的巧妙构思,以及富有节奏动态感的声律,凡此种种,皆体现了独特的乐府精神和体制,不仅与那些多从风花雪月中寻求题趣的所谓文人诗迥异,而且与传统的主客观审美结合为基本艺术特征的古体、近体诗也是大不相同的。

我们不难发现,上述乐府诗的精神、体制,经过魏晋南北朝文人拟乐府的锤炼,经过大唐新乐府的洗礼,尤其是"元白"等"即事名篇"的创作实践,更加明确了其经典性质,确立了其与古体、近体并行并存的价值、地位。由此使后世今人研究者逐渐形成这样一种认识:除两汉"原创"乐府诗外,凡继承乐府精神、体制,具有乐府诗的主要"性质面目",采取乐府旧谱旧题而创新词,或旧辞衍生新题,或"即事"而立新题,皆可称之为乐府诗。至于宋词、元曲亦有称之为乐府者,则是另当别论了。

据此,我们辑录了两汉及其后历代的乐府诗,按其发展过程编缀成书,取名《全乐府》。所曰"全"者,其实也实难尽"全",因为客观事物难以概全。这里所谓"全",更多是与此前已经出版的各种集子相对而言。具体说来,宋代郭茂倩《乐府诗集》是公认的收录乐府诗最全的本子,本书所录,不仅囊括了它的全部,而且纵横扩展,远远超过它的录收数量,打破了过去"宋以来考乐府者,无能出其范围"的旧说。可以说,本书是目前收录乐府诗最多、最系统的集子,并且这个集子展示了乐府诗兴衰变化的全过程。

三

乐府诗作为一种诗体,有它产生、发展和衰微的过程。它源于汉代音乐舞蹈与诗歌的"结缘",发展变化于魏晋南北朝文人拟乐府与大唐新乐府,衰微于宋元时代之词曲新兴,迨至明清时代,文人拟乐府则是乐府诗的余波、尾声,或说"回光返照"了。

勾勒这个变化过程,还得从两汉乐府说起,因为两汉乐府是乐府诗的源头,也是乐府诗的"正则"。两汉乐府诗,主要指魏晋以前,风行、流传于西汉、东汉的乐府诗。据《汉书·艺文志》记载,有"二十八家,三百一十四篇",相当于《诗经》篇目规模,但流存下来的总计不过 130 篇,接近《诗经》中的《国风》篇数。所以有人说,《诗经》是汉以前的乐府,乐府是周以后的《诗经》,当然这中间也包含了它们现实主义精神一脉相承。其中,两汉民间乐府,保存下来大约有六十篇左右,被誉为汉乐府精华。它们多存录于南朝陈徐陵的《玉台新咏》与宋代郭茂倩的《乐府诗集》中。

就两汉乐府本身来说,也有一个兴衰的过程。大致说来,它"发轫于廊庙,盛极于民间,而渐衰于文人之占夺"。⑦自汉初至武帝,所谓"定郊祀之礼",为皇家贵族乐府时期,主要作品"汉初三大乐章",即《安世房中歌》、《郊祀歌》、《铙歌》,皆用于祭祀天地、祖庙以及朝宴,其精神体制雍和典雅,文词简古深奥。汉武帝之后,至东汉末年,民间乐府盛行,其代表作为《战城南》、《病妇行》、《上邪》、《有所思》、《陌上桑》、《焦仲卿妻》等,皆被视为汉乐府之珍品,千古绝唱。这中间出现了文人帝胄乐府的参与,代表作有《秋风辞》、《李延年歌》、《羽林郎》、《怨歌行》、《董娇娆》等,可以说发文人乐府之先声,对后世文人拟乐府影响巨大。

自两汉贵族、民间、文人三类乐府之后,魏晋以降,乐府沿袭变迁,无出其范围者。如上层贵族乐府之祭祀郊庙,或奏凯燕乐,多袭用旧题旧辞,或沿用旧曲而创新辞,历代未断也。我们从《乐府诗集》中可以见到,魏晋之后,诸如谢庄《宋明堂歌》、江淹《齐藉田乐歌》、沈约《梁明堂登歌》,以及《唐享太庙乐章》等,只是官方所立乐府机构名称有所变化而已,如唐之教坊,宋之大晟府云云。

再说民间乐府之歌谣,魏晋以来,也是代有新兴。东汉末年,世乱兴废,民歌自然无由采撷,惟有宋代郭氏《乐府诗集》收录了两晋及南北朝民歌,略可一窥民间乐府之变迁。西晋民歌衰薄,东晋风土人情大异,且吴楚新声大放异彩,风格儇佻而绮丽,南朝民歌亦然。《乐府诗集》所录东晋与南朝民歌近五百首,多咏男欢女爱,其代表作有《子夜歌》、《子夜四时歌》、《读曲歌》等,值得称道的是《华山畿》(君既为侬死)一首:"华山畿,君既为侬死,独生为谁施?欢若见怜时,棺木为侬开!"描述了一个凄美动人的爱情故事,语言感情率真,叙事简洁而有戏剧性,可与汉代民间乐府相媲美。

北朝民歌现存六十余首,风格粗犷质朴,犹有两汉遗风,其代表作如《琅琊王歌辞》、《紫骝马歌辞》、《折杨柳歌辞》、《陇头歌辞》、《捉搦歌》、《敕勒歌》、《木兰诗》、《李波小妹歌》等,内容多写战争悲剧、羁辛役苦、尚武爱国,歌颂家国山川风物,赞扬巾帼英雄。《李波小妹歌》云:"李波小妹字雍容,褰裳逐马如卷蓬。左射右射必叠双。妇女尚如此,男儿安可逢?"此歌出自《魏公李安世传》,据载李波乃后魏广平（今河北永年）一支民间武装首领，武艺高强，又善领兵，后被官军诱杀。其妹同兄一样善战，所写形象鲜明生动，传诵一时。

文人乐府始发于汉，而盛行于魏晋时期，李延年、班婕妤、辛延年、宋子侯等都有首创佳作，后来曹氏三雄，率"以旧曲翻新调"，或哀时，或抒怀，或戎役，或赋仙，皆出己意，"上变两汉质朴之风，下开私家模拟之渐"，⑧如曹操《蒿里行》、曹丕《燕歌行》、曹植《美女篇》、阮瑀《驾出北郭行》、王粲《七哀》、陈琳《饮马长城窟行》、张华《轻薄行》、陆机《猛虎行》等，都继承了汉乐府的写实传统，又注入了个人情感的抒发，增强了乐府诗的文学性质。

南朝文人拟乐府，有较大成就者，首推宋之鲍照。他前承陶渊明和谢灵运，能够远离绮罗香泽之气，诗风遒劲，直追两汉。陶开田园诗派，谢为山水诗宗，皆不擅乐府。因为乐府不以擅写自然情怀为贵，而以入世缘事为旨，这正遂合了鲍照的心性。鲍照生于乱世，出身卑微，一生奔走生死之间，所作拟乐府诗，皆"感于乐，缘事而发"。如写人民疾苦的《代贫贱愁苦行》，讥讽政风之恶的《代放歌行》，为士卒请命的《代东武吟》等，尤其是他的《拟行路难》十八首，备言世路艰难，离别忧伤，其叙事章法，悲凉跌宕，感人至深，影响至巨，被称为南朝二百年之绝唱。但其后梁陈文人追随梁武帝（萧衍），极力仿拟南朝民歌艳曲，少有个性，"齐梁及陈隋，众作等蝉噪"（韩愈诗句），形成南朝后期文人拟乐府风气。

北朝文人拟乐府不如其民间乐府"出色"，作者又多为汉人（或说"南人"），常醉心于"南音"，惟王褒与庾信拟乐府于绮丽中见刚健之气。如王褒写关塞寒苦之《燕歌行》、叹孤城悲凉之《关山月》、怀古抚今之《高句丽》，又庾信怀旧思乡之《怨歌行》、《出自蓟北门行》等，注重感发社会现实，不乏夏蝉经秋之音，继承了汉乐府的精神、体制。

及至大唐盛世，文人拟乐府出现了新局面。以元白为首，倡导新乐府运动，取得的成就和影响都很巨大，据有人统计，《全唐诗》标明"乐府"的作品，作者有二百三十余人，作品一千二百余首，像卢照邻、张说、高适、李白、杜甫、孟郊、陆龟蒙、柳宗元等，皆有新乐府佳作。他们继承乐府的写实传统，主张"诗歌合为事而作"，"即事名篇，无复依傍"，突破了魏晋以来借古题而言新辞的羁绊，消解了新题而非时事的不协，使文人拟乐府焕发了新的光彩。如张籍、王建的《陇头水》，杜甫的《出塞》、《兵车行》，白居易的《新丰折臂翁》，李白的《长相思》等，表现现实生活面扩大了，乐府的经典价值增强了。新乐府形成的"歌行体"（或说"歌诗"、

"声诗"),继承和发扬了汉乐府的精神、体制,具有鲜活的生命力,流传后世。

进入宋元时代,新兴的词曲盛行,并成为文人抒情达意的主要形式,文人拟乐府自然衰退了。但乐府旧题或新题并没有绝迹,有一些词曲大家,他们仍有拟乐府佳作,如柳永为盐民请命的《煮盐歌》,就是"即事名篇"的新乐府。梅尧臣的《猛虎行》,虽用旧题,但沿袭了唐人李贺、张籍易其题旨而讽谕现实的传统,以猛虎作比,讽刺当朝陷害忠良的权臣。又有写民间疾苦的,如文同的《苦寒行》,范成大的《冬春行》,刘克庄的《筑城行》,苏轼的《画鱼行》,刘因的《苦雨行》,王恽的《捕鱼行》,萨都剌的《鬻女谣》,等等。另有怀古伤今的,如郝经的《入燕行》,刘因的《义侠行》。又写世道不公,抒发乡国之思和患难悼亡的文人拟乐府,亦不胜枚举,沿袭的仍然是"缘事而发"、"即事名篇"的乐府传统。

明清时代小说戏曲盛行,然而文坛许多才人高手有感于社会现实,仍然写作乐府诗,如李东阳、何景明、陈子龙、吴伟业、王世贞、张维屏等,都有拟乐府佳作问世。尤其清近代拟乐府,不仅多写民生疾苦,而且许多文人志士写下了许多具有革命思想和爱国主义的乐府,如张维屏的《三元里》,梁启超的《爱国歌》,秋瑾的《宝刀歌》等。作为乐府诗的余波,明清文人拟乐府,仍表现出一定的生命力,原因是继承了乐府的写实精神。

四

研究乐府诗,前贤时俊已取得诸多成就,这里不作赘述,但在断代研究上,却呈现了四种情况:其一,仅断自两汉,如何权衡《两汉乐府欣赏》;其二,断及汉魏六朝,如萧涤非《汉魏六朝乐府文学史》,余冠英《乐府诗选》,王运熙《汉魏六朝乐府诗》等;其三,断至隋唐五代,如郭茂倩《乐府诗集》,罗根泽《乐府文学史》等;其四,延及宋元以降文人拟乐府,如李春祥主编的《乐府诗鉴赏辞典》。由此可见,对乐府诗的研究范围逐渐宽泛并后延。

以上断代研究的不同,其中一个原因恐怕与对乐府诗概念的不同理解有关。有人认为,乐府诗所指仅限于两汉,最多包括汉魏六朝兼及唐新乐府,此被称为狭义的概念;另一种意见则是广义的概念,即凡具有或继承乐府精神、体制的皆可称作乐府诗,这就包括了宋元以降文人拟乐府。我们采取了后一种意见收录作品,但并不表明我们不赞成前一种意见,我们之所以这么做,是为了给研究者提供更大的研究空间和研究资源。

本书取名《全乐府》,表明了内容的全面、系统和完整。我们根据乐府诗研究的实际情况,在编撰体例的创设上,进行了比较周备的谋划和实施:一是作品收录和编排,二是"配套工程"校注。

在收录作品上,我们采取较为宽泛的观念,尽量开发乐府诗的资源,但又坚持乐府精神、体制,注意吸取古人、近代和近年的研究成果,按照乐府诗产生、发展和衰微的过程收录作品,并以朝代变更为序,编成二十六卷,依次分别为:先秦两汉乐府、三国魏蜀吴乐府、西晋东晋乐府、南朝宋齐梁陈乐府、北朝魏齐周及隋乐府、唐五代乐府、宋金元明乐府、清近代乐府等,可以说,本书反映了乐府诗较为完备的整体面貌。

在体例编排上,采取纵横交织和宏微结合的方法,纵的方面分为两部分:一是两汉至唐五代乐府,二是宋金至清近代乐府,从宏观上把握乐府发展变迁的全过程。横的方面也分为两种情况:一是两汉至唐五代乐府部分,按照郭茂倩《乐府诗集》十二类编录,并横向扩展,增录了"史歌谣辞"和"古诗逸辞"两类作品,从微观上使这部分乐府作品更加丰富和充实;二是宋金至清近代乐府部分,以"新乐府辞"、"杂歌谣辞"和"史歌谣辞"分类,并按照朝代顺序和作者生年先后编排作品,从宏观与微观的结合上,尽力做到与前部分相协调,并使纵横交织更加完善。

如此的体例编排,显示了以下特点:第一,它揭示了乐府诗的历史变化过程,符合乐府诗历史的真实面貌,为研究乐府诗发展史提供了基础线索;第二,吸取了古人和现当代的研究成果,又有新的改进,如变郭氏所编《乐府诗集》中每类乐府名称统领各朝代作品,而为各朝乐府统领各类作品,这样才便于了解各朝代乐府的变化情况,以作比较研究。再如变郭氏先贵族乐府后民间乐府的排序,而为先民间乐府和文人乐府,而后贵族乐府,还乐府诗价值的本来面目,并突出了乐府的精华;第三,按朝代顺序编排作品,最大限度地开发了乐府诗资源,为不同角度(如狭义或广义)研究乐府诗提供了最大的空间,同时也方便了读者参阅。

本书在收录作品和"配套工程"方面也取得了较好成绩:其一,全书收录乐府诗超过郭氏《乐府诗集》两千多首;收录作者九百多人,比郭氏诗集多近四百人。其二,全书收录的每首诗皆有题解,在校订方面,改正文字错误有七百多处,删补文字有五十多处,标注文字差异有二千六百多处,采集增补各朝代歌谣有一百二十四首,发掘并添补古诗逸辞有二十六首。

书中补录"史歌谣辞"与"古诗逸辞"两类乐府作品,虽然甚费时力,但却有其必要性。两汉民间歌谣,本来继承和发扬了先秦"诗"、"骚"传统,然而在当时囿于"雅郑"之谬见,"以义归廊庙者为雅,以事出闾阎者为郑",以至司马迁《史记》与班固《汉书》亦鲜有载录,直至南朝沈约《宋书·乐志》始有收录,后有徐陵《玉台新咏》、郭氏《乐府诗集》继有收录,然而亦遗漏多多。本书从"二十四史"中发掘辑录各朝民歌民谣,实为难得也。又在校注过程中,时有发现所谓"古诗"者,产生于两汉民间,未载名氏,而体制意味几无异于入乐之曲辞,如《古诗十九首》,郭氏《乐府诗集》仅收录两首,今从《文选》补录十七首。又从《文选》、《乐府诗集》题解中发现"古辞"、"古诗"者多首,以及《玉台新咏》、《太平御览》等史籍中属于"古乐府"之作,辑录合为一类,以补两汉采诗之漏、后世辑诗之阙也。

在辑校方面,先秦两汉至唐五代部分,以文学古籍刊行社影印宋本郭茂倩《乐府诗集》为底本,参考中华书局整理本《乐府诗集》,参校古代有关典籍,并注意吸收近人的研究成果。宋金至清近代部分,尽量依据原刊本及经典的整理本,同时吸取近年新的研究成果。对每首作品的校勘都要做到清楚、准确、明白。清楚,是说每首诗的出处、背景,都在"题解"中交待清楚,如有疑难考订,便在"今按"中加以说明,随后对作者进行简要介绍。准确,是说对每首诗的原文都要认真校核,对明显的文字错漏,或衍生字句,都要进行更正或增删,并注明所依典籍版本,对难以判定者,即引注字句差异,并注明出处,提供读者参考。明白,就是尽力扫除阅读障碍,对每首诗的来龙去脉交待清楚。每首诗均有题解,并有必要的"今按"说明。仅举增补一项内容,就有补作者姓名,如《广川王歌》、《燕王歌》、《广陵王歌》等等,《乐府诗集》未署作者,据《汉书》补;又补诗句,如"杂歌谣辞"之《采葛妇歌》,《乐府诗集》仅录两句,现据《吴越春秋》补全,为十三句;补漏诗,如《商歌》,《乐府诗集》录二首,据《诗经》补入第三首,等等。其他如改、删等工作,不再赘述,读者开卷,自会领略也。

上述所言,且作"导文",难免偏颇错谬,尚望方家正之。

注:①萧涤非《汉魏六朝乐府文学史》,人民文学出版社 1984 年,第 135 页。②③同上,第 5 页。④范文澜注《文心雕龙注·乐府第七》,人民文学出版社 1958 年,第 101 页。⑤萧涤非《汉魏六朝乐府文学史》,第 9 页。⑥同上,第 10 页。⑦同上,第 33 页。⑧同上,第 25 页。

2010 年 12 月于京南古城寓所

凡　例

一、本编共辑录先秦两汉至清近代乐府诗(包括新乐府、拟乐府)7614 首,作者 946 人,校订和注释有万条之多,是目前出版的辑录作品较多、校注较详、体系较完整的乐府诗总集。

二、本编辑录作品所依版本分两部分:唐五代以前,主要以宋郭茂倩《乐府诗集》影印宋本(1955 年文学古籍刊行社)为底本,参考中华书局 1979 年排印本(书中简称"中华书局本"),并以《玉台新咏》、《文选》、《汉书》、《艺文类聚》、《古乐府》等古代典籍,以及近人黄节注《汉魏六朝诗六种》、逯钦立《先秦汉魏晋南北朝诗》等重要集本进行校订。宋金以后,所依版本主要有北京大学古文献研究所编《全宋诗》,以及清顾嗣立《元诗选》、清钱谦益《列朝诗集》、清朱彝尊《明诗综》、清沈德潜古诗"别裁"系列、清张应昌《清诗铎》、近人徐世昌《晚晴簃诗汇》等典籍,有些诗坛大家作品,也注意参考当代较好的整理本,以便吸收诸多今人研究校订成果。

三、本编对所录作品皆进行新式标点、校订,并适当注释。标点力求规范,使用标准简化汉字。每首诗分题目、作者、原文、出处、作者简介(第一次出现时)、校订、简注等义项,努力做到诗的文字出处清楚,校订精确,作者介绍简明,注释适当。引证典籍,第一次出现署有作者,此后即省略。本编有大量的校订,凡确定正误者,即在诗的正文中改正,并在诗后说明校订情况。对不能确定正误者,一律保持字句原貌,只在校订中加以介绍或表明看法。在题解引文中如有订正,在行文中加订正按语,均用括弧,以与原文相区别。对诗题、作者或诗的整体有情况说明,也在题解中予以交待。编者的说明,一律用"今按",以与其他按语相区别。

四、本编按朝代顺序收录作品,每一朝代作品又大致以作者生年为序进行排列,尽量做到准确合理,层次清楚。对《乐府诗集》中未署朝代或作者的作品,即根据其前后作者的排序处理,并说明情况,写明"待考"。对署名作者而生卒无考的作品,仍依其在《乐府诗集》中的排序处理。凡疑为伪托的作品,写明"疑为伪托"。对作者有争议的,依有关资料中较一致的意见,并参照其他版本进行处理,说明情况,写明"待考"。对跨朝代作者的归属,以学界约定俗成的惯例安排其朝代,如陈琳、阮瑀归魏等等。

五、本编涉及古籍甚多,凡异体字一律改为正体简化字,如"锓"改为"砖","嫋"改为"袅"等。对通假字的处理持慎重态度,有的改为现行字,如"沈"改为"沉";有的涉及地名、人名,则仍保持原貌。在简化字方面,有些字如"於"与"于"、"乾"与"干",则按文字的不同解释简化或不能简化,具体处理,这里不便一一列举。

总目录

第一册目录

第一卷　先秦两汉乐府

第二卷　三国乐府

第三卷　西晋乐府

第四卷　东晋乐府

一 第一卷 先秦两汉乐府

相和歌辞

汉之相和歌辞，皆采自民间，名氏失载，故以"古辞"出之。正所谓"凡乐章古辞存者，并汉世街陌讴谣，《江南可采莲》、《乌生十五子》、《白头吟》之属""其后渐被于弦管，即相和诸曲是也"。

宋郭茂倩《乐府诗集》辑录汉相和歌辞被于弦管者，大凡六曲，又附大曲。"六曲"即相和曲、吟叹曲、平调曲、清调曲、瑟调曲、楚调曲。本编校注仍依其所列曲调之先后，并依次出之，以展示汉相和歌辞之面貌也。

汉相和歌辞，就其社会写真和质朴风格来说，"斯诚乐府之正则也"（萧涤非《汉魏六朝乐府文学史》）。故本编从《乐府诗集》十二类中将其抽出，辟为开篇，以还其正宗而欲清源也。

郭茂倩解引《宋书·乐志》曰："相和，汉旧曲也，丝竹更相和，执节者歌。本一部，魏明帝分为二，更递夜宿。本十七曲，朱生、宋识、列和等复合之为十三曲。"其后晋荀勖又采旧辞施用于世，谓之清商三调歌诗，即沈约所谓"因弦管金石造歌以被之"者也。《唐书·乐志》曰："平调、清调、瑟调，皆周房中曲之遗声，汉世谓之三调。又有楚调、侧调。楚调者，汉房中乐也。高帝乐楚声，故房中乐皆楚声也。侧调者，生于楚调，与前三调总谓之相和调。"魏晋之世，相承用之。永（《乐府诗集》作"承"，据文意改）嘉之乱，五都沦覆，中朝旧音，散落江左。后魏孝文宣武，用师淮汉，收其所获南音，谓之清商乐，相和诸曲，亦皆在焉。所谓清商正声，相和五调伎也。

凡诸调歌词，并以一章为一解。《古今乐录》曰："伧歌以一句为一解，中国以一章为一解。"王僧虔启云："古曰章，今曰解，解有多少。当时先诗而后声，诗叙事，声成文，必使志尽于诗，音尽于曲。是以作诗有丰约，制解有多少，犹诗《君子阳阳》两解，《南山有台》五解之类也。"又诸调曲皆有辞、有声，而大曲又有艳，有趋、有乱（今按：艳，大曲的引子。趋，大曲的尾声。乱，乐曲之卒章）。辞者其歌诗也，声者若羊吾夷伊那何之类也。艳在曲之前，趋与乱在曲之后，亦犹吴声西曲前有和，后有送也。

又大曲十五曲，沈约并列于瑟调。今依张永《元嘉正声技录》分于诸调，又别叙大曲于其后。惟《满歌行》一曲，诸调不载，故附见于大曲之下。其曲调先后，亦准《技录》为次云。

相和曲

郭茂倩解引《古今乐录》曰："张永《元嘉技录》（今按：即《元嘉正声技录》。以下张《录》亦同。）：相和有十五曲，一曰《气出唱》，二曰《精列》，三曰《江南》，四曰《度关山》，五曰《东光》，六曰《十五》，七曰《薤露》，八曰《蒿里》，九曰《觌歌》，十曰《对酒》，十一曰《鸡鸣》，十二曰《乌生》，十三曰《平陵东》，十四曰《东门》，十五曰《陌上桑》。十三曲有辞，《气出唱》、《精列》、《度关山》、《薤露》、《蒿里》、《对酒》并魏武帝辞，《十五》文帝辞，《江南》、《东光》、《鸡鸣》、《乌生》、《平陵东》、《陌上桑》并古辞是也。二曲无辞，《觌歌》、《东门》是也。其辞《陌上桑》歌瑟调，古辞《艳歌罗敷行》'日出东南隅'篇。《觌歌》，张《录》云无辞，而武帝有《往古篇》。《东门》，张《录》云无辞，而武帝有《阳春篇》，或云歌瑟调古辞《东门行》'入门怅欲悲'也。古有十七曲，其《武陵》、《鹍鸡》二曲亡。按《宋书·乐志》，《陌上桑》又有文帝《弃故乡》一曲，亦在瑟调。《东西门行》及《楚辞钞》'今有人'、武帝'驾虹蜺'二曲，皆张《录》所不载也。"

江　南①

古　辞

江南可采莲，莲叶何田田！鱼戏莲叶间。鱼戏莲叶东，鱼戏莲叶西。鱼戏莲叶南，鱼戏莲叶北。

① 此首录自《乐府诗集》卷二六。郭茂倩解引《乐府解题》曰："《江南》古辞，盖美芳晨丽景，嬉游得时。若梁简文'桂楫晚应旋'，惟（今按：中华书局本校曰《乐府诗集》脱'惟'字，据毛刻本补）歌游戏也。按梁武帝作《江南弄》以代西曲，有《采莲》、《采菱》，盖出于此。唐陆龟蒙又广古辞为五解（今按：解，指章节）云。"今按：此题系张永《元嘉正声技录》相和十五曲之三。又《乐府诗集》云，此曲为"魏晋乐所奏"。

东　光①

古　辞

东光平②,苍③梧何不平④。苍⑤梧多腐粟,无益诸军粮。诸军游荡子,早行多悲伤。

① 此首录自《乐府诗集》卷二七。郭茂倩解引《古今乐录》曰:"张永《元嘉技录》云:'《东光》旧但有(今按:《乐府诗集》脱"有"字,据黄节《汉魏乐府风笺》补)弦无音,宋识造其声歌(今按:《乐府诗集》作"歌声",据《汉魏乐府风笺》改)。'"今按:此题系张永《元嘉正声技录》相和十五曲之五。又《乐府诗集》云,此曲为"魏晋乐所奏"。　② 平:《乐府诗集》作"乎",据《古乐府》卷四改。　③ 苍:《乐府诗集》作"仓",据《汉魏乐府风笺》改。　④ 平:《乐府诗集》作"乎",据左克明《古乐府》卷四改。　⑤ 苍:《乐府诗集》作"仓",据《汉魏乐府风笺》改。

薤　露①

古　辞

薤上露②,何易晞。露晞明朝更复落,人死一去何时归。

① 此首录自《乐府诗集》卷二七。郭茂倩解引崔豹《古今注》曰:"《薤露》、《蒿里》,泣丧歌也。本出田横门人,横自杀,门人伤之,为作悲歌。言人命奄忽,如薤上之露,易晞灭也。亦谓人死魂魄归于蒿里。至汉武帝时,李延年分为二曲,《薤露》送王公贵人,《蒿里》送士大夫庶人。使挽柩者歌之,亦谓之挽歌。"谯周《法训》曰:"挽歌者,汉高帝召田横,至尸乡(今按:尸乡,地名。《晋太康记·地道记》说,田横死于此,后称尸乡)自杀。从者不敢哭而不胜哀,故为挽歌以寄哀音。"《乐府解题》曰:"《左传》云:'齐将与吴战于艾陵,公孙夏命其徒歌虞殡。'杜预云:'送死《薤露》歌即丧歌,不自田横始也。'"按蒿里,山名,在泰山南。魏武帝《薤露行》曰:"惟汉二十二世,所任诚不良。"曹植又作《惟汉行》。今按:此题系张永《元嘉正声技录》相和十五曲之七。《乐府诗集》云,此曲为"魏乐所奏"。又,《薤露》相传是古代齐国东部的歌谣,为出殡时挽柩人所唱的挽歌。汉时,送王公贵人出殡时唱《薤露曲》,意思是说生命短促,犹如薤叶上的露水,一瞬即干。

② 露：《文选》卷二八陆士衡《挽歌诗》注引崔豹《古今注》作"朝露"。

蒿　里①

古　辞

　　蒿里谁家地，聚敛魂魄无贤愚。鬼伯一何相催促，人命不得少踟蹰。

　　① 此首录自《乐府诗集》卷二七。今按：相传《蒿里》原是古代齐国的歌谣，为出殡时挽柩人所唱的挽歌。汉时平民出殡时唱《蒿里曲》。古人认为"蒿里"是人死后魂魄聚居的地方。又，此题系张永《元嘉正声技录》相和十五曲之八。《乐府诗集》云，此曲为"魏乐所奏"。

鸡　鸣①

古　辞

　　鸡鸣高树巅，狗吠深宫中。荡子何所之，天下方太平。刑法非有贷，柔协正乱名。黄金为君门，璧②玉为轩堂③。上有双樽酒，作使邯郸倡。刘玉④碧青甓，后出郭门王。舍后有方池，池中双鸳鸯。鸳鸯七十二，罗列自成行。鸣声何啾啾，闻我殿东厢。兄弟四五人，皆为侍中郎。五日一时来，观者满路旁。黄金络马头，颖颖何煌煌。桃生露井上，李树生桃旁。虫来啮桃根，李树代桃僵。树木身相代，兄弟还相忘。

　　① 此首录自《乐府诗集》卷二八。郭茂倩解引《乐府解题》曰："古词云：'鸡鸣高树巅，狗吠深宫中。'初言'天下方太平，荡子何所之'，次言'黄金为门，白玉为堂，置酒作倡乐为乐'，终言桃伤而李仆，喻兄弟当相为表里。兄弟三人近侍，荣耀道路，与《相逢狭路间行》同。若梁刘孝威《鸡鸣篇》，但咏鸡鸣而已。"又有《鸡鸣高树巅》、《晨鸡高树鸣》，皆出于此。今按：此题系张永《元嘉正声技录》相和十五曲之十一。《乐府诗集》云，此曲为"魏晋乐所奏"。　　② 璧：《乐府诗集》注"一

作碧"。　③ 轩堂:《乐府诗集》卷二八此两字间有"阑"字之衍,据《诗纪》卷六删。　④ 玉:《乐府诗集》作"王",据《宋书·乐志》改。

乌　生①
古　辞

乌生八九子,端坐秦氏桂树间。唶! 我秦氏家有游遨荡子,工用睢阳强,苏合弹,左手持强弹,两丸出入乌东西。唶! 我一丸即发中乌身,乌死魂魄飞扬上天。阿母生乌子时,乃在南山岩石间。唶! 我人民安知乌子处,蹊径窈窕安从通? 白鹿乃在上林西苑中,射工尚复得白鹿脯。唶! 我黄鹄摩天极高飞,后宫尚复得烹煮之;鲤鱼乃在洛水深渊中,钓钩尚得鲤鱼口。唶! 我人民生各各有寿命,死生何须复道前后。

① 此首录自《乐府诗集》卷二八。郭茂倩解云,一曰《乌生八九子》。《乐府解题》曰:"古辞云'乌生八九子,端坐秦氏桂树间',言乌母生(今按:《乐府诗集》脱'生'字,中华书局本校据吴竞《乐府古题要解》补)子,本在南山岩石间,而来为秦氏弹丸所杀。白鹿在苑中,人可(今按:《乐府诗集》脱'可'字,同前补)得以为脯。黄鹄摩天,鲤在深渊,人可(今按:《乐府诗集》脱'可'字,同前补)得而烹煮之。则寿命各有定分,死生何叹(《乐府诗集》注'一作待')前后也。若梁刘孝威'城上乌,一年生九雏',但咏乌而已。"又有《城上乌》盖出于此。今按:此题系张永《元嘉正声技录》相和十五曲之十二。《乐府诗集》云,此曲为"魏晋乐所奏"。

平　陵　东①
古　辞

平陵东,松柏桐,不知何人劫义公。劫义公,在高堂下②,交钱百万两走马。两走马,亦诚难,顾见追吏心中恻。心中恻,血出漉,归告我家卖黄犊。

① 此首录自《乐府诗集》卷二八。郭茂倩解引崔豹《古今注》曰："《平陵东》，汉翟义门人所作也。"《乐府解题》曰："义，丞相方进之少子，字文仲，为东郡太守。以王莽方篡汉，举兵诛之，不克，见害。门人作歌以怨之也。"今按：此题系张永《元嘉正声技录》相和十五曲之十三。《乐府诗集》云，此曲为"魏晋乐所奏"。

② 下：《汉魏乐府风笺》作"上"。

陌 上 桑①

古 辞

日出东南②隅，照我秦氏楼。秦氏有好女，自名为罗敷。罗敷憙蚕桑，采桑城南隅。青丝为笼系③，桂枝为笼钩。头上倭堕髻，耳中明月珠。缃绮为下裙，紫绮为上襦。行者见罗敷，下担捋④髭须；少年见罗敷，脱帽著帩头。耕者忘其犁⑤，锄者忘其锄。来归相怨怒，但坐观罗敷⑥。使君从南来，五马立踟蹰。使君遣吏⑦往，问是谁家姝？秦氏有好女，自名为罗敷。罗敷年几何？二十尚不足⑧，十五颇有余，使君谢罗敷："宁可共载不？"罗敷前置辞："使君一何愚！使君自有妇，罗敷自有夫⑨。"东方千余骑，夫婿居上头。何用⑩识夫婿，白马从骊驹。青丝系马尾，黄金络马头。腰中鹿卢剑，可直千万余。十五府小史，二十朝大夫。三十侍中郎，四十专城居。为人洁白皙，鬑鬑颇有须。盈盈公府步，冉冉府中趋。坐中数千人，皆言夫婿殊⑪。

① 此首录自《乐府诗集》卷二八。《宋书·乐志》作《艳歌罗敷行》。《玉台新咏》作《日出东南隅行》。《乐府诗集》作《陌上桑三解》。郭茂倩解云，一曰《艳歌罗敷行》。《古今乐录》曰："《陌上桑》歌瑟调。古辞《艳歌罗敷行》、《日出东南隅》篇。"崔豹《古今注》曰："《陌上桑》者，出秦氏女子。秦氏，邯郸人有女名罗敷，为邑人千乘王仁妻。王仁后为赵王家令。罗敷出采桑于陌上，赵王登台见而悦之，因置酒欲夺焉。罗敷巧弹筝，乃作《陌上桑》之歌以自明，赵王乃止。"《乐府解题》

曰:"古辞言罗敷采桑,为使君所邀,盛夸其夫为侍中郎以拒之。"与前说不同。若陆机"扶桑升朝晖",但歌美人好合,与古词始同而末异。又有《采桑》,亦出于此。今按:此题系张永《元嘉正声技录》相和十五曲之十五。《乐府诗集》云,此曲为"魏晋乐所奏"。又《乐府诗集》于《陌上桑》题后有"三解"二字。　②南:《艺文类聚》卷四一作"海"。　③系:《艺文类聚》及《玉台新咏》均作"绳"。　④捋:《乐府诗集》作"将",据《玉台新咏》改。　⑤犁:《玉台新咏》作"耕"。　⑥《乐府诗集》于此处注:"一解。"　⑦吏:《艺文类聚》作"使"。　⑧不足:《玉台新咏》作"未满"。《艺文类聚》作"未然"。　⑨《乐府诗集》注:"二解。"　⑩用:《玉台新咏》作"以"。　⑪《乐府诗集》注:"三解。"又注:"前有艳歌曲,后有趋。"

陌 上 桑①

楚辞钞②

　　今有人,山之阿,被服薜荔带女萝。既含睇,又宜笑,子恋慕予善窈窕。乘赤豹,从文貍,辛夷车驾结桂旗。被石兰,带杜衡③,折芳拔荃遗所思。处幽室,终不见,天路险艰独后来。表独立,山之上,云何容容而在下。杳冥冥,羌昼晦,东风飘飘神灵雨。风瑟瑟,木搜搜④,思念公子徒以忧。

①此首录自《乐府诗集》卷二八。　②楚辞钞:系《乐府诗集》所注。文辞近于《楚辞·九歌·山鬼》。　③石兰、杜衡:香草名。《楚辞·九歌·山鬼》:"被石兰兮带杜衡。"王逸注:"石兰、杜衡,皆香草。"　④搜搜:《乐府诗集》作"榱榱",据《宋书·乐志》改。搜搜,形容风吹树木的声音。

吟叹曲

　　郭茂倩解引《古今乐录》曰:"张永《元嘉技录》有吟叹四曲,一曰《大雅吟》,二曰《王明君》,三曰《楚妃叹》,四曰《王子乔》。《大雅吟》、《王明君》、《楚妃叹》,并石崇辞。《王子乔》,古辞。《王明君》一曲,今有歌。《大雅吟》、《楚妃叹》二曲,今无能歌者。古有八曲,其《小雅吟》、《蜀琴头》、《楚王吟》、《东武吟》四曲阙。"

王子乔①

古 辞

王子乔,参驾白鹿云中遨。参驾白鹿云中遨,下游来,王子乔。参驾白鹿上至云,戏游遨。上建逋阴广里践近高。结仙宫,过谒三台,东游四海五岳,上②过蓬莱紫云台。三王五帝不足令,令我圣明③应太平。养民若子事父明,当究天禄永康宁。玉女罗坐吹笛箫。嗟行圣人游八极,鸣吐衔福翔殿侧。圣主享万年。悲吟皇帝延寿命。

① 此首录自《乐府诗集》卷二九。郭茂倩解引刘向《列仙传》曰:"王子乔者,周灵王太子晋也,好吹笙作凤鸣。游伊、洛之间,道人浮丘公接以上嵩高山。三十余年后,求之于山上,见桓良曰:'告我家,七月七日待我于缑氏山头。'至时,果乘白鹤驻山头,望之不得到,举手谢时人,数日而去。为立祠于缑氏山下及嵩高之首焉。"今按:此题乃张永《元嘉正声技录》吟叹四曲之四。《乐府诗集》云,此曲为"魏晋乐所奏"。 ② 上:《乐府诗集》作"山",中华书局本校据《古乐府》卷四改。 ③ 明:《古乐府》作"朝"。

平调曲

郭茂倩解引《古今乐录》曰:"王僧虔《大明三年宴乐技录》,平调有七曲:一曰《长歌行》,二曰《短歌行》,三曰《猛虎行》,四曰《君子行》,五曰《燕歌行》,六曰《从军行》,七曰《鞠歌行》。"荀氏录所载十二曲,传者五曲。武帝"周西"、"对酒",文帝"仰瞻",并《短歌行》,文帝"秋风"、《别日》,并《燕歌行》是也,其七曲今不传。文帝"功名",明帝"青青",并《长歌行》,武帝"吾年",明帝"双桐",并《猛虎行》,"燕赵"《君子行》,左延年"苦战"《从军行》,"雉朝飞"《短歌行》是也。

郭茂倩云,其器有笙、笛、筑、瑟、琴、筝、琵琶七种,歌弦六部。张永《录》曰:未歌之前,有八部弦、四器,俱作在高下游弄之后。凡三调,歌弦一部,竟辄作送,歌弦今用器。又有《大歌弦》一曲,歌"大妇织绮罗",不在歌数,惟平调有之,即清调"相逢狭路间,道隘不容车"篇。后章有"大妇织绮罗,中妇织流黄"是也。张《录》云:"非管弦音声所寄,似是命笛理弦之余。"王《录》(今按:即王僧虔《大明三年宴乐技录》)所无也,亦谓之《三妇艳》诗。

长 歌 行①

古 辞

青青园中葵,朝露待②日晞。阳春布德泽,万物生光辉。常恐秋节至,焜黄华叶③衰。百川东到海,何时复西归。少壮不努力,老大徒伤悲。

① 此首录自《乐府诗集》卷三〇。郭茂倩解引《乐府解题》曰:"古辞云'青青园中葵,朝露待日晞',言芳华不久,当努力为乐,无至老大乃伤悲也。"魏改奏文帝所赋曲"西山一何高",言仙道茫茫不可识,如王乔、赤松皆空言虚词,迂怪难信,当观圣道而已。若陆机"逝矣经天日,悲哉带地川",则复言人运短促,当乘间长歌,与古文合也。崔豹《古今注》曰:"长歌、短歌,言人寿命长短,各有定分,不可妄求。"按古诗云"长歌正激烈",魏文(今按:《乐府诗集》作"武",误)帝《燕歌行》云"短歌微吟不能长",晋傅玄《艳歌行》云"咄来长歌续短歌",然则歌声有长短,非言寿命也。唐李贺有《长歌续短歌》,盖出于此。今按:此题乃王僧虔《大明三年宴乐技录》平调七曲之一。 ② 待:《文选》卷二七作"行"。 ③ 叶:《文选》作"蕊"。

长 歌 行①(二首)

古 辞

其 一

仙人骑白鹿,发短耳何长。导我上太华,揽芝获赤幢。来到主人门，奉药一玉箱。主人服此药，身体②日康强。发白复③更黑，延年寿命长。

　　① 此二首录自《乐府诗集》卷三〇。今按：二首在《乐府诗集》里作一首，今据《古乐府》、《诗纪》及中华书局本改为二首。　②《乐府诗集》卷三〇"身体"后有"一"字，据《诗纪》卷六删。　③ 复：《乐府诗集》阙，据《诗纪》补。

其　二

　　岌岌山上亭，皎皎云间星。远望使心思，游子恋所生。驱车出北门，遥观洛阳城。凯风①吹长棘，夭夭枝叶倾。黄鸟飞相追，咬咬②弄音声。伫立望西河，泣下沾罗缨。

　　① 凯风：和暖的风，指南风。《诗·邶风·凯风》："凯风自南，吹彼棘心。"② 咬咬：鸟鸣声。《文选·祢衡〈鹦鹉赋〉》："采采丽容，咬咬好音。"

君 子 行①

古　辞

　　君子防未然，不处嫌疑间。瓜田不纳履，李下不正冠。嫂叔不亲授，长幼不比肩。劳谦得其柄，和光甚独难。周公下白屋，吐哺不及餐。一沐三握发，后世②称圣贤。

　　① 此首录自《乐府诗集》卷三二。郭茂倩解引《乐府解题》曰："古辞云'君子防未然'，盖言远嫌疑也。又有《君子有所思行》，辞旨与此不同。"今按：《乐府诗集》此首无作者名。《文选》卷二七作"古辞"。《艺文类聚》卷四一和《诗纪》卷一三作"曹植"。《曹子建集》卷六此首无"嫂叔不亲授"四句，注称"《古乐府》作古辞，冠字下有四句"云云，今从《文选》及《古乐府》作"古辞"。　② 世：《曹子建集》作"人"。

清调曲

郭茂倩解引《古今乐录》曰："王僧虔《技录》(今按：即《大明三年宴乐技录》)清调有六曲，一《苦寒行》，二《豫章行》，三《董逃行》，四《相逢狭路间行》，五《塘上行》，六《秋胡行》。"荀氏录所载九曲，传者五曲。晋、宋、齐所歌，今不歌。武帝"北上"《苦寒行》，"上谒"《董逃行》，"蒲生"《塘(今按：《乐府诗集》卷三阙"塘"字，据其卷三五《塘上行》补)上行》，"晨上"、"愿登"并《秋胡行》是也。其四曲今不传。明帝"悠悠"《苦寒行》，古辞"白杨"《豫章行》，武帝"白日"《董逃行》，古辞《相逢狭路间行》是也。其器有笙、笛(下声弄、高弄、游弄)、篪、节、琴、瑟、筝、琵琶八种。歌弦四弦。张永《录》云："未歌之前，有五部弦，又在弄后。晋、宋、齐，止四器也。"

豫 章 行①
古 辞

白杨②初生时，乃在豫章山。上叶摩青云，下根通黄泉。凉秋八九月，山客持斧斤。我□何皎皎，稊③落□□□④。根株已断绝，颠倒岩石间。大匠持斧绳，锯墨齐两端。一驱四五里，枝叶相⑤自捐。□□□□□，会为舟船蟠。身在洛阳宫，根在豫章山。多谢枝与叶，何时复相连？吾生百年□，自□□□俱。何意万人巧，使我离根株。

① 此首录自《乐府诗集》卷三四。郭茂倩解引《古今乐录》曰："《豫章行》，王僧虔云《荀录》所载《古白杨》一篇，今不传。"《乐府解题》曰："陆机'泛舟清川渚'，谢灵运'出宿告密亲'，皆伤离别，言寿短景驰，容华不久。傅玄《苦相篇》云'苦相身为女'，言尽力于人，终以华落见弃。亦题曰《豫章行》也。"豫章，汉郡邑地名。今按：此题乃王僧虔《大明三年宴乐技录》清调六曲之二。又《乐府诗集》云，此曲为"晋乐所奏"。今依《乐府诗集》作"古辞"录入。 ② 杨：《乐府诗集》作"阳"，

中华书局本校据《诗纪》卷六改。　③ 秭：《乐府诗集》卷三四作"皎梯"，中华书局本校据文意改。　④ □：各版本此处皆脱字。　⑤ 相：各本皆脱，中华书局本校依文意补。

董　逃　行①

古　辞

　　吾欲上谒从高山，山头危险大难②。遥望五岳端，黄金为阙班璘。但见芝草，叶落纷纷③。百鸟集，来如烟。山兽纷纭，麟、辟邪；其端鹍鸡声鸣。但见山兽援戏相拘攀④。小复前行玉堂，未心怀流还。传教出门来："门外人何求？"所言："欲从圣道求一得命延。"⑤教敕凡吏受言，采取神药若木⑥端。白兔长跪捣药虾蟆丸。奉上陛下一玉柈，服此药可得神⑦仙⑧。服尔神药，莫⑨不欢喜。陛下长生老寿，四面肃肃稽首，天神拥护左右，陛下长与天相⑩保守⑪。

　　① 此首录自《乐府诗集》卷三四。郭茂倩解引崔豹《古今注》曰："《董逃歌》，后汉游童所作也。终有董卓作乱，卒以逃亡。后人习之为歌章。乐府奏之以为儆诫焉。"《后汉书·五行志》曰："灵帝中平中，京都歌曰：'承乐世，董逃，游四郭，董逃。蒙天恩，董逃，带金紫，董逃。行谢恩，董逃，整车骑，董逃。垂欲发，董逃，与中辞，董逃。出西门，董逃，瞻宫殿，董逃。望京城，董逃，日夜绝，董逃，心摧伤，董逃。'按'董'即董卓也。言欲（今按：《乐府诗集》注'一作虽'）跋扈，纵有（今按：《后汉书·五行志》作'其'）残暴，终归逃窜，至于灭族也。"《风俗通》曰："卓以《董逃》之歌，主为己发，太禁绝之。"杨阜《董卓传》曰："卓改《董逃》为'董安'。"《乐府解题》曰："古词云：'吾欲上谒从高山，山头危险大难（今按：《乐府诗集》"难"后有"言"字，据《宋书·乐志》删）。'言五岳之上，皆以黄金为宫阙，而多灵兽仙草，可以求长生不死之术，令天神拥护君上以寿考也。若陆机'和风习习薄林'，谢灵运'春虹散彩银河'，但言节物芳华，可及时行乐，无使徂龄坐徙而已。晋傅玄有《历九秋篇》十二章，具叙夫妇别离之思，亦题云《董逃行》，未详。"今按：

此题乃王僧虔《大明三年宴乐技录》清调六曲之三。《乐府诗集》卷三四作《董逃行五解》。　②《乐府诗集》"大难"后有"言"字，据《宋书·乐志》删。　③《乐府诗集》注："一解。"　④《乐府诗集》注："二解。"　⑤《乐府诗集》注："三解。"⑥ 若木：古代神话传说中的树名。生在昆仑山的极西处，日落的地方。《离骚》："折若木以拂日兮，聊逍遥以相羊。"　⑦ 神：《宋书》作"即"。　⑧《乐府诗集》注："四解。"　⑨ 莫：《宋书》作"无"。　⑩ 相：《古乐府》无此字。　⑪《乐府诗集》注："五解。"

相 逢 行①

古 辞

相逢狭路间，道隘不容车。不知何年少②，夹毂问君家。君家诚易知，易知复难忘。黄金为君门，白玉为君堂。堂上置樽酒，作使③邯郸倡。中庭生桂树，华灯何煌煌。兄弟两三人，中子为侍郎④。五日一来归，道上自生光。黄金络马头，观者盈道旁。入门时⑤左顾，但见双鸳鸯。鸳鸯七十二，罗列自成行。音声何噰噰，鹤鸣东西厢。大妇织绮罗⑥，中妇织流黄。小妇无所为，挟瑟上高堂。丈人且安坐，调丝方未央⑦。

① 此首录自《乐府诗集》卷三四。郭茂倩解云：一曰《相逢狭路间行》，亦曰《长安有狭斜行》。《乐府解题》曰："古词文意与《鸡鸣曲》同。晋陆机《长安狭斜行》云：'伊、洛有歧路，歧路交朱轮。'则言世路险狭邪僻，正直之士无所措手足矣。"唐李贺有《难忘曲》，亦出于此。今按：此题乃王僧虔《大明三年宴乐技录》清调六曲之四。《玉台新咏》卷一作《相逢狭路间》。《乐府诗集》云，此曲为"晋乐所奏"。　②"不知"句：《玉台新咏》作"如何两年少"。　③ 作使：《玉台新咏》作"使作"。　④ 为侍郎：《玉台新咏》作"侍中郎"。　⑤ 时：《艺文类聚》卷四一作"一"。　⑥ 绮罗：《玉台新咏》作"罗绮"。　⑦"调丝"句：《乐府诗集》注"一作调丝未遽央"。

长安有狭斜行①

古 辞

长安有狭斜②,狭斜不容车。适逢两少年,挟毂问君家。君家新市旁,易知复难忘。大子二千石,中子孝廉郎。小子无官职,衣冠仕洛阳。三子俱入室,室中自生光。大妇织绮纻③,中妇织流黄。小妇无所为,挟琴上高堂。丈夫且徐徐,调弦讵未央。

① 此首录自《乐府诗集》卷三五。今按:此题为王僧虔《大明三年宴乐技录》清调六曲之四。开头结尾词句与上篇《相逢行》多有相同之处。　② 狭斜:小街曲巷。指冶游之处。南朝梁沈约《丽人赋》:"狭斜才女,铜街丽人。"　③ 纻:《乐府诗集》注"一作罗"。

瑟调曲

郭茂倩解引《古今乐录》曰:"王僧虔《技录》瑟调曲有《善哉行》、《陇西行》、《折杨柳行》、《西门行》、《东门行》、《东西门行》、《却东西门行》、《顺东西门行》、《饮马行》、《上留田行》、《新成安乐宫行》、《妇病行》、《孤子生行》、《放歌行》、《大墙上蒿行》、《野田黄爵行》、《钓竿行》、《临高台行》、《长安城西行》、《武舍之中行》、《雁门太守行》、《艳歌何尝行》、《艳歌福钟行》、《艳歌双鸿行》、《煌煌京洛行》、《帝王所居行》、《门有车马客行》、《墙上难用趋行》、《日重光行》、《蜀道难行》、《棹歌行》、《有所思行》、《蒲坂行》、《采梨橘行》、《白杨行》、《胡无人行》、《青龙行》、《公无渡河行》。"《荀氏录》所载十五曲,传者九曲。武帝"朝日"(今按:"朝日"当为文帝辞,见其《善哉行》)、"自惜"、"古公",文帝"朝游"、"上山",明帝"赫赫"、"我徂",古辞"来日",并《善哉》,古辞《罗敷艳歌行》是也,其六曲今不传。"五岳"《善哉行》,武帝"鸿雁"《却东西门行》,"长安"《长安城西行》,"双鸿"、"福钟"并《艳歌行》,"墙上"《墙上难用趋行》是也。其器有笙、笛、节、琴、瑟、筝、琵琶七种,歌弦六部。张永《录》云:"未歌之前有七部,弦又在弄后。晋、宋、齐止四器也。"

善哉行①

古 辞

来日大难，口燥唇干。今日相乐，皆当喜欢②。经
历名山，芝草翻翻③。仙人王乔，奉药一丸④。自惜袖
短，内手知寒。惭无灵辄，以报⑤赵宣⑥。月没参横，北
斗阑干。亲交在门，饥不及餐⑦。欢日尚少，戚日苦
多。以何忘忧，弹筝酒歌⑧。淮南八公⑨，要道不烦。
参驾六龙，游戏云端⑩。

　　① 此首录自《乐府诗集》卷三六。郭茂倩解引《乐府解题》曰："古辞云：'来
日大难，口燥唇干。'言人命不可保，当见亲友，且永长年术，与王乔、八公游焉。
又魏文帝辞云：'有美一人，婉如青扬。'言其妍丽，知音，识曲，善为乐方，令人忘
忧。此篇诸集所出，不入乐志。"按魏明帝《步出夏门行》曰："善哉殊复善，弦歌乐
我情。"然则"善哉"者，盖叹美之辞也。今按：《乐府诗集》此首题为《善哉行六
解》。　②《乐府诗集》注："一解。"　③ 翻翻：《艺文类聚》卷四一作"翩翩"。
④《乐府诗集》注："二解。"　⑤ 报：《艺文类聚》作"救"。　⑥《乐府诗集》注：
"三解。"　⑦《乐府诗集》注："四解。"　⑧《乐府诗集》注："五解。"　⑨ 淮南八
公：汉淮南王刘安门客，有苏非、李尚、左吴、田由、雷被、毛被、伍被、晋昌八人，称
八公。他们应刘安之招，和诸儒大山、小山相与论说，著《淮南子》。见汉高诱
《〈淮南子注〉序》。　⑩《乐府诗集》注："六解。"

陇 西 行①

古 辞

天上何所有，历历种白榆。桂树夹道生，青龙对
道隅。凤凰鸣啾啾，一母将九雏。顾视世间人，为乐
甚独殊。好妇出迎客，颜色正敷愉。伸腰再拜跪，问
客平安不。请客北堂上，坐客毡氍毹。清白各异樽，
酒上正华疏。酌酒持与客，客言主人持。却略再拜

跪,然后持一杯。谈笑未及竟,左顾敕中厨。促令办粗饭,慎莫使稽留。废礼送客出,盈盈府中趋。送客亦不远,足不过门枢。取妇得如此,齐姜亦不如。健妇持门户,亦胜一丈夫②。

① 此首录自《乐府诗集》卷三七。郭茂倩解云:一曰《步出夏门行》。《乐府解题》曰:"古辞云:'天上何所有,历历种白榆',始言妇有容色,能应门承宾。次言善于主馈,终言送迎有礼。此篇出诸集,不入《乐志》。若梁简文'陇西四(今按:《乐府诗集》原文脱"四"字,中华书局本校记据梁简文帝诗补)战地',但言辛苦征战,佳人怨思而已。"王僧虔《技录》云:"《陇西行》歌武帝'碣石'、文帝(今按:当作明帝)'夏门'二篇。"《通典》曰:"秦置陇西郡,以居陇坻之西为名。后魏兼置渭州。《禹贡》曰'导渭自鸟鼠同穴',即其地也。"今首阳山亦在焉。   ②"亦胜"句:《乐府诗集》作"一胜一丈夫",《玉台新咏》卷一作"胜一大丈夫",据《古乐府》卷五改。

步出夏门行①

古 辞

邪径过空庐,好人常独居。卒得神仙道,上与天相扶。过谒王父母,乃在太山隅。离天四五里,道逢赤松俱。揽辔为我御,将吾上天②游。天上何所有,历历种白榆。桂树夹道生,青龙对伏趺。

① 此首录自《乐府诗集》卷三七。   ② 上天:《诗纪》卷六作"天上"。

折杨柳行①

古 辞

默默施行违,厥罚随事来。末喜②杀龙逢,桀放于鸣条③。祖伊言不用,纣头悬白旄。指鹿用为马,胡亥以丧躯④。夫差临命绝,乃云负子胥。戎王纳女乐,以亡其由余⑤。璧马祸及虢，二国俱为墟⑥。三夫成市虎，慈母投杼趋。卞和之刖足，接舆⑦归草庐⑧。

① 此首录自《乐府诗集》卷三七。郭茂倩解引《古今乐录》曰："王僧虔《技录》云：《折杨柳行》歌，文帝'西山'、古（辞）'默默'二篇，今不歌。"今按：《乐府诗集》此题作《折杨柳行四解》。　② 末喜：亦作"末嬉"，即妹喜，夏桀之妃。③《乐府诗集》注："一解。"　④《乐府诗集》注："二解。"　⑤ 由余：亦作"繇余"，春秋时秦国大夫。　⑥ "璧马"二句：《左传·僖公二年》："晋荀息请以屈产之乘，与垂棘之璧假道于虞以伐虢。"晋国向虞国借路去攻打虢国，在灭虢国后回师途中，把虞国也灭了。后称此为"假途灭虢"之计。又，《乐府诗集》注："三解。"⑦ 接舆：春秋时隐士，楚国人。躬耕以食，佯狂不仕，亦称"楚狂接舆"。　⑧《乐府诗集》注："四解。"

西 门 行①

古 辞

出西门，步念之。今日不作乐，当待何时②？夫为乐，为乐当及时。何能坐愁怫郁，当复待来兹③。饮醇酒，炙肥牛，请呼心所欢，可用解愁忧④。人生不满百，常怀千岁忧。昼短而夜长，何不秉烛游⑤。自非仙人王子乔，计会寿命难与期。自非仙人王子乔，计会寿命难与期⑥。人寿非金石，年命安可期。贪财爱惜费，但为后世嗤。

① 此首录自《乐府诗集》卷三七。郭茂倩解引《古今乐录》曰："王僧虔《技录》：《西门行》歌古西门一篇，今不传。"《乐府解题》曰："古辞云'出西门，步念之'，始言醇酒肥牛，及时为乐，次言'人生不满百，常怀千岁忧，昼短苦夜长，何不秉烛游'，终言贪财惜费，为后世所嗤。又有《顺东西门行》，为三、七言，亦伤时顾阴，有类于此。"今按：《乐府诗集》此题作《西门行六解》。又云，此首为"晋乐所奏"。　②《乐府诗集》注："一解。"　③《乐府诗集》注："二解。"兹，李善注引高诱曰："兹，年。"　④《乐府诗集》注："三解。"　⑤《宋书·乐志》注："一本'烛游'

后'行去之,如云除,弊车羸马为自推',无'自非'以下四十八字。"又,《乐府诗集》注:"四解。"　⑥《乐府诗集》注:"五解。"

西 门 行①

本　辞②

出西门,步念之,今日不作乐,当待何时? 逮为乐,逮为乐,当及时。何能愁怫郁,当复待来兹。酿美酒,炙肥牛,请呼心所欢,可用解忧愁。人生不满百,常怀千岁忧。昼短苦夜长,何不秉烛游。游行去去如云除,弊车羸马为自储。

① 此首录自《乐府诗集》卷三七。　②《乐府诗集》于此首末注"本辞"。

东 门 行①

古　辞

出东门,不顾归。来入门,怅欲悲。盎中无斗储,还视桁上无悬衣②。拔剑出门去,儿女牵衣啼。他家但愿富贵,贱妾与君共铺糜③。共铺糜,上用仓浪天故,下为黄口小儿。今时清廉,难犯教言,君复自爱莫为非④。今时清廉,难犯教言,君复自爱莫为非。行! 吾去为迟,平慎行,望君归⑤。

① 此首录自《乐府诗集》卷三七。郭茂倩解引《古今乐录》曰:"王僧虔《技录》云:'《东门行》歌古东门一篇,今不歌。'"《乐府解题》曰:"古词云'出东门,不顾归。入门怅欲悲',言士有贫不安其居者,拔剑将去,妻子牵衣留之,愿共铺糜,不求富贵。且曰'今时清,不可为非'也。若宋鲍照'伤禽恶弦惊',但伤离别而已。"今按:《乐府诗集》此题作《东门行四解》。又云,此首为"晋乐所奏"。②《乐府诗集》注:"一解。"　③《乐府诗集》注:"二解。"　④《乐府诗集》注:"三解。"　⑤《乐府诗集》注:"四解。"

东门行①

本 辞②

出东门,不顾归。来入门,怅欲悲。盎中无斗米储,还视架上无悬衣。拔剑东门去,舍中儿母牵衣啼。他家但愿富贵,贱妾与君共铺糜。上用仓浪天故,下当用此黄口儿。今非,咄!行!吾去为迟,白发时下难久居。

① 此首录自《乐府诗集》卷三七。 ②《乐府诗集》此首末注:"本辞"。

饮马长城窟行①

古 辞②

青青河畔③草,绵绵思远道。远道不可思,宿④昔梦见之。梦见在我旁,忽觉在他乡。他乡各异县,展转不相⑤见。枯桑知天风,海水知天寒。入门各自媚,谁肯相为言。客从远方来,遗我双鲤鱼。呼儿烹鲤鱼,中有尺素书。长跪读素书,书中竟何如?上言⑥加餐饭⑦,下言⑧长相忆⑨。

① 此首录自《乐府诗集》卷三八。郭茂倩解云,一曰《饮马行》。长城,秦所筑以备胡者。其下有泉窟,可以饮马。古辞云:"青青河畔草,绵绵思远道。"言征戍之客,至于长城而饮其马,妇人思念其勤劳,故作是曲也。郦道元《水经注》曰:"始皇二十四年,使太子扶苏与蒙恬筑长城,起自临洮,至于碣石,东暨辽海,西并阴山,凡万余里。民怨劳苦,故杨泉《物理论》曰:'秦筑长城,死者相属。'民歌曰:'生男慎勿举,生女哺用脯。不见长城下,尸骸相支拄。'其冤痛如此。今白道南谷口有长城,自城北出有高坂,旁有土穴出泉,挹之不穷。歌录云'饮马长城窟',信非虚言也。"《乐府解题》曰:"古词,伤良人游荡不归,或云蔡邕之辞。若魏陈琳辞云:'饮马长城窟,水寒伤马骨。'则言秦人苦长城之役也。"《广题》曰:"长城南有溪坂,上有土窟,窟中泉流。汉时将士征塞北,皆饮马此水也。按赵武灵王既袭胡服,自代并阴山下至高阙为塞,山下有长城,武灵王之所筑也。其山中断,望

之若双阙,所谓高阙者焉。"《古今乐录》曰:"王僧虔《技录》云:'《饮马行》,今不歌。'"　② 古辞:《文选》卷二七作"古辞",《玉台新咏》卷一作蔡邕诗。　③ 畔:《玉台新咏》作"边"。　④ 宿:《文选》作"夙"。　⑤ 相:《文选》作"可"。　⑥ 言:《文选》作"有"。　⑦ 饭:《文选》作"食"。　⑧ 言:《文选》作"有"。　⑨ 忆:《艺文类聚》卷四一作"思"。

妇 病 行①

古 辞

　　妇病连年累岁,传呼丈人前一言。当言未及得言,不知泪下一何翩翩。"属累君两三孤子,莫我儿饥且寒,有过慎莫笪②笞,行当折摇,思复念之。"乱曰:抱时无衣,襦复无里。闭门塞牖舍,孤儿到市,道逢亲交,泣坐不能起。从乞求与孤买饵,对交啼泣泪不可止。"我欲不伤悲不能已"。探怀中钱持授,交入门,见孤儿啼索其母抱,徘徊空舍中,行复尔耳,弃置勿复道!

　　① 此首录自《乐府诗集》卷三八。　② 笪:《乐府诗集》作"笪",疑为"笪"。

孤 儿 行①

古 辞

　　孤儿生,孤子遇生,命独当苦! 父母在时,乘坚车,驾驷马。父母已去,兄嫂令我行贾。南到九江,东到齐与鲁。腊月来归,不敢自言苦。头多玑虱,面目多尘。大兄言办饭,大嫂言视马。上高堂,行取殿下堂,孤儿泪下如雨。使我朝行汲,暮得水来归。手为错,足下无菲。怆怆履霜,中多蒺藜。拔断蒺藜,肠肉②中怆欲悲。泪下渫渫,清涕累累。冬无复襦,夏无单衣。居生不乐,不如早去,下从地下黄泉。春气动,草萌芽。三月蚕桑,六月收瓜。将是瓜车,来到还家。瓜车反覆,助我者少,啖瓜者多。愿还我蒂,兄与嫂严,独且急归。当与③校计。乱曰:里中一何诡诡,愿欲寄尺书,将与地下父母,兄嫂难与久居。

① 此首录自《乐府诗集》卷三八。郭茂倩解云,《孤子生行》,一曰《孤儿行》。古辞言孤儿为兄嫂所苦,难与久居也。《歌录》曰:"《孤子生行》,亦曰《放歌行》。"《乐府解题》曰:"鲍照《放歌行》云'蓼虫避葵堇',言朝廷方盛,君上好才,何为临歧相将去也。"　② 肉:《乐府诗集》作"月",中华书局本校据《古乐府》卷五改。③ 与:《乐府诗集》作"兴",中华书局本校据《古乐府》改。

雁门太守行①

古　辞

孝和帝在时,洛阳令王君②,本自益州广汉蜀③民。少行宦,学通五经论④。明知法令,历世衣冠。从温补洛阳令。治行致贤,拥护百姓,子养万民⑤。外行猛政,内怀慈仁。文武备具,料民富贫。移恶子姓,篇⑥著里端⑦。伤杀人,比伍同罪对门,禁鏊⑧矛八尺,捕轻薄少年,加笞决罪,诣马市论⑨。无妄发赋,念在理冤。敕吏正狱,不得苛烦。财用钱三十,买绳礼竿⑩。贤哉贤哉,我县王君。臣吏衣冠,奉事皇帝。功曹主簿,皆得其人⑪,临部居职,不敢行恩。清身苦体,夙夜劳勤。治有能名,远近所闻⑫。天年不遂,早就奄昏。为君作祠,安阳亭西。欲令后世,莫不称传⑬。

① 此首录自《乐府诗集》卷三九。郭茂倩解引《古今乐录》曰:"王僧虔《技录》云:'《雁门太守行》歌古洛阳令一篇。'"《后汉书》曰:"王涣,字稚子,广汉郪人也。父顺,安定太守。涣少好侠,尚气力,晚改节敦儒学,习书读律,略通大义。后举茂才,除温令。讨击奸滑,境内清夷,商人露宿于道。其有放牛者,辄云以属稚子,终无侵犯。在温三年,迁兖州刺史。绳正部郡,威风大行。后坐考妖言不

实论,岁余征拜侍御史。永元十五年,还为洛阳令。政平讼理,发摘奸伏,京师称叹,以为有神算。元兴元年病卒。百姓咨嗟,男女老壮相与致奠醊,以千数。及丧西归,经弘农,民庶皆设槃案于路。吏问其故,咸言平常持米到洛,为卒司所抄,恒亡其半。自王君在事,不见侵枉,故来报恩。其政化怀物如此。民思其德,为立祠安阳亭西。每食辄弦歌而荐之。永初(今按:原作'永嘉',此据《后汉书》改)二年,邓太后诏嘉其节义,而以子石为郎中。延熹中,桓帝事黄老道,悉毁诸旁祀,惟存卓茂与涣祠焉。"《乐府解题》曰:"按古歌词,历数涣本末,与传合。而曰《雁门太守行》,所未详。若梁简文帝'轻霜中夜下',备言边城征战之思,皇甫规雁门之间,盖据题为之也。"今按:《宋书·乐志》此题上有"洛阳行"三字。中华书局本引《全汉诗》注:"按其歌辞历数涣本末,与本传合。其题当作《洛阳行》,其调则为《雁门太守行》也。"又,《乐府诗集》卷三九此题作《雁门太守行八解》,并注此首为"晋乐所奏"。　②王君:指王涣。　③蜀:《宋书》无此字。　④《乐府诗集》注:"一解。"　⑤《乐府诗集》注:"二解。"　⑥姓,篇:《宋书》作"姓名五篇"。　⑦《乐府诗集》注:"三解。"　⑧鋈:《宋书》作"镏"。　⑨《乐府诗集》注:"四解。"　⑩《乐府诗集》注:"五解。"　⑪《乐府诗集》注:"六解。"　⑫《乐府诗集》注:"七解。"　⑬《乐府诗集》注:"八解。"

艳歌何尝行①

古　辞

　　飞来双白鹄,乃从西北来。十十五五,罗列成行②。妻卒被病,行不能相随③。五里一反顾,六里一徘徊④。吾欲衔汝去,口噤不能开;吾欲负汝去,毛羽何摧颓⑤。乐哉新相知,忧来生别离,踯躅顾群侣,泪下不自知⑥。念与君离别⑦,气结不能言,各各重自爱,远道归还难。妾当守空房,闭门下重关。若生当相见,亡者会黄泉。今日乐相乐,延年万岁期⑧。

　　①此首录自《乐府诗集》卷三九。郭茂倩解云,一曰《飞鹄行》。《古今乐录》曰:"王僧虔《技录》云:'《艳歌何尝行》,歌文帝《何尝》、《古白鹄》二篇。'"《乐府解

题》曰:"古辞云:'飞来双白鹄,乃从西北来。'言雌病雄不能负之而去,'五里一反顾,六里一徘徊'。虽遇新相知,终伤生别离也。又有古辞云'何尝快独无忧',不复为后人所拟。鹄,一作鹤。"今按:《乐府诗集》此题为《艳歌何尝行四解》。《玉台新咏》卷一作《双白鹄》。　②"十十"二句:《玉台新咏》作"十十将五五,罗列行不齐"。《乐府诗集》注:"一解。"　③"妻卒"二句:《玉台新咏》作"忽然卒疲病,不能飞相随"。　④《乐府诗集》注:"二解。"　⑤《乐府诗集》注:"三解。"⑥"泪下"句:《玉台新咏》作"泪落纵横垂"。《乐府诗集》注:"四解。"　⑦"念与君离别"以下八句,《玉台新咏》阙。　⑧《乐府诗集》注:"'念与'下为趋。"即"念与君离别"以下八句为"趋"。趋,大曲的尾声。

艳 歌 行①(二首)

古 辞

其 一

　　翩翩堂前燕,冬藏夏来见。兄弟两三人,流宕②在他县。故衣谁当补,新衣谁当绽③。赖得贤主人,览取为吾组④。夫婿从门来,斜柯西北眄。语卿且勿眄,水清石自见。石见何累累,远行不如归。

① 此二首录自《乐府诗集》卷三九。郭茂倩解引《古今乐录》曰:"《艳歌行》非一,有直云《艳歌》,即《艳歌行》是也。若《罗敷》、《何尝》、《双鸿》、《福钟》等行,亦皆'艳歌'。"王僧虔《技录》云:"《艳歌双鸿行》,荀《录》所载,《双鸿》一篇;《艳歌福钟行》,荀《录》所载,《福钟》一篇,今皆不传。《艳歌罗敷行》'日出东南隅'篇,荀《录》所载。《罗敷》一篇,相和中歌之,今不歌。"《乐府解题》曰:"古辞云'翩翩堂前燕,冬藏夏来见',言燕尚冬藏夏来,兄弟反流宕他县。主妇为绽衣服,其夫见而疑之也。"今按:《乐府诗集》卷三九《艳歌行》题下两首并列,现标明其一、其二。　② 宕:《玉台新咏》卷一作"荡"。　③ 绽:缝补。《玉台新咏·艳歌行》吴兆宜注:"缝补其裂亦曰绽。"　④ 组:《玉台新咏》作"绽"。组,缝补。

其 二

　　南山石嵬嵬,松柏何离离。上枝拂青云①,中心十数围。洛阳发中梁，松树窃自悲。斧锯截是松，松树东西摧。特②作四轮车，载至洛阳宫。观者莫不叹，问是何山材。谁能刻镂此，公输与鲁班；被之用丹漆，薰用苏合香。本自南山松，今为宫殿梁。

① 云：《乐府诗集》作"雪"，据《古乐府》卷五改。　② 特：《古乐府》作"持"。

楚调曲

郭茂倩解引《古今乐录》曰："王僧虔《技录》：楚调曲有《白头吟行》、《泰山吟行》、《梁甫吟行》、《东武琵琶吟行》、《怨诗行》。其器有笙、笛弄、节、琴、筝、琵琶、瑟七种。"张永《录》云："未歌之前，有一部弦，又在弄后，又有但曲七曲：《广陵散》、《黄老弹飞引》、《大胡笳鸣》、《小胡笳鸣》、《鹍鸡游弦》、《流楚》、《窈窕》，并琴、筝、笙、筑之曲，王《录》所无也。其《广陵散》一曲，今不传。"

白 头 吟①（二首）

古 辞

其 一

皑如山上雪，皎若云间月。闻君有两意，故来相决绝②。平生共城中，何尝斗酒会。今日斗酒会，明旦沟水头。蹀躞③御沟上，沟水东西流④。郭东亦有樵，郭西亦有樵，两樵相推与，无亲为谁骄⑤？凄凄重凄凄，嫁娶亦不啼。愿得一心人，白头不相离⑥。竹竿何袅袅，鱼尾何离簁，男儿欲相知，何用钱刀为！骙⑦如⑧马⑨噭其，川上高士嬉。今日相对乐，延年万岁期⑩。

① 此二首录自《乐府诗集》卷四一。郭茂倩解引《古今乐录》曰："王僧虔《技录》曰：《白头吟行》歌古'皑如山上雪'篇。"《西京杂记》曰："司马相如将聘茂陵人女为妾，卓文君作《白头吟》以自绝，相如乃止。"《乐府解题》曰："古辞云'皑如山

上雪，皎若云间月'，又云'愿得一心人，白头不相离'，始言良人有两意，故来与之相决绝；次言别于沟水之上，叙其本情；终言男儿重意气，何用于钱刀。若宋鲍照'直如朱丝绳'，陈张正见'平生怀直道'，唐虞世南'气如幽径兰'，皆自伤清直芬馥，而遭铄金玷玉之谤，君恩似薄，与古文近焉。"一说云：《白头吟》疾人相知，以新间旧，不能至于白首，故以为名。唐元稹又有《决绝词》，亦出于此。今按：《乐府诗集》此题作《白头吟二首五解》，又注云"晋乐所奏"。 ②《乐府诗集》注："一解。" ③《宋书·乐志》作"蹀喋"。 ④《乐府诗集》注："二解。" ⑤《乐府诗集》注："三解。" ⑥《乐府诗集》注："四解。" ⑦ 齨：《中华字典》曰："齨，音未详。晋乐所奏《白头吟》'齨如马噉其'。"又云"此字字书俱不载，惟《字汇》补有齨字，注云'齝字之伪'。今考齝字，《集韵》音宜，训露齿貌，或即此字。" ⑧ 如：《乐府诗集》注"如字下或有五字"。 ⑨ 马：《宋书·乐志》作"五马"。 ⑩《乐府诗集》注："五解。"

其　二①

皑如山上雪，皎若云间月。闻君有两意，故来相决绝。今日斗酒会，明旦沟水头。躞蹀御沟上，沟水东西流。凄凄复凄凄，嫁娶不须啼。愿得一心人，白头不相离。竹竿何袅袅，鱼尾何簁簁。男儿重意气，何用钱刀为！

①《乐府诗集》此首末注："本辞。"

怨　诗　行①

古　辞

天德悠且长，人命一何促。百年未几时，奄若风吹烛。嘉宾难再遇，人命不可续。齐度游四方，各系太山录。人间乐未央，忽然归东岳。当须荡中情，游心恣所欲。

① 此首录自《乐府诗集》卷四一。郭茂倩解引《古今乐录》曰："《怨诗行》歌东阿王'明月照高楼'一篇。"王僧虔《技录》曰："荀《录》所载'古为君'一篇，今不

传。《琴操》曰:"卞和得玉璞以献楚怀王,王使乐正子治之,曰:'非玉。'刖其右足。平王立,复献之,又以为欺,刖其左足。平王死,子立,复献之,乃抱玉而哭,继之以血,荆山为之崩。王使剖之,果有宝。乃封和为陵阳侯。辞不受而作怨歌焉。"班婕妤《怨诗行》序曰:"汉成帝班婕妤失宠,求供养太后于长信宫,乃作怨诗以自伤。托辞于纨扇云。"《乐府解题》曰:"古词云:'为君既不易,为臣良独难。'言周公推心辅政,二叔流言,致有雷雨拔木之变。梁简文'十五颇有余',自言姝艳,以谗见毁。又曰'持此倾城貌,翻为不肖躯',与古文意同而体异。若傅休奕《怨歌行》云:'昭昭朝时日,皎皎最明月。'盖伤十五入君门,一别终华发,不及偕老,犹望死而同穴也。"今按:傅休奕,即晋文学家傅玄,字休奕。

怨 歌 行①

班婕妤②

新裂齐纨素,鲜③洁如霜雪。裁为合欢扇,团团似明月。出入君怀袖,动摇微风发。常恐秋节至,凉飙④夺炎热。弃捐箧笥中,恩情中道绝。

① 此首录自《乐府诗集》卷四二。今按:《汉书·外戚传》谓班婕妤为赵飞燕所谮,遂求供养太后于长信宫,诗即为此而作。又有以《汉书》无作怨诗之言,遂疑此篇为伪作者。　② 班婕妤(生卒年不详):班,姓。婕妤,亦作倢伃。其名不详,汉成帝时被选入宫,立为倢伃。后退处东宫,作赋自伤。成帝殁后,充奉园陵。一说为班固的大姑母。　③ 鲜:《文选》卷二七作"皎"。　④ 飙:《玉台新咏》作"风"。

大曲

郭茂倩解引《宋书·乐志》曰:"大曲十五曲:一曰《东门》,二曰《西山》,三曰《罗敷》,四曰《西门》,五曰《默默》,六曰《园桃》,七曰《白鹄》,八曰《碣石》,九曰《何尝》,十曰《置酒》,十一曰《为乐》,十二曰《夏门》,十三曰《王者布大化》,十四曰《洛阳令》,十五曰《白头吟》。《东门》,《东门行》;《罗敷》,《艳歌罗敷行》;《西门》,《西门行》;《默默》,《折杨柳行》;《白鹄》、《何尝》并《艳歌何尝行》;《为乐》,《满歌行》;《洛阳令》,《雁门太守行》;《白头吟》并古辞。《碣石》,《步出夏门行》,武帝辞。《西山》,《折杨柳行》;《园桃》,《煌煌京洛行》并文帝辞。《夏门》,《步出夏门行》;《王者布大化》,《棹歌行》并明帝辞。《置酒》,《野田黄爵行》,东阿王辞。《白头吟》与《棹歌》同调。其《罗敷》、《何尝》、《夏门》三曲,前有艳,后有趋。《碣石》一篇,有艳。《白鹄》、《为乐》、《王者布大化》三曲,有趋。《白头吟》一曲,有乱。《古今乐录》曰:"凡诸大曲竟,黄老弹独出舞,无辞。"按王僧虔《技录》:"《棹歌行》在瑟调,《白头吟》在楚调。"而沈约云同调,未知孰是。

满 歌 行①(二首)

古 辞

其 一

　　为乐未几时,遭世险巇。逢此百罹,零丁荼毒,愁懑难支。遥望辰极,天晓月移。忧来填心,谁当我知②。戚戚多思虑,耿耿不宁。祸福无形,唯念古人,逊位躬耕。遂我所愿,以兹自宁。自鄙山栖,守此一荣③。暮秋烈风起,西蹈沧海,心不能安。揽衣起瞻夜,北斗阑干。星汉照我,去去自无他。奉事二亲,劳心可言④。穷达天所为,智者不愁,多为少忧。安贫乐正道,师彼庄周。遗名者贵,子熙同巇。往者二贤,名垂千秋⑤。饮酒歌舞,不乐何须。善哉照观日月,日月驰驱,辚轲世间。何有何无,贪财惜费,此一何⑥愚。命如凿石见火,居世竟能几时?但当欢乐自娱,尽心极所嬉怡。安善养君德性,百年保此期颐⑦。

　　① 此二首录自《乐府诗集》卷四三。郭茂倩解引《乐府解题》曰:"古辞云:'为乐未几时,遭时崄巇。'其始言逢此百罹,零丁荼毒。古人逊位躬耕,遂我所愿。次言穷达天命,智者不忧。庄周遗名,名垂千载。终言命如凿石见火,宜自

娱以颐养,保此百年也。"今按:《乐府诗集》此首题为《满歌行二首四解》,又注云"晋乐所奏"。 ②《乐府诗集》注:"一解。" ③《乐府诗集》注:"二解。" ④《乐府诗集》注:"三解。" ⑤《乐府诗集》注:"四解。" ⑥ 一何:《乐府诗集》作"何一",据下曲(其二)"本辞"改。 ⑦《乐府诗集》注:"'饮酒'上(今按:应为下)为趋。"

其 二①

为乐未几时,遭时②嵃巇,逢此百离③。伶丁荼毒,愁苦难为。遥望极辰,天晓月移。忧来填心,谁当我知。戚戚多思虑,耿耿殊不宁。祸福无形,惟念古人,逊位躬耕。遂我所愿,以兹④自宁。自鄙栖栖,守此末荣。暮秋烈风,昔蹈沧海,心不能安。揽衣瞻夜,北斗阑干。星汉照我,去自无他。奉事二亲,劳心可言。穷达天为,智者不愁,多为少忧。安贫乐道,师彼庄周。遗名者贵,子遐同游。往者二贤,名垂千秋。饮酒歌舞,乐复何须。照视日月,日月驰驱。辚轲人间,何有何无。贪财惜费,此一何愚。凿石见火,居代几时?为当欢乐,心得所喜。安神养性,得保遐期。

① 《乐府诗集》于此首末云:"本辞。" ② 时:《古乐府》卷五作"世"。 ③ 离:《古乐府》作"罹"。 ④ 兹:《乐府诗集》卷四三阙,据《古乐府》补。

杂曲歌辞

汉之杂曲歌辞，同汉相和歌辞一样，堪为古乐府之菁华。它不仅多是"感于哀乐，缘事而发"的歌谣，而且题材新颖，继承了《诗经》的优良传统，并有创新，以至出现了像《孔雀东南飞》那样不朽的长篇叙事诗，为世代传诵。

宋郭茂倩《乐府诗集》所录两汉之杂曲歌辞，皆以未载名氏之"古辞"出之。本编仍以郭氏体例，依其次序录列作品。

杂曲歌辞之概况，郭茂倩已有解说。郭茂倩解引《宋书·乐志》曰："古者天子听政，使公卿大夫献诗，耆艾修之，而后王斟酌焉。"然后被于声，于是有采诗之官。周室下衰，官失其职。汉魏之世，歌咏杂兴，而诗之流乃有八名：曰行，曰引，曰歌，曰谣，曰吟，曰咏，曰怨，曰叹，皆诗人六义之余也。至其协声律，播金石，而总谓之曲。若夫均奏之高下，音节之缓急，文辞之多少，则系乎作者才思之浅深，与其风俗之薄厚。当是时，如司马相如、曹植之徒，所为文章，深厚尔雅，犹有古之遗风焉。自晋迁江左，下逮隋、唐，德泽寖微，风化不竞，去圣逾远，繁音日滋。艳曲兴于南朝，胡音生于北俗。哀淫靡曼之辞，迭作并起，流而忘反，以至陵夷。原其所由，盖不能制雅乐以相变，大抵多溺于郑、卫，由是新声炽而雅音废矣。

昔晋平公说新声，而师旷知公室之将卑。李延年善为新声变曲，而闻者莫不感动。其后元帝自度曲，被声歌，而汉业遂衰。曹妙达等改易新声，而隋文不能救。呜呼，新声之感人如此，是以为世所贵。虽沿情之作，或出一时，而声辞浅迫，少复近古。故萧齐之将亡也，有《伴侣》；高齐之将亡也，有《无愁》；陈之将亡也，有《玉树后庭花》；隋之将亡也，有《泛龙舟》。所谓烦手淫声，争新怨哀，此又新声之弊也。

杂曲者，历代有之，或心志之所存，或情思之所感，或宴游欢乐之所发，或忧愁愤怨之所兴，或叙离别悲伤之怀，或言征战行役之苦，或缘于佛老，或出自夷虏。兼收备载，故总谓之杂曲。自秦汉已来，数千百岁，文人才士，作者非一。干戈之后，丧乱之余，亡失既多，声辞不俱，故有名存义亡，不见所起，而有古辞可考者，则若《伤歌行》、《生别离》、《长相思》、《枣下何纂纂》之类是也。复有不见古辞，而后人继有拟述，可以概见其义者，则若《出自蓟北门》、《结客少年场》、《秦王卷衣》、《半渡溪》、《空城雀》、《齐讴》、《吴趋》、《会吟》、《悲哉》之类是也。又如汉阮瑀之《驾出北郭门》，曹植之《惟汉》、《苦思》、《欲游南山》、《事君》、《车已驾》、《桂之树》等行，《磐石》、《驱车》、《浮萍》、《种葛》、《吁嗟》、《鰕鳣》等篇，傅玄之《云中白子高》、《前有一樽酒》、《鸿雁生塞北行》、《昔君》、《飞尘》、《车遥遥篇》，陆机之《置酒》，谢惠连之《晨风》，鲍照之《鸿雁》，如此之类，其名甚多，或因意命题，或学古叙事，其辞俱在，故不复备论。"

蛱 蝶 行①

古　辞

　　蛱蝶之遨游东园②，奈何卒逢三月养子燕，接我首蓿间③。持之④，我入紫深宫中，行缠之，傅欂栌⑤间。雀⑥来燕，燕子见衔哺来，摇头鼓翼，何轩奴⑦轩。

　　① 此首录自《乐府诗集》卷六一。今按：《乐府诗集》作《蜨蝶行》，中华书局本校据《初学记》卷三〇改。　② "蛱蝶"句：《乐府诗集》作"蝶游蝶遨戏东园"，中华书局本校据《初学记》改。　③《初学记》至此，无下文。　④ 之：疑衍。⑤ 欂栌：屋柱上承梁的斗形方木，即斗拱。　⑥ 雀：疑误。　⑦ 奴：疑衍。

驱车上东门行①

古　辞

　　驱车上东门，遥望郭北墓。白杨何萧萧，松柏夹广路。下有陈②死人，杳杳即长暮。潜寐黄泉下，千载永不寤。浩浩阴阳移，年命如朝露。人生忽如寄，寿无金石固。万岁更相送，贤圣莫能度。服食求神仙，多为药所误，不如饮美酒，被服纨与素。

　　① 此首录自《乐府诗集》卷六一。今按：此首与《文选》"古诗十九首"中"驱车上东门"一首同。　② 陈：《乐府诗集》作"冻"，据《文选》卷二九《古诗》改。

伤歌行①

古　辞

昭昭素明月②,辉光烛我床。忧人不能寐,耿耿夜何长。微风吹③闺闼,罗帷自飘扬。揽衣曳长带,屣④履下高堂。东西安所之,徘徊以彷徨。春鸟翻⑤南飞,翩翩独翱翔。悲声命俦匹,哀鸣伤我肠。感物怀所思,泣涕忽沾裳。伫立吐高吟,舒愤诉穹苍。

① 此首录自《乐府诗集》卷六二。郭茂倩解云:《伤歌行》,侧调曲也。古辞伤日月代谢,年命遒尽,绝离知友,伤而作歌也。今按:此首作者《玉台新咏》卷二作"魏明帝",《文选》卷二七作"古辞",《乐府诗集》亦作"古辞"。　② 明月:《文选》作"月明"。　③ 吹:《玉台新咏》作"冲"。　④ 屣:《玉台新咏》作"纵"。　⑤ 翻:《乐府诗集》注"一作向";《文选》作"向"。

悲歌行①

古　辞

悲歌可以当泣,远望可以当归。思念故乡,郁郁累累。欲归家无人,欲渡河无船。心思不能言,肠中车轮转。

① 此首录自《乐府诗集》卷六二。

羽林郎①

辛延年②

昔有霍家奴③,姓冯名子都。依倚将军势,调笑酒家胡。胡姬年十五,春日独当垆。长裾连理带,广袖合欢襦。头上蓝田玉,耳后大秦珠。两鬟何窈窕④,一世良所无。一鬟五百万,两鬟千万余。不意金吾子,娉婷过我庐。银鞍何煜⑤爚,翠盖空踟蹰。就我求清酒,丝绳提玉壶。就我求珍肴,金盘鲙鲤鱼。贻我青铜镜,结我红罗裾。不惜红罗裂,何论轻贱躯。男儿爱后妇,女子重前夫。人生有新故,贵贱不相逾。多谢金吾子,私爱徒区区。

① 此首录自《乐府诗集》卷六三。郭茂倩解引《汉书》曰:"武帝太初元年,初置建章营骑,后更名羽林骑,属光禄勋。又取从军死事之子孙,养羽林官,教以五兵,号羽林孤儿。"颜师古曰:"羽林,宿卫之官,言其如羽之疾,如林之多。一说羽所以为主者羽翼也。"《后汉书·百官志》曰:"羽林郎,掌宿卫侍从,常选汉阳、陇西、安定、北地、上郡、西河六郡良家补之。"《地理志》曰:"汉兴,六郡良家子选给羽林"是也。又有《胡姬年十五》,亦出于此。 ② 辛延年(生卒年不详):东汉诗人。作品仅存《羽林郎》一首。 ③ 奴:《乐府诗集》作"姝"。《古乐府》卷一〇作"奴"。徐乃昌《玉台札记》云:"五溪云馆本、孟璟本均作奴。"据此改。 ④ 窕窕:《古乐府》作"窈窕"。 ⑤ 煜:《玉台新咏》卷一作"昱"。

前缓声歌①

古 辞②

水中之马必有陆地之船,但有意气,不能自前。心非木石,荆根株数,得覆盖天,当复思。东流之水必有西上之鱼,不在大小,但有朝于复来。长笛续短笛,欲今皇帝陛下三千万。

① 此首录自《乐府诗集》卷六五。郭茂倩解引晋陆机《前缓声歌》曰:"游仙聚灵族,高会曾(《诗纪》卷二四作"层")城(《玉台新咏》卷三作"山")阿。"言将前慕仙游,冀命长缓,故流声于歌曲也。宋谢惠连又有《后缓声歌》,大略戒居高位而为谀谄所蔽,与前歌之意异矣。按缓声本谓歌声之缓,非言命也。又有《缓歌行》亦出于此。 ② 古辞:《乐府诗集》正文阙,据其目录补。

东飞伯劳歌①

古　辞

东飞伯劳西飞燕,黄姑织女时相见。谁家女儿②对门居,开颜发艳照里闾。南窗北牖桂月③光,罗帷绮帐脂粉香。女儿年几十五六,窈窕无双颜如玉。三春已暮花从④风,空留可怜谁与同⑤。

① 此首录自《乐府诗集》卷六八。今按:此首题目《艺文类聚》卷四三作《古东飞伯劳歌》。又,此首作者《文苑英华》卷二〇六作"梁武帝"。　② 女儿:《乐府诗集》作"儿女",中华书局本校据《玉台新咏》卷九改。　③ 桂月:《玉台新咏》、《文苑英华》注均作"挂明"。　④ 从:《艺文类聚》作"随"。　⑤ 谁与同:《玉台新咏》作"与谁同"。

西洲曲①

古　辞

忆梅下西洲②,折梅寄江北。单衫杏子红,双鬓鸦雏色。西洲在何处,两桨桥头渡。日暮伯劳飞,风吹乌臼树。树下即门前,门中露翠钿。开门郎不至,出门采红莲。采莲南塘秋,莲花过人头。低头弄莲子,莲子青如水。置莲怀袖中,莲心彻底红。忆郎郎不至,仰首望飞鸿。鸿飞满西洲,望郎上青楼。楼高望不见,尽日阑干头。阑干十二曲,垂手明如玉。卷帘天自高,海水摇空绿。海水梦悠悠,君愁我亦愁。南风知我意,吹梦到西洲。

① 此首录自《乐府诗集》卷七二。　② 西洲:当为诗中女子情郎的居处。

长　干　曲[①]

古　辞

逆浪故相邀,菱舟不怕摇。妾家扬子住,便弄广陵潮。

① 此首录自《乐府诗集》卷七二。

董　娇　饶[①]

宋子侯[②]

洛阳城东路,桃李生路旁。花花自相对,叶叶自相当。春风东北起,花叶正低昂。不知谁家子,提笼行采桑。纤手折其枝,花落何飘扬。请谢彼姝子,何为见损伤?高秋八九月,白露变为霜。终年会飘堕,安得久馨香。秋时自零落,春月复芬芳。何时[③]盛年去,欢爱[④]永相忘。吾欲竟此曲,此曲愁人肠。归来酌美酒,挟瑟上高堂。

① 此首录自《乐府诗集》卷七三。今按:《玉台新咏》作"董娇娆"。余冠英《汉魏六朝诗选》注:"董娇饶,女子名。"疑亦乐府旧题。　② 宋子侯(生卒年不详):东汉诗人。生平事迹无考,所作《董娇饶》一首,婀娜其姿,无穷摇曳。③ 何时:当作"何如"。纪容舒《玉台新咏考异》:"《艺文类聚》作如,言花落仍可重开,不如人;盛年一去而即遭捐弃。"　④ 爱:《诗纪》卷四注,"《艺文类聚》作好"。

焦　仲　卿　妻[①]

古　辞

孔雀东南飞,五里一徘徊。"十三能织素,十四学裁衣。十五弹箜篌,十六诵诗书。十七为君妇,心中常苦悲。君既为府吏,守节情不移。贱妾留空房,相见常日稀[②]。鸡鸣入机织,夜夜不得息。三日断五疋,大人③故嫌迟。非为织作迟，君家妇难为。妾不堪驱使，徒留无所施。便可白公姥，及时相遣归。"府吏得闻之，堂上启阿母："儿已薄禄相，幸复得此妇。结发同枕席，黄泉共为友。共事二三④年，始尔未为久。女行无偏斜，何意致不厚？"阿母谓府吏："何乃太区区。此妇无礼节，举动自专由。吾意久怀忿，汝岂得自由。东家有贤女，自名秦罗敷。可怜体无比，阿母为汝求。便可速遣之，遣去慎莫留。"府吏长跪告⑤："伏惟启阿母。今若遣此妇，终老不复取。"阿母得闻之，槌床便大怒："小子无所畏，何敢助妇语。吾已失恩义，会不相从许。"府吏默无声，再拜还入户。举言谓新妇，哽咽不能语。"我自不驱卿，逼迫有阿母。卿但暂还家，吾今且报府。不久当归还，还必相迎取。以此下心意，慎勿违吾语。"新妇谓府吏："勿复重纷纭。往昔初阳岁，谢家来贵门。奉事循公姥，进止⑥敢自专。昼夜勤作息，伶俜萦苦辛。谓言无罪过，供养卒大恩。仍更被驱遣，何言复来还。妾有绣腰襦，葳蕤自生光。红罗复斗帐，四角垂香囊。箱帘六七十，绿碧青丝绳。物物各自异，种种在其中。人贱物亦鄙，不足迎后人。留待作遣⑦施，于今无会因⑧。时时为安慰，久久莫相忘。"鸡鸣外欲曙，新妇起严妆。著我绣夹裙，事事四五通。足下蹑丝履，头上玳瑁光。腰若流纨素，耳著明月珰。指如削葱根，口如含朱丹。纤纤作细步，精妙世无双。上堂谢⑨阿母，母听去不止⑩。"昔作女儿时，生小出野里。本自无教训，兼愧贵家子。受母钱帛多，不堪母驱使。今日还家去，念母劳家里。"却与小姑别，泪落连珠子。"新妇初来时⑪，小姑始扶床；今日被驱遣，小姑如我长。勤心养公姥，好自相扶将。初七及下九，嬉戏莫相忘。"出门登车去，涕落百余行。

府吏马在前，新妇车在后。隐隐何甸甸，俱会大道口。下马入车中，低头共耳语："誓不相隔卿。且暂还家去，吾今且赴府。不久当还归，誓天不相负。"新妇谓府吏："感君区区怀。君既若见录，不久望君来。君当作磐石，妾当作蒲苇。蒲苇纫如丝，磐石无转移。我有亲父兄，性行暴如雷。恐不任我意，逆以煎我怀。"举手长劳劳，二情同依依。入门上家堂，进退无颜仪。阿母大拊掌："不图子自归。十三教汝织，十四能裁衣。十五弹箜篌，十六知礼仪。十七遣汝嫁，谓言无誓[12]违。汝今无罪过，不迎而自归。"兰芝惭阿母："儿实无罪过。"阿母大悲摧。还家十余日，县令遣媒来。云"有第三郎，窈窕世无双。年始十八九，便言多令才"。阿母谓阿女："汝可去应之。"阿女衔[13]泪答："兰芝初还时，府吏见丁宁，结誓不别离。今日违情义，恐此事非奇。自可断来信，徐徐更谓之。"阿母白媒人："贫贱有此女，始适还家门。不堪吏人妇，岂合令郎君。幸可广问讯，不得便相许。"媒人去数日，寻遣丞请还[14]，说[15]"有兰家女，承籍有宦官"。云"有第五郎，娇逸未有婚。遣丞为媒人，主簿通语言[16]"。直说"太守家，有此令郎君。既欲结大义，故遣来贵门"。阿母谢媒人："女子先有誓，老姥岂敢言。"阿兄得闻之，怅然心中烦。举言谓阿妹："作计何不量。先嫁得府吏，后嫁得郎君。否泰如天地，足以荣汝身。不嫁义郎[17]体，其往[18]欲何云。"兰芝仰头答："理实如兄言。谢家事夫婿，中道还兄门。处分适兄意，那得自任专。虽与府吏要，渠会永无缘。登即相许和，便可作婚姻。"媒人下床去，诺诺复尔尔。还部白府君："下官奉使命，言谈大有缘。"府君得闻之，心中大欢喜。视历复开书，便利此月内。六合正相应，良吉三十日。"今已二十七,卿可去成婚。"交语速装束,络绎如浮云。青雀白鹄舫,四角龙子幡。婀娜随风转,金车玉作轮。踯躅青骢马,流苏金镂鞍。赍钱三百万,皆用青丝穿。杂彩三百匹,交广⑲市鲑珍。从人四五百,郁郁登郡门。阿母谓阿女:"适得府君书,明日来迎汝。何不作衣裳,莫令事不举。"阿女默无声,手巾掩口啼,泪落便如泻。移我琉璃榻,出置前窗下。左手持刀尺,右手执绫罗。朝成绣⑳夹裙,晚成单罗衫。晻晻日欲暝,愁思出门啼。府吏闻此变,因求假暂归。未至二三里,摧藏㉑马悲哀。新妇识马声,蹑履相逢迎。怅然遥相望,知是故人来。举手拍马鞍,嗟叹使心伤。"自君别我后,人事不可量。果不如先愿,又非君所详。我有亲父母,逼迫兼弟兄。以我应他人,君还何所望。"府吏谓㉒新妇:"贺卿得㉓高迁。磐石方且㉔厚,可以卒千年。蒲苇一时纫,便作旦夕间。卿当日胜贵,吾独向黄泉。"新妇谓府吏:"何意出此言。同是被逼迫,君尔妾亦然。黄泉下㉕相见,勿㉖违今日言。"执手分道去,各各还家门。生人作死别,恨恨那可论。念与世间辞,千万不复全。府吏还家去,上堂拜阿母:"今日大风寒,寒风摧树木,严霜结庭兰。儿今日冥冥,令母在后单。故作不良计,勿复怨鬼神。命如南山石,四体康且直。"阿母得闻之,零泪应声落。"汝是大家子,仕宦于台阁。慎勿为妇死,贵贱情何薄。东家有贤女,窈窕艳城郭。阿母为汝求,便复在旦夕。"府吏再拜还,长叹空房中,作计乃尔立。转头向户里,渐见愁煎迫。其日牛马嘶,新妇入青庐。奄奄㉗黄昏后,寂寂人定初。我命绝今日,魂去尸长留。揽裙脱丝履,举身赴清池。府吏闻此事,心知长别离。徘徊庭树下,自挂东南枝。两家求合葬,合葬华山旁。东西植松柏,左右种梧桐。枝枝相覆盖,叶叶相交通。中有双飞鸟,自名为鸳鸯。仰头相向鸣,夜夜达五更。行人驻足听,寡妇起㉘傍徨。多谢后世人,戒之慎勿忘。

① 此首录自《乐府诗集》卷七三。郭茂倩解云,《焦仲卿妻》,不知谁氏之所作也。其序曰:"汉末建安中,庐江(汉郡名,初治今安徽庐江西,后移潜山县)府小吏焦仲卿妻刘氏,为仲卿母所遣,自誓不嫁。其家逼之,乃没水而死。仲卿闻之,亦自缢于庭树。时人伤之而为此辞也(《玉台新咏》序作'时人伤之,为诗云尔')。"今按:此古辞最早见于《玉台新咏》,题为《古诗为焦仲卿妻作》,作者为"无名人"。旧谓东汉人作,故称"古辞"。　② "贱妾"二句:《玉台新咏》无,冯氏校本注:"按活本、杨本此句下有'贱妾留空房,相见常日稀'二句。"又,徐乃昌《玉台新咏札记》云"兰雪堂本、杨本、孟本有",据此补。林庚、冯沅君《中国历代诗歌选》曰此二句"可能是后人所加"。　③ 大人:儿媳对婆婆的敬称。　④ 二三:《诗纪》卷七作"三二"。　⑤ 告:《玉台新咏》卷一作"答"。　⑥ 止:《乐府诗集》作"心",依《古乐府》卷一〇改。　⑦ 遣:《诗纪》作"遗"。　⑧ 因:机会。　⑨ 谢:《诗纪》作"拜"。　⑩ "母听"句:《诗纪》作"阿母怒不止"。　⑪ "新妇"句:徐乃昌《札记》:"孟本及《乐府诗集》此句下有'小姑始扶床,今日被驱遣'二句。"今按:《乐府诗集》各本皆无此二句,元刻本左克明《古乐府》、宋本《玉台新咏》亦无。徐氏所云孟本《玉台新咏》乃康熙时传刻本。林庚、冯沅君《中国历代诗歌选》有此二句。当有此二句为是。　⑫ 誓:疑为"訾"字。訾,同"恣",恣违,过失。　⑬ 衔:《玉台新咏》作"含"。　⑭ "寻遣"句:不久县令派遣县丞请示太守返回。丞,《乐府诗集》作"承",据《玉台新咏》改。　⑮ 说:《乐府诗集》作"谁",据《玉台新咏》《诗纪》改。　⑯ "云有"四句:是县丞复述太守的话。让县丞为媒,并叫主簿代为致意。　⑰ 义郎:对太守儿子的美称。　⑱ 往:《乐府诗集》作"住",据《玉台新咏》《古乐府》改。　⑲ 广:《古乐府》《诗纪》皆作"用"。　⑳ 绣:《古乐府》作"锦"。　㉑ 摧藏:"凄怆"的假借字。　㉒ 谓:《乐府诗集》作"为",据《古乐府》《诗纪》改。　㉓ 得:《乐府诗集》作"德",据《诗纪》改。　㉔ 且:《乐府诗集》作"可",据《诗纪》改。　㉕ 下:《乐府诗集》作"不",据《玉台新咏》改。　㉖ 勿:《乐府诗集》作"忽",据《诗纪》改。　㉗ 庵庵:《玉台新咏》作"晻晻"。　㉘ 起:《乐府诗集》作"赴",据《玉台新咏》《诗纪》改。

枯鱼过河泣①

　　枯鱼过河泣,何时悔复及。作书与鲂鱮,相教慎出入。

　　① 此首录自《乐府诗集》卷七四。今按:余冠英《汉魏六朝诗选》注此首"似是遭遇祸害的人警告伙伴的诗。枯鱼作书的确是奇想,汉乐府里所有寓言体的歌辞无不表现积极活泼的想象力"。

冉冉孤生竹①

古　辞

　　冉冉孤生竹,结根泰山阿。与君为新婚,菟丝附女萝。菟丝生有时,夫妇会有宜。千里远结婚,悠悠隔山陂。思君令人老,轩车来何迟。伤彼蕙兰花,含英扬光辉。过时而不采,将随秋草萎。亮君②执高节,贱妾亦何为。

　　① 此首录自《乐府诗集》卷七四。今按:此首与《文选》"古诗十九首"中《冉冉孤生竹》一首同。余冠英推断"古诗可能都是乐府歌辞"。　② 亮君:《文选》卷二九作"君亮"。

武溪深行①

马　援②

　　滔滔武溪一何深,鸟飞不度,兽不敢临。嗟哉武溪兮多毒淫!

　　① 此首录自《乐府诗集》卷七四。郭茂倩解云,一曰《武陵深行》。崔豹《古今注》曰:"《武溪深》,马援南征之所作也。援门生爰寄生善吹笛,援作歌,令寄生吹笛以和之,名曰《武溪深》。"　② 马援(前14—49):东汉初扶风茂陵(今陕西兴平)人,字文渊。曾任伏波将军,封新息侯。后在进击武陵"五溪蛮"时,病死军

全乐府

一〇四一

中。曾在西北养马,发展了相马术,著有《铜马相法》。

乐 府①

古 辞

行胡从何方,列国持何来。氍毹氆氎五木香,迷迭②艾蒳及都梁③。

① 此首录自《乐府诗集》卷七七。　② 迷迭:与后面"艾铲"皆为有香味的草本植物。　③ 都梁:兰的别名。又香名,即"都梁香"。

同 声 歌①

张 衡②

邂逅承际会,得充君后房。情好新交接,恐慄若探汤。不才勉自竭,贱妾职所当。绸缪主中馈,奉礼助蒸尝。思为莞③蒻席,在下蔽匡床;愿为罗衾帱,在上卫风霜。洒扫清枕席,鞮芬以狄香④。重户结金扃,高下华灯光。衣解巾粉御,列图陈枕张。素女为我师,仪态盈万方。众夫所希见,天老教轩皇。乐莫斯夜乐,没齿焉可忘。

① 此首录自《乐府诗集》卷七六。郭茂倩解引《乐府解题》曰:"《同声歌》,汉张衡所作也。言妇人自谓幸得充闺房,愿勉供妇职,不离君子。思为莞簟,在下以蔽匡床;衾裯,在上以护霜露。缱绻枕席,没齿不忘焉。以喻臣子之事君也。"晋傅玄《何当行》曰:"同声自相应,同心自相知。"言结交相合,其义亦同也。② 张衡(78—139):字平子,河南南阳人。曾两度担任掌管天文的太史令。精通天文历算,创制浑天仪。天文著作有《灵宪》,文学著作有《二京赋》、《归田赋》、《四愁诗》、《同声歌》等。明人辑有《张河间集》。　③ 莞:《乐府诗集》作"苑",据《古乐府》卷一〇改。　④ 狄香:即鞮芬,香名。《拜经楼诗话》卷三引《虫获轩笔记》:"《王制》:'西方曰狄鞮。'古诗中所谓迷迭、兜纳诸香,大都出于西域,故曰:

'鞮芬,犹香。'鞮芬即狄香,重言之者,古人常有此文法。"

定 情 诗①

繁 钦②

我出东门游,邂逅承清尘。思君即幽房,侍寝执衣巾。时无桑中契,迫此路侧人。我既③媚君姿,君亦悦我颜。何以致拳拳,绾臂双金环;何以致殷勤,约指一双银;何以致区区,耳中双明珠;何以致叩叩④,香囊系肘后;何以致契阔,绕腕双跳脱⑤;何以结恩情,珮⑥玉缀罗缨;何以结中心,素缕连双针;何以结相于⑦,金薄画搔头;何以慰别离,耳后玳瑁钗;何以答欢悦⑧,纨素三条裾⑨;何以结愁悲,白绢双中衣。与我期何所,乃期东山隅。日旰兮不至⑩,谷风吹我襦。远望无所见,涕泣起踟蹰。与我期何所,乃期山南阳。日中兮不来,飘⑪风吹我裳。逍遥莫谁睹,望君愁我肠。与我期何所,乃期西山侧。日夕兮不来,踯躅长叹息。远望凉风至,俯仰正衣服。与我期何所,乃期山北岑。日暮兮不来,凄风吹我衿。望君不能坐,悲苦愁我心。爱身以何为,惜我华色时。中情既款款,然后克密期。褰衣蹑花草⑫,谓君不我欺。厕此丑陋质,徙倚无所之。自伤失所欲,泪下如连丝。

① 此首录自《乐府诗集》卷七六。郭茂倩解引《乐府解题》曰:"《定情诗》,汉繁钦所作也。言妇人不能以礼从人,而自相悦媚。乃解衣服玩好致之,以结绸缪之志,若臂环致拳拳,指环致殷勤,耳珠致区区,香囊致扣扣,跳脱致契阔,佩玉结恩情,自以为志而期于山隅、山阳、山西、山北。终而不答,乃自伤悔焉。" ② 繁钦(? —218):东汉末文学家。字休伯,颍川(今河南禹县)人。少时以文章才辩得名。曾为丞相曹操主簿。能赋诗,《定情诗》较有名。 ③ 既:《乐府诗集》作"即",据《诗纪》卷一七改。 ④ 叩叩:殷勤恳挚。 ⑤ 跳脱:亦作"条达",即"手

镯"。　　⑥ 珮:《玉台新咏》卷一作"美"。　　⑦ 于:《玉台新咏》作"投"。　　⑧ 答欢悦:中华书局本校引《太平御览》卷六九六作"合欢忻"。　　⑨ 裾:《太平御览》卷六九六作"裙"。　　⑩ 兮不至:《玉台新咏》作"子不来"。　　⑪ 飘:《玉台新咏》作"凯"。　　⑫ 花草:《玉台新咏》作"茂草"。

琴曲歌辞

宋郭茂倩《乐府诗集》列有"琴曲歌辞"一类，近人有提出："当时一部分琴曲亦属清乐，故琴曲曲调常与相和相通。"（王运熙《乐府诗论丛》）亦有以为"琴曲似可分属相和、清商等类，似不必另立一类"。（《乐府诗集》中华书局本"出版说明"）然今天具体鉴别其琴曲歌辞哪属相和哪属清商等类，因曲谱失传已无从辨别，亦无甚必要，故本编仍依郭茂倩所列琴曲歌辞一类，以便于研读。

《琴论》曰："古琴曲有五曲、九引、十二操。"《乐府诗集》所收两汉琴曲歌辞对此并不全备，本书收录时依作者生存历史约略调整了顺序。

琴曲概况，郭氏解引较详。郭茂倩云："琴者，先王所以修身、理性、禁邪、防淫者也，是故君子无故不去其身。"《唐书·乐志》曰："琴，禁也。夏至之音，阴气初动，禁物之淫心也。"《世本》曰："琴，神农所造。"

《广雅》曰："伏羲造琴，长七尺二寸，而有五弦。"扬雄《琴清英》曰："舜弹五弦之琴而天下化（今按：化，中华书局本校引《玉函山房辑佚书》乐类引《琴清英》作'治'）。"《琴操》曰："琴长三尺六寸六分，象三百六十六（今按：《乐府诗集》缺'六'字，据《初学记》第十六补）日。广六寸，象六合也。文上曰池，池，水也，言其平。下曰滨、滨，宾也，言其服也。前广后狭，象尊卑也（今按：《乐府诗集》作'尊卑象也'，据《古今乐录》改）。上圆下方，法天地也。五弦，象五行也。文王、武王（今按：《琴清英》作'尧'）加二弦以合君臣之恩。"《古今乐录》曰："今称二弦为文武弦是也。"应劭《风俗通》曰："七弦，法七星也。"《三礼图》曰："琴第一弦为宫，次弦为商，次为角，次为羽，次为徵，次为少宫，次为少商。"桓谭《新论》曰："今琴四尺五寸，法四时五行也。"崔豹《古今注》曰："蔡邕益琴为九弦，二弦大，次三弦小，次四弦尤小（今按：中华书局本校记："二弦大"三句，聚珍仿宋版《古今注》卷中作"后还用七弦"。）。"

梁元帝《纂要》曰："古琴名有清角，黄帝之琴也。鸣鹿、循况、滥胁（今按：中华书局本校记，鸣鹿、循况、滥胁，《初学记》作"鸣廉、修况、篮胁"。）、号钟、自鸣、空中，皆齐桓公琴也。绕梁，楚庄王琴也。绿绮，司马相如琴也。焦尾，蔡邕琴也。凤皇，赵飞燕琴也。自伏羲制作之后，有瓠巴、师文、师襄、成连、伯牙、方子春、钟子期,皆善鼓琴。而其曲有畅、有操、有引、有弄。"《琴论》曰:"和乐而作,命之曰畅,言达则兼济天下而美畅其道也。忧愁而作,命之曰操,言穷则独善其身而不失其操也。引者,进德修业,申达之名也。弄者,情性和畅,宽泰之名也。其后西汉时有庆安世者,为成帝侍郎,善为《双凤离鸾之曲》,齐人刘道强能作《单凫寡鹤之弄》,赵飞燕亦善为《归风送远之操》,皆妙绝当时,见称后世。若夫心意感发,声调谐应,大弦宽和而温,小弦清廉而不乱,攫之深,醳之愉,斯为尽善矣。古琴曲有五曲、九引、十二操。五曲:一曰《鹿鸣》,二曰《伐檀》,三曰《驺虞》,四曰《鹊巢》,五曰《白驹》。九引:一曰《烈女引》,二曰《伯妃引》,三曰《贞女引》,四曰《思归引》,五曰《霹雳引》,六曰《走马引》,七曰《箜篌引》,八曰《琴引》,九曰《楚引》。十二操:一曰《将归操》,二曰《猗兰操》,三曰《龟山操》,四曰《越裳操》,五曰《拘幽操》,六曰《岐山操》,七曰《履霜操》,八曰《朝飞操》,九曰《别鹤操》,十曰《残形操》,十一曰《水仙操》,十二曰《襄陵操》。自是已后,作者相继,而其义与其所起,略可考而知,故不复备论。"《乐府解题》曰:"琴操纪事,好与本传相违,存之者,以广异闻之。"

神 人 畅①

唐 尧②

清庙穆兮承予宗,百僚肃兮于寝堂,醊祷进福求年丰。有响在坐③,敕予为害在玄中。钦哉皓天德不隆,承命任禹写中④宫。

① 此首录自《乐府诗集》卷五七。郭茂倩解引《古今乐录》曰:"尧郊天地,祭神座上有响,诲尧曰:'水方至为害,命子救之。'尧乃作歌。"谢希逸《琴论》曰:"《神人畅》,尧帝所作。尧弹琴感神人现,故制此弄也。"今按:一说此首作者系伪托。 ② 唐尧(生卒年不详):古帝名。姓伊祁(一作"耆"),名放勋。初封于陶,又封于唐,号陶唐氏。相传曾设官掌管时令,制定历法,咨询四岳,推选舜为其继任人。 ③ "有响"句:《古今乐录》:"尧郊天地,祭神座上有响,诲尧曰:'水方至为害,命子救之。'尧乃作歌。"坐,古"座"字,指神座。 ④ 中:《乐府诗集》卷五七注"一作东"。

思 亲 操①

虞 舜②

陟彼历山③兮崔嵬,有鸟翔兮高飞,瞻彼鸠兮徘徊。河水洋洋兮青④泠,深谷鸟鸣兮莺莺⑤,设罥张罝⑥兮思我父母力耕。日与月兮往如驰,父母远兮吾当⑦安归?

① 此首录自《乐府诗集》卷五七。郭茂倩解引《古今乐录》曰:"舜游历山,见鸟飞,思亲而作此歌。"谢希逸《琴论》曰:"舜作《思亲操》,孝之至也。"今按:此首作者一说系伪托。 ② 虞舜(生卒年不详):古帝名。姓姚,名重华。因其先建国于虞,故称虞舜。 ③ 历山:山名。《史记·五帝本纪》:"舜耕历山,历山之人让畔。" ④ 青:《古乐府》卷九、《诗纪》卷四均作"清"。 ⑤ 莺莺:鸟鸣声。《诗纪》作"嘤嘤"。 ⑥ 设罥张罝:设下捕鸟的罗网。《诗纪》作"设罝张罥"。 ⑦ 当:《古乐府》作"将"。

南 风 歌①(二首)

虞 舜

其 一

反彼三山兮商岳嵯峨,天降五老②兮迎我来歌。有③黄龙兮自出于河,负书图兮委蛇罗沙。案图观谶兮闵天嗟嗟,击石拊韶④兮沦幽洞微,鸟兽跄跄⑤兮凤凰来仪,凯风自南兮喟其增叹⑥。

① 此首录自《乐府诗集》卷五七。郭茂倩解引《古今乐录》曰:"舜弹五弦之琴,歌《南风》之诗。"《史记·乐书》曰:"舜歌《南风》而天下治。《南风》者,生长之音也。舜乐好之,乐与天地同,意得万国之欢心,故天下治也。"今按:此题《诗纪》卷四作《南风歌》,下注:"《玉海》逸诗。无作者名。"又一首《南风操》,称"《琴操》,以为舜作",即"反彼三山"一首。一说此二首作者系伪托。 ② 五老:传说是五星之精。《竹书纪年》卷上:"率舜等开首山,遵河渚,有五老游焉,盖五星之精也。" ③ 有:《乐府诗集》注"一作青"。 ④ 击石拊韶:敲击石磬,弹奏《箫韶》。

《列子·黄帝篇》:"尧使夔典乐,击石拊石,百兽率舞;《箫韶》九成,凤凰来仪。此以声致禽兽者也。"　⑤鸟兽跄跄:鸟兽起舞。《书·益稷》:"笙镛以间,鸟兽跄跄。"孔传:"鸟兽化德,相率而舞,跄跄然。"　⑥叹:《诗纪》作"悲"。

其　二

南风之薰兮,可以解吾民之愠兮。南风之时兮,可以阜吾民之财兮。

襄　陵　操①

夏　禹②

呜呼,洪水滔天,下民愁悲,上帝愈咨③。三过吾门不入,父子道衰。嗟嗟不欲烦下民。

　①此首录自《乐府诗集》卷五七。郭茂倩解云,一曰《禹上会稽》。《书》曰:"汤汤洪水方割,荡荡怀山襄陵,浩浩滔天。"《古今乐录》曰:"禹治洪水,上会稽山,顾而作此歌。"谢希逸《琴论》曰:"夏禹治水而作《襄陵操》。"《琴集》曰:"《禹上会稽》,夏禹东巡狩所作也。"　②夏禹(生卒年不详):古帝名。姓姒,亦称大禹、戎禹。鲧之子。以治水有功,被舜选为继承人,建立夏朝。　③咨:《古乐府》卷九作"恣"。

箕　子　操①

箕　子②

嗟嗟,纣为无道杀比干③。嗟重复嗟独奈何! 漆身为厉,被发以佯狂,今奈宗庙何! 天乎天哉! 欲负石自投河,嗟复嗟,奈社稷何!

　①此首录自《乐府诗集》卷五七。郭茂倩解云,一曰《箕子吟》。《史记》曰:"纣始为象箸,箕子叹曰:'彼为象箸,必为玉杯;为玉杯,则必思远方珍怪之物而御之矣。舆马宫室之渐,自此始不可振也。'乃披发佯狂而为奴,遂隐而鼓琴以自悲。"《古今乐录》曰:"纣时,箕子佯狂,痛宗庙之为墟,乃作此歌,后传以为操。"

《琴集》曰："《箕子吟》，箕子自作也。"今按：《乐府诗集》此诗作者为"殷·箕子"，疑是后人伪托。　②箕子（生卒年不详）：商朝大臣。封于箕，是商纣王的叔父，官至太师。纣暴虐杀比干后，箕子佯狂为奴，遭纣王囚禁。周武王灭商，以箕子归镐京，咨以国事，委以重任。　③比干：商朝大臣。商王太丁的儿子，商纣王的叔父。官至少师，有贤名。因极谏纣王被杀害。

别 鹤 操①

陵牧子②

　　将乖比翼兮③隔天端，山川悠远兮路漫漫，揽衣不寐④兮食忘餐。

　　①此首录自《乐府诗集》卷五八。郭茂倩解引崔豹《古今注》曰："《别鹤操》，商陵牧子所作也。娶妻五年而无子，父兄将为之改娶。妻闻之，中夜起，倚户而悲啸。牧子闻之，怆然而悲，乃援琴而歌。后人因为乐章焉。"《琴谱》曰："琴曲有四大曲，《别鹤操》其一也。"　②陵牧子（生卒年不详）：商代人，又作"陵穆子"。　③兮：崔豹《古今注》卷中无此字，下两句亦无"兮"字。　④寐：《古今注》作"寝"。

采 薇 操①

伯 夷②

　　登彼高山③，言采其薇④。以乱易暴⑤，不知其非⑥。神农虞夏，忽焉没兮，我适安归⑦？

　　①此首录自《乐府诗集》卷五七。郭茂倩解引《琴集》曰："《采薇操》，伯夷所作也。"《史记》曰："武王克殷，伯夷、叔齐耻之，不食周粟，隐于首阳山，采薇而食之。乃作歌，因传以为操。"《乐府解题》曰："《采薇操》亦曰《晨游高举》。"今按：《诗纪》卷一作《采薇歌》，并引《史记·伯夷传》："登彼西山兮，采其薇矣。以暴易暴兮，不知其非矣。神农虞夏，忽焉没兮，我安适归矣？于嗟徂兮，命之衰矣。"　②伯夷（生卒年不详）：商朝孤竹君长子。相传其父遗命，要立次子叔齐为继承

人。孤竹君死后,叔齐让位给伯夷,伯夷不受,叔齐也不愿登位,先后都逃到周国。武王伐纣,伯夷与弟叔齐叩马而谏;武王灭商,二人耻食周粟,隐居首阳山,采薇而食,终饿死山里。　③ 登彼高山:《史记·伯夷列传》作"登彼西山兮"。司马贞索隐:"西山即首阳山也。"　④ 言采其薇:《史记》作"采其薇矣"。　⑤ 以乱易暴:《史记》作"以暴易暴兮"。司马贞索隐:"谓以武王之暴臣易殷纣之暴主。"　⑥ 句末《史记》有"矣"字。　⑦ 我适安归:《史记》作"我安适归矣?于嗟徂兮,命之衰矣"。

拘 幽 操[①]

周文王[②]

　　殷道溷溷,浸浊烦兮。朱紫相合,不别分兮。迷乱声色,信谗言兮。炎炎之虐,使我愬兮[③]。幽闭牢阱,由其言兮。邁我四人[④],忧动勤[⑤]兮。

　　① 此首录自《乐府诗集》卷五七。郭茂倩解云,一曰《文王哀羑里》。《琴操》曰:"《拘幽操》,文王拘于羑里而作也。文王修德,百姓亲附。崇侯虎疾之,谮于纣曰:'西伯昌,圣人也。长子发,中子旦,皆圣人也。三圣合谋,君其虑之。'乃囚文王于羑里,将杀之。于是文王四臣散宜生之徒,得美女、大贝、白马朱鬣以献于纣,纣遂出西伯。文王在羑里,演《易》八卦以为六十四,作郁厄之辞曰:'困于石,据于蒺藜。'乃申愤而作歌云。"今按:《乐府诗集》此诗为周文王所作,疑是后人伪托。　② 周文王(生卒年不详):商朝时周国国君。姓姬,名昌,纣王时为西方诸侯之长,号西伯,又称伯昌,武王建立周朝后,追尊其为文王。　③ 炎炎之虐,使我愬兮:《古今乐录》作"阎阎之虎,使我褰兮"。　④ 四人:指文王大臣散宜生等四人。　⑤ 动勤:《诗纪》作"勤勤"。

文 王 操[①]

周文王

　　翼翼翱翔,彼凤皇兮。衔书来游,以会[②]昌兮。瞻天案图，殷将亡兮。苍苍之③天，始有萌兮。五神连精，合谋房兮④。兴我之业，望羊来⑤兮。

① 此首录自《乐府诗集》卷五七。郭茂倩解引《琴操》曰："纣为无道，诸侯皆归文王。其后有凤皇衔书于郊，文王乃作此歌。"谢希逸《琴论》曰："《文王操》，文王作也。"今按：此首作者《乐府诗集》卷五七作"武王"，据毛本改。　② 会：《诗纪》注"一作命"。　③ 之：《诗纪》注"一作昊"。　④ "五神"二句：《诗纪》注"一作精连神合，谋于房兮"。　⑤ 望羊来：《乐府诗集》作"望来羊"，据《诗纪》改。

克 商 操①

周武王②

上告皇天兮，可以行乎？

① 此首录自《乐府诗集》卷五七。郭茂倩解云，一曰《武王伐纣》。《古今乐录》曰："武王伐纣而作此歌。"谢希逸《琴论》曰："《克商操》，武王伐纣时制。"《琴集》曰："《武王伐纣》，武王自作也。"　② 周武王（生卒年不详）：周王朝建立者。姓姬，名发。周文王太子，又称太子发。即位后以吕尚为师，周公旦为辅，遵文王遗命，率天下诸侯完成灭商大业，建立了西周王朝。

越 裳 操①

周公旦②

於戏嗟嗟，非旦之力③，乃文王之德④。

① 此首录自《乐府诗集》卷五七。郭茂倩解引《琴操》曰："《越裳操》，周公所作也。"《古今乐录》曰："越裳献白雉，周公作歌，遂传之为《越裳操》。"　② 周公旦（生卒年不详）：姓姬，名旦。周文王之子，西周初年政治家，佐其兄武王灭纣，建周王朝，因功封于鲁。武王死，成王年幼，周公摄政。管叔、蔡叔挟武庚作乱，周公东征，平定之。周代礼乐制度，相传都是周公制订。因采邑在周（今陕西岐山北），故称周公。　③ 句末《诗纪》卷四有"也"字。　④ 句末《诗纪》有"也"字。

神凤操①

周成王②

　　凤皇翔兮于③紫庭，予何德兮以感灵。赖先人兮恩泽臻④，于胥乐兮民以宁。

　　① 此首录自《乐府诗集》卷五七。郭茂倩解云，一曰《凤皇来仪》。《古今乐录》曰："周成王时，凤皇翔舞，成王作此歌。"谢希逸《琴论》曰："成王作《神凤操》，言德化之感也。"《琴集》曰："《凤皇来仪》，成王所作。"今按：《诗纪》卷四注"《玉海》作周成王《仪凤歌》"。　　② 周成王（生卒年不详）：西周第二代君主。姓姬，名诵。武王之子。即位时年幼，周公摄政，七年还政。在位三十七年，谥"成"。　　③ 于：《诗纪》注"《玉海》云一作舞"。　　④ 臻：中华书局本校引《诗纪》注"《初学记》引此，宋《符瑞记》亦载此，臻字作臻"。

履霜操①

尹伯奇②

　　履朝霜兮采晨寒，考③不明其心兮听谗言。孤恩④别离兮摧肺肝。何辜皇天兮遭斯愆，痛殁不同兮恩有偏，谁说顾⑤兮知我冤？

　　① 此首录自《乐府诗集》卷五七。郭茂倩解引《琴操》曰："《履霜操》，尹吉甫之子伯奇所作也。伯奇无罪，为后母谗而见逐，乃集芰荷以为衣，采楟花以为食。晨朝履霜，自伤见放，于是援琴鼓之而作此操。曲终，投河而死。"　　② 尹伯奇（生卒年不详）：周宣王贤臣尹吉甫之子。母死，吉甫后妻谗伯奇。吉甫怒，放伯奇于野。伯奇自伤无罪被逐，乃作此诗。吉甫感悟，召回伯奇，杀死后妻。　　③ 考：父，指尹吉甫。　　④ 恩：《诗纪》卷四作"息"。　　⑤ 谁说顾：《诗纪》作"谁能流顾"。

士失志操①（四首）

介子推②

其 一

有龙矫矫，顷失其所。五蛇从之，周遍天下。龙饥无食，一蛇割股。龙反其渊，安其壤土。四蛇入穴，皆有处所。一蛇无穴，号于中野。

① 此四首录自《乐府诗集》卷五七。郭茂倩解引《琴集》曰："《士失志操》，介子推所作也，一曰《龙蛇歌》。"《琴操》曰："文公与介子绥俱遁，子绥割腓股以啖文公。文公复国，咎犯、赵衰俱蒙厚赏，子绥独无所得，乃作《龙蛇之歌》而隐。文公求之不肯出。"按《史记》：文公重耳奔狄，其后反国，赏从亡，未及介子推。子推欲隐，从者怜之，乃悬书宫门。文公出见之，曰："此介子推也。"使人召之，亡入绵上山中。于是文公环绵上山而封之，以为介推田，号曰介山是也。 ② 介子推（生卒年不详）：春秋时晋国人，亦称介推、介之推。曾从晋公子重耳出亡十九年。重耳回国当上晋国国君，赏从亡者，不及介子推。乃偕老母隐居绵山，至死不出。

其 二

有龙矫矫，遭天谴怒。三蛇从之，一蛇割股。二蛇入国，厚蒙爵土。余有一蛇，弃于草莽。

其 三

有龙矫矫，将失其所。有蛇从之，周流天下。龙既入深渊，得其安所。蛇脂尽干，独不得甘雨。

其 四

龙欲上天，五蛇为辅。龙已升云，四蛇各入其宇。一蛇独怨，终不见处所。

雉朝飞操①

牧犊子②

雉朝飞兮鸣相和，雌雄群游于山阿。我独何命兮未有家。时将暮兮可奈何？嗟嗟暮兮可奈何？

① 此首录自《乐府诗集》卷五七。郭茂倩解云，一曰《雉朝雊操》。扬雄《琴清英》曰："《雉朝飞操》，卫女傅母之所作也。卫侯女嫁于齐太子，中道闻太子死，问傅母曰：'何如？'傅母曰：'且往当丧。'丧毕不肯归，终之以死。傅母悔之，取女所自操琴，于冢上鼓之。忽二雉俱出墓中，傅母抚雉曰：'女果为雉耶？'言未毕，俱飞而起，忽然不见。傅母悲痛，援琴作操，故曰《雉朝飞》。"崔豹《古今注》曰："《雉朝飞》者，犊沐子所作也。齐宣王时，处士泯宣，年五十无妻。出薪于野，见雉雄雌相随而飞，意动心悲，乃仰天叹大圣在上，恩及草木鸟兽，而我独不获。因援琴而歌，以明自伤。其声中绝。魏武帝时，宫人有卢女者，七岁入汉宫，学鼓琴，特异于余妓，善为新声，能传此曲。"伯牙《琴歌》曰："麦秀薪兮雉朝飞，向虚壑兮背乔槐，依绝区兮临回池。"《乐府解题》曰："若梁简文帝'晨光照麦畿'，但咏雉而已。"　② 犊沐子（生卒年不详）：相传为战国时人。齐宣王时处士，享年五十，无妻。

猗兰操①

孔子②

习习谷风，以阴以雨。之子③于归，远送于野。何彼苍天，不得其所。逍遥九州，无所定处。时④人暗蔽，不知贤者。年纪逝迈，一身将老。

① 此首录自《乐府诗集》卷五八。郭茂倩解云，一曰《幽兰操》。《古今乐录》曰："孔子自卫反鲁，见香兰而作此歌。"《琴操》曰："《猗兰操》，孔子所作。孔子历聘诸侯，诸侯莫能任。自卫反鲁，隐谷之中，见香兰独茂，喟然叹曰：'兰当为王者香，今乃独茂，与众草为伍。'乃止车，援琴鼓之，自伤不逢时，托辞于香兰云。"《琴集》曰："《幽兰操》，孔子所作也。"　② 孔子（前551—前479）：字仲尼，名丘。春秋时鲁国陬邑（今山东曲阜）人。春秋末思想家、政治家、教育家，儒家学派的创始人。其学说主要保存在《论语》中。相传他学无常师，曾问礼于老聃，学乐于苌弘，学琴于师襄。　③ 之子：这位女子。　④ 时：《乐府诗集》注"一作世"。

将 归 操①

孔 子

翱翔于卫,复我旧居②。从吾所好,其乐只且。

① 此首录自《乐府诗集》卷五八。郭茂倩解云:一曰《郰操》。《琴操》曰:"《将归操》,孔子所作也。"《孔丛子》曰:"赵使聘夫子,夫子闻鸣犊与窦犨之见杀也,回舆而旋,为操曰《将归》。"《史记·世家》曰:孔子既不得用于卫,将西见赵简子,至于河,而闻窦鸣犊、舜华之死,临河而叹曰:"美哉水,洋洋乎,丘之不济此,命也夫。"子贡曰:"何谓也?"孔子曰:"窦鸣犊、舜华,晋国之贤大夫也。赵简子未得志之时,须此两人而后从政,及其已得志,杀之乃从政。夫鸟兽之不义也,尚知辟之,况乎丘哉!"乃还,息乎郰乡,作为《郰操》以哀之。徐广曰:"窦鸣犊、舜华,或作鸣铎、窦犫。"王肃曰:"《郰操》,琴曲名也。" ② 复我旧居:孔子是鲁国人,"复我旧居"指返回鲁国。

处 女 吟①

鲁处女②

菁菁茂木,隐独荣兮。变化垂枝,含蕤英兮。修身养志,建令名兮。厥道不同,善恶并兮。屈身身独,去微清兮。怀忠见疑,何贪生兮!

① 此首录自《乐府诗集》卷五八。郭茂倩解引《琴操》曰:"《处女吟》,鲁处女所作也。"《古今乐录》曰:"鲁处女见女贞木而作歌,亦谓之《女贞木歌》。" ② 鲁处女(生卒年不详):生平事迹不详。

伤 殷 操①

微 子②

麦秀渐渐③兮禾黍油油,彼狡童④兮不我好仇⑤。

① 此首录自《乐府诗集》卷五七。郭茂倩解引《琴集》曰:"《伤殷操》微子所作也。"《尚书大传》曰:"微子将朝周,过殷之故墟,见麦秀之薪薪,黍禾之蝇蝇也,

曰:'此故父母之国,宗庙社稷之亡也。'志动心悲,欲哭则为朝周,欲泣则近妇人,推而广之作雅声,即此操也,亦谓之《麦秀歌》。" ② 微子(生卒年不详):商末大臣。姓子,名启。帝乙长子,纣王庶兄。封于微,位列子爵,故称微子。纣王无道,微子屡谏,不纳,乃逃亡。周灭商,封于宋,为宋国始封者。 ③ 渐渐:吐穗的样子。《古乐府》卷九作"蔪蔪"。 ④ 狡童:《史记·宋微子世家》:"乃作《麦秀之诗》以歌咏之。其诗曰:'麦秀渐渐兮禾黍油油,彼狡童兮不与我好兮。'所谓狡童者,纣也。" ⑤ 不我好仇:不是我志同道合的人。一作"不与我好兮"。

渡 易 水①

荆 轲②

风萧萧兮易水寒,壮士一去兮不复还。

① 此首录自《乐府诗集》卷五八。郭茂倩解云,一曰《荆轲歌》。《史记》曰:"燕太子丹使荆轲刺秦王,丹送之至于易水之上,轲使高渐离击筑,荆轲和而歌,为变徵之声。又前而为此歌,复为羽声忼慨,于是就车而去。"《乐府广题》曰:"后人以为琴中曲。"按《琴操》商调有《易水曲》,荆轲所作,亦曰《渡易水》是也。 ② 荆轲(? —前227):战国末年卫国人,游于燕国,太子丹尊为上卿,派他去刺秦王。行前在易水之滨作歌。后刺秦王不中,被杀。

琴 歌①(三首)

百里奚妻②

其 一

百里奚,五羊皮③。忆别时,烹伏雌④,炊扊扅,今日富贵忘我为。

① 此三首录自《乐府诗集》卷六〇。郭茂倩解引《风俗通》曰:"百里奚为秦相,堂上乐作,所赁浣妇自言知音,因援琴抚弦而歌。问之,乃其故妻,还为夫妇也,亦谓之扊扅。"《字说》曰:"门关谓之扊扅,或作剡移。" ② 百里奚妻(生卒年不详):百里奚是春秋时秦穆公的贤相,其妻姓名事迹不详。 ③ 五羊皮:百里

奚原为虞国大夫,虞灭,逃至宛,被楚人所执。秦穆公闻其贤,以五羖羊皮赎之。后委以国政,称五羖大夫。羖,黑色的公羊。　④ 雌:《古乐府》卷九作"鸡"。

其　二

百里奚,初娶我时五羊皮。临当别时烹乳鸡,今适富贵忘我为。

其　三

百里奚,百里奚,母已死,葬南溪。坟以瓦,覆以柴,春黄黎①,扼伏鸡。西入秦,五羖皮,今日富贵捐我为。

① 黎:逯钦立《先秦汉魏晋南北朝诗》作"藜"。

采 芝 操①

四　皓②

皓天嗟嗟,深谷逶迤。树木莫莫,高山崔嵬。岩居穴处,以为幄茵。晔晔紫芝,可以疗饥。唐虞往矣,吾当安归?

① 此首录自《乐府诗集》卷五八。郭茂倩解引《琴集》曰:"《采芝操》,四皓所作也。"《古今乐录》曰:"南山四皓隐居,高祖聘之,四皓不甘(今按:甘,《诗纪》卷一作'出'),仰天叹而作歌。"按《汉书》曰:四皓皆八十余,须眉皓白,故谓之四皓,即东园公、绮里季、夏黄公、用里先生也。崔鸿曰:"四皓为秦博士,遭世暗昧,坑黜儒术,于是退而作此歌,亦谓之《四皓歌》。"二说不同,未知孰是。今按:用里,汉初隐士。姓周,名术,字元道,太伯之后。《史记·留侯世家》称"用里先生"。
② 四皓:秦末隐居商山四位白胡子老人东园公、用里先生、绮里公、夏黄公。

力拔山操①

项　羽②

力拔山兮气盖世,时不利兮雅不逝。雅不逝兮可奈何,虞兮虞兮奈若何!

① 此首录自《乐府诗集》卷五八。郭茂倩解引《汉书》曰："项羽壁垓下,军少食尽,汉帅诸侯兵围之数重。夜闻汉军四面皆楚歌,惊曰:'汉已得楚乎,何楚人多也。'起饮帐中,有美人姓虞氏,常从,骏马名骓,常骑。乃悲歌忼慨,自为歌诗。歌数曲,美人和之。羽泣下数行,遂上马溃围南出。平明,汉军乃觉。"按《琴集》有《力拔山操》,项羽所作也。近世又有《虞美人曲》,亦出于此。今按:《诗纪》卷二作《垓下歌》。　② 项羽(前232—前202):名籍,下相(今江苏宿迁西)人。秦末义军领袖之一。楚国贵族出身,在巨鹿之战中摧毁秦军主力。灭秦后,自立为西楚霸王。后与刘邦争天下,兵败于垓下而自刎。

项 王 歌①

　　无复拔山力,谁论盖世才。欲知汉骑满,但听楚歌哀。悲看骓马去,泣望舣舟②来。

① 此首录自《乐府诗集》卷五八。作者姓名失载。今按:《乐府诗集》此首未著作者姓名朝代,因诗排在项羽《力拔山操》之后、刘邦《大风起》之前,兹录入两汉乐府。　② 舣舟:划船靠岸。

大 风 歌①

刘 邦②

　　大风起兮云飞扬,威加海内兮归故乡,安得猛士兮守四方。

① 此首录自《乐府诗集》卷五八。郭茂倩解引《汉书》曰:"高祖既定天下,还过沛,留,置酒沛宫,悉召故人父老子弟佐酒,发沛中儿得百二十人,教之歌。酒酣,帝击筑自歌,令儿皆和习之。帝自起舞。"《礼乐志》曰:"至孝惠时,以沛宫为原庙,令歌儿习吹以相和,常以百二十人为员。"按《琴操》有《大风起》,汉高帝所作也。今按:《乐府诗集》作《大风起》,《诗纪》卷一作《大风歌》,注云"一名《三侯之章》",据改。　② 刘邦(前256—前195,一作前247—前195):即汉高祖。字季,沛(今属江苏)人。秦末义军领袖之一,汉朝的建立者。

八公操①

刘 安②

煌煌上天,照下土兮。知我好道,公③来下兮。公将与余,生毛羽兮。超腾青云,蹈梁甫④兮。观见瑶光,过北斗兮。驰乘风云,使玉女兮。含精吐气,嚼芝草兮。悠悠将将,天相保兮。

① 此首录自《乐府诗集》卷五八。郭茂倩解云,一曰《淮南操》。《古今乐录》曰:"淮南王好道,正月上辛,八公来降,王作此歌。"谢希逸《琴论》曰:"《八公操》,淮南王作也。" ② 刘安(前179—前122):西汉思想家、文学家。沛(今属江苏)人。汉高祖孙,武帝叔父,袭父封为淮南王。后谋反,事泄,自杀。刘安工于辞赋,有赋八十二篇,已佚,《艺文类聚》存其《屏风赋》一篇。今所见《淮南子》,是刘安招致宾客术士集体撰著的。 ③ 公:淮南王刘安门客苏非、李尚、左吴、田由、雷被、毛被、伍被、晋昌八人,合称"八公"。 ④ 梁甫:又作"梁父",山名。泰山下的一座小山。古代皇帝常在此山辟基祭奠山川,在今山东省新泰市西。

昭 君 怨①

王 嫱②

秋木萋萋,其叶萎黄。有鸟处山,集于苞桑。养育毛羽,形容生光。既得升云,上游曲房③。离宫绝旷,身体摧藏。志念抑沉,不得颉颃。虽得委④食,心有徊徨。我独伊何?改往变常。翩翩之燕,远集西羌。高山峨峨,河水泱泱。父兮母兮,道里悠长。呜呼哀哉,忧心恻伤。

① 此首录自《乐府诗集》卷五九。郭茂倩解引《乐府解题》曰:"王嫱,字昭君。《琴操》载:昭君,齐国王穰女。端正闲丽,未尝窥门户。穰以其有异于人,求之者皆不与。年十七,献之元帝。元帝以地远不之幸,以备后宫。积五六年,帝每游后宫,常怨不出(今按:中华书局本校记,《学津讨原》本《乐府解题》作'昭君

常恐')。后单于遣使朝贡(今按:中华书局本校记,《学津讨原》本《乐府解题》作'贺'),帝宴之,尽召后宫。昭君盛饰而至,帝问欲以一女赐单于,能者往(今按:《学津讨原》本《乐府解题》作'谁能行者')。昭君乃越席请行。时单于使在旁,惊恨(今按:《学津讨原》本《乐府解题》作'帝惊恨')不及。昭君至匈奴,单于大悦,以为汉与我厚,纵酒作乐。遣使报汉,白璧一只,骒(今按:《学津讨原》本《乐府诗集》作'骏')马十匹,胡地珍宝之物。昭君恨帝始不见遇,乃作怨思之歌。单于死,子世达立,昭君谓之曰:'为胡者妻母,为秦者更娶。'世达曰:'欲作胡礼。'昭君乃吞药而死。"按《汉书·匈奴传》曰:"竟宁中,呼韩邪来朝,汉归王昭君,号宁胡阏氏。呼韩邪死,子雕陶莫皋立,为复株累若鞮单于,复妻昭君。"不言饮药而死。　②　王嫱(生卒年不详):字昭君,汉南郡秭归(今湖北秭归)人。元帝时入宫,竟宁元年(前33),匈奴呼韩邪单于入朝,求美人为阏氏,帝予昭君,以和匈奴。昭君提琵琶出塞,入匈奴,为宁胡阏氏。卒葬匈奴。　③　曲房:内室,内宫。　④　委:《琴操》卷下引作"矮"。

琴　歌①(二首)

司马相如②

其　一

凤兮凤兮归故乡,遨游四海求其凰。时未遇兮③无所将,何悟今夕④升斯堂。有艳淑女⑤在闺房⑥,室迩人遐毒⑦我肠⑧。何缘交颈为鸳鸯?胡颉颃兮共翱翔⑨?

① 此二首录自《乐府诗集》卷六〇。郭茂倩解引《琴集》曰:"司马相如客临邛,富人卓王孙有女文君新寡,窃于壁间见之。相如以琴心挑之,为《琴歌》二章。"按《汉书》相如饮卓氏弄琴,文君窃从户窥,心悦而好之。乃夜,亡奔相如,相如与驰归成都,后俱如临邛是也。　②　司马相如(前179—前117):西汉文学家。字长卿,小名犬子,蜀郡成都(今属四川)人。曾任孝文园令。善辞赋。原有集一卷,已散佚,明人辑有《司马文园集》。　③　遇兮:《玉台新咏》卷九作"通遇"。　④　今夕:《玉台新咏》注"一有兮字"。　⑤　淑女:《玉台新咏》注"一有兮

字"。　　⑥闺房:《玉台新咏》作"此方"。《艺文类聚》卷四二作"此房"。　　⑦毒:《玉台新咏》作"独"。　　⑧肠:《玉台新咏》注"一作伤"。　　⑨《玉台新咏》无"胡颉颃兮共翱翔"一句。

其　二

　　凤兮凤兮①从我栖,得托孳尾②永为妃。交情通体③心和谐,中夜相从知者谁?双翼④俱起翻高飞,无感我思⑤使余⑥悲。

　　①凤兮凤兮:《玉台新咏》作"皇兮皇兮"。　　②孳尾:《玉台新咏》作"字尾"。③体:《玉台新咏》注"一作意"。　　④翼:《玉台新咏》作"兴"。　　⑤思:《玉台新咏》作"心"。　　⑥余:《玉台新咏》作"予"。

琴　歌①
霍去病②

　　四夷既护③,诸夏康兮。国家安宁,乐未央④兮。载戢干戈,弓矢藏兮。麒麟来臻,凤凰翔兮。与天相保,永无疆兮。亲亲百年,各延长兮。

　　①此首录自《乐府诗集》卷六〇。郭茂倩解引《古今乐录》曰:"霍将军去病益封万五千户,秩禄与大将军等,于是志得意欢而作歌。"按《琴操》有《霍将军渡河操》,去病所作也。　　②霍去病(前140—前117):西汉名将。河东平阳(今山西临汾西南)人。曾先后六次出击匈奴,战功卓著,病卒,谥景桓。　　③护:《诗纪》卷二注"一作获"。　　④未央:《诗纪》作"无央"。

胡笳十八拍①
蔡　琰②
第　一　拍

　　我生之初尚无为,我生之后汉祚衰。天不仁兮降乱离,地不仁兮使我逢此时。干戈日寻兮道路危,民卒流亡兮共哀悲。烟尘蔽野兮胡虏盛。志意乖兮节义亏。对殊俗兮非我宜，遭恶辱兮当告谁？笳一会③兮琴一拍，心溃死④兮无人知。

① 此首录自《乐府诗集》卷五九。郭茂倩解引《后汉书》曰：蔡琰，字文姬，邕之女也。博学有才辩，又妙于音律，适河东卫仲道。夫亡无子，归宁于家。兴平中，天下丧乱，文姬没于南匈奴。在胡中十二年，生二子。曹操痛邕无嗣，乃遣使者以金璧赎之，而重嫁陈留董祀。后感伤乱离，追怀悲愤，作诗二章。《蔡琰别传》曰："汉末大乱，琰为胡骑所获，在右贤王部伍中。春月登胡殿，感笳之音，作诗言志，曰：'胡笳动兮边马鸣，孤雁归兮声嘤嘤。'"唐刘商《胡笳曲序》曰："蔡文姬善琴，能为《离鸾别鹤之操》。胡虏犯中原，为胡人所掠，入番为王后，王甚重之。武帝与邕有旧，敕大将军赎以归汉。胡人思慕文姬，乃卷芦叶为吹笳，奏哀怨之音。后董生以琴写胡笳声为十八拍，今之《胡笳弄》是也。"《琴集》曰："大胡笳十八拍，小胡笳十九拍。并蔡琰作。"按蔡翼《琴曲》有大小胡笳十八拍。沈辽集世名流家声小胡笳，又有契声一拍，共十九拍，谓之祝家声。祝氏不详何代人。李良辅《广陵止息谱序》曰："契者，明会合之至理，殷勤之余也。"李肇《国史补》曰："唐有董庭兰，善沈声、祝声，盖大小胡笳云。" ② 蔡琰(177—?)：汉末女诗人。字文姬，陈留圉(今河南杞县南)人。蔡邕之女。博学多才，精通音律。初嫁河东卫仲道，夫死无子，归母家。后逢战乱，身陷南匈奴十二年，生二子。曹操念蔡邕无后，用重金赎回文姬，再嫁同郡董祀。有《悲愤诗》二首及《胡笳十八拍》传世，盛唐之后人或疑其伪。今按：此诗作者《乐府诗集》目录与正文皆署"后汉蔡琰"，兹依此录入本编。 ③ 会：量词，犹回、遍。 ④ 溃死：《楚辞后语》、《诗纪》卷四作"愤怨"。

第 二 拍

戎羯逼我兮为室家，将我行兮向天涯。云山万重兮归路遐，疾风千里兮扬尘沙①。人多暴猛兮如虺②蛇，控弦被甲兮为骄奢。两拍张悬兮弦欲绝，志摧心折兮自悲嗟。

① 扬尘沙：《楚辞后语》作"风扬沙"。 ② 虺：《乐府诗集》作"虫"，据《楚辞后语》改。

第 三 拍

越汉国兮入胡城,亡家失身兮不如无生。毡裘为裳兮骨肉震惊,羯膻为味兮枉遏我情。鞞鼓喧兮从夜达明,风浩浩兮暗塞昏①营。伤今感昔兮三拍成,衔悲畜恨兮何时平!

① 昏:《楚辞后语》阙,疑为衍字。

第 四 拍

无日无夜兮不思我乡土,禀气含生兮莫过我最苦。天灾国乱兮人无主,唯我薄命兮没戎虏。俗殊心异兮身难处,嗜欲不同兮谁可与语?寻思涉历兮何艰阻,四拍成兮益凄楚。

第 五 拍

雁南征兮欲寄边心①,雁北归兮为得汉音。雁飞高兮邈难寻,空肠断兮思愔愔。攒眉向月兮抚雅琴,五拍泠泠兮意弥深。

① 心:《楚辞后语》作"声"。

第 六 拍

冰霜凛凛兮身苦寒,饥对肉酪兮不能餐。夜闻陇水兮声呜咽,朝见长城兮路杳漫。追思往日兮行李难,六拍悲来兮欲罢弹。

第 七 拍

日暮风悲兮边声四起,不知愁心兮说向谁是。原野萧条兮烽戎万里,俗贱老弱兮少壮为美。逐有水草兮安家葺垒,牛羊满地①兮聚如蜂蚁。草尽水竭兮羊马皆徙,七拍流恨兮恶居于此。

① 地:《乐府诗集》注"一作野"。

第 八 拍

为天有眼兮何不见我独漂流?为神有灵兮何事

处我天南海北头？我不负天兮天何配我殊匹①？我不负神兮神何殛我越荒州？制兹八拍兮拟排忧②，何知曲成兮转悲愁③。

① 殊匹：异族的配偶。　② 排忧：《楚辞后语》作"俳优"。　③ 转悲愁：《楚辞后语》作"心转愁"。

第 九 拍

天无涯兮地无边，我心愁兮亦复然。人生倏忽兮如白驹之过隙，然不得欢乐兮当我之盛年。怨兮欲问天，天苍苍兮上无缘。举头仰望兮空云烟，九拍怀情兮谁为①传？

① 为：《楚辞后语》作"与"。

第 十 拍

城头烽火不曾灭，疆场征战何时歇？杀气朝朝冲塞门，胡风夜夜吹边月。故乡隔兮音尘绝，哭无声兮气将咽。一生辛苦兮缘别离①，十拍悲深兮泪成②血。

① 别离：《楚辞后语》作"离别"。　② 成：《乐府诗集》作"代"，据《楚辞后语》改。

第十一拍

我非贪生而恶死，不能捐身兮心有以。生仍冀①得兮归桑梓，死当埋骨兮长已矣。日居月诸②兮在戎③垒，胡人宠我兮有二子。鞠之育之兮④不羞耻，愍之念之兮生长边鄙。十有一拍兮因兹起，哀响⑤兮彻心髓。

① 仍冀：《乐府诗集》作"乃既"，据《楚辞后语》改。　② 日居月诸：《诗·邶风·日月》："日居月诸，照临下土。"毛传："日乎月乎，照临之也。"《楚辞后语》注："一作日月居诸。"　③ 戎：《乐府诗集》作"我"，据《楚辞后语》改。　④ 兮：《乐府诗集》阙，据《楚辞后语》补。　⑤ 响：《楚辞后语》"响"下有"缠绵"二字。

第十二拍

东风应律兮暖气多，汉家天子兮布阳和①。羌胡踏②舞兮共讴歌，两国交欢兮罢兵戈。忽逢③汉使兮称近诏，遣千金兮赎妾身。喜得生还兮逢圣君，嗟别二④子兮会无因。十有二拍兮哀乐均，去住两情兮谁⑤具陈。

①"汉家"句：此句开头《楚辞后语》有"知是"二字。　②踏：《楚辞后语》作"蹈"。　③逢：《楚辞后语》作"遇"。　④二：《楚辞后语》作"稚"。　⑤谁：《楚辞后语》作"难"。

第十三拍

不谓残生兮却得旋归，抚抱胡儿兮泣下沾衣。汉使迎我兮四牡骓骓①，胡儿号②兮谁得知？与我生死兮逢此时，愁为子兮日无光辉。焉得羽翼兮将汝归，一步一远兮足难移。魂消影绝兮恩爱遗，十有三拍兮弦急调悲，肝肠搅刺兮人莫我知。

①骓骓：马行走不止的样子。《诗·小雅·四牡》："四牡骓骓，周道倭迟。"毛传："骓骓，行不止之貌。"　②胡儿号：《楚辞后语》作"号失声"。

第十四拍

身归国兮儿莫知①随，心悬悬兮长如饥。四时万物兮有盛衰，唯有②愁苦兮不暂移。山高地阔兮见汝无期，更深夜阑兮梦汝来斯。梦中执手兮一喜一悲，觉后痛吾心兮无休歇时。十有四拍兮涕泪交垂，河水东流兮心是思。

①知：《楚辞后语》作"之"。　②有：《楚辞后语》作"我"。

第十五拍

十五拍兮节调促，气填胸兮谁识曲？处穹庐兮偶殊俗，愿①归来兮天从欲。再还汉国兮欢心②，心有忆③兮愁转深。日月无私兮曾不照临，子母分离兮意难任。同天隔越兮如商参，生死不相知兮何处寻？

① 愿:《楚辞后语》作"愿得"。　② 欢心:《楚辞后语》作"欢心足"。
③ 忆:《楚辞后语》作"怀"。

第十六拍

十六拍兮思茫茫,我与儿兮各一方。日东月西兮徒相望,不得相随兮空断肠。对萱草兮徒想忧忘①,弹鸣琴兮情何伤? 今别子兮归故乡,旧怨平兮新怨长。泣血仰头兮诉苍苍,生我兮独罹此殃②。

① 徒想忧忘:《楚辞后语》作"忧不忘"。　② "生我"句:《楚辞后语》此句开头有"胡为"二字,《诗纪》无"我"字。

第十七拍

十七拍兮心鼻酸,关山阻修兮行路难。去时怀土兮心无绪,来时别儿兮思漫漫。塞上黄蒿兮枝枯叶干①,沙场白骨②兮刀痕箭瘢。风霜凛凛兮春夏寒,人马饥虺③兮骨肉④单。岂知重得兮入长安,叹息欲绝兮泪阑干。

① "去时"句以下:《乐府诗集》缺"心无绪,来时别儿兮思漫漫。塞上黄蒿兮",据《诗纪》补。　② 骨:《乐府诗集》作"首",据《诗纪》改。　③ 虺:《全汉诗》作"豗"。　④ 骨肉:《诗纪》作"筋力"。

第十八拍

胡笳本自出胡中,绿①琴翻出音律同。十八拍兮曲虽终,响有余兮思未②穷。是知丝竹微妙兮均造化之功。哀乐各随人心兮有变则通,胡与汉兮异域殊风。天与地隔兮子西母东,苦我怨气兮浩于长空。六合离③兮受之应不容。

① 绿:《诗纪》作"缘"。　② 未:《诗纪》作"无"。　③ 离:《诗纪》作"虽广"。

杂歌谣辞

宋郭茂倩《乐府诗集》收有"杂歌谣辞"一类,"实为创见"。其收录了较丰富的民间歌谣,揭示了乐府诗的源流,深为后世有识者首肯。如元左克明《古乐府》、清朱乾《乐府正义》皆依其例。

汉之杂歌谣辞,反映了汉民间乐府的由来。《汉书·艺文志》曰:"自汉武立乐府而采歌谣,于是有赵代之讴,秦楚之风,皆感于哀乐,缘事而发。亦足以观风俗,知薄厚云。"《乐府诗集》收录了较多的先秦两汉民间歌谣,具有重要的文学和历史价值,故本编依其例收入,并按歌谣产生的历史调整了顺序,以便管窥当时民间乐府之风貌也。

有关杂歌谣辞之风貌,郭茂倩已有解说。郭茂倩解云:"言者,心之声也;歌者,声之文也。情动于中而形于言,言之不足故嗟叹之,嗟叹之不足故永歌之。歌之为言也,长言之也。夫欲上如抗,下如坠,曲如折,止如槁木,倨中矩,句中钩,累累乎端如贯珠,此歌之善也。"

《宋书·乐志》曰:"黄帝、帝尧之世,王化下洽,民乐无事,故因击壤之欢,庆云之瑞,民因以作歌。其后风衰雅缺,而妖淫靡曼之声起。周衰,有秦青者,善讴,而薛谈学讴于秦青,未穷青之伎而辞归。青饯之于郊,乃抚节悲歌,声震林木,响遏行云。薛谈遂留不去,以卒其业。又有韩娥者,东之齐,至雍门,匮粮,乃鬻歌假食。既去,而余响绕梁,三日不绝。左右谓其人不去也。过逆旅,逆旅人辱之,韩娥因曼声哀哭。一里老幼悲愁垂涕相对,三日不食。遽追之,韩娥还,复为曼声长歌,一里老幼喜跃抃舞,不能自禁,忘向之悲也。乃厚赂遣之。故雍门之人善歌哭,效韩娥之遗声。卫人王豹处淇川,善讴,河西之民皆化之。齐人绵驹居高唐,善歌,齐之右地亦传其业。前汉有鲁人虞公者,善歌,能令梁上尘起。若斯之类,并徒歌也。《尔雅》曰:'徒歌谓之谣。'"

《广雅》曰:"声比于琴瑟曰歌。"《韩诗章句》曰:"有章曲曰歌,无章曲曰谣。"梁元帝《纂要》曰:"齐歌曰讴,吴歌曰歈,楚歌曰艳,浮歌曰哇,振旅而歌曰凯歌,堂上奏乐而歌曰登歌,亦曰升歌。"故歌曲有《阳陵》、《白露》、《朝日》、《鱼丽》、《白水》、《白雪》、《江南》、《阳春》、《淮南》、《驾辩》、《渌水》、《阳阿》、《采菱》、《下里巴人》，又有长歌、短歌、雅歌、缓歌、浩歌、放歌、怨歌、劳歌等行。汉世有相和歌，本出于街陌讴谣。而吴歌杂曲，始亦徒歌，复有但歌四曲，亦出自汉世，无弦节作伎，最先一人唱，三人和，魏武帝尤好之。时有宋容华者，清彻好声，善唱此曲，当时特妙。自晋已后不复传，遂绝。凡歌有因地而作者，《京兆》、《邯郸歌》之类是也；有因人而作者，《孺子》、《才人歌》之类是也；有伤时而作者，微子《麦秀歌》之类是也；有寓意而作者，张衡《同声歌》之类是也。宁戚以困而歌，项籍以穷而歌，屈原以愁而歌，卞和以怨而歌，虽所遇不同，至于发乎其情则一也。历世已来，歌讴杂出。今并采录，且以谣谶系其末云。"

歌辞

击 壤 歌①

日出而作，日入而息，凿井而饮，耕田而食。帝何力于我哉②。

① 此首录自《乐府诗集》卷八三。郭茂倩解引《帝王世纪》曰："帝尧之世，天下大和，百姓无事。有八九十老人击壤而歌。"　② "帝何"句：《诗纪》前集卷一注"一作帝力于我何有哉"。

卿 云 歌①（三首）

其 一

卿云②烂兮，纠缦缦兮③，日月光华，旦复旦兮。

① 此首录自《乐府诗集》卷八三。郭茂倩解引《尚书大传》曰："舜将禅禹，于时俊乂百工相和而歌《卿云》。帝乃唱之曰'卿云烂兮'；八伯咸进，稽首曰'明明上天'；帝乃再歌曰'日月有常'。"《史记·天官书》曰："若烟非烟，若云非云，郁郁纷纷，萧索轮囷，是谓庆云。"庆云即卿云，盖和气也。舜时有之，故美之而作歌。　② 卿云：《竹书纪年》卷上作"庆云"。　③ 纠缦缦兮：《乐府诗集》作"礼漫漫兮"，据《尚书大传》卷一改。

其 二

明明上天，烂然星陈。日月光华，弘于一人。

其 三

日月有常，星辰有行。四时顺经，万姓允诚。于予论乐，配天之灵。迁于贤善，莫不咸听。鼗乎鼓之，轩乎舞之。精华已竭，褰裳去之。

涂 山 歌①

绥绥白狐，九尾庞庞。我家嘉夷，来宾为王。成于家室，我都攸昌②。天人之际，于兹则行，明矣哉！

① 此首录自《乐府诗集》卷八三。郭茂倩解引《吴越春秋》曰："禹年三十未娶，行涂山，恐时暮失嗣，辞云：'吾之娶也，必有应也。'乃有白狐九尾造于禹。禹曰：'白者，吾之服也；九尾者，王之证也。'于是涂山之人歌之。禹因娶涂山，谓之女娇。"今按：涂山，山名。其所在有三说：一，在今安徽怀远县东南、淮河东岸，又名当涂山。《左传·哀公七年》："禹合诸侯于涂山，执玉帛者万国。"杜预注："涂山在寿春东北。"《史记·夏本纪》："予辛壬娶涂山，辛壬癸甲，生启予不子，以故能成水土功。"司马贞索隐："皇甫谧云'今九江当涂有禹庙'，则涂山在江南也。"参阅《太平寰宇记·濠州》。二，在今重庆市巴县。俗名真武山，《华阳国志·巴志》："禹娶于涂山，辛壬癸甲而去，生子启呱呱啼不及视，三过其门而不入室，务在救时，今江州涂山是也，帝禹之庙铭存焉。"《水经注·江水一》："江之北岸有涂山，南有夏禹庙，涂君祠，庙铭存焉。"三，在今浙江绍兴县西北。《越绝书·外传记越地传》："涂山者，禹所娶妻之山也，去县五十里。"张宗祥校注："《越绝》及《吴越春秋》皆指会稽。" ② "成于"二句：《吴越春秋》卷六作"成家成室，我造彼昌"。

夏 人 歌①（二首）

其 一

江水沛兮，舟楫败兮，我王废兮。趣归于亳，亳亦大兮。

① 此首录自《乐府诗集》卷八三。郭茂倩解引《尚书大传》曰："夏人饮酒，醉者持不醉者，不醉者持醉者，而歌曰：'盍归乎薄（《尚书大传·汤誓》作"盍归于亳"），薄亦大矣。'伊尹退而更曰：'觉兮较兮，吾大命格兮。去不善而就（今按：《乐府诗集》脱"就"字，据《尚书大传》补）善，何不乐兮。'薄，汤之都，言当归汤也。"《韩诗外传》曰："桀为酒池糟堤，纵靡靡之乐。一鼓（今按：《乐府诗集》缺'一鼓'，据毛本补）而牛饮者三千。群臣皆相持而歌。"

其 二

乐兮乐兮，四牡骄兮，六辔沃兮。去不善而从善，何不乐兮？

商 歌①（三首）

宁 戚②

其 一

南山矸③，白石烂。生不遭尧与舜禅，短布单衣适至骬。从昏饭牛薄夜半，长夜漫漫何时旦？

① 此三首录自《乐府诗集》卷八三。郭茂倩解引《淮南子》曰："宁越欲干齐桓公，因穷无以自达，于是为商旅，将任车以商于齐，暮宿于郭门外。桓公郊迎客，夜开门，辟任车，燃火甚盛，从者甚众。越饭牛车下，望见桓公而悲，击牛角而疾商歌。桓公闻之曰：'异哉，非常人也。'命后车载之。"越，一作戚。今按：《商歌》，《诗纪》前集卷一作《饭牛歌》，并注"一作《南山歌》"，又注"三见"。"三见"即三首。《乐府诗集》录二首，题为《商歌二首》，今据《诗纪》补入第三首，因题为《商歌三首》。关于第三首，《诗纪》注："此首见刘向《别录》。" ② 宁戚（生卒年不详）：《乐府诗集》作"齐·宁戚"。《淮南子》作"宁越"。郭茂倩云："越，一作戚。"

《史记·鲁仲连邹阳列传》:"宁戚饭牛车下,而桓公任之以国。"宁戚,乃齐国人。宁越,乃赵国人,原为中牟(河南鹤壁西)农民,因努力求学,十五年而成为周威公之师。《汉书·艺文志·儒家》有《宁越》一篇,今佚。 ③ 矸:山石白净的样子。司马贞索隐:"矸者,白净貌。"

其 二

沧浪之水白石粲,中有鲤鱼长尺半。弊布单衣裁至骭,清朝饭牛至夜半。黄犊上坂且休息,吾将舍汝相齐国。

其 三

出东门兮厉石①斑,上有松柏青且阑。粗布衣兮缊缕,时不遇兮尧舜主。牛兮努力食细草,大臣在尔侧,吾当与尔适楚国。

① 厉石:本作"砺"。粗石也。裴骃集解:"厉,砥石也。"

师 乙 歌①

孔 子②

彼妇人之口,可以出走。彼妇人之谒③,可以死败。优④哉游哉,聊⑤以卒岁。

① 此首录自《乐府诗集》卷八三。郭茂倩解引《孔子家语》曰:"孔子相鲁,齐人归女乐,鲁君淫荒。孔子遂行,师乙送。孔子曰:'吾欲歌,可乎?'乃歌之。"今按:《诗纪》前集卷一作《去鲁歌》。 ②《乐府诗集》未署作者,据《孔子家语》补。 ③ 谒:《孔子家语》卷五作"请"。 ④ 优:《史记·孔子世家》"优"字前有"盖"字。 ⑤ 聊:《史记·孔子世家》作"维"。

获 麟 歌①

孔 子

唐虞世兮麟凤游,今非其时来何求?麟兮麟兮我心忧。

① 此首录自《乐府诗集》卷八三。郭茂倩解引《孔丛子》曰："叔孙氏之车子鉏商，樵于野而获麟焉。众莫之识，以为不祥，弃之五父之衢，冉有告曰：'麇身而肉角，岂天之妖乎？'夫子曰：'吾将往观焉。'遂泣曰：'予之于人，犹麟也。麟，仁兽。出而死，吾道穷矣！'乃歌云。"

河 激 歌①

赵简子夫人②

升彼阿③兮而观清，水扬波兮杳④冥冥。祷求福兮醉不醒，诛将加兮妾心惊。罚既释兮渎乃清。妾持楫兮操其维，蛟龙助兮主将归，浮⑤来棹兮行勿疑。

① 此首录自《乐府诗集》卷八三。郭茂倩解引《列女传》曰："女娟者，赵河津吏之女也。简子南击楚，津吏醉卧，不能渡简子。简子怒，召，欲杀之。娟惧，持楫走前曰：'愿以微躯易父之死。'简子遂释不诛。将渡，用楫者少一人，娟攘拳操楫而请，简子遂与渡。中流，为简子发《河激之歌》。简子归，纳为夫人。"今按：此后亦称娟所唱《河激歌》为《赵津歌》。如北周庾信《将命使北始渡瓜步江》诗："虽同燕市泣，犹听赵津歌。"赵简子，即赵鞅，春秋末年晋国的卿。又名志父，亦称赵孟。在晋卿内讧中打败范氏、中行氏。晋定公十九年（前493）袭击护送粮草给范氏的郑兵，大胜。他战胜范氏、中行氏之后，扩大封地，奠定此后建立赵国的基础。　② 赵简子夫人（生卒年不详）：生平事迹不详。　③ 阿：《乐府诗集》作"河"，据《列女传》卷六改。　④ 杳：《乐府诗集》作"冒"，据《列女传》改。　⑤ 浮：《乐府诗集》作"呼"，据《列女传》改。

越 人 歌①

今夕何夕兮搴洲中流②，今日何日兮得与王子同舟。蒙羞被好兮不訾诟耻，心几顽而不绝兮得知王子。山有木兮木有枝，心说君兮知不知③。

① 此首录自《乐府诗集》卷八三。郭茂倩解引刘向《说苑》曰:"鄂君子皙泛舟于新波之中。乘青翰之舟,张翠盖,会钟鼓之音毕。榜枻越人拥楫而歌。于是鄂君乃揄修袂,行而拥之,举绣被而覆之。鄂君,楚王母弟也。" ② 洲中流:《说苑·善说》作"中洲流"。 ③ 知不知:《说苑·善说》作"君不知"。

徐 人 歌①

延陵②季子兮不忘故③,脱千金之剑兮带丘墓④。

① 此首录自《乐府诗集》卷八三。郭茂倩解引刘向《新序》曰:"延陵季子将聘晋,带宝剑以过徐君。徐君观剑不言而色欲之。季子未献也,然其心许之矣。使反而徐君已死,季子于是以剑带徐君墓树而去。徐人乃为之歌。" ② 延陵:春秋吴邑名。公子季札封邑,故址在今江苏省常州市,季札让国后即避居于此。 ③ 此句与下句的"兮"字,《艺文类聚》卷三四阙,"故"字前有"旧"字。 ④ 带丘墓:《艺文类聚》作"挂丘树"。

渔 父 歌①

古 辞

沧浪②之水清兮,可以濯吾缨;沧浪之水浊兮,可以濯吾足。

① 此首录自《乐府诗集》卷八三。郭茂倩解引《楚辞》曰:"屈原既放,游于江潭,渔父见之,鼓枻而歌。" ② 沧浪:一说指青苍色,《文选·陆机〈塘上行〉》:"发藻玉台下,垂影沧浪亭。"李善注:"孟子曰'沧浪之清',沧浪,水色也。"二说指古水名,在今湖北省境内。郭茂倩采古水名说。

采葛妇歌①

葛不连蔓棻②台台③,我君心苦命更之。尝胆不苦甘如④饴,令我采葛以作丝。女工织兮不敢迟。弱于罗兮轻霏霏，号绤素兮将献之。越王悦兮忘罪除，吴王欢兮飞尺书，增封益地赐羽奇，机杖茵褥诸侯仪。群臣拜贺天颜舒，我王何忧能不移？

　　① 此首录自《吴越春秋》卷五。《吴越春秋》云："越王曰：'吴王好服之离体，我欲采葛使女工织细布献之，以求吴王之心，于子何如？'群臣曰：'善。'乃使国中男女入山采葛，以作黄丝之布……吴王得葛布之献，乃复增越之封，赐羽毛之饰，机杖诸侯之服。越国大悦。采葛之妇伤越王用心之苦，乃作苦之诗曰。"今按："苦之诗"一作"若何之歌"，又作"何苦之歌"，当以后者为是。《乐府诗集》卷八三只收录"尝胆不苦味若饴，今我采葛以作丝"二句。今据《吴越春秋》补全。又，《乐府诗集》郭茂倩解引《吴越春秋》曰："采葛，越之妇人，伤越王用心，乃作若何之歌。"　② 菜：通"纷"。　③ 台：通"怡"。　④ 如：《乐府诗集》作"若"。

紫玉歌①

　　南山有鸟，北山张罗。意欲从君，谗言孔多。悲结成疹，没命黄垆。命之不造，冤如之何！羽族之长，名为凤皇。一日失雄，三年感伤。虽有众鸟，不为匹双。故见鄙姿，逢君辉光。身远心近，何曾暂忘。

　　① 此首录自《乐府诗集》卷八三。郭茂倩解云："紫玉，吴王夫差女也，作歌诗以与韩重。"今按：紫玉，吴王夫差幼女，爱慕童子韩重不果，气结而死。韩重游学归，吊其墓，玉忽形现，作此歌并赠珠，后复如烟而没。故事及歌并见干宝《搜神记》。

邺民歌①

　　邺有贤令兮为史公，决漳水兮灌邺旁，终古舄卤②兮生稻粱。

　　① 此首录自《乐府诗集》卷八三。郭茂倩解引《汉书》（《乐府诗集》作《史记》，据《汉书》改）曰："魏襄王时，史起为邺令，引漳水溉邺以富魏之河内，而民作

歌云。"今按：邺，古都邑，故址在今河南安阳一带。春秋齐桓公始筑城，战国魏文侯都于此。秦置县，汉后为魏君治所，曹操为魏王，都于此。曹丕代汉，定都洛阳，邺乃为五都之一。　② 舄卤：亦作"潟卤"。咸水浸渍的土地，即盐碱地。

郑白渠歌①

田于何所？池阳、谷口。郑国在前，白渠起后。举锸如②云，决渠为雨。水流灶下，鱼跃入釜③。泾水一石，其泥数斗。且溉且粪，长我禾黍。衣食京师，亿万之口。

① 此首录自《乐府诗集》卷八三。郭茂倩解引《史记》曰："韩闻秦之好兴事，欲罢，无令东伐。乃使水工郑国间说秦，令凿泾水自中山西抵瓠口为渠，并北山，东注洛，溉舄卤之地四万余顷，今曰郑国渠。"《汉书》曰："太始二年，赵中大夫白公复奏穿渠。引泾水，首起谷口，尾入栎阳，注渭中，袤二百里，溉田四千五百余顷，名曰白渠。人(今按：《汉书·沟洫志》作'民')得其饶，于是歌之。"　② 如：《汉书·沟洫志》作"为"。　③ "水流"二句：《乐府诗集》脱，据《前汉纪》太始二年补。

秦始皇歌①

洛阳之水，其色苍苍。祠祭大泽，倏忽南临②。洛滨醮祷，色连三光。

① 此首录自《乐府诗集》卷八三。郭茂倩解引《古今乐录》曰："秦始皇祠洛水，有黑头公从河中出，呼始皇曰：'来受天宝！'乃与群臣作歌。"今按：《诗纪》前集卷二作《祠洛水歌》。　② 临：《诗纪》前集卷二注"一作征，征古转入阳"。

鸡 鸣 歌①

东方欲明星烂烂，汝南晨鸡登坛唤。曲终漏尽严具陈，月没星稀天下旦。千门万户递鱼钥②，宫中城上飞乌鹊。

① 此首录自《乐府诗集》卷八三。郭茂倩解引《乐府广题》曰:"汉有鸡鸣卫士,主鸡唱。宫外旧仪,宫中与台并不得畜鸡。昼漏尽,夜漏起,中黄门持五夜,甲夜毕传乙,乙夜毕传丙,丙夜毕传丁,丁夜毕传戊,戊夜,是为五更。未明三刻鸡鸣,卫士起唱。"《汉书》曰:"高祖围项羽垓下,羽是夜闻汉军四面皆楚歌。"应劭曰:"楚歌者,鸡鸣歌也。"《晋太康地记》曰:"后汉固始、鲷阳、公安、细阳四县卫士习此曲,于阙下歌之,今鸡鸣歌是也。然则此歌盖汉歌也。"按《周礼·鸡人》"掌大祭祀、夜呼旦以嘂百官",则所起亦远矣。　② 鱼钥:鱼形的锁。

平 城 歌①

平城之下②亦诚苦,七日不食,不能彀弩。

① 此首录自《乐府诗集》卷八三。郭茂倩解引《汉书·匈奴传》曰:"高祖自将兵三十二万击韩王信。帝先至平城,步兵未尽到,冒顿纵精兵三十余万围帝于白登。七日,汉兵中外不得救饷。"樊哙时为上将军,不能解围,天下皆歌之,后用陈平秘计得免。白登在平城东南,去平城十余里。今按:平城为秦时所置县,治所在今山西大同市东北。公元前200年,汉高祖被匈奴兵围于城东白登山。又,冒顿:匈奴单于。姓挛鞮。秦二世元年(前209)杀父头曼自立,建立军政制度,扩充势力,西汉初年,常南下侵扰。　② 下:《诗纪》卷八注"一作围"。

楚 歌①

刘 邦②

鸿鹄③高飞,一举千里。羽翼以④就,横绝四海。横绝四海,又⑤可奈何? 虽有缯缴,尚安所施?

① 此首录自《乐府诗集》卷八三。郭茂倩解引《汉书》曰:"高祖欲立戚夫人子赵王如意而废太子,后不果。戚夫人泣涕,帝曰:'为我楚舞,吾为若楚歌。'"其旨言太子得四皓为辅,羽翼成就,不可易也。颜师古曰:"楚歌者,楚人之歌,犹吴歈越吟也。"　② 刘邦:《乐府诗集》作"汉高帝"。　③ 鹄:《史记·留侯世家》作

"雁"。 ④ 翼以:《史记·留侯世家》作"翮已"。 ⑤ 又:《史记·留侯世家》作"当"。

戚夫人歌[①]

戚夫人[②]

子为王,母为虏。终日舂薄暮,常与死为伍。相离三千里,当谁使告汝。

① 此首录自《乐府诗集》卷八四。郭茂倩解引《汉书·外戚传》曰:"高祖得定陶戚姬,爱幸,生赵隐王如意。惠帝立,吕后为皇太后,乃令永巷囚戚夫人,髡钳,衣赭衣,令舂,戚夫人舂且歌。太后闻之大怒,曰:'乃欲倚子邪!'召赵王杀之。戚夫人遂有人彘之祸。" ②《乐府诗集》未署作者,据《汉书》补。

画一歌[①]

萧何为法,讲[②]若画一。曹参代之,守而勿失。载其清静[③],民以宁壹。

① 此首录自《乐府诗集》卷八四。郭茂倩解引《汉书》曰:"惠帝时,曹参代萧何为相国。初,高帝与何定天下,法令既明具。及参守职,举事无所变更,一遵何之约束,于是百姓歌之。" ② 讲:《史记·曹相国世家》作"顜",《古乐府》卷一作"较"。顜:直,明。司马贞索隐:"训直,又训明,言法明若画一也。"《汉书·曹参传》作"讲"。颜师古注:"讲,和也。" ③ 静:《汉书·曹参传》作"靖"。

赵幽王歌[①]

刘 友[②]

诸吕用事兮刘氏微,迫胁王侯兮强授我妃。我妃既妒兮诬我以恶,谗女乱国兮上曾不寤。我无忠臣[③]兮何故弃国,自快中野兮苍天与直。于嗟不可悔兮宁早自贼，为王饿死兮谁者怜之，吕氏绝理兮托天报仇。

① 此首录自《乐府诗集》卷八四。郭茂倩解引《汉书》曰："赵幽王友，高帝之子。孝惠时，友以诸吕女为后，不爱，爱它姬。诸吕女谗之于太后。太后怒，召赵王，置邸，令卫围守之。赵王饿，乃作歌，遂幽死。"今按：《乐府诗集》未署作者，据《汉书》补。　② 刘友(？—183)：汉高祖刘邦之子。高帝十一年立为淮阳王。惠帝元年徙为赵王。　③ 臣：《古乐府》作"良"。

淮南王歌①

　　一尺布，尚可缝；一斗粟，尚可春。兄弟二人不
相容。

① 此首录自《乐府诗集》卷八四。郭茂倩解引《汉书》曰："淮南厉王长，高帝少子也。长废法不轨，文帝不忍置于法，乃载以辎车，处蜀严道邛邮，遣其子、子母从居。长不食而死。后民有作歌歌淮南王。帝闻之，乃追尊淮南王为厉王，置园如诸侯仪。"今按：此歌辞高诱《淮南鸿烈解叙》作"一尺缯，好童童；一升粟，饱蓬蓬。兄弟二人不能相容"。

秋 风 辞①

刘　彻②

　　秋风起兮白云飞，草木黄落兮雁南归。兰有秀兮
菊有芳，怀佳人兮不能忘。泛楼船兮济汾河，横中流
兮扬素波。箫鼓鸣兮发棹歌，欢乐极兮哀情多，少壮
几时兮奈老何。

① 此首录自《乐府诗集》卷八四。郭茂倩解引《汉武帝故事》曰："帝行幸河东，祠后土。顾视帝京，忻然中流，与群臣饮谦。帝欢甚，乃自作《秋风辞》。"② 刘彻(前156—前87)：即汉武帝。汉景帝之子。在位五十四年。统治期间，独尊儒术，巩固政权，削弱割据势力；设置十三部刺史，加强对地方的控制；打击富商大贾，由官府经营运输和贸易；兴修水利，移民屯田，发展农业；加强对西域

的统治,消除匈奴的威胁,使西汉达到了鼎盛时期。

卫皇后歌[①]

生男无喜,生女无怒,独不见卫子夫霸天下。

① 此首录自《乐府诗集》卷八四。郭茂倩解引《汉书》曰:"卫子夫为皇后。弟青,贵震天下,天下歌之。"按《外戚传》:"卫子夫为平阳主讴者。武帝祓霸上,还过平阳主。既饮,讴者进,帝独说(悦)子夫。帝起更衣,子夫侍尚衣轩中,得幸。平阳主因奏子夫送入宫,是为卫皇后。"

李延年歌[①]

李延年[②]

北方有佳人,绝世而独立。一顾倾人城,再顾倾人国。宁不知[③]倾城与倾国,佳人难再得。

① 此首录自《乐府诗集》卷八四。郭茂倩解引《汉书·外戚传》曰:"李延年,性知音,善歌舞,武帝爱之。尝侍上起舞而歌。延年后为协律都尉。"今按:《乐府诗集》未署作者,据《汉书》补。 ② 李延年(? —约前87):汉音乐家。中山郡治(今河北定州)人。乐工出身,善歌,又善创造新声。武帝时,在乐府中任协律都尉。为《汉郊祀歌》十九首配乐,又仿张骞传自西域的乐曲,作新声二十八解,用于军中,称"横吹曲"。 ③ 宁不知:《玉台新咏》卷一阙此三字,吴兆宜注:"今删三字,反不如旧。"

李夫人歌[①]

刘 彻

是邪非邪? 立而望之,偏[②]何姗姗其来迟!

① 此首录自《乐府诗集》卷八四。郭茂倩解引《汉书·外戚传》:"孝武李夫人,本以倡进。初,武帝爱其兄延年,平阳主因言,延年有女弟,帝乃召见之,实妙

丽善舞,由是得幸。夫人少而早卒,帝思念不已。方士齐人少翁言能致其神,乃夜张灯烛,设帷帐,陈酒肉,而令帝居他帐,遥望见好女如李夫人之貌,还帷坐而步。又不得就视,帝愈益相思悲感,为作诗,令乐府诸音家弦歌之。"今按:《乐府诗集》未署作者姓名,据毛本及《乐府诗集》目录补。　② 偏:《古乐府》作"翩"。

乌孙公主歌①

乌孙公主②

　　吾家③嫁我兮天一方,远托异国兮乌孙王。穹庐为室兮旃④为墙,以肉为食兮酪为浆。居常土思⑤兮心内伤,愿为黄鹄兮归故乡⑥。

　　① 此首录自《乐府诗集》卷八四。郭茂倩解引《汉书·西域传》曰:"武帝元封中,遣江都王建女细君为公主,以妻乌孙王昆莫。公主至其国,自治宫室居,岁时一再与昆莫会,置酒饮食。昆莫年老,言语不通,公主悲,乃自作歌。"今按:《乐府诗集》未署作者,据《汉书》补。又,《玉台新咏》卷九作《乌孙公主歌诗》。　② 乌孙公主(生卒年不详):又称江都公主,嫁与乌孙昆莫猎骄靡为右夫人。昆莫老,她从乌孙俗,改嫁其孙岑陬军须靡,生一女,名少夫。后病死乌孙。她联系乌孙上层,加强了汉朝和乌孙的友好关系。　③ 家:此字下《玉台新咏》有"之"字。　④ 旃:《玉台新咏》作"毡"。　⑤ 居常土思:《玉台新咏》作"常思汉土"。《艺文类聚》作"思土"。　⑥《玉台新咏》"黄"前有"飞"字。又"归"作"还"。

匈　奴　歌①

　　失我焉支山②,令我妇女无颜色。失我祁连山,使我六畜不蕃息。

　　① 此首录自《乐府诗集》卷八四。郭茂倩解引《十道志》曰:"焉支、祁连二山,皆美水草。匈奴失之,乃作此歌。"《汉书》曰:"元狩二年春,霍去病将万骑出陇西,讨匈奴,过焉支山千有余里。其夏,又攻祁连山,捕首虏甚多。""祁连山即天山,匈奴呼天为祁连,故曰祁连山。焉支山即燕支山也。"今按:匈奴,古族名。

亦称胡。战国时活动于燕、赵、秦以北地区。秦汉之际,冒顿单于统一各部,势力强盛,统治了大漠南北广大地区。汉初,不断南下攻扰,汉朝基本上采取防御政策。武帝时,对匈奴转采攻势,多次进军漠北,匈奴受到很大的打击,势力渐衰。宣帝甘露二年(前52),呼韩邪单于附汉,次年来朝。其后六七十年间,汉与匈奴之间经济文化交流频繁。东汉光武帝建武二十四年匈奴分裂为两部,南下附汉的称为南匈奴,留居漠北的称为北匈奴。南匈奴屯居朔方、五原、云中(在今内蒙古自治区境内)等郡,东汉末分为五部。西晋时,曾先后建立赵、夏、北凉等国。北匈奴于和帝时为东汉和南匈奴所击败,部分西迁。　②焉支山:亦称燕支山、胭脂山。在甘肃省永昌县西、山丹县东南。绵延祁连山和龙首山间。

骊驹歌①

古　辞

骊驹在门,仆夫俱存。骊驹在路,仆夫整驾。

① 此首录自《乐府诗集》卷八四。郭茂倩解引《汉书·儒林》曰:王式除为博士,既至舍中,会诸大夫共持酒肉劳式,皆注意高仰之。博士江公心嫉式,谓歌吹诸生曰:"歌《骊驹》。"式曰:"闻之于师:'客歌《骊驹》,主人歌《客毋庸归》。'今日诸君为主人,日尚早,未可也。"《骊驹》者,客欲去歌之,故式以为言也。

离　歌①

晨行梓道中,梓叶相切磨。与君别交中,缅②如新缣罗③。裂之有余丝,吐之还无期。

① 此首录自《乐府诗集》卷八四。今按:此诗《乐府诗集》未署作者,因列于古辞《骊驹歌》之后,汉武帝《瓠子歌》之前,故归入汉乐府。　② 缅:好像破裂声。潘岳《西征歌》:"缅瓦解而冰泮。"　③ 新缣罗:《诗纪》卷七作"新缣维"。

瓠 子 歌① (二首)

刘 彻

其 一

瓠子②决兮将奈何?浩浩洋洋兮虑殚为河③。殚为河兮地不得宁,功无已时④兮吾山平。吾山平兮钜野⑤溢,鱼弗⑥郁兮柏⑦冬日。正⑧道弛兮离常流,蛟龙骋兮方远游。归旧川兮神哉沛,不封禅兮安知外。为我谓河伯兮何不仁,泛滥不止兮愁吾人。啮桑⑨浮兮淮、泗满,久不反兮水维缓。

① 此二首录自《乐府诗集》卷八四。郭茂倩解引《史记·河渠书》曰:"汉武帝既封禅,乃使汲仁、郭昌发卒数万人塞瓠子决河。于是天子已用事万里沙,还,自临决河,沉白马玉璧,令群臣从官自将军已下皆负薪寘决河,是时东郡以故薪柴少,而下淇园之竹以为楗。天子既临河决,悼功之不成,乃作歌二章。于是卒塞瓠子,筑宫其上,曰'宣房宫'。" ② 瓠子:即瓠子河。古水名。自今河南濮阳南分黄河水东出经山东鄄城、郓城南,折北经梁山地、阳谷东南,至阿城镇折东北经茌平南,东注济水。汉元光三年(前132)黄河决入瓠子河,东南由钜野泽通于淮、泗、梁、楚一带连岁被灾,至元封二年(前109)始发卒数万人筑塞,武帝亲临,作《瓠子之歌》二首。 ③ "浩浩"句:《史记·河渠书》作"皓皓旰旰兮闾殚为河"。 ④ 时:《艺文类聚》卷四二无"时"字。 ⑤ 野:《艺文类聚》作"鹿"。 ⑥ 弗:《史记·河渠书》作"沸"。 ⑦ 柏:《释名》曰"又逼也,与迫同"。《周礼·春官》:"其柏席用萑黼纯。"郑注:"柏席,迫地之席。" ⑧ 正:《史记·河渠书》作"延"。 ⑨ 啮桑:古地名。战国魏地,在今江苏沛县西南,公元前307年秦使张仪与楚、齐会盟于此。

其 二

河汤汤兮激潺湲,北渡回兮迅流难①。搴长茭兮湛②美玉,河伯许兮薪不属。薪不属兮卫人罪,烧萧条兮噫乎何以御水。隤林竹兮楗石菑③,宣防塞兮万福来。

① 回兮迅流难:《史记·河渠书》作"污兮浚流难"。 ② 湛:《史记·河渠

书》作"沉"。　　③ 楗石菑：楗，通"揵"。《汉书·沟洫志》："塞瓠子决河下淇园之竹以为揵。"注："树竹塞水决之口，稍稍布插接树之，水稍弱，补令密，谓之揵。"石菑，师古注："谓插石之也。"实际上是石笼，以竹编笼，填以石块，排放决口处以堵水。

李　陵　歌①

李　陵②

径万里兮度沙漠，为君将兮奋匈奴。路穷绝兮矢刃摧，士众灭兮名已隤。老母已死，虽欲③报恩将安归！

① 此首录自《乐府诗集》卷八四。郭茂倩解引《汉书》曰："昭帝即位，数年，匈奴与汉和亲。汉使求苏武等，单于许武还。李陵置酒贺武曰：'异域之人，一别长绝。'因起舞而歌，陵泣下数行，遂与武决。"今按：苏武，西汉杜陵（今陕西西安东南）人，字子卿。天汉元年（前 100），奉命出使匈奴被扣。匈奴贵族多方威胁诱降，又把他迁到北海（今贝加尔湖）边牧羊，坚持十九年不屈，始元六年（前 81）才被遣回朝，官典属国。又，此诗《乐府诗集》未署作者，据《汉书》补。　　② 李陵（？—前 74）：西汉陇西成纪（今甘肃秦安）人，字少卿。李广孙。善骑射，武帝时，为骑都尉，率兵出击匈奴，战败投降。后病死匈奴。世传《李陵答苏武书》系后人伪作。　　③ 欲：《乐府诗集》脱，据《汉书·李陵苏武传》补。

广川王歌①（二首）

刘　去②

其　一

背尊章，嫖以忽。谋屈奇，起自绝。行周流，自生患。谅非望，今谁怨！

① 此二首录自《乐府诗集》卷八四。郭茂倩解引《汉书》曰："广川王去，缪王齐太子也。有幸姬王昭平、王地余，许以为后，后皆杀之。更立阳城昭信为

后,幸姬陶望卿为修靡夫人,主缯帛,崔修成为明贞夫人,主永巷。照信复谮望卿:'疑有奸。'去以故不爱望卿。后与昭信等饮,诸婢皆侍,去为望卿作歌曰《背尊章》,使美人相和歌之。后昭信谮杀望卿,欲擅爱,曰:'王使明贞夫人主诸姬,淫乱难禁,请闭诸姬舍门,无令出敖。'使其大婢为仆射,主永巷,尽封闭诸舍,上钥于后,非大置酒召,不得见。去怜之,为作歌曰《愁莫愁》,令昭信声鼓为节,以教诸姬歌之。"按《西京杂记》作广川王去疾。今按:此诗《乐府诗集》未署作者,据《汉书》补。　② 刘去(生卒年不详):汉景帝子广川惠王刘越孙。父缪王齐卒,立为广川王。初宠姬阳城昭信,后又宠幸姬陶望卿。昭信谮望卿于去,去为作歌一首,遂杀之。后昭信又谮其姬荣爱,复杀之。昭信又使闭诸姬于永巷,非大置酒召,不得见。去怜之,又作歌一首。去尚学《易》,其师数谏正之,去使奴杀其师父子。宣帝本始三年(前71),事发,与妻子徙上庸,去遂自杀。

其　二

愁莫愁,生无聊。心重结,意不舒。内弗郁,忧哀积。上不见天,生何益! 日崔隤,时不再。愿弃躯,死无悔。

颍　川　歌①

颍水清,灌氏宁。颍水浊,灌氏族!

① 此首录自《乐府诗集》卷八七。郭茂倩解引《汉书》曰:"灌夫不好文学,喜任侠,已然诺。诸所与交通,无非豪杰大猾。家累数千万,食客日数十百人。陂池田园,宗族宾客为权利,横颍川。颍川儿歌之。"今按:灌夫,西汉颍阴人,字仲孺。建元元年(前140)任太仆,次年徙燕相。为人刚直、任侠,因使酒骂座,为丞相田蚡所害,族诛。

黄　鹄　歌①

刘弗陵②

黄鹄飞兮下建章,羽肃肃兮行跄跄。金为衣兮菊为裳,喋喋荷荇,出入蒹葭。自顾菲薄,愧尔嘉祥。

① 此首录自《乐府诗集》卷八四。郭茂倩解引《西京杂记》曰:"始元元年,黄鹄下太液池,帝为此歌。按清商吴声曲有《黄鹄歌》,与此不同。 ② 刘弗陵(前94—前74):《乐府诗集》作"汉昭帝",即刘弗陵。西汉皇帝,武帝子,公元前87—前74年在位。统治期间,由霍光、桑弘羊等辅政。移民屯田,多次派兵击败匈奴、乌桓贵族,加强了北方防卫。始元六年(前81),曾召开盐铁会议。二十一岁时病死。

燕 王 歌①

刘 旦②

归空城兮狗不吠,鸡不鸣,横术③何广广兮,固知国中之无人。

① 此首录自《乐府诗集》卷八五。郭茂倩解引《汉书》曰:"燕剌王旦,武帝第四子也。昭帝时,谋事不成,妖祥数见。燕仓知其谋,告之,由是发觉。王忧懑,置酒万载宫,会宾客群臣妃妾坐饮。王自歌,华容夫人起舞,坐者皆泣。王遂自杀。"今按:此诗《乐府诗集》未著作者,据《汉书》补。 ② 刘旦(? —前80):汉武帝子。元狩六年(前117)封燕王。为人善辩,博学经书杂说,好星历数术,倡优射猎之事,招致游士。武帝末,以卫太子败,齐怀王闳卒,谋为太子,为武帝所恶。及昭帝立,旦与姊鄂邑盖长公主、上官桀、桑弘羊等谋杀霍光,废昭帝而立旦。事败,上官桀被诛,旦恐。后帝赐以玺书,责之,旦遂自杀。 ③ 横术:大道;大路。颜师古注引臣瓒曰:"术,道路也。"

华容夫人歌①

华容夫人②

发纷纷兮寘渠,骨籍籍兮亡居。母求死子兮,妻求死夫。裴回③两渠间兮,君子独安居!

① 此首录自《乐府诗集》卷八五。今按:此诗《乐府诗集》未署名,据《汉书》

补。　② 华容夫人(生卒年不详):西汉燕王刘旦妃。昭帝时,刘旦与上官桀等谋杀霍光,废昭帝自立。事败,上官桀被杀。旦忧恐,作歌。华容夫人亦作歌。③ 裴回:同"徘徊"。

广陵王歌①

刘　胥②

欲久生兮无终,长不乐兮安穷。奉天期兮不得须臾,千里马兮驻待路。黄泉下兮幽深,人生要死,何为苦心。何用为乐心所喜,出入无悰为乐亟。蒿里召兮郭门阅,死不得取代庸,身自逝。

① 此首录自《乐府诗集》卷八五。郭茂倩解引《汉书》曰:"广陵厉王胥,武帝第五子也。昭帝时,胥见帝年少无子,有觊欲心。迎女巫李女须,使下神祝诅。宣帝即位,祝诅事发觉。胥置酒显阳殿,召太子霸及子女董訾、胡生等夜饮,使所幸八子郭昭君,家人赵左君等鼓瑟歌舞。王自歌,左右悉涕泣奏酒,至鸡鸣时罢。"今按:此诗《乐府诗集》未署作者,据《汉书》补。　② 刘胥(?—前54):汉武帝子。元狩六年(前117)封为广陵王。好倡乐逸游。昭帝时,觊觎帝位,乃使巫祝诅。及昭帝死,昌邑王贺立,胥复使巫诅之。宣帝即位,复令诅如前。后因谋反自杀。

牢　石　歌①

牢邪石②邪,五鹿③客邪! 印何累累,绶若若邪!

① 此首录自《乐府诗集》卷八四。郭茂倩解引《汉书·佞幸传》曰:"元帝时,石显为中书令,与仆射牢梁、少府五鹿充宗结为党友,诸附倚者皆得宠位。而民歌之,言其兼官据势也。"　② 石:指石显。济南人,字君房。坐法腐刑,汉宣帝时以中书官为仆射。元帝立,代弘恭为中书令。帝被疾,政事无大小,因显自决,贵幸倾朝。以杀萧望之,众论汹汹,因荐贡禹礼事之。成帝即位,迁长信中太仆,后失权,丞相御史条奏显旧恶,免官徙归故郡。不食,道病死。　③ 五鹿:复姓,

指五鹿充宗。石显用事时,结充宗等为党友。充宗善为《梁丘易》。元帝令与诸《易》家讲难,充宗乘贵行辨,诸儒莫能抗,惟朱云折之。时语曰:"五鹿岳岳,朱云折其角。"显罢免。充宗由少府左迁玄菟太守。

黄门倡歌①

佳人俱绝世,握手上春楼。点黛方初月,缝裙学石榴。君王入朝罢,争竞理衣裳。

① 此首录自《乐府诗集》卷八四。郭茂倩解引《汉书·礼乐志》曰:"成帝时,郑声尤甚。黄门名倡丙疆、景武之属,富显于世。"《隋书·乐志》曰:"汉乐有黄门鼓吹,天子宴群臣之所用也。"今按:黄门,官署名。《汉书·霍光传》:"上乃使黄门画者画周公负成王朝诸侯以赐光。"师古注:"黄门之署,职任亲近,以供天子,百物在焉,故亦有画工。"

五 侯 歌①

五侯初起,曲阳②最怒。坏决高都,连竟外杜。土山渐台西③白虎。

① 此首录自《乐府诗集》卷八五。郭茂倩解引《汉书》曰:"成帝河平二年,悉封舅大将军王凤庶弟谭为平阿侯,商成都侯,立红阳侯,根曲阳侯,逢时高平侯。五人同日封,故世谓之五侯。时五侯群弟,争为奢侈,后庭姬妾各数十人,罗钟磬,舞郑女,作优倡,狗马驰逐;大治第室,起土山渐台,洞门高廊阁道,连属弥望。百姓歌之,言其奢僭如此。"按传称成都侯穿长安城,引内沣水注第中大陂。曲阳侯第,园中土山渐台类白虎殿。则穿城引水非曲阳,与歌辞不同。高都、外杜,皆长安里名。 ② 曲阳:指曲阳侯王根,最为霸道。 ③《汉书·元后传》"西"字后有"象"字。

上 郡 歌①

　　大冯君，小冯君，兄弟继踵相因循，聪明贤知惠吏民。政如鲁卫德化钧，周公、康叔②犹二君。

　　① 此首录自《乐府诗集》卷八五。郭茂倩解引《汉书》曰："成帝时，冯野王为上郡太守。其后弟立亦自五原徙西河、上郡。立居职公廉，治行略与野王相似，而多知有恩贷，好为条教。吏民嘉美野王、立相代为太守，乃歌之云。"　② 康叔：周代卫国的始祖，名封，周武王弟。初封于康（今河南禹县西北），故称康叔。

鲍司隶歌①

　　鲍氏骢，三人司隶再入公。马虽瘦，行步工。

　　① 此首录自《乐府诗集》卷八五。郭茂倩解引《乐府广题》曰，《列异传》云："鲍宣，宣子永，永子昱，三世皆为司隶，而乘一骢马，京师人歌之。"

五 噫 歌①

梁　鸿②

　　陟彼北邙兮，噫！ 顾瞻③帝京兮，噫！ 宫阙崔嵬兮，噫！ 民之劬劳兮，噫！ 辽辽未央兮，噫！

　　① 此首录自《乐府诗集》卷八五。郭茂倩解引《三辅决录》曰："梁鸿东出关，过京师，作《五噫之歌》。肃宗闻而非（今按：《乐府诗集》作"悲"，据《后汉书·梁鸿传》改）之，求鸿不得。"　② 梁鸿（生卒年不详）：东汉初扶风平陵（今陕西咸阳西北）人，字伯鸾。家贫博学，与妻孟光隐居霸陵山中。曾因事出关，过洛阳，见宫室侈丽，作《五噫歌》以讽之。因为朝廷所忌，遂改变姓名，东逃齐鲁。后往吴依皋伯通，居廊下小屋内，为人佣工舂米。每归，孟光为具食，举案齐眉，以示敬爱。不久病死。著书十余篇，今不传。　③ 瞻：《后汉书》作"览"。

董少平歌[①]

枹鼓不鸣董少平。

[①] 此首录自《乐府诗集》卷八五。郭茂倩解引《后汉书》曰："董宣,字少平。光武时为洛阳令,搏击豪强,京师号为卧虎,而歌之云。"今按:董宣,又称强项令。为洛阳令时,湖阳公主苍头杀人,匿于主家。后公主出行,用他为骖乘。董宣候之于途,驻车扣马,叱奴下车,因格杀之。主诉于帝,帝大怒,召宣欲箠杀之。宣曰:"陛下圣德中兴,而纵奴杀良人,将何以理天下乎?"即以头击柱,帝令小黄门止之,使叩头谢主。宣不从。强使顿之,宣两手据地,终不肯俯。因敕强项令出。

张 君 歌[①]

桑无附枝,麦穗两歧。张君为政,乐不可支。

[①] 此首录自《乐府诗集》卷八五。郭茂倩解引《后汉书》曰："张堪为渔阳太守,捕击奸猾,赏罚必信,吏民皆乐为用。乃于狐奴开稻田八千余顷,劝民耕种,以致殷富。百姓歌之。"今按:此引文出自《汉书·张堪传》。渔阳,郡名。战国燕置。秦汉治所在渔阳(今北京市密云县西南),张堪在此视事八年,匈奴不敢犯塞。

廉叔度歌[①]

廉叔度,来何暮。不火禁[②],民安作。平生无襦今五袴。

[①] 此首录自《乐府诗集》卷八五。郭茂倩解引《后汉书》曰："廉范,字叔度。建初中为蜀郡太守,成都民物丰衍,邑宇逼侧。旧制禁民夜作以防火灾,而更相隐蔽,烧者日属。范乃毁削先令,但严使储水而已,百姓为便,乃歌之云。"
[②] 火禁:《后汉书·廉范传》作"禁火"。

范史云歌①

甑中生尘范史云，釜中生鱼范莱芜。

① 此首录自《乐府诗集》卷八五。郭茂倩解引《后汉书》曰："范冉，字史云。桓帝时为莱芜长，遭母丧不到官。后于梁沛间，徒行敝服，卖卜于市。遭党人禁锢，遂推鹿车，载妻子，捃拾自资。或寓息客庐，或依宿树阴，如此十余年，乃治草堂而居焉。所止单漏，有时绝粒，闾里歌之。及党禁解，为三府所辟，乃应司空命。"冉或作"丹"。今按：鹿车，古代的一种小车。

岑　君　歌①

我有枳棘，岑君伐之。我有蟊贼，岑君遏之。狗吠不惊，足下生氂。含哺鼓腹，焉知凶灾。我喜我生，独丁斯时。美矣岑君，於戏休兹。

① 此首录自《乐府诗集》卷八五。郭茂倩解引《后汉书》曰："岑熙为魏郡太守，招聘隐逸，与参政事，无为而化。视事二年，舆人歌之。"今按：此引文出自《汉书·岑彭传》。这是一首魏郡人民歌颂太守岑熙的歌。舆人，即众人。

皇甫嵩歌①

天下大乱兮市为墟，母不保子兮妻失夫，赖得皇甫兮复安居。

① 此首录自《乐府诗集》卷八五。郭茂倩解引《后汉书》曰："皇甫嵩为冀州牧。请冀州一年田租以赡饥民，百姓歌之。"今按：皇甫嵩，东汉安定朝那人，字义真。灵帝时，任北地太守。黄巾起义，他任左中郎将，与朱儁率军镇压。后又在陈国、东郡、广宗、下曲阳等地残酷镇压起义军，大肆屠杀。又任冀州牧，封槐里侯。

郭乔卿歌[1]

厥德仁明郭乔卿,中正[2]朝廷上下[3]平。

[1] 此首录自《乐府诗集》卷八五。郭茂倩解引《后汉书》曰:"郭贺,字乔卿。建武中为尚书令,在职六年,拜荆州刺史。到官,有殊政,百姓歌之。显宗巡狩到南阳,特见嗟赏,赐以三公之服,敕行部去襜帷,使百姓见其容服,以章有德。"今按:此引文出自《后汉书·郭贺传》。 [2] 中正:《后汉书·郭贺传》作"忠正"。 [3] 上下:《诗纪》卷八作"天下"。

贾父歌[1]

贾父来晚,使我先反。今见清平,吏不敢饭。

[1] 此首录自《乐府诗集》卷八五。郭茂倩解引《后汉书》曰:"中平元年,交趾屯兵执刺史及合浦太守,自称柱天将军。灵帝敕三府精选能吏,有司举贾琮为交趾刺史。琮到部,即移书告示,各使安其资业,百姓为之歌。"今按:此引文出自《后汉书·贾琮传》。交趾,亦作"交阯",古地区名,为汉武帝所置十三刺史部之一。辖境相当今广东、广西的大部和越南的北部、中部,东汉末改为交州。中平元年,交趾屯兵因不堪地方官横征暴敛,聚众而反,贾琮到任后,查明情况,招抚荒散,免除徭役,惩治贪官,百姓才安宁,故作此歌,以示感激。

朱晖歌[1]

强直自遂,南阳朱季。吏畏其威,民[2]怀其惠。

[1] 此首录自《乐府诗集》卷八五。郭茂倩解引《东观汉纪》曰:"朱晖,字文季。再迁临淮太守,吏民畏爱而为之歌。" [2] 民:《后汉书·朱晖传》作"人"。

刘君歌[1]

邑然不乐,思我刘君。何时复来,安此下民。

① 此首录自《乐府诗集》卷八五。郭茂倩解引《后汉书》曰："刘陶,举孝廉,除顺阳长。县多奸猾,陶到官,按发若神。以病免,吏民思而歌之。"今按:此引文出自《后汉书·刘陶传》。

洛阳令歌①

　　天久不雨,蒸人②失所。天王自出,祝令特苦。精符感应,滂沱下雨。

① 此首录自《乐府诗集》卷八五。郭茂倩解引《长沙耆旧传》曰："祝良,字石卿,为洛阳令。岁时亢旱,天子祈雨不得。良乃暴身阶庭,告诚引罪,自晨至中,紫云沓起,甘雨登降。人为之歌。"今按:《乐府诗集》将此首列在汉《刘君歌》之后,《晋高祖歌》之前,仍依《乐府诗集》列此,出处归属待考。　② 蒸人:中华书局本校引《太平御览》卷五二九作"丞民",《诗·大雅》有"天生蒸民"之句。蒸,即"众"的意思。

荥阳令歌①

　　荥阳令,有异政。修立学校人易性,令我子弟耻讼争②。

① 此首录自《乐府诗集》卷八五。郭茂倩解引《殷氏世传》曰："殷褒,为荥阳令。广筑学馆,会集朋徒,民知礼让,乃歌之云。"今按:《乐府诗集》此首在《洛阳令歌》之后,《晋高祖歌》之前,仍依《乐府诗集》列此待考。　② 讼争:《诗纪》卷一九作"斗讼"。

徐圣通歌①

　　徐圣通,政无双。平刑罚,奸宄空。

① 此首录自《乐府诗集》卷八五。郭茂倩解引《会稽典录》曰："徐弘,字圣通,为汝阴令。诛钼奸桀,道不拾遗,民乃歌之。"今按:《乐府诗集》此首列在《荥

阳令歌》之后,《晋高祖歌》之前,仍依此列待考。

王世容歌[①]

王世容,政无双。省徭役,盗贼空。

[①] 此首录自《乐府诗集》卷八五。郭茂倩解引《吴录》曰:"王镡,字世容,为武城令。民服德化,宿恶奔迸,父老歌之。"今按:《乐府诗集》此首列在《徐圣通歌》之后,《晋高祖歌》之前,仍依此列待考。

谣辞

尧时康衢童谣[①]

立我烝民[②],莫匪[③]尔极。不识不知,顺帝之则。

[①] 此首录自《乐府诗集》卷八八。郭茂倩解引《列子》曰:"尧治天下五十年,不知天下之治与不治,亿兆之愿戴己与不愿戴己,顾问左右外朝及在野,皆不知也。尧乃微服游于康衢,闻童儿谣。尧喜,问曰:'谁教尔为此言?'童儿曰:'闻之大夫。'大夫曰:'古诗也。'尧还宫,召舜,因禅以天下,舜不辞而受之。" [②] 民:《古谣谚》卷七一注"《后汉书·班固传》注'民作人'"。 [③] 匪:《后汉书·刘陶传》注"匪作不"。

黄泽谣[①]

黄之陀,其马欻[②]沙,皇人威仪。皇之泽,其马欻玉,皇人寿[③]谷。

[①] 此首录自《乐府诗集》卷八七。郭茂倩解引《穆天子传》曰:"天子东游于黄泽,使宫乐谣云。" [②] 欻:同"喷"。《说文》:"欻,吹气也。" [③] 寿:《诗纪》前集卷三作"受"。

白 云 谣①

　　白云在天，山陵自出。道里悠远，山川间之。将
子无死，尚能复来②。

　　① 此首录自《乐府诗集》卷八七。郭茂倩解引《穆天子传》曰："天子觞西王母于瑶池之上，西王母为天子谣，天子答之。"　② 尚能复来:《乐府诗集》作"向复能来"，依《诗纪》前集卷三改。

穆天子谣①

周穆王②

　　予归东土，和治③诸夏。万民平均，吾顾见汝。比
及三年，将复而野。

　　① 此首录自《乐府诗集》卷八七。今按:《穆天子传》云:"西王母为天子谣，天子答之。"此谣为答辞也。　② 周穆王(生卒年不详):西周天子。姬姓，名满。昭王之子。曾西击犬戎，东攻徐戎，在涂山会合诸侯。传说他曾周游天下，得八骏马，西巡狩，乐而忘返。　③ 治:《诗纪》前集卷三作"洽"。

晋献公时童谣①

　　丙之晨②，龙尾伏辰。袀③服振振，取虢之旂。鹑
之奔奔④，天策焞焞⑤。火中成军，虢公其奔。

　　① 此首录自《乐府诗集》卷八八。郭茂倩解引《春秋左氏传》曰:"晋献公伐虢，围下阳。问于卜偃曰:'吾其济乎?'偃以童谣对曰:'克之。十月丙子旦，日在尾，月在策，鹑火中，必是时也。'冬十二月丙子朔，晋灭虢，虢公丑奔京师。"《汉书·五行志》曰:"周十二月，夏十月也。言天者以夏正。"　② 丙之晨:中华书局本校引《太平御览》卷五作"丙子之晨"。　③ 袀:《左传·僖公五年》作"均"。袀，同"均"。袀服，黑色衣服。　④ 奔奔:《左传》作"贲贲"。贲贲，状柳宿之形。杜预注:"贲贲，鸟星之体也。"　⑤ "天策"句:杜预注:"天策，傅说星。"焞焞，星

光暗弱的样子。杜预注:"焞焞,无光耀也。"

晋惠公时童谣①

恭太子更葬兮,后十四年晋亦不昌,昌乃在其兄。

① 此首录自《乐府诗集》卷八八。郭茂倩解引《汉书·五行志》曰:"晋惠公赖秦力得立,立而背秦,内杀二大夫,国人不说。及更葬其兄恭太子申生而不敬,故诗妖作也。后与秦战,为秦所获,立十四年而死,晋人绝之,更立其兄重耳,是为文公,遂伯诸侯。"

鲁国童谣①

鸲之鹆之,公出辱之。鸲鹆之羽,公在外野。往馈之马,鸲鹆跦跦。公在乾侯,征褰与襦。鸲鹆之巢,远哉遥遥②。裯父丧劳,宋父以骄。鸲鹆鸲鹆,往歌来哭③。

① 此首录自《乐府诗集》卷八八。郭茂倩解引《汉书·五行志》曰:"《左氏传》,鲁文、成之世童谣也。至昭公时,有鸲鹆来巢,公攻季氏败,出奔齐,居外野。次乾侯八年,死于外,归葬鲁。昭公名裯。公子宋立,是为定公。" ② 遥遥:《汉书》作"摇摇"。 ③ "鸲鹆"句:《史记·鲁世家》作,"鸲鹆来巢,公在乾侯。鸲鹆入处,公在外野"。

楚昭王时童谣①

楚王渡江得萍实,大如斗②,赤如日,剖而食之甜③如蜜。

① 此首录自《乐府诗集》卷八八。郭茂倩解引《家语》曰:"楚昭王渡江,江中有物,大如斗,圆而赤,直触王舟。舟人取之,王大怪之。遍问群臣,莫之能识。王使使聘于鲁,问于孔子。孔子曰:'此为萍实也,可剖而食之。吉祥也,惟霸者

为能获焉。'使者反,王遂食之,大美。久之,使来以告鲁大夫。大夫因子游问曰:'夫子何以知其然?'曰:'吾昔之郑,过乎陈之野,闻童谣。此楚王之应也,是以知之。'" ② 斗:《说苑》卷一八作"拳"。 ③ 甜:《说苑》作"美"。

越　谣①

古　辞

　　君乘车,我带笠,它日相逢下车揖。君檐簦②,我跨马,它日相逢为君下。

① 此首录自《乐府诗集》卷八七。此敦重友谊之谣,将来勿以贫富贵贱之异而相忘也。《诗纪》前集卷二注云,另本作"卿虽乘车我戴笠,后日相逢下车揖。我步行,卿乘马,后日相逢君当下"。 ② 簦:古代有柄的笠,类似后世的雨伞。

周末时童谣①

　　天将大雨,商羊起②舞。

① 此首录自《乐府诗集》卷八八。郭茂倩解引《家语》曰:"齐有一足之鸟,飞习于公朝,下止于殿前,舒翅而跳。齐侯大怪之,使使聘鲁,问于孔子。孔子曰:'此鸟名曰商羊,水祥也。昔童儿有屈其一脚,振讯(今按:《古谣谚》作"迅")两肩(《乐府诗集》作"眉",据《诗纪》改)而跳且谣,今齐有之,其应至矣。急告民趋治沟渠,修堤防,将有大水为灾。'顷之,大霖雨,水溢泛诸国,伤害民人。惟齐有备不败。"今按:此首《诗纪》前集卷三作《鲁童谣》。《古谣谚》卷三四作《商羊童谣》。 ② 起:《乐府诗集》作"鼓",据《说苑》卷一八改。

长　安　谣①

　　伊徙雁,鹿徙菀,去牢与陈实无价。

① 此首录自《乐府诗集》卷八七。郭茂倩解引《汉书·佞幸传》曰:"成帝初,石显与妻子徙归故郡(《乐府诗集》作'乡',据《汉书》改)。其党牢梁、陈顺皆免

官,诸所交结,以显为官,皆废罢。少府五鹿充宗左迁玄菟太守,御史中丞伊嘉为雁门都尉。长安谣云。"

汉元帝时童谣[①]
井水溢,灭灶烟,灌玉堂,流金门。

① 此首录自《乐府诗集》卷八八。郭茂倩解引《汉书·五行志》曰:"元帝时童谣。至成帝建始二年三月戊子,北宫中井泉稍上,溢出南流。井水阴也,灶烟阳也;玉堂、金门,至尊之居;象阴盛而灭阳,窃有宫室之应也。王莽生于元帝初元四年,至成帝封侯,为三公辅政,因以篡位也。"

汉成帝时燕燕童谣[①]
燕燕尾涎涎[②],张公子,时相见。木门仓琅[③]根。燕飞来,啄皇孙;皇孙死,燕啄矢[④]。

① 此首录自《乐府诗集》卷八八。郭茂倩解引《汉书·五行志》曰:"成帝时童谣。后帝为微行出游,常与富平侯张放俱称富平侯家人,过阳阿主作乐,见舞者赵飞燕而幸之。故曰'燕燕尾涎涎',美好貌也。'张公子',谓富平侯也。'木门仓琅根',谓(今按:《乐府诗集》作'为',据《汉书》改)宫门铜锾,言将尊贵也。后遂立为皇后,与弟昭仪贼害后宫皇子,卒皆伏辜,所谓'燕飞来,啄皇孙;皇孙死,燕啄矢'者也。"今按:《乐府诗集》此题脱"时"字,据其目录补。　② 涎涎:《玉台新咏》卷九作"殿殿"。　③ 仓琅:《玉台新咏》卷九作"苍狼"。　④《玉台新咏》阙"皇孙死,燕啄矢"二句。

汉成帝时歌谣[①]
邪径败良田,谗口乱善人[②]。桂树华不实,黄雀[③]巢其颠。故[④]为人所羡,今为人所怜。

① 此首录自《乐府诗集》卷八八。郭茂倩解引《汉书·五行志》曰:"成帝时

歌谣也。桂,赤色,汉家象。华不实,无继嗣也。王莽自谓黄象,黄雀(今按:《乐府诗集》作'爵',据《玉台新咏》改)巢其颠也。"今按:题中"歌谣",《玉台新咏》卷九作"童谣"。　②《玉台新咏》阙此二句。　③ 雀:《乐府诗集》作"爵",据《玉台新咏》改。　④ 故:《玉台新咏》作"昔"。

王莽时汝南童谣①

坏陂谁?翟子威。饭我豆食羹芋魁。反乎覆,陂当复。谁云者?两黄鹄。

① 此首录自《乐府诗集》卷八八。郭茂倩解引《汉书》曰:"汝南旧有鸿隙大陂,郡以为饶。成帝时,关东数水,陂溢为害。翟方进为相,与御史大夫孔光共遣掾行视,以为决去陂水,其地肥美,省堤防费而无水忧,遂奏罢之。及翟氏灭,乡里归恶,言方进请陂下良田不得而奏罢陂。王莽时常枯旱,郡中追怨方进,时有童谣。"子威,方进字也。今按:此引文出自《汉书·翟方进传》。《诗纪》卷八此题作《鸿隙陂童谣》。又,正文开头于《后汉书·许杨传》作"败我陂者翟子威,饴我大豆,亨我芋魁。反乎覆,陂当复",后面阙"谁云者"两句。

更始时南阳童谣①

谐不谐,在赤眉。得不得,在河北。

① 此首录自《乐府诗集》卷八八。郭茂倩解引《后汉书·五行志》曰:"更始时,南阳有童谣。是时更始在长安,世祖为大司马,平定河北。更始大臣并僭专权,故谣妖作也。后更始遂为赤眉所杀,是更始之不谐在赤眉也。世祖自河北兴。"今按:世祖,谓光武帝(刘秀)也。更始,谓新末刘玄年号。"新"为王莽国号。

会稽童谣①

弃我戟,捐我矛。盗贼尽,吏皆休。

① 此首录自《乐府诗集》卷八七。郭茂倩解引《后汉书》曰:"张霸,永元中为

会稽太守。时贼未解,郡界不宁。乃移书开购,明用信赏,贼遂束手归附,不烦士卒之力,于是有童谣。"今按:永元,东汉和帝刘肇年号。

后汉顺帝末京都童谣①

直如弦,死道边②。 曲如钩,反封侯。

① 此首录自《乐府诗集》卷八八。郭茂倩解引《后汉书·五行志》曰:"顺帝之末,京都童谣。按顺帝即世,孝质短祚。大将军梁冀贪树疏幼,以为己功;专国号令,以赡其私。太尉李固以为清河王,雅性聪明,敦诗悦礼;加又属亲,立长则顺,置善则固。而冀建白太后,策免固,征蠡吾侯,遂即至尊。固是月幽毙于狱,暴尸道路。而太尉胡广封安乐乡侯,司徒赵戒厨亭侯,司空袁汤安国亭侯。"
② 死道边:指李固,死于道边。

后汉桓帝初小麦童谣①

小麦青青大麦枯,谁当获者妇与姑。丈人何在西击胡。吏买马,君具车,请为诸君鼓咙胡。

① 此首录自《乐府诗集》卷八八。郭茂倩解引《后汉书·五行志》曰:"桓帝之初,天下童谣。按元嘉中,凉州诸羌一时俱反。南入蜀、汉,东抄三辅,延及并、冀,大为民害。命将出众,每战常负。中国益发甲卒,麦多委弃,但有妇女获刈之也。'吏买马,君具车'者,言调发重及有秩者也。'请为诸君鼓咙胡'者,不敢公言,私咽语也。"

后汉桓帝初城上乌童谣①

城上乌,尾毕逋②。公为吏,子为徒。一徒死,百乘车。车班班,入河间。河间姹女工数钱,以钱为室金为堂,石上慊慊春黄粱。梁下有悬鼓,我欲击之丞卿怒。

① 此首录自《乐府诗集》卷八八。郭茂倩解引《后汉书·五行志》曰："桓帝之初,京都童谣。按此皆谓为政贪也。'城上乌,尾毕逋'者,处高利独食,不与下共,谓人主多聚敛也。'公为吏,子为徒'者,言蛮夷将畔(今按:当为'叛')逆,父既为军(今按:当作'官')吏,其子又为卒徒往击之也。'一徒死,百乘车'者,言前一人往讨胡,既死矣,后又遣百乘车往。'车班班,入河间'者,言桓帝将崩,乘舆班班入河间迎灵帝也。'河间姹女工数钱,以钱为室金为堂'者,灵帝既立,其母永乐太后好聚金以为堂也。'石上慊慊舂黄粱'者(今按:《乐府诗集》无'者'字,据《后汉书》补),言永乐虽积金钱,慊慊常苦不足,使人舂黄粱而食之也(今按:《乐府诗集》此三句中'虽'作'唯','苦'作'若','使'作'吏',据《后汉书》改)。'梁下有悬鼓,我欲击之丞卿怒'者,言永乐教灵帝,使卖官受钱。所禄非其人,天下忠笃之士怨望,欲击悬鼓以求见。丞卿主鼓者,亦复谄顺,怒而止我也。"刘昭以为:"此谣后验,竟为灵帝作。言'一徒',似斥桓帝。帝贵任群阉,参委机政,左右前后莫非刑人,有同囚徒之长,故言寄一徒也。且又弟则废黜,身无嗣,块然单独,非一而何?'百乘车'者,乃国之君,解犊后征,正膺斯数,继以班班,尤得以类焉。"解犊,灵帝所封也。　② 毕逋:鸟尾摆动的样子。

后汉桓帝初京都童谣①

游平卖印自有平,不避豪贤及大姓。

① 此首录自《乐府诗集》卷八八。郭茂倩解引《后汉书·五行志》曰："桓帝之初,京都童谣。至延熹末,邓皇后以谴自杀,乃以窦贵人代之。其父名武,字游平,拜城门校尉。及太后摄政,为大将军,与太傅陈蕃合心戮力,惟德是建。印绶所加,咸得其人,豪贤大姓,皆绝望矣。"

后汉桓灵时谣①

举秀才,不知书。察考廉,父别居。

① 此首录自《乐府诗集》卷八七。郭茂倩解引《后汉书》曰："桓灵之世,更相滥举,人为之谣。"今按:桓帝、灵帝在位,已近东汉末年。

后汉桓帝末京都童谣①

白盖小车何延延。河间来合谐，河间来合谐。

① 此首录自《乐府诗集》卷八八。郭茂倩解引《后汉书·五行志》曰："桓帝之末，京都童谣。按解犊亭，属饶阳河间县也。居无几何而桓帝崩，使者与解犊侯皆白盖车从河间来。延延，众貌。是时御史刘鯈建议立灵帝，以鯈为侍中。中常侍侯览畏其亲近，必当间己，白拜鯈泰山太守，因令司隶迫促杀之。朝廷少长，思其功效，乃拔用其弟郃，致位司徒，此为合谐也。"刘昭按："《郡国志》饶阳本属涿，后属安平。灵帝既是河间王曾孙，谣言自是有征，无俟河间之县为验也。"

后汉灵帝末京都童谣①

侯非侯，王非王，千乘万骑上北芒。

① 此首录自《乐府诗集》卷八八。郭茂倩解引《后汉书·五行志》曰："灵帝之末，京都童谣。至中平六年，少帝登蹑至尊。献帝未有爵号，为中常侍段珪等所执，公卿百官皆随其后，到河上，乃得来还。此为非侯非王上北芒者也。"今按：中平六年(189)，灵帝崩，少帝刘辩即位，旋为董卓所废，同年更立献帝。

后汉献帝初童谣①

燕南垂，赵北际，中央不合大如砺，惟有此中可避世。

① 此首录自《乐府诗集》卷八八。郭茂倩解引《后汉书·五行志》曰："献帝初童谣。公孙瓒以为易地当之，遂徙镇焉。乃修城积谷，以待天下之变。建安三年，袁绍攻瓒，瓒大败，缢其姊妹妻子，引火自焚。绍兵趣登台斩之。初，瓒破黄巾，杀刘虞，乘胜南下，侵据齐地，雄威大振，而不能开廓远图，欲以坚城观时，坐听围戮，斯亦自易地而去世也。"

后汉献帝初京都童谣①

千里草,何青青。十日卜,不得生。

① 此首录自《乐府诗集》卷八八。郭茂倩解引《后汉书·五行志》曰:"献帝元初,京都童谣。按'千里草'为董,'十日卜'为卓。凡别字之体,皆从上起,左右离合,无有从下发端者也。今二字如此者,天意若曰,卓自下摩上,以臣陵君也。'青青'者(今按:《乐府诗集》缺'者',据《后汉书》补),暴盛之貌。'不得生'者,亦旋破亡也。"

二 郡 谣①

汝南太守范孟博,南阳宗资②主画诺。南阳太守岑公孝,弘农成瑨③但坐啸。

① 此首录自《乐府诗集》卷八七。郭茂倩解引《后汉书》曰:"汝南太守宗资,任功曹范滂;南阳太守成瑨,亦委功曹岑晊。范滂字孟博,岑晊字公孝。二郡为谣。" ② 宗资:东汉安众人,字叔都,举孝廉,延熹中为汝南太守,辟范滂为功曹,政事悉委任之。时人乃有歌其任善之专。 ③ 成瑨:东汉弘农人,字幼平。少修仁义,以清名见;举孝廉。桓帝时为南阳太守。郡旧多豪强,瑨下车欲振威严以检摄之,聘岑晊为功曹。褒善纠违,肃清朝府,乃有是歌。

城 中 谣①

城中好高髻,四方高一尺。城中好广②眉,四方且③半额。城中好大④袖,四方全⑤匹帛。

① 此首录自《乐府诗集》卷八七。郭茂倩解引《后汉书》曰:"前世长安《城中谣》,言改政移风,必有其本。上之所好,下必甚焉。"今按:《玉台新咏》卷一作《童谣歌》。 ② 广:《玉台新咏》作"大"。 ③ 且:《玉台新咏》作"眉"。 ④ 大:《玉台新咏》作"广"。 ⑤ 全:《玉台新咏》作"用"。

京 兆 谣[1]

我府君，道教举。恩如春，威如虎。刚不吐，弱[2]
不茹。爱如母，训如父。

① 此首录自《乐府诗集》卷八七。郭茂倩解曰："《续汉书》曰：李燮拜京兆，
诏发西园钱。燮上封事，遂止不发。吏民爱敬，乃为此谣。" ② 弱：《诗纪》卷八
作"柔"。

后汉时蜀中童谣[1]

黄牛白腹，五铢[2]当复。

① 此首录自《乐府诗集》卷八八。郭茂倩解引《后汉书·五行志》曰："世祖
建武六年，蜀中童谣。是时公孙述僭号于蜀，时人窃言王莽称黄，述欲继之，故称
白。五铢，汉家货，明当复也。述遂诛灭。"今按：世祖，光武帝；建武六年，公元
30 年也。 ② 铢：古代重量单位，旧制一两的二十四分之一。

史歌谣辞

　　秦汉民间歌谣谶谚,继承《诗》、《骚》传统,多有发展。然在当时,此种作品地位低下,缙绅之士狃于雅郑之谬见,"以义归廊庙者为雅,以事出间阎者为郑"(萧涤非《汉魏六朝乐府文学史》),故司马迁《史记》、班固《汉书》鲜有载录(《汉书》尚录有题目,原文不载),至梁沈约《宋书·乐志》,始稍有收录。宋郭茂倩《乐府诗集》有所增录,然挂一漏万,遗漏者难以搜集,良可痛惜也。

　　本编于郭氏《乐府诗集》"相和"、"杂曲"、"杂歌"三类所录民间歌谣之外,力从史籍中发掘、辑录当时民间歌谣谚语,新增一类,名曰"史歌谣辞",以继郭氏之后,弥补或阙之万一也。

　　两汉之"史歌谣辞"主要从《史记》、《汉书》、《后汉书》中搜辑,每首仍按本编体例,作品后有题解、校订。题目出之有据,题解说明出处,以方便读者研读。其后各代《史歌谣辞》辑录,亦同此例。

歌辞

渔　父　歌①(二首)

其　一

日月昭昭乎侵已驰,与子期乎芦之漪。

　　① 此二首录自《吴越春秋》卷一:"伍员与胜奔吴到昭关,关吏欲持之,伍员因诈曰:'上所以索我者,美珠也,今我已亡矣,将去取之。'关吏因舍之与胜行去。追者在后,几不得脱。至江,江中有渔父乘船从下方沂水而上。子胥呼之,谓曰:'渔父渡我。'如是者再。渔父欲渡之,适会旁有人窥之,因而歌曰:'日月昭昭乎侵已驰,与子期乎芦之漪。'子胥即止芦之漪。渔父又歌曰:'日已夕兮予心忧悲,月已驰兮何不渡为? 事寝急兮当奈何!'子胥入船,渔父知其意也,乃渡之千寻之津。"

其 二

日已夕兮予心忧悲,月已驰兮何不渡为? 事寝急兮当奈何!

鹳鹆来巢①

鹳鹆来巢,公②在乾侯。鹳鹆入处,公在外野。

① 此首录自《史记·鲁周公世家》:(昭公)二十五年春,鹳鹆来巢。师已曰:"文成之世,童谣曰:'鹳鹆来巢……'"今按:鲁昭公时,有鹳鹆来鲁国筑巢。此时昭公攻季氏失败,逃到齐国,后又到了晋国的乾侯。此谣意为:连鹳鹆都徘徊于鲁国,但鲁国的君主却远在他乡。　② 公:指鲁昭公。

优 孟 歌①

优 孟②

山居耕田苦,难以得食。起而为吏,身贪鄙者余财,不顾耻辱。身死家室富,又恐受赇枉法,为奸触大罪,身死而家灭。贪吏安可为也! 念为廉吏,奉法守职,竟死不敢为非。廉吏安可为也! 楚相孙叔敖持廉至死,方今妻子穷困负薪而食,不足为也!

① 此首录自《史记·滑稽列传》:庄王置酒,优孟前为寿。庄王大惊,以为孙叔敖复生也,欲以为相。优孟曰:"请归与妇计之,三日而为相。"庄王许之。三日后,优孟复来。王曰:"妇言谓何?"孟曰:"妇言慎无为,楚相不足为也。如孙叔敖之为楚相,尽忠为廉以治楚,楚王得以霸。今死,其子无立锥之地,贫困负薪以自饮食,必如孙叔敖,不如自杀。"因歌曰:"山居耕田苦……"于是庄王谢优孟,乃召孙叔敖子,封之寝丘四百户,以奉其祀。后十世不绝。此知可以言时矣。
② 优孟(生卒年不详):春秋时楚国优人。常谈笑讽谕,曾谏止楚庄王以大夫礼丧马。又善模仿,着楚相孙叔敖衣冠见楚庄王,楚庄王不能辨。

处女鼓琴歌①

美人荧荧兮，颜若苕之荣。命乎命乎，曾无我嬴！

① 此首录自《史记·赵世家》：(赵武灵王)十六年，秦惠王卒。王游大陵。他日，王梦见处女鼓琴而歌诗曰："美人荧荧兮……"异日，王饮酒乐，数言所梦，想见其状。吴广闻之，因夫人而内其女娃嬴。孟姚也。孟姚甚有宠于王，是为惠后。

天 马 歌①

刘 彻

天马来兮从西极，经万里兮归有德。承灵威兮降外国，涉流砂兮四夷服。

① 此首录自《史记·乐书》：武帝伐大宛得千里马，名蒲梢。作歌曰："天马来兮从西极……"今按：此《天马歌》与郭茂倩《乐府诗集》卷一所录汉郊祀歌《天马》(之二)多有不同，特录入本编，可参读。

太 一 歌①

刘 彻

太一②贡兮天马下，沾赤汗兮沫流赭③。骋容与兮蹠万里，今安匹兮龙为友。

① 此首录自《史记·乐书》：武帝尝得神马渥洼水中，复次以为太一歌。歌曲曰："太一贡兮天马下……"今按：此首与郭茂倩所录汉郊祀歌《天马》(之一)多有不同，可参读。 ② 太一：又作"泰一"。天神名。《史记·封禅书》："天神贵若太一。" ③ "沾赤汗"句：形容马出汗如血。此处指武帝时大宛"汗血马"者。

耕 田 歌①

刘 章②

深耕概种，立苗欲疏。非其种者，锄而去之。

① 此首录自《史记·齐悼惠王世家》：朱虚侯年二十，有气力，忿刘氏不得职。尝入侍高后燕饮，高后令朱虚侯刘章为酒史。章自请曰："臣，将种也，请得以军法行酒。"高后曰："可。"酒酣，章进饮歌舞。已而曰："请为太后言耕田歌。"高后儿子畜之，笑曰："顾而父知田耳。若生而为王子，安知田乎？"章曰："臣知之。"太后曰："试为我言田。"章曰："深耕穊种……"吕后默然。顷之，诸吕有一人醉，亡酒，章追，拔剑斩之而还，报曰："有亡酒一人，臣谨行法斩之。"太后左右皆大惊。业已许其军法，无以罪也。因罢。自是之后，诸吕惮朱虚侯，虽大臣皆依朱虚侯，刘氏为益强。　② 刘章（前200—前177）：汉高祖之孙，齐悼惠王刘肥之子，封朱虚侯。吕后死，吕氏欲为乱，章以吕禄女为妻，知其谋。使人告齐哀王襄起兵。章从长安为内应，遂与周勃等斩吕禄、吕产，迎立文帝刘恒。文帝二年（前181），立章为城阳王。

东方朔歌①

东方朔②

陆沉于俗，避世金马门③。宫殿中可以避世全身，何必深山之中，蒿庐之下。

① 此首录自《史记·滑稽列传》：武帝时，齐人有东方生名朔，以好古传书，爱经术，多所博观外家之语……人主左右诸郎半呼之"狂人"。人主闻之，曰："令朔在事无为是行者，若等安能及之哉！"朔任其子为郎，又为侍谒者，常持节出使。朔行殿中，郎谓之曰："人皆以先生为狂。"朔曰："如朔等，所谓避世于朝廷间者也。古之人，乃避世于深山中。"时坐席中，酒酣，据地歌曰："陆沈于俗……"　② 东方朔（生卒年不详）：字曼倩，平原厌次（今山东陵县神头镇）人。西汉辞赋家。武帝初年，举贤良方正，朔曾上书自荐，高自称誉。令待诏公车。久之，使待诏金马门，稍得亲近。武帝好微行，欲建上林苑，朔谏。朔以诙谐滑稽进，帝常用其议，然不甚任之。《隋书·经籍志》著录《东方朔集》二卷。　③ 金马门：《史记·滑稽列传》："金马门者，宦者署门也。门旁有铜马，故谓之曰'金马门'。"

东家有树①

东家有树，王阳②妇去；东家枣完，去妇复还。

① 此首录自《汉书·王贡两龚鲍传》：始吉少时学问，居长安。东家有大枣树垂吉庭中，吉妇取枣以啖吉，吉后知之，乃去妇。东家闻而欲伐其树，邻里共止之，因故请吉令还妇。里中为之语曰："东家有树……"其厉志如此。　② 王阳：王吉，字子阳。

为尹赏歌①

安所求子死？桓东少年场。生时谅不谨，枯骨后何葬？

① 此首录自《汉书·酷吏·尹赏传》：永始、元延间，上怠于政，贵戚骄恣……长安中奸猾浸多，闾里少年群辈杀吏，受赇报仇，相与探丸为弹，得赤丸者斫武吏，得黑丸者斫文吏，白者主治丧；城中薄暮尘起，剽劫行者，死伤横道，枹鼓不绝。赏以三辅高第选守长安令，得一切便宜从事。赏至，修治长安狱，穿地方深各数丈，致令辟为郭，以大石覆其口，名为"虎穴"。乃部户曹掾吏，与乡吏、亭长、里正、父老、伍人，杂举长安中轻薄少年恶子，无市籍商贩作务，而鲜衣凶服被铠扞持刀兵者，悉籍记之，得数百人。赏一朝会长安吏，车数百辆，分行收捕，皆劾以为通行饮食群盗。赏亲阅，见十置一，其余尽以次内虎穴中，百人为辈，覆以大石。数日一发视，皆相枕藉死，便舆出，瘗寺门桓东。楬著其姓名，百日后，乃令死者家各自发取其尸……长安中歌之曰："安所求子死？……"今按：扞，同"捍"。

凉州歌①

游子常苦贫，力子②天所富。宁见乳虎穴，不入冀③府寺。大笑期必死，怼怒或见置。嗟我奕府君，安可再遭值！

① 此首录自《后汉书·酷吏·樊晔》:隗嚣灭后,陇右不安,乃拜晔为天水太守。政严猛,好申、韩法,善恶立断。人有犯其禁者,率不生出狱,吏人及羌胡畏之。道不拾遗,行旅至夜,聚衣装道旁,曰:"以付樊公。"凉州为之歌曰:"游子常苦贫……"视事十四年卒官。今按:此歌谓樊晔为官严猛,执法如山,令人生畏。
② 力子:勤力劳作的人。　③ 冀:李贤注"天水县也"。

唐 姬 歌①

皇天崩兮后土颓,身为帝兮命天摧。死生路异兮从此乖,奈我茕独兮心中哀!

① 此首录自《后汉书·皇后纪第十下》:酒行,王悲歌曰:"天道易兮我何艰……"因令唐姬起舞,姬抗袖而歌曰:"皇天崩兮……"因泣下呜咽。坐者皆歔欷。今按:东汉中平六年(189)灵帝刘宏死,少帝刘辩继位。此时董卓专权,废少帝刘辩而改立其弟刘协为献帝。转年,董卓使郎中令李儒进鸩酒欲毒杀(原少帝)弘农王刘辩,刘辩宴别悲歌,唐姬相和。

少 帝 歌①

天道易兮我何艰,弃万乘兮退守蕃。逆臣见迫兮命不延,逝将去汝兮适幽玄。

① 此首录自《后汉书·皇后纪第十下》:明年(中平七年),山东义兵大起,讨董卓之乱。卓乃置弘农王(原少帝刘辩)于阁上,使郎中令李儒进鸩,曰:"服此药,可以辟恶。"王曰:"我无疾,是欲杀我耳!"不肯饮。强饮之,不得已,乃与妻唐姬及宫人饮宴别。酒行,王悲歌曰:"天道易兮……"

行 者 歌①

汉德广,开不宾②。度博南,越兰津。度兰仓,为它人。

① 此首录自《后汉书·南蛮西南夷列传》:永平十二年,显宗以其地置哀牢、博南二县,割益州郡西部都尉所领六县,合为永昌郡。始通博南山,度兰仓水,行者苦之。歌曰:"汉德广……"今按:"行者"指汉代往来于西南一带的商旅之人。

② 不宾:指未宾服之地。宾,臣服,拥戴。

谣辞

代 地 谣①

赵为号,秦为笑。以为不信,视地之生毛。

① 此首录自《史记·赵世家》:(幽缪王迁)五年,代地大动,自乐徐以西,北至平阴,台屋墙垣太半坏,地坼东西百三十步。六年,大饥,民讹言曰:"赵为号……"今按:幽缪王五年(前231),赵地代郡一带发生强烈地震,房倒地裂。次年又遭饥荒,百姓无食。面对灾情,赵国人民在哭泣,但秦国统治者反而感到高兴。

时 俗 谣①

何以孝弟为? 财多而光荣。何以礼义为? 史书而仕宦。何以谨慎为? 勇猛而临官。

① 此首录自《汉书·贡禹传》:又欲令近臣自诸曹、侍中以上,家亡得私贩卖,与民争利,犯者辄免官削爵,不得仕宦。禹又言:……武帝始临天下,尊贤用士,辟地广境数千里,自见功大威行,遂从耆欲,用度不足,乃行一切之变,使犯法者赎罪,入谷者补吏,是以天下奢侈,官乱民贫,盗贼并起,亡命者众。郡国恐伏其诛,则择便巧吏书习于计簿能欺上府者,以为右职;奸轨不胜,则取勇猛能操切百姓者,以苛暴威服下者,使居大位。故亡义而有财者显于世,欺谩而善书者尊于朝,悖逆而勇猛者贵于官。故俗皆曰:"何以孝弟为……"

东 方 谣①

宁逢赤眉,不逢太师②!太师尚可,更始③杀我!

① 此首录自《汉书·王莽传下》:(地皇三年二月)是月,赤眉杀太师牺仲景尚。关东人相食。四月,遣太师王匡、更始将军廉丹东祖都门外,天大雨,沾衣止。长老叹曰:"是为泣军!"……太师、更始合将锐士十余万人,所过放纵。东方为之语曰:"宁逢赤眉……"今按:西汉末年农民起义,王莽派兵进剿,所过放纵,给人民带来极大灾难,故有是谣。 ② 太师:指王匡。 ③ 更始:指更始将军廉丹。

京 都 谣①

茅田一顷中有井,四方纤纤不可整,嚼复嚼,今年尚可后年铙。

① 此首录自《后汉书·五行志一》:桓帝之末,京都童谣曰:"茅田一顷中有井……""茅喻群贤也。井者,法也。""茅田一顷者,言群贤众多也。中有井者,言虽阨穷,不失其法度也。四方纤纤不可整者,言奸慝大炽,不可整理。嚼复嚼者,京都饮酒相强之辞也,言食肉者鄙,不恤王政,徒耽宴饮歌呼而已也。今年尚可者,言但禁锢也。后年铙者,陈、窦被诛,天下大坏。"

长 安 谣①

头白皓然,食不充粮。裹衣襄裳,当还故乡。圣主愍念,悉用补郎。舍是布衣,被服玄黄。

① 此首录自《后汉书·献帝纪注》:刘艾献帝纪曰:时长安中为之谣曰:"头白皓然……"今按:汉献帝初平四年秋,四十名儒生参考,上等者赐官郎中,中等者赐太子舍人,下等者罢归原籍。后又下诏,年过六十罢回得免,一律改授太子舍人,给以奉禄。于是长安出现了这首民谣。

生男生女谚①

生男如狼，犹恐其尪。生女如鼠，犹恐其虎。

① 此首录自《后汉书·列女·曹世叔妻》：扶风曹世叔妻者，同郡班彪之女也。名昭，字惠班，一名姬，博学高才……作《女诫》七篇，有助内训。其辞曰："……男以强为贵，女以弱为美。故鄙谚有云：'生男如狼……'"然则修身莫若敬，避强莫若顺，故曰敬顺之道，妇之大礼也。

时 好 谚①

吴王好剑客，百姓多创瘢。楚王好细腰，宫中多饿死。

① 此首录自《后汉书·马廖传》：时皇太后躬履节俭，事从简约。廖虑美业难终，上疏长乐宫，以劝成德政，曰："臣案前世诏令，以百姓不足，起于世尚奢靡，故元帝罢服官，成帝御浣衣，哀帝去乐府。然而侈费不息，至于衰乱者，百姓从行不从言也。夫改政移风，必有其本。传曰：'吴王好剑客……'"

古诗逸辞

"感于哀乐,缘事而发",乃两汉乐府之特色。然则有之入乐,有之未入乐,入乐者声其辞,未入乐者诵其诗,则有曲辞与古诗之别也。

此所谓"古诗"者,是指产生于两汉民间的未载名氏之作,其体制意味几无异于入乐之曲辞者,诸如《古诗十九首》(其中二首已收入《乐府诗集》"杂曲歌辞")之类,《文选》将其列入"杂诗",排在李少卿与苏武诗之前,当属汉作无疑。今从《文选》、《乐府诗集》题解、注释中,又发掘出《乐府诗集》未载之"古辞"多首,以及《玉台新咏》、《大平御览》中属于"古乐府"之作,合成一类,名之曰"古诗逸辞",以补《乐府诗集》之阙如,诚非无所裨益也。

古诗十七首①

其 一

行行重行行,与君生别离②。相去万余里,各在天一涯③。道路阻且长,会面安④可知?胡马依北风,越鸟巢南枝。相去日已远,衣带日已缓。浮云蔽白日,游子不顾反⑤。思君令人老,岁月忽已晚。弃捐勿复道,努力加餐饭。

① 此十七首皆录自《文选》卷二九。《文选》题曰《古诗十九首》,其中有二首已收入《乐府诗集》。余冠英《乐府诗选·前言》曰:"所谓古诗本来大都是乐府歌辞,因为脱离了音乐,失掉标题,才被人泛称做古诗。朱乾《乐府正义》曾说:'古诗十九首,古乐府也。'虽不曾举出理由,还是可信的。"据此,将郭茂倩《乐府诗集》未录的《古诗十九首》篇什皆录入,取题曰《古诗十七首》。今按:《文选》于《古诗十九首》题下李善注云:"五言,并云古诗,盖不知作者,或云枚乘,疑不能明也。诗云'驱马上东门',又云'游戏宛与洛',此则辞兼东都,非尽是乘明矣。昭明以失其姓氏,故编在李陵之上。"据此,将其列入汉乐府诗。 ② 生别离:《文选》李

善注引《楚辞》曰:"悲莫悲兮生别离。"　③ 涯:《文选》李善注引《广雅》曰:"涯,方也。"　④ 安:《文选》李善注引薛综《西京赋》注:"安,焉也。"　⑤ 不顾反:《文选》注引郑玄《毛诗笺》曰:"顾,念也。"

<h3 align="center">其　二</h3>

　　青青河畔草,郁郁①园中柳。盈盈②楼上女,皎皎当窗牖。娥娥③红粉妆,纤纤④出素手。昔为倡家女,今为荡子⑤妇。荡子行不归,空床难独守。

　　① 郁郁:《文选》李善注"郁郁,茂盛也"。　② 盈盈:《文选》李善注引《广雅》曰:"嬴,容也。"又曰:"盈与嬴同,古字通。"　③ 娥娥:《文选》注引《方言》曰:"秦晋之间,美貌谓之娥。"　④ 纤纤:《文选》注引薛君曰:"纤纤,女手之貌。"　⑤ 荡子:《文选》注引《列子》曰:"有人去乡土游于四方而不归者,世谓之为狂荡之人也。"

<h3 align="center">其　三</h3>

　　青青陵上柏,磊磊①磵中石。人生天地间,忽如远行客②。斗酒相娱乐,聊厚不为薄。驱车策驽马③,游戏宛与洛④。洛中何郁郁,冠带自相索⑤。长衢罗夹巷,王侯多第宅。两宫⑥遥相望,双阙百余尺。极宴娱心意,戚戚何所迫。

　　① 磊磊:《文选》注引《字林》曰:"磊磊,众石也。"　② 远行客:《文选》注引尸子、老莱子曰:"人生于天地之间,寄也。寄者固归。"《列子》曰:"死人为归人,则生人为行人矣。"　③ 驽马:《文选》注引《广雅》曰:"驽,骀也,谓马迟钝者也。"　④ 宛与洛:《文选》注引《汉书》曰:"南阳郡有宛县。洛,东都也。"　⑤ 索:《文选》注引贾逵《国语注》曰:"索,求也。"　⑥ 两宫:《文选》注引蔡质《汉宫典职》曰:"南宫北宫,相去七里。"

<h3 align="center">其　四</h3>

　　今日良宴会,欢乐难具陈。弹筝奋逸响,新声妙入神①。令德唱高言②,识曲听其真。齐心同所愿,含意俱未申。人生寄一世,奄忽若飙尘。何不策高足,先据要路津。无为守穷贱,轗轲长苦辛。

① 妙入神:《文选》注引刘向《雅琴赋》曰:"穷音之至入于神。"　② 高言:《文选》注引《庄子》曰:"是以高言不止于众人之口。"《广雅》曰:"高,上也,谓辞之美者。"

其　五

西北①有高楼,上与浮云齐。交疏②结绮窗,阿阁③三重阶。上有弦歌声,音响一何悲。谁能为此曲,无乃杞梁妻④。清商随风发,中曲正徘徊。一弹再三叹,慷慨有余哀。不惜歌者苦,但伤知音稀。愿为双鸣鹤,奋翅起高飞。

① 西北:《文选》注"西北,乾位,君之居也"。　② 疏:雕刻。《文选》注引薛综《西京赋》注曰:"疏,刻穿之也。"　③ 阿阁:《文选》注引《尚书中候》曰:"昔黄帝轩辕,凤皇巢阿阁。"《周书》曰:"明堂咸有四阿,然则阁有四阿,谓之阿阁。"④ 杞梁妻:《文选》注引《琴操》曰:"《杞梁妻叹》者,齐邑杞梁殖之妻所作也。殖死,妻叹曰:'上则无父,中则无夫,下则无子,将何以立吾节? 亦死而已。'援琴而鼓之。曲终,遂自投淄水而死。"

其　六

涉江采芙蓉,兰泽多芳草。采之欲遗谁,所思在远道。还顾望旧乡,长路漫浩浩。同心而离居,忧伤以终老。

其　七

明月皎夜光,促织鸣东壁。玉衡指孟冬①,众星何历历。白露沾野草,时节忽复易。秋蝉鸣树间,玄鸟②逝安适。昔我同门友,高举振六翮。不念携手好,弃我如遗迹。南箕北有斗,牵牛不负轭③。良无盘石固,虚名复何益。

① 孟冬:《文选》注:"上云促织,下云秋蝉,明是汉之孟冬,非夏之孟冬矣。"《汉书》曰:"高祖十月至霸上,故以十月为岁首。"汉之孟冬,今之七月矣。② 玄鸟:《文选》注引郑玄曰:"玄鸟,燕也。谓去蛰也。"高诱曰:"复云秋蝉、玄鸟者,此明实候,故以夏正言之。"　③"南箕"二句:《文选》注:"言有名而无实也。"

《毛诗》曰:"维南有箕,不可以簸扬;维北有斗,不可以挹酒浆;睆彼牵牛,不以服箱。"

<h2 align="center">其　八</h2>

庭中有奇树,绿叶发华滋。攀条折其荣,将以遗所思。馨香盈怀袖,路远莫致之。此物何足贡①,但感别经时。

　　① "此物"句:《文选》注引贾逵《国语注》曰:"贡,献也。""物"或为"荣"。"贡"或作"贵"。

<h2 align="center">其　九</h2>

迢迢牵牛星,皎皎河汉女。纤纤擢素手,札札弄机杼。终日不成章,泣涕零如雨。河汉清且浅,相去复几许。盈盈一水间,脉脉不得语。

<h2 align="center">其　十</h2>

回车驾言①迈,悠悠涉长道。四顾何茫茫②,东风摇百草。所遇无故物,焉得不速老。盛衰各有时,立身苦不早。人生非金石,岂能长寿考。奄忽随物化③,荣名以为宝。

　　① 驾言:《文选》注引《毛诗》曰:"驾言出游。"　② 茫茫:《文选》注引王逸《楚辞注》曰:"茫茫,草木弥远,容貌盛也。"　③ 物化:《文选》注:"化,谓变化而死也。不忍斥言其死,故言随物而化也。"《庄子》曰:"圣人之生也天行,其死也物化。"

<h2 align="center">其　十　一</h2>

东城高且长,逶迤①自相属。回风动地起,秋草萋已绿。四时更变化,岁暮一何速。晨风怀苦心,蟋蟀伤局促。荡涤放情志,何为自结束。燕赵多佳人,美者颜如玉。被服罗裳衣,当户理清曲。音响一何悲,弦急知柱促。驰情整中带②,沉吟聊踯躅。思为双飞燕,衔泥巢君屋。

　　① 逶迤:《文选》注引王逸《楚辞注》曰:"逶迤,长貌也。"　② 中带:《文选》注

"中带,中衣带。整带将欲从之"。

其十二

去者日以疏,生者日以亲。出郭门直视,但见丘
与坟。古墓犁为田,松柏摧为薪。白杨多悲风,萧萧
愁杀人①。思还故里闾,欲归道无因。

① "白杨"句:《文选》注引《楚辞》曰"哀江介之悲风",又曰"秋风兮萧萧"。
愁杀人,亦作"愁煞人",谓极为忧愁。

其十三

生年不满百,常怀千岁忧。昼短苦夜长,何不秉
烛游。为乐当及时,何能待来兹。愚者爱惜费,但为
后世嗤。仙人王子乔,难可与等期。

今按:此首开头两句与结尾两句几与相和歌辞瑟调曲古辞《西门行》相同,可
参读待考。

其十四

凛凛岁云暮,蝼蛄夕鸣悲。凉风率已厉①,游子寒
无衣。锦衾遗洛浦,同袍与我违。独宿累长夜,梦想
见容辉。良人②惟古欢,枉驾惠前绥。愿得常巧笑,携
手同车归。既来不须臾,又不处重闱。亮无晨风翼,
焉能凌风飞。眄睐以适意,引领遥相睎。徙倚怀感
伤,垂涕沾双扉。

① 厉:《文选》注引杜预《左氏传》注曰:"厉,猛也。" ② 良人:《文选》注引刘
熙曰:"妇人称夫曰良人。"

其十五

孟冬寒气至,北风何惨栗。愁多知夜长,仰观众
星列。三五明月满,四五詹兔缺。客从远方来,遗我
一书札。上言长相思,下言久离别。置书怀袖中,三
岁字不灭。一心抱区区①,惧君不识察。

① 区区:《文选》注引《广雅》曰:"区区,爱也。"

其 十 六

客从远方来，遗我一端绮。相去万余里，故人心尚尔。文采双鸳鸯，裁为合欢被。著以长相思，缘^①以结不解。以胶投漆中^②，谁能别离此。

① 缘：《文选》注引郑玄《礼记》注曰："缘，饰边也。"　② "以胶"句：《文选》注引《韩诗外传》："子夏曰：'实之与实，如胶与漆，君子不可不留意也。'"

其 十 七

明月何皎皎，照我罗床帏。忧愁不能寐，揽衣起徘徊。客行虽云乐，不如早旋归。出户独彷徨，愁思当告谁。引领还入房，泪下沾裳衣。

十五从军征^①

十五从军征，八十始得归。道逢乡里人，家中有阿谁？遥看是君家，松柏冢累累。兔从狗窦入，雉从梁上飞。中庭生旅谷，井上生旅葵。舂谷持作饭，采葵持作羹。羹饭一时熟，不知饴阿谁？出门东向看，泪落沾我衣。

① 此诗郭茂倩收入《乐府诗集》，列入《横吹曲辞·梁鼓角横吹曲》，名《紫骝马歌辞》。诗前加了八句，变为梁鼓角横吹曲。今按：郭茂倩解引《古今乐录》曰："(《紫骝马歌辞》)'十五从军征'以下是古诗。"兹恢复其古诗面目。

猛 虎 行^①

饥不从猛虎食，暮不从野雀栖。野雀安无巢，游子为谁骄？

① 此首见于郭茂倩《乐府诗集》卷三一，属《相和歌辞·平调曲》，未载正文，而是纳于魏文帝曹丕《猛虎行》题解中，言明"古辞"，今单独列出。今按：此首《汉

魏乐府风笺》收入汉风相和歌辞平调曲,并注"古辞"。

上留田行①

里中有啼儿,似类亲父子。回车问啼儿,慷慨不可止。

① 此首属汉乐府《相和歌辞·瑟调曲》,含在《乐府诗集》卷三八魏文帝曹丕《上留田行》题解中。此题解引《乐府广题》曰:"盖汉世人也。云'里中有啼儿……'"兹录出,作为古辞,独立成篇。

上留田行①

出是上独西门,三荆同一根生,一荆断绝不长。兄弟有两三人,小弟块摧独贫。

① 此首录自《文选》卷二八陆士衡《豫章行》"三荆欢同株"注:"古《上留田行》曰'出是上独西门……'"郭茂倩引《古今注》曰:"上留田,地名也。人有父母死不守其孤弟者,邻人为其弟作悲歌以风(讽)其兄,故曰《上留田》。"又《乐府广题》曰:"盖汉世人也。"此首当是《古今注》所指古辞,兹作正题载录,以补其阙。

咄唶行①

枣下何攒攒,荣华各有时。枣欲初赤时,人从四边来。枣适今日赐,谁当仰视之!

① 此首见于《文选》卷一八潘安仁《笙赋》注,题作《咄唶歌》,郭茂倩《乐府诗集》未收录,余冠英录入《乐府诗选》。今按:咄唶,乃叹息声也。此首作者不详,借咏物以抒发对世态炎凉的哀怨之情。

上山采蘼芜[①]

上山采蘼芜[②]，下山逢故夫。长跪问故夫："新人复何如?""新人虽言好，未若故人姝。颜色类相似，手爪不相如。""新人从门入，故人从阁去。""新人工织缣，故人工织素。织缣日一匹，织素五丈余，将缣来比素，新人不如故。"

① 此首录自《玉台新咏》，原题作《古诗》，郭茂倩《乐府诗集》未载，《太平御览》引作《古乐府》，其作者署无名氏。　② 蘼芜：亦作"江离"，一种香草。采其叶风干后可作香料，佩在身上。

公无渡河[①]

公无渡河! 公无渡河! 坠河而死，当奈公何!

① 此首录自《乐府诗集》之《箜篌引》题解。今按：此首《汉魏乐府风笺》作汉风相和歌辞瑟调曲录入。

鼓吹曲辞

汉之鼓吹曲辞，《乐府诗集》辑录的仅有《汉铙歌十八首》。铙歌乃汉初贵族乐府三大乐章之一。其内容皆言贵族之事，大凡天子朝会宴飨、道路从行、赏赐功臣皆用之。

汉铙歌原有二十二曲，其《务成》、《玄云》、《黄爵》、《钓竿》四曲歌辞已亡，故后世称《汉铙歌十八首（或称"曲"）》。此十八首，有可解者，有半可解者，有不可解者。不可解者尤以《石留》为甚，乃至全篇不可句读，故本编仍保持原貌。

有关鼓吹曲辞的解说，郭茂倩引述其详。郭茂倩云：鼓吹曲，一曰短箫铙歌。刘瓛定军礼云："鼓吹未知其始也，汉班壹雄朔野而有之矣。鸣笳以和箫声，非八音也。骚人曰'鸣篪吹竽'是也。"蔡邕《礼乐志》曰："汉乐四品，其四曰短箫铙歌，军乐也。黄帝岐伯所作，以建威扬德，风敌劝士也。"《周礼·大司乐》曰："王师大献，则令奏恺乐。"《大司马》曰："师有功，则恺乐献于社。"郑康成云："兵乐曰恺，献功之乐也。"《春秋》曰："晋文公败楚于城濮。"《左传》曰："振旅恺以入。"《司马法》曰："得意则恺乐、恺歌，以示喜也。"

《宋书·乐志》曰："雍门周说孟尝君：'鼓吹于不测之渊。'说者云：'鼓自一物，吹自竽籁之属，非箫鼓合奏，别为一乐之名也。'然则短箫铙歌，此时未名鼓吹矣。应劭《汉卤簿图》，惟有骑执笳，笳即笳，不云鼓吹。而汉世有黄门鼓吹。汉享宴食举乐十三曲，与魏世鼓吹长箫同。长箫短箫，《伎录》并云：'孙竹合作，执节者歌。'又《建初录》云：'《务成》、《黄爵》、《玄云》、《远期》，皆骑吹曲，非鼓吹曲。'此则列于殿庭者名鼓吹，今之从行鼓吹为骑吹，二曲异也。又孙权观魏武军，作鼓吹而还，此应是今之鼓吹。魏、晋世，又假诸将帅及牙门曲盖鼓吹，斯则其时方谓之鼓吹矣。"按《西京杂记》："汉大驾祠甘泉、汾阴，备千乘万骑，有黄门前后部鼓吹。"则不独列于殿庭者名鼓吹也。汉《远如期曲》辞，有"雅乐陈"及"增寿万年"等语，马上（今按：疑脱"无"字）奏乐之意，则《远期》又非骑吹曲也。《晋中兴书》曰："汉武帝时，南越加置交趾、九真、日南、合浦、南海、郁林、苍梧七郡，皆假鼓吹。"《东观汉记》曰："建初中，班超拜长史，假鼓吹麾幢。"则短箫铙歌，汉时已名鼓吹。不自魏、晋始也。崔豹《古今注》曰："汉乐有黄门鼓吹，天子所以宴乐群臣也。短箫铙歌，鼓吹之一章尔，亦以赐有功诸侯。"然则黄门鼓吹、短箫铙歌与横吹曲，得通名鼓吹，但所用异尔。汉有《朱鹭》等二十二曲，列于鼓吹，谓之铙歌。

铙歌十八曲

郭茂倩解引《古今乐录》曰："汉鼓吹铙歌十八曲，字多讹误。一曰《朱鹭》，二曰《思悲翁》，三曰《艾如张》，四曰《上之回》，五曰《拥离》，六曰《战城南》，七曰《巫山高》，八曰《上陵》，九曰《将进酒》，十曰《君马黄》，十一曰《芳树》，十二曰《有所思》，十三曰《雉子斑》，十四曰《圣人出》，十五曰《上邪》，十六曰《临高台》，十七曰《远如期》，十八曰《石留》。又有《务成》、《玄云》、《黄爵》、《钓竿》，亦汉曲也。其辞亡。或云：汉铙歌二十一无《钓竿》，《拥离》亦曰《翁离》。"今按：《乐府诗集》于此题下有"古辞"二字。

朱 鹭①

朱鹭，鱼以乌②。（路訾邪）③鹭何食？食茄④下。不之食，不以吐，将以问谏⑤者。

① 此首录自《乐府诗集》卷一六。郭茂倩解引《仪礼·大射仪》曰："建鼓在阼阶西南鼓。"《传》云："建犹树也，以木贯而载之，树之跗也。"《隋书·乐志》曰："建鼓，殷所作。又栖翔鹭于其上，不知何代所加。或曰，鹄也，取其声扬而远闻。或曰，鹭，鼓精也。或曰，皆非也。《诗》云：'振振鹭，鹭于飞；鼓咽咽，醉言归。'言古之君子，悲周道之衰，颂声之息，饰鼓以鹭，存其风流。未知孰是。"孔颖达曰："楚威王时，有朱鹭合沓飞翔而来舞，旧鼓吹《朱鹭曲》是也。"然则汉曲盖因饰鼓以鹭而名曲焉。宋何承天《朱路篇》曰："朱路扬和鸾，翠盖曜金华。"但盛称路车之美，与汉曲异矣。今按：朱鹭，乐曲名也。汉鼓吹铙歌十八曲之一。南朝梁元帝《鸟名诗》："复闻《朱鹭曲》，钲管杂回潮。"唐陆龟蒙《和寄毗陵魏处士朴》："溪籁自吟《朱鹭曲》，沙云还作白鸥媒。"明杨慎《升庵诗话·朱鹭》："古乐府有《朱鹭

曲》。解云:因饰鼓以鹭而名曲焉……盖鹭色本白,汉初有朱鹭之瑞,故以鹭形饰鼓,又以朱鹭名《鼓吹曲》也。"　②乌:通"欤",吐出。　③路訾邪:表声之字,与曲辞有别也。　④茄:荷梗。《尔雅·释草》:"荷,芙蕖;其茎茄。"　⑤谏:《乐府诗集》作"诔",并注"一作谏"。当作"谏"为是。

思 悲 翁[①]

思悲翁,唐思,夺我美人侵以遇。悲翁也,但我思。蓬首[②]狗,逐狡兔,食交君。枭[③]子五,枭母六,拉沓高飞暮安宿。

① 此首录自《乐府诗集》卷一六。今按:此题为汉乐府鼓吹铙歌十八曲之二,内容不易理解。　② 首:《乐府诗集》注"一作蕞"。　③ 枭:猫头鹰一类的鸟。旧传枭食母,故常以枭鸟比喻恶人或逆子。

艾 如 张[①]

艾而张罗,(夷于何)[②]行成之。四时和,山出黄雀亦有罗,雀以高飞奈雀何? 为此倚欲,谁肯磺室。

① 此首录自《乐府诗集》卷一六。郭茂倩解云,艾与刈同。《说文》曰"芟草也",如读为而,犹《春秋》曰"星陨如雨"也。古词曰"艾而张罗",又曰"雀以高飞奈雀何",《穀梁传》曰"艾兰以为防,置旃以为辕门",谓因蒐狩以习武事也。兰,香草也,言艾草以为田之大防是也。若陈苏子卿云"张机蓬艾侧",唐李贺云"艾叶绿花谁翦刻",俱失古题本意。今按:此题为汉鼓吹铙歌十八曲之三。　② 夷于何:表声之字,与曲辞有别也。

上 之 回[①]

上之回所中,益夏将至。行将北,以承甘泉宫。寒暑德。游石关[②],望诸国。月支臣,匈奴服。令从百官疾驱驰,千秋万岁乐无极。

① 此首录自《乐府诗集》卷一六。郭茂倩解引《汉书》曰:"孝文(今按:《乐府诗集》作'孝武',据《汉书·匈奴传》改)十四年,匈奴入朝那萧关,遂至彭阳。使骑兵入烧回中宫,候骑至雍甘泉。"回中地在安定,其中有宫也。《武帝纪》曰:"元封四年冬十月,行幸雍,祠五畤。通回中道,遂北出萧关。"吴兢《乐府题解》曰:"汉武通回中道,后数出游幸焉。"沈建《广题》曰:"汉曲皆美当时之事。"按石关,宫阙名,近甘泉宫,相如《上林赋》云"蹶石关,历封峦"是也。今按:此题为汉鼓吹铙歌十八曲之四。   ② 石关:汉宫观名,在甘泉宫旁。

翁 离①

拥离趾中可筑室,何用荁之蕙用兰②。拥离趾中。

① 此首录自《乐府诗集》卷一六。《乐府诗集》目录作"拥离"。左克明《古乐府》卷二注:"一作'雍离',何承天诗云:'雍士多离心。'"今按:此题为汉鼓吹铙歌十八曲之五。   ② 蕙、兰:皆香草名,多用作称美之辞。

战 城 南①

战城南,死郭北,野死不葬乌可食。为我谓乌:"且为客豪,野死谅不葬,腐肉安能去子逃?"水深激激,蒲苇冥冥。枭骑战斗死,驽马徘徊鸣。筑室,何以南何北②,禾黍不③获君何食?愿为忠臣安可得?思子良臣,良臣诚可思,朝行出攻,暮不夜归。

① 此首录自《乐府诗集》卷一六。今按:此题为汉鼓吹铙歌十八曲之六。② 此两句中《乐府诗集》有两个"梁"字,是表声之字。何北,《诗纪》卷五作"何以北"。   ③ 不:《乐府诗集》作"而",据《诗纪》改。

巫　山　高[①]

巫山高，高以大。淮水深，难以逝[②]。我欲东归，害[③]不为？我集无高曳，水何[④]汤汤回回。临水远望，泣下沾衣。远道之人心思归，谓之何？

① 此首录自《乐府诗集》卷一六。郭茂倩解引《乐府解题》曰："古词言，江淮水深，无梁可度，临水远望，思归而已。若齐王融'想像巫山高'，梁范云'巫山高不极'。杂以阳台神女之事，无复远望思归之意也。"又有《演巫山高》，不详所起。今按：此题为汉鼓吹铙歌十八曲之七。　② 逝：往；去。《诗·邶风·谷风》："毋逝我梁，毋发我笱。"《朱熹集传》："逝，之也。"　③ 害：《乐府诗集》在"害"字后有一"梁"字，是表声之字。　④ 何：《乐府诗集》在"何"字后有一"梁"字，是表声之字。

上　陵[①]

上陵何美美，下津风以寒。问客从何来，言从水中央。桂树为君船，青丝为君笮[②]，木兰为君棹，黄金错其间。沧海之雀赤翅鸿，白雁随。山林乍开乍合，曾不知日月明。醴泉之水，光泽何蔚蔚。芝为车，龙为马，览遨游，四海外。甘露[③]初二年，芝生铜池[④]中，仙人下来饮，延寿千万岁。

① 此首录自《乐府诗集》卷一六。郭茂倩解引《古今乐录》曰："汉章帝元和中，有宗庙食举六曲，加《重来》、《上陵》二曲，为《上陵》食举。"《后汉书·礼仪志》曰："正月上丁祠南郊，次北郊、明堂、高庙、世祖庙，谓之五供。礼毕，以次上陵。西都旧有上陵。东都之仪，太官上食，太常乐奏食举。"按古词大略言神仙事，不知与食举曲同否。宋何承天《上陵者篇》曰："上陵者相追攀。"但言升高望远、伤时怨叹而已。今按：此题为汉鼓吹铙歌十八曲之八。　② 笮：竹索。用竹篾绞拧而成的竹缆。南朝宋谢灵运《折杨柳行》："负笮引文舟，饥渴常不饱。"　③ 甘露：汉宣帝年号（前53—前50）。　④ 铜池：檐下承接雨水的铜槽。《汉书·宣

帝纪》："金芝九茎产于函德殿铜池中。"颜师古注："铜池,承霤是也,以铜为之。"

将 进 酒①

将进酒,乘大白②。辨加哉,诗审搏。放故歌,心
所作。同阴气,诗悉索。使禹良工观者苦。

① 此首录自《乐府诗集》卷一六。郭茂倩解云,古词曰:"将进酒,乘大白。"
大略以饮酒放歌为言。宋何承天《将进酒篇》曰:"将进酒,庆三朝。备繁礼,荐嘉
肴。"则言朝会进酒,且以濡首荒志为戒。若梁昭明太子云"洛阳轻薄子",但叙游
乐饮酒而已。今按:此题为汉鼓吹铙歌十八曲之九。　② 大白:大酒杯。汉刘
向《说苑·善说》:"魏文侯与大夫饮酒,使公乘不仁为觞政,曰:'饮不釂者,浮以
大白。'"

君 马 黄①

君马黄,臣马苍,二马同逐臣马良。易之有骓②蔡
有赭,美人归以南,驾车驰马,美人伤我心;佳人归以
北,驾车驰马,佳人安终极。

① 此首录自《乐府诗集》卷一六。今按:此题为汉鼓吹铙歌十八曲之十。
② 骓:浅黑色的马。

芳 树①

芳树日月,君乱如于风。芳树不上无心温而鹄,
三而为行。临兰池,心中怀我怅。心不可匡,目不可
顾,妒人之子愁杀人。君有他心,乐不可禁。王将何
似,如孙如鱼乎? 悲矣。

① 此首录自《乐府诗集》卷一六。郭茂倩解引《乐府解题》曰:"古词中有云:
'妒人之子愁杀人,君有他心,乐不可禁。'若齐王融'相思早春日',谢朓'早玩华

'池阴'，但言时暮、众芳歇绝而已。"今按：此题为汉鼓吹铙歌十八曲之十一。

有 所 思①

有所思，乃在大海南。何用问遗君？双珠玳瑁簪，用玉绍缭之。闻君有他心，拉杂摧烧之。摧烧之，当风扬其灰。从今以往，勿复相思。相思与君绝！鸡鸣狗吠，兄嫂当知之。（妃呼豨）②秋风肃肃晨风飔，东方须臾高知之。

① 此首录自《乐府诗集》卷一六。郭茂倩解引《乐府解题》曰："古词言'有所思，乃在大海南。何用问遗君？双珠玳瑁簪。闻君有他心，烧之当风扬其灰。从今已往，勿复相思而与君绝'也。"按《古今乐录》汉太乐食举第七曲亦用之，不知与此同否。若齐王融"如何有所思"，梁刘绘"别离安可再"，但言离思而已。宋何承天《有所思篇》曰："有所思，思昔人，曾、闵二子善养亲。"则言生罹荼苦，哀慈亲之不得见也。今按：此题为汉鼓吹铙歌十八曲之十二。 ② 妃呼豨：表声之字。

雉 子 斑①

雉子②，斑如此。之于③雉梁。无以吾翁孺，雉子。知得雉子高蜚④止，黄鹄蜚，之以千里⑤，王可思。雄来蜚从雌，视子趋一雉。雉子，车大驾马滕，被⑥王送行所中。尧羊蜚从王孙行。

① 此首录自《乐府诗集》卷一六。郭茂倩解引《乐府解题》曰："古词云：'雉子高飞止，黄鹄飞之以千里，雄来飞，从雌视。'若梁简文帝'妒场时向陇'，但咏雉而已。"宋何承天有《雉子游原泽篇》，则言避世之士，抗志清霄，视卿相功名犹冰炭之不相入也。今按：此题为汉鼓吹铙歌十八曲之十三。 ② 雉子：幼雉。余冠英注："雉子，就是小野鸡。" ③ 于：《乐府诗集》作"干"，据诗意改。 ④ 蜚：通"飞"。 ⑤ 千里：《乐府诗集》作"重"，并注"千里"。据《宋书》及《古乐府》卷二改。 ⑥ 被：《古乐府》卷二阙此字。

圣 人 出[1]

圣人出,阴阳和。美人出,游九河。佳人来,骓离
哉何。驾六飞龙四时和。君之臣明护不道,美人哉,
宜天子。免甘星笙乐甫始,美人子,含四海。

[1] 此首录自《乐府诗集》卷一六。今按:此题为汉鼓吹铙歌十八曲之十四。

上 邪[1]

上邪[2],我欲与君相知,长命无绝衰。山无陵,江
水为竭,冬雷震震夏雨雪,天地合,乃敢与君绝。

[1] 此首录自《乐府诗集》卷一六。今按:此题为汉鼓吹铙歌十八曲之十五。
[2] 上邪:上,指天;邪,通"耶",语气词。"上邪"为指天发誓之意。

临 高 台[1]

临高台以轩,下有清水清且寒。江有香草目以
兰,黄鹄高飞离哉翻。关[2]弓射鹄,令我主寿万年[3]。

[1] 此首录自《乐府诗集》卷一六。郭茂倩解引《乐府解题》曰:"古词言:'临
高台,下见清水中有黄鹄飞翻,关弓射之,令我主万年。'若齐谢朓'千里常思归',
但言临望伤情而已。"宋何承天《临高台篇》曰:"临高台,望天衢,飘然轻举凌太
虚。"则言超帝乡而会瑶台也。今按:此题为汉鼓吹铙歌十八曲之十六。
[2] 关:通"弯"。《孟子·告子下》:"有人于此,越人关弓而射之。"　[3]《乐府诗
集》于此诗末"万年"后有"收中吾"三字,当是表声之字。

远 如 期[1]

远如期,益如寿。处天左侧,大乐万岁,与天无
极。雅乐陈,佳哉纷。单于自归,动如惊心。虞[2]心大

佳,万人还来,谒者引乡殿陈,累世未尝闻之。增寿万年亦诚哉。

① 此首录自《乐府诗集》卷一六。郭茂倩解云:一曰《远期》。《宋书·乐志》有《晚芝曲》,沈约言旧史云"讫不可解",疑是汉《远期曲》也。《古今乐录》曰:"汉太乐食举曲有《远期》,至魏省之。"今按:此题为汉鼓吹铙歌十八曲之十七。
② 虞:通"娱"。

石 留 ①

石留凉阳凉石水流为沙锡以微河为香向始䂪冷将风阳北逝肯无敢与于扬心邪怀兰志金安薄北方开留离兰。

① 此首录自《乐府诗集》卷一六。今按:此题为汉鼓吹铙歌十八曲之十八。因字多讹误,无以考辨校订,姑存原貌也。亦有一说,此为用字标音者,待考。

横吹曲辞

横吹曲乃是用鼓角在马上吹奏的军乐。

《乐府解题》曰:"汉横吹曲,二十八解,李延年造。"《晋书·乐志》曰:"《出塞》、《入塞》曲,李延年造。"《乐苑》曰:"(汉横吹曲)其辞并亡,惟《出塞》一曲,诸本载云古辞。"故汉横吹曲辞,仅录《出塞》一首。

又,横吹曲辞始末,郭茂倩有详解。郭茂倩解云,横吹曲,其始亦谓之鼓吹,马上奏之,盖军中之乐也。北狄诸国,皆马上作乐,故自汉已来,北狄乐总归鼓吹署。其后分为二部,有箫笳者为鼓吹,用之朝会、道路,亦以给赐。汉武帝时,南越七郡,皆给鼓吹是也。

出　塞[①]

古　辞

候骑[②]出甘泉,奔命入居延。 旗作浮云影,阵如明月弦。

① 此首录自《乐府诗集》卷二一。郭茂倩解引《晋书·乐志》曰:"《出塞》、《入塞》曲,李延年造。"曹嘉之《晋书》曰:"刘畴尝避乱坞壁,贾胡百数欲害之,畴无惧色,援笳而吹之,为《出塞》、《入塞》之声,以动其游客之思,于是群胡皆垂泣而去。"按《西京杂记》曰:"戚夫人善歌《出塞》、《入塞》、《望归》之曲。"则高帝时已有之,疑不起于延年也。唐又有《塞上》、《塞下》曲,盖出于此。今按:此首《古乐府》卷三作"古辞"。　② 候骑:担任侦察巡逻任务的骑兵。

舞曲歌辞

舞曲歌辞，包括雅舞、杂舞两类。雅舞用于郊庙、朝飨，杂舞用于宴会。

《乐府诗集》单设舞曲歌辞一类，从曲的分类来说，难免与其他曲类重复，因为雅舞、杂舞"已经包括在郊庙、燕射中了"，"再像鞞、铎、巾、拂等舞曲，都包括在清商曲内"（《乐府诗集》中华分局本"出版说明"）。本编有意将舞曲歌辞分别归入郊庙、燕射和清商各类，但考虑到两点：一是乐府曲谱已失传，今之研究乐府，似不必拘泥于律吕，研究乐府宜当以文学价值和历史价值为原则；二是诸多词书和选本皆以郭氏《乐府诗集》为据，已有俗成，本编改变，反生淆惑，故而仍按原貌录入。

雅舞

郭茂倩解云：雅舞者，郊庙朝享所奏文武二舞是也。古之王者，乐有先后，以揖让得天下，则先奏文舞；以征伐得天下，则先奏武舞，各尚其德也。黄帝之《云门》，尧之《大咸》，舜之《大韶》，禹之《大夏》，文舞也。殷之《大濩》，周之《大武》，武舞也。周存六代之乐，至秦唯余《韶》《武》。汉魏已后，咸有改革。然其所用，文武二舞而已，名虽不同，不变其舞。故《古今乐录》曰："自周以来，惟改其辞，示不相袭，未有变其舞者也。"然自《云门》而下，皆有其名而亡其容，独《大武》之制，存而可考。

《乐记》曰："乐者，象成者也。总干而山立，武王之事也。发扬蹈厉，太公之志也。武乱皆坐，周召之治也。武始而北出，再成而灭商，三成而南，四成而南国是强，五成而分周公左，召公右，六成复缀以崇天子，夹振之而四伐盛，威于中国也。分夹而进，事早济也；久立于缀，以待诸侯之至也，故季札观乐见舞象箾南籥者，曰：'美哉！犹有憾。'见舞《大武》者，曰：'美哉！周之盛也，其若此乎！'其后成王以周公为有勋劳，命鲁公世世祀周公，以天子礼乐，升歌清庙，下管象武，朱干玉戚，冕而舞《大武》，皮弁素积，裼而舞《大夏》，以广鲁于天下也。自汉已后，又有庙舞，各用于其庙，凡此皆雅舞也。"今按：箾，舞者所执之竿。籥，古代一种编组多管乐器,形状似箫。褟,敞开或脱去上衣,露出上体。

后汉武德舞歌诗①

刘　苍②

於穆③世庙,肃雍显清。俊乂④翼翼,秉文之成。越序上帝,骏奔来宁。建立三雍⑤,封禅泰山。章明图谶⑥,放唐之文。休矣惟德,罔射协同。本支百世,永保厥功。

① 此首录自《乐府诗集》卷五二。郭茂倩解云:一曰《世祖庙登歌》。《宋书·乐志》曰:"周存六代之乐,至秦唯余《韶》《武》而已。始皇二十六年,改周《大武舞》曰《五行》。汉高祖四年,造《武德舞》,舞人悉执干戚,以象天下乐己行武以除乱也。六年,改舜《韶舞》曰《文始》,以示不相袭也。文帝又造《四时舞》,以明天下之安和,盖乐先王之乐者,明有法也,乐己所自作者,明有制也。孝景采《武德舞》作《昭德舞》,荐之太宗之庙。孝宣采《昭德舞》为《盛德舞》,荐之世宗之庙。"《汉书·礼乐志》曰:"高庙奏《武德》、《文始》、《五行》之舞,孝文庙奏《昭德》、《文始》、《四时》、《五行》之舞,孝武庙奏《盛德》、《文始》、《四时》、《五行》之舞,诸帝庙皆常奏《文始》、《四时》、《五行》舞,大抵皆因秦旧事焉。"《东观汉记》曰:"明帝永平三年八月,公卿奏世祖庙舞名。东平王苍议,以为汉制宗庙各奏其乐,不皆相袭,以明功德。光武皇帝拨乱中兴,武功盛大,庙乐舞宜曰《大舞》之舞,其《文始》、《五行》之舞如故,勿进《武德舞》。诏曰:如骠骑将军议,进《武德》之舞如故。"　② 刘苍(?—83):汉光武帝诸子之一,光烈皇后所生。先封东平公,后进爵为东平王,谥曰宪。生前颇受信重,常为巡狩,苍常留守。对东汉王朝初建之际礼乐制度的完善有所献纳,少好经书,雅有智思,《后汉书》有传。　③ 於穆:於,叹辞。穆,美好。於穆为赞叹之词。　④ 俊乂:又作"俊艾",贤能的人。⑤ 三雍:又称"三雍宫",汉时对辟雍、明堂、灵台的总称。《汉书·河间献王传》颜师古注:"(三雍宫)辟雍、明堂、灵台也。雍,和也。言天地君臣人民皆和也。"⑥ 图谶:表示吉凶的符验,征兆的预言。光武帝十分相信图谶启示吉凶的说法,东汉谶纬之学甚盛。

杂舞

郭茂倩云：杂舞者，《公莫》、《巴渝》、《槃舞》、《鞞舞》、《铎舞》、《拂舞》、《白纻》之类是也。始皆出自方俗，后寖陈于殿庭。盖自周有缦乐散乐，秦汉因之增广，宴会所奏，率非雅舞。

铎 舞 歌

郭茂倩解引《唐书·乐志》曰："《铎舞》，汉曲也。"《古今乐录》曰："铎，舞者所持也。木铎制法度以号令天下，故取以为名。今谓汉世诸舞，鞞、巾二舞是汉事，铎、拂二舞以象时。古《铎舞曲》有《圣人制礼乐》一篇，声辞杂写，不复可辨，相传如此。魏曲有《太和时》，晋曲有《云门篇》，傅玄造，以当魏曲，齐因之。梁周舍改其篇。"《隋书·乐志》曰："《铎舞》，傅玄代魏辞云'振铎鸣金'是也。梁三朝乐第十八设铎舞。"今按：《乐府诗集》作"铎舞歌诗"，据此书目录删"诗"字。铎，大铃也。

圣人制礼乐篇①
古 辞

昔皇文武邪　弥弥舍善　谁吾时吾　行许帝道　衔来治路万邪　治路万邪　赫赫意黄运道吾　治路万邪　善道明邪金邪　善道　明邪金邪帝邪　近帝武武邪邪　圣皇八音　偶邪尊来　圣皇八音　及来仪②邪同邪　乌及来义邪　善草供国吾　咄等邪乌　近帝邪武邪　近帝武邪武邪　应节合用　武邪尊邪　应节合用　酒期义邪同邪　酒期义邪　善草国吾咄等邪乌　近帝邪武邪　近帝武武邪邪　下音足木　上为鼓义邪　应众义邪　乐邪供邪延否　已邪乌已礼祥　咄等邪乌　素女有绝其圣乌乌武邪

① 此首录自《乐府诗集》卷五四。又据《宋书》空格,没有标点。　② 仪:《宋书》作"义"。

巾 舞 歌

　　郭茂倩解引《唐书·乐志》曰:"《公莫舞》,晋、宋谓之《巾舞》。其说云:汉高祖与项籍会鸿门,项庄舞剑,将杀高祖,项伯亦舞,以袖隔之,且语庄云:'公莫。'古(今按:《乐府诗集》作'苦',据文意改)人相呼曰公,言公莫害汉王也。汉人德之,故舞用巾以像项伯衣袖之遗式。"《宋书·乐志》曰:"按《琴操》有《公莫渡河》,然则其声所从来已久。俗云项伯,非也。"《古今乐录》曰:"《巾舞》,古有歌辞,讹异不可解。江左以来,有歌舞辞。沈约疑是《公无渡河曲》,今三调中自有《公无渡河》,其声哀切,故入瑟调,不容以瑟调离(今按:疑当作'杂')于舞曲。惟《公无渡河》,古有歌有弦,无舞也。"今按:《乐府诗集》作"巾舞歌诗",据其目录删"诗"字。又,巾舞歌古辞一首正文难以句读,故仍保持原貌。

巾 舞 歌①
古 辞

　　吾不见公莫时吾何婴公来婴姥时吾哺声何为茂时为来婴当恩②吾明月之土③转起吾何婴土来婴转去吾哺声何为土转南来婴当去吾城上羊下食草吾何婴下来吾食草吾哺声汝何三年针缩何来婴吾亦老吾平平门淫涕下吾何婴何来婴涕下吾哺声昔结吾马客来婴吾当行吾度四州洛四海吾何婴海何来婴④四海吾哺声熇西马头香来婴吾洛道吾治⑤五丈度汲水吾噫邪哺谁当求儿母何意零邪钱健步哺谁当吾求儿母何吾哺声三针一发交时还弩心意何零意弩心遥来婴弩心哺声复相头巾意何零何邪相哺头巾相吾来婴头巾母何何吾复来推排意何零相哺推相来婴推非母何吾复车轮意何零子以邪相哺转轮吾来婴转母何吾使君去时意何零子以邪使君去时使来婴去时母何吾思君去时

意何零子以邪思君去时思来婴吾去时母何吾思君去
时意何零子以邪思君去时思来婴吾去时母何何吾吾

　　① 此首录自《乐府诗集》卷五四。此文曲辞与标音字混杂,难以标点,仍存
原貌也。　②恩:《宋书》作"思"。　③土:《宋书》作"上"。　④海何来婴:《宋
书》有两个"海何来婴"。　⑤治:《宋书》作"河"。

散乐

　　郭茂倩解引《周礼》曰:"旄人教舞散乐。"郑康成云:"散乐,野人为乐之善者,
若今黄门倡。"即《汉书》所谓黄门名倡丙强、景武之属是也。汉有黄门鼓吹,天子
所以宴群臣。然则雅乐之外,又有宴私之乐焉。《唐书·乐志》曰:"散乐者,非部
伍之声,俳优歌舞杂奏。"秦汉已来,又有杂伎,其变非一,名曰百戏,亦总谓之散
乐。自是历代相承有之。今按:散乐,《乐府诗集》作"散乐附",似附录散乐歌辞
之意。

俳 歌 辞①
古 辞

　　俳不言不语,呼俳噏所。俳适一起,狼率不止。
生拔②牛角,摩断肤耳。马无悬蹄,牛无上齿。骆驼无
角,奋迅两耳。

　　① 此首录自《乐府诗集》卷五六。郭茂倩解云:一曰《侏儒导》,自古有之,盖
倡优戏也。《说文》曰:"俳,戏也。"《穀梁》曰:"鲁定公会齐侯于夹谷,罢会,齐人
使优施舞于鲁君之幕下。"范宁云:"优,俳。施,其名也。"《乐记》:"子夏对魏文侯
问曰:'新乐进俯退俯,俳优侏儒犹杂子女。'"王肃云:"俳优,短人也。"则其所从
来亦远矣。《南齐书·乐志》曰:"《侏儒导》,舞人自歌之。古辞俳歌八曲,前一篇
二十二句,今侏儒所歌,摘取之也。"《古今乐录》曰:"梁三朝乐第十六,设俳技,技
儿以青布囊盛竹箧,贮两蹉子,负束写地歌舞。小儿二人,提沓蹉子头,读俳云:

见俳不语言,俳涩所俳作一起。四坐敬止。马无悬蹄,牛无上齿。骆驼无角,奋迅两耳。半拆荐博,四角恭跱。"《隋书·乐志》曰:"魏、晋故事,有《侏儒导》引,隋文帝以非正典,罢之。"　②拔:《南齐书》作"扳"。

拂舞歌

淮南王篇①

　　淮南王,自言尊,百尺高楼与天连。后园凿井银作床,金瓶素绠汲寒浆。汲寒浆,饮少年,少年窈窕何能贤。扬声悲歌音绝天。我欲渡河河无梁,愿化②双黄鹄,还故乡。还故乡,入故里,徘徊故乡,苦③身不已。繁舞寄声④无不泰,徘徊桑梓游天外。

　　① 此首录自《乐府诗集》卷五四。郭茂倩解引崔豹《古今注》曰:"《淮南王》,淮南小山之所作也。淮南王服食求仙,遍礼方士,遂与八公相携俱去,莫知所往。小山之徒,思恋不已,乃作《淮南王曲》焉。"班固《汉武故事》曰:"淮南王安好神仙,招方术之士,能为云雨。百姓传云:'淮南王得天子,寿无极。'帝心恶之,使觇王,云:'能致仙人,与共游处,变化无常,又能隐形飞行,服气不食。'帝闻而喜,欲受其道,王不肯传。帝怒,将诛焉。王知之,出令与群臣,因不知所之。"《乐府解题》曰:"古词云:'淮南王,自言尊。'实言安仙去。"今按:《乐府诗集》作《晋拂舞歌诗》。此歌辞,一说是淮南王作,一说为古辞,特列于此待考。　②化:《南齐书》作"作"。　③苦:《宋书》无"苦"字,又连前四字作七字句。　④寄声:《晋书》作"奇歌"。

郊庙歌辞

帝王祭祀天地、太庙、明堂、藉田、社稷用的郊庙歌辞,可称为贵族乐府。汉初贵族乐府"三大乐章"(萧涤非《汉魏六朝乐府文学史》)有二,即《安世房中歌》和《郊祀歌》,归属于郊庙歌辞。

郊庙歌辞配乐,以歌功颂德、祈寿赐福为主,其内容无甚价值可言,惟有少数几篇可取,如《日出入》《天马》等。考虑到既然其为乐府,作为历史之遗迹,本编仍予录入,或许尚有可参考之处。本编一反《乐府诗集》各类歌辞之排列顺序,将郊庙歌辞等贵族乐府置于末端,意在纠正封建传承之谬,还历史之真面目也。此部分生僻字词较多,不一一注释,仅作必要的辨析和解说。

关于郊庙歌辞之概况,郭茂倩已有解说。郭茂倩解引《乐记》曰:"王者功成作乐,治定制礼。是以五帝殊时,不相沿乐,三王异世,不相袭礼。"明其有损益也。然自黄帝已后,至于三代,千有余年,而其礼乐之备,可以考而知者,惟周而已。《周颂·昊天有成命》,郊祀天地之乐歌也;《清庙》,祀太庙之乐歌也;《我将》,祀明堂之乐歌也;《载芟》《良耜》,藉田社稷之乐歌也。然则祭乐之有歌,其来尚矣。两汉已后,世有制作。其所以用于郊庙朝廷,以接人神之欢者,其金石之响,歌舞之容,亦各因其功业治乱之所起,而本其风俗之所由。武帝时,诏司马相如等造《郊祀歌》诗十九章,五郊互奏之。又作《安世歌》诗十七章,荐之宗庙。至明帝,乃分乐为四品:一曰《大予乐》,典郊庙上陵之乐。郊乐者,《易》所谓"先王以作乐崇德,殷荐上帝"。宗庙乐者,《虞书》所谓"琴瑟以咏,祖考来格",《诗》云"肃雍和鸣,先祖是听"也。二曰雅颂乐,典六宗社稷之乐。社稷乐者,《诗》所谓"琴瑟击鼓,以御田祖",《礼记》曰"乐施于金石,越于音声,用乎宗庙社稷,事乎山川鬼神"是也。

永平三年,东平王苍造光武庙登歌一章,称述功德,而郊祀同用汉歌。魏歌辞不见,疑亦用汉辞也。武帝始命杜夔创定雅乐。时有邓静、尹商(今按:《三国志·魏书·杜夔传》作"尹齐"),善训(同前作"讽")雅歌,歌师(今按:《乐府诗集》作"诗",据《三国志》及《宋书·乐志》改)尹胡能习宗庙郊祀之曲,舞师冯肃、服养,晓知先代诸舞,夔总领之。魏复先代古乐,自夔始也。

按郊祀明堂，自汉以来，有夕牲、迎神、登歌等曲。宋、齐以后，又加裸地、迎牲、饮福酒。唐则夕牲、裸地不用乐，公卿摄事，又去饮福之乐。安、史作乱，咸、镐为墟，五代相承，享国不永，制作之事，盖所未暇。朝延宗庙典章文物，但按故常以为程式云。

安世房中歌

郭茂倩解引《通典》曰："周有《房中之乐》，歌后妃之德。秦始皇二十六年，改曰《寿人》。"《汉书·礼乐志》曰："汉《房中祠乐》，高祖唐山夫人所作。凡乐，乐其所生，礼不忘其本。高祖乐楚声，故《房中乐》，楚声也。孝惠二年，使乐府令夏侯宽备其箫管，更名《安世乐》。"《宋书·乐志》曰："魏文帝黄初二年，议者以《房中》歌后妃之德，所以风天下，正夫妇，乃改为《正始之乐》。明帝太和初，缪袭奏：'魏国初建，王粲所作登歌《安世诗》，专以思咏神灵及说神灵鉴享之意。后省读汉《安世诗》，无有《二南》风化天下之言，又改曰《享神歌》。'"

今按：《安世房中歌》用以祭祖考，为庙乐。萧涤非云："此（《安世房中歌》）为汉乐章之鼻祖。"（《汉魏六朝乐府文学史》）故本书将其排为郊庙歌辞之首（今按：《乐府诗集》排在第八卷，其首为《郊祀歌》）。汉《安世房中歌》作者，乃高祖唐山夫人也。"唐山夫人事迹不详，第知为高祖姬而唐山为其姓而已。"（《汉魏六朝乐府文学史》）

汉安世房中歌十七首①

其　一

大孝备矣，休德昭清。高张四县②，乐充宫廷。芬树羽林，云景杳冥。金支秀华，庶旄翠旌③。《七始华始》，肃倡和声④。 神来宴娭，庶几是听。

①此十七首录自《乐府诗集》卷八。　②县：通"悬"。　③《汉书》至此为第一首，"七始华始"四句属第二首。《汉书补注》注："此一章八句。"第二首下注："此一章十句。"　④"七始华始"二句：七始，古代乐论，谓音乐发端于七始。七

始:黄钟、林钟、太簇,天地人之始;姑洗、蕤宾、南宫、应钟,春夏秋冬之始。《汉书·律历志》:"《书》曰:'予欲闻六律、五声、八音、七始咏,以出内五言。'"后因作为乐曲名。

其 二

鬻鬻①音送,细齐人情。忽乘青玄,熙事备成。清思眑眑②,经纬冥冥。

① 鬻鬻:象声词,形容声音纤柔细长。 ② 眑眑:幽静的样子。

其 三

我定历数①,人告其心。敕身齐戒,施教申申②。乃立祖庙,敬明尊亲。大矣孝熙,四极爰轇。

① 历数:《论语·尧曰》:"咨,尔舜,天之历数在尔躬。"何晏集解:"历数谓列次也。" ② 申申:反复不休止。

其 四

王侯秉德,其邻翼翼,显明昭式。清明鬯①矣,皇帝孝德。竟全大功,抚安四极。

① 鬯:古代宗庙祭祀用的香酒,亦代指宗庙祭祀。

其 五

海内有奸,纷乱东北。诏抚成师,武臣①承德。行乐交逆,《箫》《勺》②群慝。肃为济哉,盖定燕国。

① 臣:《乐府诗集》作"侯",据《汉书·礼乐志》改。 ②《箫》《勺》:《箫》,舜乐。《勺》,周乐。古以《箫》《勺》之乐进行教化。

其 六

大海荡荡水所归,高贤愉愉民所怀。大山崔,百卉殖。民何贵?贵有德。

其 七

安其所,乐终产。乐终产,世继绪。飞龙秋,游上天。高贤愉,乐民人。

其　八

丰草葽[1]，女罗施。善何如，谁能回。大莫大，成教德；长莫长，被无极。

[1] 葽：草名。

其　九

雷震震，电耀耀。明德乡，治本约。治本约，泽弘大。加被宠，咸相保。施德大[1]，世曼寿。

[1] 施德大：《汉书·礼乐志》作"德施大"。

其　十

都荔遂芳，窅窊桂华[1]。孝奏天仪，若日月光。乘玄四龙，回驰北行。羽旄殷盛，芬哉芒芒。孝道随世，我署文章。

[1] 桂华：李慈铭《汉书札记》曰："华字兆韵，当是英字之误。"

其　十一

桂华[1]冯冯翼翼，承天之则。吾易久远，烛明四极[2]。

[1] 桂华：中华书局本校引《汉书补注》："钱大昭曰：'此二字是《练时日》、《帝临》、《青阳》之类，所以记章数也，但存《桂华》、《美若》二章之名，其余俱脱去耳。'"按《汉书》注引晋灼曰，即称"桂华凭凭翼翼"，不以"桂华"为篇名。
[2] "烛明"句：《汉书》于此句下接"兹惠所爱"四句为一首，《汉书补注》于"克缌永福"下注："此一章八句。"

其　十二

慈惠所爱，美若休德。杳杳冥冥，克缌永福。美芳[1]硙硙即即[2]，师象山则[3]。

[1] 美芳：中华书局本校引《汉书补注》："刘奉世曰：'桂华、美芳'，皆二诗章名，本侧注在前篇之末，传写之误，遂以冠后。后词无'美芳'，亦当作'美若'矣。"按作"美若"，承上文"美若休德"来。但《汉书》臣瓒注引《茂陵中书》即作"美芳"，疑作"美芳"不误。　[2] 硙硙即即：硙硙，高的样子。即即，充实。

颜师古注引孟康曰:"即即,充实也。"一说"硞硞即即"为居高思谦之义,参阅王先谦补注。 ③"美芳"二句:《汉书》以此两句列入下一首"呜呼孝哉"六句上。《汉书补注》下注:"此一章六句。"师象山则,即郊法高山,威严而有法度。

其 十 三

呜呼孝哉,案①抚戎国。蛮夷竭欢,象来致福。兼临是爱,终无兵革。

① 案:通"安"。

其 十 四

嘉荐芳矣,告灵飨矣。告灵既飨,德音孔臧①。惟德之臧,建侯之常。承保天休,令问不忘。

① 孔臧:非常美好。

其 十 五

皇皇鸿明,荡侯休德。嘉承天和,伊乐厥福。在乐不荒,惟民之则①。浚则师德,下民咸殖。令问在旧,孔容翼翼②。

① "惟民"句:《汉书》以"皇皇鸿名"至"惟民之则"为一首,《汉书补注》下注:"此一章六句。" ② "孔容"句:《汉书》以"浚则师德"至"孔容翼翼"四句为一首。《汉书补注》下注:"此一章四句。"

其 十 六

孔容之常,承帝之明。下民之乐,子孙保光。承顺温良,受帝之光。嘉荐令芳,寿考①不忘。

① 寿考:言高寿。朱熹集传:"文王九十七乃终,故言寿考。"

其 十 七

承帝明德,师象山则。云施①称民,永受厥福。承容之常,承帝之明。下民安乐,受福无疆。

① 云施:普降甘霖,如云之施雨。

郊祀歌

　　郭茂倩云："郊乐者,《易》所谓'先王以作乐崇德,殷荐上帝'。"《郊祀歌》用以祭天神地祇,为郊乐。可知与《安世房中歌》有异。

　　汉《郊祀歌》非出一人之手,且非一时所制。《史记·乐书》云："至今上(武帝)即位,作十九章。"可知十九章作于武帝之时。又《汉书·礼乐志》云："武帝定郊祀之礼……以李延年为协律都尉,多举司马相如等数十人造为诗赋……作十九章之歌。"知其中又有司马相如之作。

　　《乐府诗集》录存有《汉郊祀歌二十首》,又有《灵芝歌》古辞一首,本编均录入。

汉郊祀歌二十首[①]

练 时 日

　　练时日,侯有望,爇膋萧[②],延四方。九重开,灵之斿,垂惠恩,鸿祐休。灵之车,结玄云,驾飞龙,羽旄纷。灵之下,若风马,左仓龙,右白虎。灵之来,神哉沛,先以雨,般裔裔。灵之至,庆阴阴,相放㳷[③],震澹心。灵已坐,五音饬,虞至旦,承灵亿。牲茧栗,粢盛香,尊桂酒,宾八乡。灵安留,吟青黄,遍观此,眺瑶堂。众嫭并,绰奇丽,颜如荼,兆逐靡。被华文,厕雾縠,曳阿锡,佩珠玉。侠嘉夜,茝兰芳,澹容与,献嘉觞。

　　① 此二十首录自《乐府诗集》卷一。《乐府诗集》目录此题为《汉郊祀歌十九首》,其中《天马》二首,应为二十首。　② 膋萧:油脂与艾蒿。古代祀神时焚之,以散发馨香。　③ 放㳷:仿佛。颜师古注:"放㳷,犹髣髴也。"

帝 临

　　帝临中坛,四方承宇。绳绳[①]意变,备得其所。清和六合,制数以五。海内安宁,兴文匽武。后土富媪②,昭明三光。穆穆优游,嘉服上黄。

① 绳绳:戒慎的样子。《汉书·礼乐志》颜师古注引臣瓒曰:"《尔雅》曰:'绳绳,戒也。'" ② 富媪:地神。

青阳①

青阳②开动,根荄以遂,膏润并爱,跂行毕逮。霆声发荣,坲③处顷听。枯槁复产,乃成厥命。众庶熙熙,施及夭胎,群生啿啿④,惟春之祺。

①《汉书·礼乐志》此题下有"邹子乐"三字。 ② 青阳:指春天。《尸子·仁意》:"春为青阳,夏为朱明。" ③ 坲:岩洞也。 ④ 啿啿:颜师古注:"啿啿,丰厚之貌也。"

朱明①

朱明②盛长,敷与万物。桐生茂豫,靡有所诎③。敷华就实,既阜既昌。登成甫田④,百鬼迪尝。广大建祀,肃雍不忘。神若宥之,传世无疆。

①《汉书·礼乐志》此题下有"邹子乐"三字。 ② 朱明:夏季。《尸子·仁意》:"春为青阳,夏为朱明,秋为白藏,冬为玄英。" ③ "桐生"二句:颜师古注:"桐读为通……言草木皆通达而生,美悦光泽,各无所诎,皆伸遂也。"诎,同"屈"。 ④ 甫田:颜师古注:"甫田,大田也。"

西颢①

西颢沆砀②,秋气肃杀,含秀垂颖,续旧不废。奸伪不萌,妖孽伏息,隔辟越远,四貉咸服。既畏兹威,惟慕纯德,附而不骄,正心翊翊③。

①《汉书·礼乐志》此题下有"邹子乐"三字。 ② "西颢"句:西颢,秋季。西方曰颢天,秋位在西,故称。沆砀,白气迷漫的样子。颜师古注:"沆砀,白气之貌也。" ③ 翊翊:同"翼翼"。

玄冥①

玄冥②陵阴,蛰虫盖臧,草木零落,抵冬降霜。易

乱除邪,革正异俗,兆民反本,抱素怀朴。条理信义,
望礼五岳。籍敛之时,掩收嘉谷。

①《汉书·礼乐志》此题下有"邹子乐"三字。　② 玄冥:冬神,也称北方之
神,主杀戮也。《礼记·月令》:"(冬三月)其帝颛顼,其神玄冥。"

惟　泰　元①

惟泰元尊,媪神蕃釐②,经纬天地,作成四时。精
建日月,星辰度理,阴阳五行,周而复始。云风雷电,
降甘露雨,百姓蕃滋,咸循厥绪。继统恭勤,顺皇之
德,鸾路龙鳞,罔不肸饰③。嘉笾列陈,庶几宴享,灭除
凶灾,烈腾八荒。钟鼓竽笙,云舞翔翔,招摇灵旗,九
夷宾将。

① 郭茂倩解引《汉书·礼乐志》曰:"建始元年(前 32),丞相匡衡奏罢'鸾路
龙鳞',更定诗曰'涓选休成'。"　②"惟泰"二句:颜师古注引李奇曰:"媪神,地
也。言天神至尊,而地神多福也。"蕃釐,洪福。蕃,多也。釐,福也。　③ 肸饰:
颜师古注:"肸,振也。谓皆振整而饰之也。"

天　地①

天地并况,惟予有慕,爱熙紫坛,思求厥路。恭承
禋祀,缊豫为纷。黼绣周张,承神至尊。千童罗舞成
八溢②,合好效欢虞泰一③。九歌毕奏斐然殊,鸣琴竽
瑟会轩朱。璆磬④金鼓,灵其有喜,百官济济,各敬其
事。盛牲实俎进闻膏,神奄留,临须摇。长丽⑤前掞光
耀明,寒暑不忒况皇章。展诗应律铗玉鸣,函宫吐角
激徵清。发梁扬羽申以商,造兹新音永久长。声气远
条凤鸟翔,神夕奄虞盖孔享。

① 郭茂倩解引《汉书·礼乐志》曰:"丞相匡衡奏罢'黼绣周张',更定诗曰
'肃若旧典'。"　② 八溢:亦作"八佾",古代天子用的一种乐舞。　③ 泰一:亦作
"太一",传说中的天神。　④ 璆磬:玉磬。璆,美玉。　⑤ 长丽:即凤。颜师古
注:"丽,音离。臣瓒曰:'长丽,灵鸟也。'"

日 出 入

日出入安穷？时世不与人同。故春非我春，夏非我夏，秋非我秋，冬非我冬。泊如四海之池，遍观是邪谓何？吾知所乐，独乐六龙，六龙之调，使我心若①。訾黄其何不徕下②！

① 心若：心顺。《榖梁传·庄公元年》："不若于道者，天绝之也。"范宁注："若，顺。"　② "訾黄"句：《汉书·礼乐志》颜师古注："訾，嗟叹之辞也。"黄，乘黄，传说中的神马。叹乘黄不来下也。徕，同"来"。

天 马①（二首）

其 一

太一况②，天马下，沾赤汗，沫流赭。志俶傥，精权奇③，籋浮云，晻上驰。体容与，迣万里，今安匹，龙为友④。

① 郭茂倩解引《汉书·武帝纪》曰："元鼎四年秋，马生渥洼水中，作《天马之歌》。""太初四年春，贰师将军李广利斩大宛王首，获汗血马来，作《西极天马之歌》。"《礼乐志》曰：《天马歌》，"元狩三年，马生渥洼水中作"。李斐曰："南阳新野有暴利长，武帝时遭刑，屯田敦煌界。数于渥洼水旁见群野马，中有奇者，与凡马异，来饮此水。利长先作土人，持勒鞍于水旁。后马玩习。久之，代土人持勒鞍，收得其马，献之。欲神异之，云从水中出也。"《西域传》曰："大宛国多善马，马汗血，言其先，天马子也。"应劭云："大宛有天马种，蹄踠石汗血。踠石者，谓踠石而有迹，言其蹄坚利。汗血者，谓汗从前肩髆出，如血。号一日千里也。"《张骞传》曰："汉武帝初发书《易》曰：'神马当从西北来。'得乌孙马好，名曰天马。及得宛马，汗血，益壮。更名乌孙马曰西极马，宛马曰天马云。"按《史记·乐书》称："武帝伐大宛，得千里马，名蒲梢。作歌曰：'天马来兮从西极，经万里兮归有德。承灵威兮降外国，涉流沙兮四夷服。'"与此不同。　② 况：古同"贶"。赐予，引申为惠顾。　③ 权奇：良马奇谲善行貌。王先谦注："权奇者，奇谲非常之意。"（《文选·颜延之〈赭白马赋〉》）张铣注："权奇，善行貌。"　④ 龙为友：《汉书》在此句下有"元狩三年，马生渥洼水中作"句。

天马徕，从西极，涉流沙，九夷服。天马徕，出泉水，虎脊两，化若鬼。天马徕，历无草，径千里，循东道。天马徕，执徐时，将摇举，谁与期？天马徕，开远门，竦予身，逝昆仑。天马徕，龙之媒，游阊阖，观玉台。

天　门

天门开，詄荡荡①，穆并骋，以临飨。光夜烛，德信著，灵寖②鸿，长生豫。太朱涂广，夷石为堂，饰玉梢以舞歌，体招摇若永望。星留俞③，塞陨光，照紫幄，珠烦黄④。幡比翅回集，贰双飞常羊。月穆穆以金波，日华耀以宣明。假清风轧忽，激长至重觞。神裴回若留放，殗⑤冀亲以肆章。函蒙祉福常若期，寂漻上天知厥时。泛泛滇滇从高斿，殷勤此路胪所求。佻正嘉吉弘以昌，休嘉砰隐溢四方。专精厉意逝九阁，纷云六幕浮大海。

① 詄荡荡：颜师古注引如淳曰："詄，读如迭。詄荡荡，天体坚清之状也。" ② 寖：《乐府诗集》"寖"字下有"平而"二字。中华书局本校引《汉书补注·礼乐志》："先谦曰：'八字不成句义'，'平而'二字当衍。颜注亦未为'平'字释义，衍文明矣。"因据删。 ③ 俞：报答；答谢。颜师古注："俞，答也。言众星留神，答我飨荐，降其光耀，四面充塞也。" ④ 烦黄：犹言黄澄澄。颜师古注："如淳曰：'烦，音殟，黄貌也。'……言光照紫幄，故其珠色烦然而黄也。" ⑤ 殗：通"觊"。觊见。颜师古注："孟康曰：'殗，音觊。'言神灵裴回，留而不去，故我得觊见，冀以亲附而陈诚意，遂章明之。"

景　星①

景星显见，信星彪列，象载昭庭，日亲以察。参侔开阖，爰推本纪，汾脽②出鼎，皇祐元始。五音六律，依韦飨昭，杂变并会，雅声远姚。空桑琴瑟结信成，四兴递代八风生。殷殷钟石羽籥鸣。河龙供鲤醇牺牲。百末旨酒布兰生。泰尊柘浆析朝酲。微感心攸通修名，周流常羊思所并。穰穰复正直往宁，冯蠵切和疏写平。上天布施后土成，穰穰丰年四时荣。

① 郭茂倩解云，一曰《宝鼎歌》。《汉书·武帝纪》曰："元鼎四年夏六月，得宝鼎后土祠旁，作《宝鼎之歌》。"《礼乐志》曰："《景星》，元鼎五年(中华书局本《乐府诗集》校引《汉书补注》：先谦曰：'《武纪》得鼎在四年，五当作四。')，得鼎汾阴作。"如淳曰："景星者，德星也。见无常，常出有道之国。"　② 汾脽：即汾阴脽。脽，丘阜也。北魏郦道元《水经注·汾水》："水南有长阜……汾水历其阴，西入河，《汉书》谓之汾阴脽。"

齐　房①

齐房产草，九茎连叶，宫童效异，披图案谍。玄气之精，回复此都②，蔓蔓日茂，芝成灵华③。

① 郭茂倩解云，一曰《芝房歌》。《汉书·武帝纪》曰："元封二年夏六月，甘泉宫内中产芝，九茎连叶，作《芝房之歌》。"应劭云："芝，芝草也，其叶相连。"《瑞应图》云："王者敬事耆老，不失旧故，则芝草生。""内中，谓后庭之室也。"故诏书曰"上帝溥临，不异下房，赐朕弘休"是也。《礼乐志》曰："《齐房》，元封二年，芝生甘泉齐房作。"今按：《汉书·礼乐志》颜师古注："齐，读曰斋。"齐房，斋戒的居室。② "玄气"二句：《汉书·礼乐志》颜师古注："玄，天也。言天气之精，回旋反复于此云阳之都。"玄气，自然界的元气。　③ 灵华：灵芝的美称。宋王珪《题瑞芝图》诗："灵华粲九枝，幽阴吐光怪。"

后　皇

后皇嘉坛，立玄黄服。物发冀州，兆蒙祉福。沈沈①四塞，遐狄②合处，经营万亿，咸遂厥宇。

① 沈沈：颜师古注："沈沈，流行之貌也。"　② 遐狄：指边远地区的少数民族。

华　烨　烨

华烨烨，固灵根。神之斿，过天门，车千乘，敦昆仑。神之出,排玉房,周流杂,拔兰堂。神之行,旌容容,骑沓沓,般纵纵①。神之徕,泛翊翊,甘霖降,庆云集。神之揄,临坛宇②,九疑宾,夔龙舞。神安坐,翔吉时,共翊翊,合所思。神嘉虞,申贰觞③,福滂洋,迈延长。沛施祐,汾之阿,扬金光,横泰河④,莽若云,增阳波。遍胪驩,腾天歌⑤。

① 纵纵:中华书局本校引《汉书补注》:"官本纵纵作傱傱,注:奔跑貌。"② "神之揄"二句:《汉书·礼乐志》颜师古注:"言神引来降临之也。"揄,引出。③ 贰觞:再三献酒。《汉书·礼乐志》颜师古注:"贰觞,犹重觞也。" ④ 泰河:大河。《汉书·礼乐志》颜师古注:"泰河,大河也。" ⑤ "遍胪驩"二句:《汉书·礼乐志》颜师古注:"胪,陈也。腾,升也。言陈其欢庆,令歌上升于天。"驩,同"欢"。

五　神

五神相,包四邻,土地广,扬浮云。扢嘉坛,椒兰芳①,璧玉精,垂华光。益亿年,美始兴,交于神,若有承。广宣延,咸毕觞,灵舆位,偃蹇②骧。卉汩胪,析奚遗?淫渌泽,汪然归。

① "扢嘉坛"二句:《汉书·礼乐志》颜师古注:"谓摩拭其坛,加以椒兰之芳。"扢,擦拭也。 ② 偃蹇:高起的样子。《楚辞·离骚》王逸注:"偃蹇,高貌。"

朝陇首①

朝陇首,览西垠,雷电尞,获白麟。爰五止,显黄德,图匈虐,熏鬻②殄。辟流离,抑不详,宾百僚,山河徻。掩回辕,黼③长驰,腾雨师,洒路陂。流星陨,感惟风,籴归云,抚怀心。

① 郭茂倩解云,一曰《白麟歌》。《汉书·武帝纪》曰:"元狩元年冬十月,行幸雍,获白麟,作《白麟之歌》。" ② 熏鬻:亦作"獯鬻"。匈奴的别名。 ③ 黼:《汉书·礼乐志》颜师古注引如淳曰:"黼黼,长貌也。"

象载瑜①

象载瑜,白集西②,食甘露,饮荣泉。赤雁集,六纷员③,殊翁杂④,五采文。神所见,施祉福,登蓬莱,结无极。

　① 郭茂倩解云，一曰《赤雁歌》。《汉书·礼乐志》曰："太始三年，行幸东海，获赤雁作。"　② "象载瑜"二句：颜师古注："瑜，美貌也。言此瑞车瑜然色白而出西方也。"　③ 纷员：颜师古注："纷员，多貌也。"　④ 翁杂：颜师古注引孟康曰："翁，雁颈也。言其文采殊异也。"

赤　蛟

　　赤蛟绥，黄华盖，露夜零，昼晻暧。百君礼，六龙位，勺椒浆，灵已醉。灵既享，锡吉祥，芒芒极，降嘉觞。灵殷殷，烂扬光，延寿命，永未央。杳冥冥，塞六合，泽汪濊[①]，辑万国。灵禠禠[②]，象舆轼，票然逝，旗逶蛇。礼乐成，灵将归，托玄德，长无衰。

　① 汪濊：《汉书·礼乐志》颜师古注："汪濊，言饶多也。"　② 禠禠：不安的样子。

灵 芝 歌[①]

古　辞

　　因灵寝兮产灵芝，象三德兮瑞应图。延寿命兮光此都，配上帝兮象太微，参日月兮扬光辉。

　① 此首录自《乐府诗集》卷一。今按：《乐府诗集》此题归属"汉郊祀歌"，并注"古辞"。

一

第二卷　三国乐府

相和歌辞

三国魏蜀吴乐府有异于两汉者,乃乐府不再采诗,而所谓乐府者,率皆文士拟作也。

相和歌辞六曲,三国长于拟作者凡五曲,即相和曲、平调曲、清调曲、瑟调曲、楚调曲是也。

相和曲

据《古今乐录》所引张永《元嘉正声技录》,相和曲有十五曲:一曰《气出唱》,二曰《精列》,三曰《江南》,四曰《度关山》,五曰《东光》,六曰《十五》,七曰《薤露》,八曰《蒿里》,九曰《觐歌》,十曰《对酒》,十一曰《鸡鸣》,十二曰《乌生》,十三曰《平陵东》,十四曰《东门》,十五曰《陌上桑》。三国长于此道者凡九曲之多。

本编从《乐府诗集》中收录作品,其作品排列,大致以作者生年为序。

气 出 唱①(三首)

曹 操②

其 一

驾六龙乘风而行。行四海外,路下之八邦。历登高山临溪谷,乘云而行。行四海外,东到泰山。仙人玉女,下来翱③游。骖驾六龙,饮玉浆,河水尽,不东流。解愁腹,饮玉浆。奉持行,东到蓬莱山。上至天之门。玉阙下,引见得入。赤松相对,四面顾望,视正炟煌。开王④心正兴,其气百道至,传告无穷。闭其口,但当爱气寿万年。东到海,与天连。神仙之道,出窈入冥,常当专之。心恬澹,无所愒欲。闭门坐自守,天与期气。愿得神之人,乘驾云车,骖驾白鹿,上到天之门,来赐神之药。跪受之,敬神齐,当如此,道自来。

① 此三首录自《乐府诗集》卷二六。今按:此题为张永《元嘉正声技录》相和十五曲之一。《乐府诗集》注云,此三曲为"魏、晋乐所奏"。 ② 曹操(155—220):即魏武帝。三国时政治家、军事家、诗人。字孟德,谯(今安徽亳州)人。东汉末发展军事力量,平吕布,破袁绍,逐渐统一中国北部,拥汉献帝,进位为丞相。后兵败赤壁。封魏王。其子曹丕称帝,追尊曹操为武帝。精兵法,著《孙子略解》、《兵书提要》等。善诗歌,气魄雄伟,慷慨悲凉。遗著《魏武帝集》已佚,有明人辑本。又有今人整理本《曹操集》。 ③ 翱:《汉魏六朝百三名家集》作"遨"。 ④ 王:《乐府诗集》作"玉",据《宋书·乐志》改。

其 二

华阴山,自以为大。高百丈,浮云为之盖。仙人欲来,出随风,列之雨。吹我洞箫鼓瑟琴,何闿闿①。酒与歌戏,今日相乐诚为乐。玉女起,起舞移数时。鼓吹一何嘈嘈。从西北来时,仙道多驾烟,乘云驾龙,郁何蓩蓩②。遨游八极,乃到昆仑之山,西王母侧。神仙金止玉亭,来者为谁? 赤松、王乔③,乃德旋之门。乐共饮食到黄昏,多驾合坐,万岁长,宜子孙。

① 闿闿:形容声音和悦持正。《乐府诗集》作"闛闛",据《宋书·乐志》、毛刻本改。 ② 蓩蓩:隆盛的样子。 ③ 赤松、王乔:赤松,即赤松子,亦称赤诵子。相传为上古时神仙。《神仙传》曰:"赤松子者,服水玉,神农时为雨师,教神农入火。"《列仙传》又曰:"神农时雨师也,能入火自烧,昆仑山上随风雨上下也。"王乔,亦神仙人物。《淮南子·齐俗训》:"今夫王乔、赤诵子吹呕呼吸,吐故内新。"

其 三

游君山,甚为真。礓磈砟硌,尔自为神。乃到王母台,金阶玉为堂,芝草生殿旁。东西厢,客满堂。主人当行觞,坐者长寿遽何央①。长乐甫始宜孙子,常愿主人增年,与天相守。

① 遽何央:谓何遽央。遽央,终尽,完毕。

精 列①

曹 操

厥初生,造化之陶物,莫不有终期。莫不有终期,圣贤不能免,何为怀此忧。愿螭龙之驾,思想昆仑居。思想昆仑居,见期于迂怪,志意在蓬莱。志意在蓬莱,周、孔圣徂落,会稽以坟丘。会稽以坟丘,陶陶谁能度?君子以弗忧。年之暮奈何,时过时来微。

① 此首录自《乐府诗集》卷二六。今按:此首为张永《元嘉正声技录》相和十五曲之二。《乐府诗集》注云,此曲为"魏、晋乐所奏"。

度 关 山①

曹 操

天地间,人为贵。立君牧民,为之轨则。车辙马迹,经纬四极。黜陟幽明,黎庶繁息。於铄贤圣,总统邦域。封建五爵,井田刑狱,有燔丹书,无普赦赎。皋陶甫侯②,何有失职。嗟哉后世,改制易律。劳民为君,役赋其力。舜漆食器,畔者十国,不及唐尧,采椽不斫。世叹伯夷,欲以厉俗。侈恶之大,俭为共③德。许由推让,岂有讼曲。兼爱尚同,疏者为戚。

① 此首录自《乐府诗集》卷二七。郭茂倩解引《乐府解题》曰:"魏乐奏武帝辞,言人君当自勤苦,省方黜陟,省刑薄赋也。若梁戴暠云'昔听陇头吟,平居已流涕',但叙征人行役之思焉。"今按:此题为张永《元嘉正声技录》相和十五曲之四。又,《乐府诗集》注云,此曲为"魏乐所奏"。 ② 甫侯:周穆王时有关刑罚的文告,由吕侯请命而颁,后吕侯后代改封甫侯。《宋书·乐志》作"甫刑"。甫刑,即《尚书·吕刑》。《礼记·缁衣》:"《甫刑》曰:'苗民匪用命,制以刑。'"孔颖达疏:"甫侯为穆王说刑,故称《甫刑》。" ③ 共:《宋书·乐志》作"恭"。

薤 露①

曹 操

　　惟汉二十二世②，所任诚不良。沐猴而冠带，知小而谋强。犹豫不敢断，因狩执君王。白虹为贯日③，己亦先受殃。贼臣持④国柄，杀主灭宇京。荡覆帝基业，宗庙以燔丧。播越西迁移，号泣而且行。瞻彼洛城郭，微子为哀伤。

　　① 此首录自《乐府诗集》卷二七。今按：此题为张永《元嘉正声技录》相和十五曲之七。《乐府诗集》注云，此曲为"魏乐所奏"。　② 二十二世：《诗纪》卷一一作"二十世"，《宋书·乐志》作"二十二世"。《乐府正义》云："考世系当从《宋志》，但全诗五言句，作'二十世'者亦举成数，未为不可也。"黄节《魏武帝诗注》："按石经，凡经传中二十字皆作廿，然则此诗'二十二世'，当作'廿二世'也。"③ 白虹为贯日：白色长虹穿过太阳，是一种罕见的日晕天象。古人认为此天象预兆人间有非常之事发生。《战国策·魏策四》："夫专诸之刺王僚也，彗星袭月；聂政之刺韩傀也，白虹贯日。"　④ 持：《乐府诗集》注"一作执"。

蒿 里①

曹 操

　　关东有义士，兴兵讨群凶。初期会盟津，乃心在咸阳。军合力不齐，踌躇而雁行。势利使人争，嗣还自相戕。淮南弟称号，刻玺于北方。铠甲生虮虱，万姓以死亡。白骨露于野，千里无鸡鸣。生民百遗一，念之断人肠。

　　① 此首录自《乐府诗集》卷二七。今按：此题为张永《元嘉正声技录》相和十五曲之八。《乐府诗集》注，此曲为"魏乐所奏"。

对 酒[1]

曹 操

　　对酒歌,太平时,吏不呼门,王者贤且明。宰相股肱皆忠良,咸礼让,民无所争讼,三年耕有九年储,仓谷满盈。班白不负戴,雨泽如此,百谷[2]用成。却走马以粪其上田[3]。爵公侯伯子男,咸爱其民,以黜陟幽明,子养有若父与兄。犯礼法,轻重随其刑。路无拾遗之私,囹圄空虚,冬节不断人,耄耋皆得以寿终。恩德广及草木昆虫。

　　① 此首录自《乐府诗集》卷二七。郭茂倩解引《乐府解题》曰:"魏乐奏武帝所赋《对酒歌》,太平其旨,言王者德泽广被,政理人和,万物咸遂。若梁范云'对酒心自足',则言但当为乐,勿徇名自欺也。"今按:此题为张永《元嘉正声技录》相和曲之十。《乐府诗集》注云,此曲为"魏乐所奏"。　② 百谷:《宋书》作"五谷"。③ 上田:《诗纪》卷一一及《宋书》作"土田"。

陌 上 桑[1]

曹 操

　　驾虹霓,乘赤云,登彼九疑历玉门。济天汉,至昆仑,见西王母谒东君。交赤松,及羡门,受要秘道爱精神。食芝英,饮醴泉,拄杖挂[2]枝佩秋兰。绝人事,游浑元[3],若疾风游欻飘翩[4]。景未移,行数千,寿如南山不忘愆。

　　① 此首录自《乐府诗集》卷二八。今按:此题为张永《元嘉正声技录》相和十五曲之十五。又,《乐府诗集》注:"晋乐所奏。"　② 挂:《乐府诗集》阙,据《宋书·乐志》及《诗纪》卷一一补。　③ 浑元:谓天地,或天地之气。《汉书·叙传上》:"浑元运物,流不处兮。"颜师古注:"浑元,天地之气也。"　④ 翩:《乐府诗集》作"飘",并注"一作飙"。据《诗纪》、《古乐府》卷四改。

十　五①

曹　丕②

登山而远望,溪谷多所有。梗枏千余尺,众草之③
盛茂。华叶耀人目,五色难可纪。雉雊山鸡鸣,虎啸
谷风起。号罴④当我道,狂顾动牙齿。

① 此首录自《乐府诗集》卷二七。郭茂倩解引《古今乐录》曰:"《十五》歌,文帝辞,后解歌瑟调'西山一何高','彭祖称七百'篇。"辞在瑟调。今按:此题为张永《元嘉正声技录》相和十五曲之六。又,《乐府诗集》注云,此曲为"魏、晋乐所奏"。　② 曹丕(187—226):即魏文帝,三国时魏国的建立者,文学家。字子桓,谯(今安徽亳州)人。曹操子。操死后袭位魏王,不久代汉称帝,国号魏,在位六年。有《魏文帝集》。　③ 之:《乐府诗集》注"一作芝"。　④ 罴:《乐府诗集》作"罢",据《宋书·乐志》改。

陌 上 桑①

曹　丕

弃故乡,离室宅,远从军旅万里客。披荆棘,求阡
陌,侧足独窘步,路局笮。虎豹嗥动,鸡惊,禽失群,鸣
相索。登南山,奈何蹈盘石,树木丛生郁差错。寝蒿
草,荫松柏,涕泣雨面沾枕席。伴旅单,稍稍日零落,
惆怅窃自怜,相痛惜。

① 此首录自《乐府诗集》卷二八。今按:此题为张永《元嘉正声技录》相和十五曲之十五。又,《乐府诗集》注:"晋乐所奏"。

薤　露①

曹　植②

天地无穷极,阴阳转相因。人居一世间,忽若风
吹尘。愿得展功勤,输力于明君。怀此王佐才,慷慨

独不群。鳞介尊神龙,走兽宗麒麟。虫兽犹③知德,何况于士人。孔氏删④诗书,王业粲已分。骋我径寸翰,流藻垂华芬。

① 此首录自《乐府诗集》卷二七。郭茂倩解引《乐府解题》曰:"曹植拟《薤露行》为《天地》。"今按:此题为张永《元嘉正声技录》相和曲之七。 ② 曹植(192—232):三国魏诗人。字子建,谯(今安徽亳州)人。曹操子。封陈王,谥思,世称陈思王。因富于才学,为曹操宠爱,曾欲立为太子,及曹丕、曹叡相继为帝,备受猜忌,郁郁而死。曹植善诗,多五言,对五言诗发展颇有影响,亦善辞赋、散文。有《曹子建集》。 ③ 犹:《乐府诗集》作"岂",据《诗纪》卷一三改。 ④ 删:《乐府诗集》作"册",据《诗纪》改。

惟 汉 行①

曹 植

太极定二仪,清浊始以形。三光焅八极,天道甚著明。为人立君长,欲以遂其生。行仁章以瑞,变故诚骄盈。神高而听卑,报若响应声。明主敬细微,三季瞢天经。二皇②称至化,盛哉唐、虞庭。禹、汤继厥德,周亦致太平。在昔怀帝京③,日昃不敢宁。济济在公朝,万载驰其名。

① 此首录自《乐府诗集》卷二七。郭茂倩解云,魏武帝《薤露行》曰:"惟汉二十二世,所任诚不良。"曹植又作《惟汉行》。今按:此题仿《薤露》而拟新题,可谓开新题乐府之先。 ② 二皇:指伏羲氏和神农氏。 ③ 京:《乐府诗集》注"一作时"。

平 陵 东①

曹 植

阊阖②开,天衢通,被我羽衣乘飞龙。乘飞龙,与

仙期,东上蓬莱采灵芝。灵芝采之可服食,年若③王父
无终极。

① 此首录自《乐府诗集》卷二八。今按:此题为张永《元嘉正声技录》相和十
五曲之十三。　② 阊阖:传说中的天门。　③ 若:《诗纪》卷一三注"一作与"。

挽　歌①

缪　袭②

生时游国都,死没弃中野。朝发高堂上,暮宿黄
泉下。白日入虞渊③,悬车息驷马。造化虽神明,安能
复存我。形容稍歇灭,齿发行当堕。自古皆有然,谁
能离此者。

① 此首录自《乐府诗集》卷二七。今按:《晋书·礼志中》:"汉魏故事:大丧
及大臣之丧,执绋者挽歌。新礼以为挽歌出于汉武帝役人之劳歌,声哀切,遂以
为送终之礼。"崔豹《古今注·音乐》:"《薤露》、《蒿里》,并丧歌也,出田横门人。
横自杀,门人伤之,为作悲歌……至孝武帝时,李延年乃分二章为二曲:《薤露》,
送王公贵人;《蒿里》,送士大夫庶人。使挽柩者歌之,世亦呼为挽歌。"　② 缪袭
(186—245):三国魏文学家。字熙伯,东海兰陵(今山东苍山兰陵镇)人。官至尚
书、光禄勋。原有集,已失传。　③ 虞渊:亦称"虞泉",传说为日没之处。《淮南
子·天文训》:"日至于虞渊,是谓黄昏。"

平调曲

《古今乐录》引王僧虔《大明三年宴乐技录》平调七曲,一曰《长歌行》,二曰
《短歌行》,三曰《猛虎行》,四曰《君子行》,五曰《燕歌行》,六曰《从军行》,七曰《鞠
歌行》。三国长于此调者凡六曲。

短歌行①（二首）

曹 操

其 一

对酒当歌，人生几何？譬如朝露，去日苦多②。慨当以慷，忧思难忘，以何③解愁，惟有杜康④。青青子衿⑤，悠悠我心，但为君故，沉吟至今⑥。明明如月，何时可辍⑦。忧从中来，不可断绝⑧。呦呦鹿鸣，食野之苹。我有嘉宾，鼓瑟吹笙⑨。山不厌高，水不厌深。周公吐哺，天下归心⑩。

① 此首录自《乐府诗集》卷三〇。郭茂倩解引《古今乐录》曰："王僧虔《技录》云：《短歌行》'仰瞻'一曲，魏氏遗令，使节朔奏乐，魏文制此辞，自抚筝和歌。歌者云'贵官弹筝'，贵官即魏文也。此曲声制最美，辞不可入宴乐。"《乐府解题》曰："《短歌行》，魏武帝'对酒当歌，人生几何'，晋陆机'置酒高堂，悲歌临觞'，皆言当及时为乐也。"今按：王僧虔《大明三年宴乐技录》平调七曲之二曰《短歌行》。又曹操此首《乐府诗集》作《短歌行二首六解》，并注云"晋乐所奏"。　②《乐府诗集》注："一解。"　③ 以何：一作"何以"。　④《乐府诗集》注："二解。"　⑤ 子衿：《诗·郑风·子衿》"青青子衿，悠悠我心。"毛传："青衿，青领也。学子之所服。"　⑥《乐府诗集》注："三解。"　⑦ 辍：《文选》卷二七、《艺文类聚》卷四二均作"掇"。　⑧《乐府诗集》注："四解。"　⑨《乐府诗集》注："五解。"　⑩《乐府诗集》注："六解。"

其 二①

对酒当歌，人生几何？譬如朝露，去日苦多。慨当以慷，忧思难忘，何以解忧，惟有杜康。青青子衿，悠悠我心。呦呦鹿鸣，食野之苹。我有嘉宾，鼓瑟吹笙。明明如月，何时可辍。忧从中来，不可断绝。越陌度阡，枉用相存。契阔谈讌，心念旧恩。月明星稀，乌鹊南飞。绕树三匝，何枝可依。山不厌高，海②不厌深。周公吐哺，天下归心。

①《乐府诗集》此首末注"本辞"，仍依此例。　② 海：《魏武帝集》卷二及《汉

魏六朝百三名家集》作"水"。

短 歌 行^①

曹 操

　　周西伯昌，怀此圣德。三分天下，而有其二。修奉贡献，臣节不坠^②。崇侯谗之，是以拘系^③。后见赦原，赐之斧钺，得使征伐。为仲尼所称：达及德行，犹奉事殷。论叙其美^④。齐桓之功，为霸之首，九合诸侯，一匡天下。一匡天下，不以兵车。正而不谲，其德传称^⑤。孔子所叹，并称夷吾，民受其恩。赐与庙胙，命无下拜。小白^⑥不敢尔，天威在颜咫尺^⑦。晋文亦霸，躬奉天王。受赐珪瓒，秬鬯、彤弓^⑧、卢弓^⑨、矢千，虎贲三百人^⑩。威服诸侯，师之者尊，八方闻之，名亚齐桓。河阳之会，诈称周王。是以^⑪其名纷葩^⑫。

　　① 此首录自《乐府诗集》卷三〇。今按：此首《乐府诗集》作《短歌行六解》。题为王僧虔《大明三年宴乐技录》平调七曲之二。　② 坠：《乐府诗集》作"隆"，据《宋书·乐志》及毛刻本改。　③《乐府诗集》注："一解。"　④《乐府诗集》注："二解。"　⑤《乐府诗集》注："三解。"　⑥ 小白：春秋五霸之首齐桓公名。⑦《乐府诗集》注："四解。"　⑧ 彤弓：朱漆弓。古代天子用以赐有功的诸侯或大臣，使专征伐。　⑨ 卢弓：黑色弓。《书·文侯之命》孔传："卢，黑也。诸侯有大功，赐弓矢，然后专征伐。"　⑩《乐府诗集》注："五解。"　⑪ 以：《乐府诗集》阙，据《宋书》及《魏武帝集》补。　⑫《乐府诗集》注："六解。"

从 军 行^①（五首）

王 粲^②

其 一

　　从军有苦乐，但问所从谁。所从神且武，焉得久劳师。相公征关右,赫怒震天威。一举灭獯虏,再举服羌夷。西收边地贼,忽若俯③拾遗。陈赏越丘山,酒肉逾川坻。军中多饫饶,人马皆溢肥。徒行兼乘还,空出有余资。拓地三千里,往返④一如⑤飞。歌舞入邺城,所愿获无违。尽日处⑥大朝,日暮薄言⑦归。外参时明政,内不废家私。禽兽惮为牺,良苗实已挥。窃慕负鼎翁⑧,愿厉朽钝姿。不能效沮溺⑨,相随把锄犁。执览夫子诗,信知所言非。

① 此五首录自《乐府诗集》卷三二。郭茂倩解引《古今乐录》曰:"《从军行》,王僧虔云,荀录所载左延年《苦哉》一篇今不传。"《乐府解题》曰:"《从军行》,皆军旅苦辛之辞。"《广题》曰:"左延年辞云:'苦哉边地人,一岁三从军。三子到敦煌,二子诣陇西。五子远斗去,五妇皆怀身。'陈伏知道又有《从军五更转》。"今按:此题为王僧虔《大明三年宴乐技录》平调七曲之六。　② 王粲(177—217):东汉末文学家。字仲宣,山阳高平(今山东邹城)人。以博洽著称。先依刘表,未被重用,后为曹操幕僚,官侍中,为"建安七子"之一,与曹植并称"曹王"。其《七哀诗》、《登楼赋》较著名,有《王侍中集》。　③ 俯:《乐府诗集》作"附",据《文选》卷二七改。　④ 返:《乐府诗集》注"一作反"。　⑤ 一如:《文选》作"速若"。如,《乐府诗集》注"一作若"。　⑥ 尽日处:《乐府诗集》作"昼日献",据《文选》改。昼,《乐府诗集》注"一作尽"。　⑦ 薄言:《诗·周南·芣苢》:"采采芣苢,薄言采之。"高亨注:"薄,急急忙忙。言,读为焉或然。"　⑧ 负鼎翁:指伊尹。伊尹背负鼎俎见汤,以烹调五味喻以治国为政之道。《史记·殷本纪》:"伊尹名阿衡。阿衡欲奸汤而无由,乃为有莘氏媵臣,负鼎俎,以滋味说汤,致于王道。"后用以指辅佐帝王,担当治国之任。　⑨ 沮溺:《论语·微子》:"长沮、桀溺耦而耕,孔子过之,使子路问津焉。"后以"沮溺"借指避世隐士。

其　二

凉①风厉秋节,司典告详刑。我君顺时发,桓桓东南征。泛舟盖长川,陈卒被隰坰。征夫怀亲戚,谁能无此②情。拊衿③倚舟樯,眷言思邺城。哀彼东山人,喟然感鹳鸣。日月不安处,人谁获恒④宁。昔人从公旦,一征⑤辄三龄。今我神武师,暂往必速平。弃余亲睦恩,输力竭忠贞。惧无一夫用,报我素餐诚。夙夜自怦性⑥,思逝若抽萦。将秉先登羽,岂敢听金声⑦。

① 凉:《乐府诗集》注"一作源"。　② 此:《乐府诗集》注"一作恋"。《文选》卷二七作"恋"。　③ 衿:《乐府诗集》注"一作襟"。　④ 恒:《乐府诗集》注"一作常"。《文选》作"常"。　⑤ 一征:《文选》作"一徂"。　⑥ 怦性:感慨,叹息。　⑦ 金声:指钲声。《汉书·李陵传》:"闻鼓声而纵,闻金声而止。"颜师古注:"金谓钲也,一名镯。"

其　三

从军征遐路,讨彼东南夷。方舟顺广川,薄暮未安坻。白日半西山,桑梓有余晖。蟋蟀夹岸鸣,孤鸟翩翩飞。征夫心两①怀,凄②怆令吾悲。下船登高防,草露沾③我衣。回身赴床寝,此愁当告谁?身服干戈事,岂得念所私。即戎有授④命,兹理不可违。

① 两:《乐府诗集》注"一作多"。《文选》卷二七作"多"。　② 凄:《乐府诗集》注"一作恻"。《文选》作"恻"。　③ 沾:《乐府诗集》注"一作治"。　④ 授:《乐府诗集》作"受",据《文选》改。

其　四

朝发邺都桥,暮济白马津。逍遥河堤上,左右望我军。连舫逾万艘,带甲千万人。率彼东南路,将定一举勋。筹策运帷幄,一由我圣君。恨①我无时谋,譬诸具官臣。鞠躬中坚内,微画无所陈。许历为完士,一言犹②败秦。我有素餐责③,诚愧伐檀人。虽无铅刀④用,庶几奋薄身。

① 恨:《乐府诗集》注"一作限"。　② 犹:《乐府诗集》注"一作独"。《文选》作"独"。　③ 责:《乐府诗集》作"贵",据《文选》卷二七改。　④ 铅刀:铅质软,比喻人无大用。

其　五

悠悠涉荒路,靡靡我心愁。四望无烟火,但见林与丘。城郭生榛棘,蹊径无所由。萑蒲①竞广泽,葭苇夹长流。日夕凉风发,翩翩漂吾舟。寒蝉在树鸣,鹳鹄摩天游。客子多悲伤,泪下不可收。朝入谯郡界,旷然消人忧。鸡鸣达四境,黍稷盈原畴。馆宅充廛里②,女士③满庄馗④。自非圣贤国,谁能享斯休。诗人美乐土,虽客犹愿留。

① 萑蒲:芦苇之类的两种植物,多生于沼泽地。萑,《乐府诗集》作"蕉",据《文选》卷二七改。 ② 廛里:廛,通"廛"。孙诒让正义:"通言之,廛、里皆居宅之称;析言之,则庶人、农、工、商等所居谓之廛……士大夫等所居谓之里。"廛,《乐府诗集》注"一作郦"。 ③ 女士:《乐府诗集》注"一作士女"。 ④ 庄馗:四通八达的道路。馗,通"逵"。《尔雅·释宫》:"六达谓之庄……九达谓之逵。"

猛 虎 行①

曹 丕

与君媾新欢,托配于二仪。充列于紫微②,升降焉可知。梧桐攀凤翼,云雨散洪池③。

① 此首录自《乐府诗集》卷三一。郭茂倩解引古辞曰:"饥不从猛虎食,暮不从野雀栖。野雀安无巢,游子为谁骄。"魏明帝辞曰:"双桐生空枝,枝叶自相加。通泉溉其根,玄雨润其柯。"《古今乐录》曰:"《猛虎行》,王僧虔《技录》曰:'荀录所载,明帝《双桐》一篇,今不传。'"《乐府解题》曰:"晋陆机云:'渴不饮盗泉水',言从远役,犹耿介,不以艰险改节也。又有《双桐生空井》,亦出于此。"今按:此曲为王僧虔《大明三年宴乐技录》平调七曲之三。 ② 紫微:帝王宫殿名。 ③ 洪池:古池塘名。《文选·张衡〈东京赋〉》李善注:"洪,池名也,在洛阳东三十里。"

燕 歌 行①

曹 丕

秋风萧瑟天气凉,草木摇落露为霜②。群燕辞③归鹄④南翔,念吾客游多思肠⑤。慊慊思归恋故乡,君何⑥淹留寄他方⑦。贱妾茕茕守空房,忧来思君不敢⑧忘⑨。不觉泪下沾衣裳,援瑟⑩鸣弦发清商⑪。短歌微吟不能长,明月皎皎照我床⑫。星汉西流夜未央,牵牛织女遥相望,尔独何辜限河梁⑬?

① 此首录自《乐府诗集》卷三二。郭茂倩解引《乐府解题》曰:"晋乐奏魏文帝'秋风'、'别日'二曲,言时序迁换,行役不归,妇人怨旷无所诉也。"《广题》曰:"燕,地名也,言良人从役于燕,而为此曲。"今按:此题为王增虔《大明三年宴乐技录》平调七曲之五。《乐府诗集》作《燕歌行七解》,并注"晋乐所奏"。 ②《乐府诗集》注:"一解。" ③ 辞:《艺文类聚》卷四二作"争"。 ④ 鹄:《玉台新咏》卷九及《文选》卷二七作"雁"。 ⑤《乐府诗集》注:"二解。"多思肠,《文选》作"思断肠"。 ⑥ 君何:《文选》作"何为",《玉台新咏》卷九作"君为"。 ⑦《乐府诗集》注:"三解。" ⑧ 敢:《玉台新咏》卷九作"可"。 ⑨《乐府诗集》注:"四解。" ⑩ 瑟:《艺文类聚》作"琴"。 ⑪《乐府诗集》注:"五解。" ⑫《乐府诗集》注:"六解。" ⑬ 河梁:旧题汉李陵《与苏武》诗之三:"携手上河梁,游子暮何之?"后因以"河梁"借指送别之地。《乐府诗集》注:"七解"。

短 歌 行①

曹 丕

仰瞻帷幕,俯察几筵。其物如故,其人不存②。神灵倏忽,弃我遐迁。靡瞻靡恃,泣涕连连③。呦呦游鹿,衔草鸣麑。翩翩飞鸟,挟子巢栖④。我独孤茕,怀此百离。忧心孔疚,莫我能知⑤。人亦有言,忧令人老。嗟我白发,生一何早⑥。长吟永叹,怀我圣考。曰仁者⑦寿,胡不是保⑧。

① 此首录自《乐府诗集》卷三〇。今按:此首《乐府诗集》作《短歌行六解》。此题为王僧虔《大明三年宴乐技录》平调七曲之二。 ②《乐府诗集》注:"一解。" ③《乐府诗集》注:"二解。" ④《乐府诗集》注:"三解。" ⑤《乐府诗集》

注:"四解。" ⑥《乐府诗集》注:"五解。" ⑦ 者:《宋书》作"曰"。 ⑧《乐府诗集》注:"六解。"

燕 歌 行①

曹 丕

别日何易会日难,山川悠远路漫漫②。郁陶思君未敢言,寄书浮云往不还③。涕零雨面毁形颜,谁能怀忧独不叹④。耿耿伏枕不能眠,披衣出户步东西⑤。展诗清歌聊自宽,乐往哀来摧心肝。悲风清厉秋气寒,罗帷徐动经秦轩⑥。仰戴星月观云间,飞鸟晨鸣声⑦可怜,留连顾怀不自存⑧。

① 此首录自《乐府诗集》卷三二。今按:此题为王僧虔《大明三年宴乐技录》平调曲之五。《乐府诗集》作《燕歌行六解》,并注"晋乐所奏"。 ②《乐府诗集》注:"一解。" ③《乐府诗集》注:"二解。" ④《乐府诗集》注:"三解。" ⑤《乐府诗集》注:"四解。" ⑥《乐府诗集》注:"五解。" ⑦《乐府诗集》"声"下有"气"字,据《玉台新咏》卷九及《古乐府》卷四删。 ⑧《乐府诗集》注:"六解。"

燕 歌 行①

本 辞

别日何易会日难,山川悠远路漫漫。郁陶思君未敢言,寄声浮云往不还。涕零雨面毁容颜,谁能怀忧独不叹。展诗清歌聊自宽,乐往哀来摧肺肝。耿耿伏枕不能眠,披衣出户步东西②。仰看星月观云间,飞鸽晨鸣声可怜,留连顾怀不能存。

① 此首录自《乐府诗集》卷三二。今按:此首《乐府诗集》列在魏文帝曹丕《燕歌行六解》之后,并注"本辞",内文比前首少两句,本编依原样收录。 ②"披衣"句下,《古乐府》卷四二有"悲风清厉秋气寒,罗帏徐动经秦轩"二句。

鰕䱇篇①

曹 植

鰕䱇游潢潦，不知江海流。燕雀戏藩柴②，安识鸿鹄游。世事此诚明③，大德固无俦。驾言登五岳，然后小陵丘。俯观上路人，势利是谋仇。高念翼皇家④，远怀柔九州。抚剑而雷音，猛气纵横浮。泛泊徒嗷嗷。谁知壮士忧。

① 此首录自《乐府诗集》卷三〇。郭茂倩解云，一曰《鰕鳝篇》。《乐府解题》曰："曹植拟《长歌行》为《鰕䱇》。"今按：此题为王僧虔《大明三年宴乐技录》平调七曲之一。 ② 柴：通"寨"、"砦"。 ③ 世事此诚明：《汉魏六朝百三名家集》作"世士诚明性"。此，《艺文类聚》卷四二作"比"。 ④ "势利"二句：《乐府诗集》作"势利□是谋，仇高念皇家"。□，《曹子建集》、《古乐府》卷四作"惟"。黄节《曹子建诗注》卷二云："宋本作'势利是谋仇，高念翼黄家'"，据改。

长歌行①

曹叡②

静夜不能寐，耳听众禽鸣。大城育狐兔，高墉多鸟声。坏③宇何寥廓，宿屋邪草生。中心感时物，抚④剑下前庭。翔佯于阶际，景星一何明。仰首观灵宿，北辰奋休荣。哀彼失群燕，丧偶独茕茕。单心谁与侣，造房孰与成。徒然唱有和，悲惨伤人情。余情偏易感，怀罔⑤增愤盈。吐吟音不彻，泣涕沾罗缨。

① 此首录自《乐府诗集》卷三〇。今按：此题为王僧虔《大明三年宴乐技录》平调七曲之一。 ② 曹叡（205—239）：即魏明帝。字元仲，沛国谯（今安徽亳州）人。曹丕之子。少言而沉毅好断，容纳直言，在位十三年，殁后政权遂归司马氏。能诗文，与曹操、曹丕并称魏之"三祖"，但文学成就不及操、丕。存世有散文二卷，乐府诗十余首。 ③ 坏：疑当作"寰"。 ④ 抚：《艺文类聚》卷四二作

"揽"。　⑤ 冈:疑作"往"。

短 歌 行[①]

曹　叡

　　翩翩春燕,端集余堂。阴匿[②]阳显,节运自常。厥
貌淑美,玄衣素裳。归仁服德,雌雄颉颃。执志精专,
洁行驯良。衔土缮巢,有式宫房。不规自圜,无矩
而方。

　　① 此首录自《乐府诗集》卷三十。今按:此题为王僧虔《大明三年宴乐技录》
平调七曲之二。　　② 阴匿:隐藏。晋张华《博物志》卷一:"居无近绝溪,群冢狐
虫之所近,此则死气阴匿之处也。"

燕 歌 行[①]

曹　叡

　　白日晼晼忽西倾,霜露惨凄涂阶庭。秋草捲叶摧
枝茎,翩翩飞蓬常独征,有似游子不安宁。

　　① 此首录自《乐府诗集》卷三二。今按:此题为王僧虔《大明三年宴乐技录》
平调七曲之五。

清调曲

　　《古今乐录》引王僧虔《大明三年宴乐技录》云,清调有六曲:一《苦寒行》,二
《豫章行》,三《董逃行》,四《相逢狭路间行》,五《塘上行》,六《秋胡行》。三国长于
此调者凡四曲。

苦 寒 行① (二首)

曹 操②

其 一

北上太行山,艰哉何巍巍! 太行山,艰哉何巍巍! 羊肠坂诘曲,车轮为之摧③。树木何萧瑟,北风声正悲。何萧瑟,北风声正悲。熊罴对我蹲,虎豹夹道啼④。溪谷少人民,雪落何霏霏。少人民,雪落何霏霏。延颈长叹息,远行多所怀⑤。我心何怫郁,思欲一东归。何怫郁,思欲一东归。水深桥梁绝,中道正徘徊⑥。迷惑失径路,暝⑦无所宿栖。失径路,暝无所宿栖。行行日以远,人马同时饥⑧。担囊行取薪,斧冰持作糜。担囊行取薪,斧冰持作糜。悲彼《东山》⑨诗,悠悠使我哀⑩。

① 此二首录自《乐府诗集》卷三三。郭茂倩解引《乐府解题》曰:"晋乐奏魏武帝《北上篇》,备言冰雪溪谷之苦。其后或谓之《北上行》,盖因武帝辞而拟之也。"今按:此题为王僧虔《大明三年宴乐技录》清调六曲之一。《乐府诗集》注云"晋乐所奏"。又,题为《苦寒行二首六解》。 ②《乐府诗集》作"魏文帝",据《乐府解题》、《宋书·乐志》及《文选》卷二七改。 ③《乐府诗集》注:"一解。" ④《乐府诗集》注:"二解。" ⑤《乐府诗集》注:"三解。" ⑥《乐府诗集》注:"四解。" ⑦ 暝:《乐府诗集》作"瞑",据《宋书》改。 ⑧《乐府诗集》注:"五解。" ⑨《东山》:《诗·豳风·东山》:"我徂东山,慆慆不归。"朱熹集传:"东山,所征之地也。"后代指远征或远行之地。 ⑩《乐府诗集》注:"六解。"

其 二①

北上太行山,艰哉何巍巍! 羊肠坂诘屈,车轮为之摧。树木②何萧瑟,北风声正悲。熊罴对我蹲,虎豹夹路啼。溪谷少人民,雪落何霏霏。延颈长叹息,远行多所怀。我心何怫郁,思欲一东归。水深桥梁绝,中路正徘徊。迷惑失故路,薄暮无宿栖。行行日已远,人马同时饥。担囊行取薪,斧冰持作糜。悲彼《东山》诗,悠悠令我哀③。

① 《乐府诗集》此首末注:"本辞。" ② 树木:《艺文类聚》卷四一作"垅树"。
③ 哀:《艺文类聚》作"悲"。

塘 上 行①

蒲生我池中,蒲生我池中,其叶何离离。傍能行
人仪②,莫能缕自知。众口铄黄金,使君生别离③。念
君去我时,念君去我时,独愁常苦悲。想见君颜色,感
结伤心脾。今悉夜夜愁不寐④。莫用豪贤故,莫用豪
贤故,弃捐素所爱。莫用鱼肉贵,弃捐葱与薤。莫用
麻枲贱,弃捐菅与蒯⑤。倍恩者苦枯⑥,倍恩者苦枯,蹶
船常苦没,教君安息定,慎莫致仓卒。念与君一共离
别,亦当何时,共坐复相对⑦。出亦复苦愁,出亦复苦
愁,入亦复苦愁。边地多悲风,树木何萧萧。今日乐
相乐,延年寿千秋⑧。

① 此首录自《乐府诗集》卷三五。郭茂倩解引《邺都故事》曰:"魏文帝甄皇
后,中山无极人。袁绍据邺,与中子熙娶后为妻。后太祖破绍,文帝时为太子,遂
以后为夫人。后为郭皇后所谮,文帝赐死后宫。临终为诗曰:'蒲生我池中,绿叶
何离离。岂无兼葭艾,与君生别离。莫以贤豪故,弃捐素所爱。莫以麻枲贱,弃
捐菅与蒯。莫以鱼肉贱,弃捐葱与薤。'"《歌录》曰:"《塘上行》,古辞。或云甄皇
后造。"《乐府解题》曰:"前志云:晋乐奏魏武帝《蒲生篇》,而诸集录皆言其辞文帝
甄后所作,叹以谗诉见弃,犹幸得新好,不遗故恶焉。若晋陆机'江蓠生幽渚',言
妇人衰老失宠,行于塘上而为此歌,与古辞同意。"今按:《乐府诗集》此首题为《塘
上行五解》。篇末注云,此曲"晋乐所奏"。又,此题为王僧虔《大明三年宴乐技
录》清调六曲之五。此首作者,《乐府诗集》署曹操,古来有疑义。清朱乾《乐府正
义》:"凡魏武乐府诸诗皆借题寓意,于己必有所为,而《蒲生篇》则但为弃妇之词,
与魏武无当也,知其非魏武作矣。"又,逯钦立《先秦汉魏晋南北朝诗》将此首录为
甄皇后诗。逯案云:"《文选》陆机《塘上行》题下李善注引《歌录》曰:'《塘上行》古
辞,或曰甄皇后选。'又《乐府解题》曰:'前志云,晋乐奏魏武帝《蒲生篇》,而诸集

录皆云其词甄后所作。'今依诗集录附此。"即将此首附于甄氏《塘上行》之后也。本编此首既录自《乐府诗集》,而作者依逯本,待考。　②人仪:疑当为"仁义",见《塘上行》本辞。　③别离:《乐府诗集》作"离别",据《塘上行》本辞改。《乐府诗集》"别离"句下注:"一解。"　④《乐府诗集》注:"二解。"　⑤《乐府诗集》于此句下注:"三解。"　⑥枯:《宋书·乐志》作"括",下"枯"字同。　⑦《乐府诗集》注:"四解。"　⑧《乐府诗集》注:"五解。"

塘 上 行①

甄　氏②

蒲生我池中,其叶何离离。傍能行仁义,莫若妾自知。众口铄黄金,使君生别离。念君去我时,独愁常苦悲。想见君颜色,感结伤心脾。念君常苦悲,夜夜不能寐。莫以豪贤故,弃捐素所爱。莫以鱼肉贱,弃捐葱与薤。莫以麻枲贱,弃捐菅与蒯。出亦复苦愁,入亦复苦愁。边地多悲风,树木何修修。从君③致独乐,延年寿千秋。④

①此首录自《乐府诗集》卷三五。今按:《乐府诗集》将此首列魏武帝《塘上行五解》之后,篇末注:此一曲,"本辞"。近人逯钦立《先秦汉魏晋南北朝诗》录为甄氏所作,是依《玉台新咏》著录,今依逯氏亦录为甄氏词。　②甄氏(183—221):魏文帝曹丕之妻。本为袁绍之子袁熙之妻,曹操破袁绍,曹丕时为太子,纳甄氏为夫人。丕代汉称帝,遂将甄氏立为皇后。后甄氏遭谗毁被文帝赐死,年三十九岁。　③君:《玉台新咏》卷二作"军"。　④逯钦立《先秦汉魏晋南北朝诗》案:"出亦复苦愁"以下六句,乃乐人增入之曲,必非甄氏之作也。

秋 胡 行①

曹　操

晨上散关山,此道当何难!晨上散关山,此道当何难！牛顿不起，车堕谷间。坐盘石之上，弹五弦之琴，作为清角②韵。意中迷烦，歌以言志。晨上散关山③。有何三老公④，卒来在我傍。有何三老公，卒来在我傍。负揜被裘，似非恒人，谓卿云何困苦以自怨。徨徨所欲，来到此间，歌以言志。有何三老公⑤。我居昆仑山，所谓者真人。我居昆仑山，所谓者真人。道深有可得，名山历观。遨游八极，枕石嗽流饮泉。沉吟不决，遂上升天，歌以言志。我居昆仑山⑥。去去不可追，长恨相牵攀。去去不可追，长恨相牵攀。夜夜安得寐，惆怅以自怜。正而不谲，辞赋依因。经传所过，西来所传。歌以言志，去去不可追⑦。

① 此首录自《乐府诗集》卷三六。郭茂倩解引《西京杂记》曰："鲁人秋胡，娶妻三月，而游宦三年，休还家。其妇采桑于郊。胡至郊而不识其妻也，见而悦之，乃遗黄金一镒。妻曰：'妾有夫，游宦不返。幽闺独处三年于兹，未有被辱于今日也。'采桑不顾，胡惭而退。至家，问：'妻何在？'曰：'行采桑于郊，未返。'既归还，乃向所挑之妇也，夫妻并惭。妻赴沂水而死。"《列女传》曰："鲁秋洁妇者，鲁秋胡之妻也。既纳之五日去，而宦于陈，五年乃归。未至其家，见路傍有美妇人，方采桑而说之。下车谓曰：'力田不如逢丰年，力桑不如见国卿。今吾有金，愿以与夫人。'妇曰：'采桑力作，纺绩织纴以供衣食，奉二亲养。夫子已矣，不愿人之金。'秋胡遂去。归至家，奉金遗母，使人呼其妇。妇至，乃向采桑者也。妇汗其行，去而东走，自投于河而死。"《乐府解题》曰："后人哀而赋之，为《秋胡行》。若魏文帝辞云'尧任舜禹，当复何为'，亦题曰《秋胡行》。"《广题》曰："曹植《秋胡行》，但歌魏德，而不取秋胡事，与文帝之辞同也。"今按：《乐府诗集》此题为《秋胡行四解》，并注云，此曲"魏、晋乐所奏"。又，此题为王僧虔《大明三年宴乐技录》清调六曲之六。　② 清角：角，古代五音之一。古人以角为音清，故曰清角。　③《乐府诗集》注："一解。"　④ 三老公：道教指上元老君、中玄老君、下黄老君为"三老"。　⑤《乐府诗集》注："二解"。　⑥《乐府诗集》注："三解。"　⑦《乐府诗集》注："四解。"

秋 胡 行①

曹 操

愿登泰华山②,神人共远游。愿登泰华山,神人共远游。经历昆仑山,到蓬莱,飘飘八极,与神人俱。思得神药,万岁为期。歌以言志。愿登泰华山③。天地何长久,人道居之短。天地何长久,人道居之短。世言伯阳④,殊不知老。赤松王乔,亦云得道。得之未闻,庶以寿考。歌以言志。天地何长久⑤。明明日月光,何所不光昭。明明日月光,何所不光昭。二仪合圣化,贵者独人不⑥。万国率土,莫非王臣。仁义为名,礼乐为荣。歌以言志。明明日月光⑦。四时更逝去,昼夜以成岁。四时更逝去,昼夜以成岁。大人先天,而天弗违。不戚年往,忧世不治。存亡有命,虑之为蚩。歌以言志。四时更逝去⑧。戚戚欲何念,欢笑意所之。戚戚欲何念,欢笑意所之。壮盛智慧⑨,殊不再来。爱时进趣,将以惠谁?泛泛放逸,亦同何为。歌以言志。戚戚欲何念⑩。

① 此首录自《乐府诗集》卷三六。今按:此首《乐府诗集》作《秋胡行五解》。题为王僧虔《大明三年宴乐技录》清调六曲之六。 ② 泰华山:泰山和华山。③《乐府诗集》注:"一解。" ④ 伯阳:古贤人。相传为舜七友之一。《吕氏春秋·本味》高诱注:"伯阳、续耳皆贤人,尧用之以成功也。"陈奇猷校释:"伯阳、续耳系舜七友中之二友。" ⑤《乐府诗集》注:"二解。" ⑥ 不:此字疑衍,当删此字,"人"与下句"臣"可韵。 ⑦《乐府诗集》注:"三解。" ⑧《乐府诗集》注:"四解。" ⑨ 慧:《乐府诗集》作"惠",据黄节《魏武帝诗注》改。 ⑩《乐府诗集》注:"五解。"

秋 胡 行①（三首）

曹 丕

其 一

尧任舜禹，当复何为。百兽率舞，凤皇来仪。得人则安，失人则危。唯贤知贤，人不易知。歌以咏言，诚不易移。鸣条之役，万举必全。明德通灵，降福自天。

① 此三首录自《乐府诗集》卷三六。今按：此题为王僧虔《大明三年宴乐技录》清调六曲之六。

其 二

朝与佳人期，日夕殊不来。嘉肴不尝，旨酒停杯。寄言飞鸟，告余不能。俯折兰英①，仰结桂枝。佳人不在，结之何为？从尔何所之？乃在大海隅。灵若②道言，贻尔明珠。企予望之，步立踟蹰。佳人不来，何得何③须。

① 英：《乐府诗集》作"黄"，据《诗纪》卷一二改。　② 灵若：海神名。《文选·潘岳〈西征赋〉》："灵若翔于神岛，奔鲸浪而失水。"李周翰注："灵若，海神也。"　③ 何：《诗纪》作"斯"。

其 三

泛泛渌池，中有浮萍。寄身流波，随风靡倾。芙蓉含芳，菡萏垂荣。朝采其实，夕佩其英。采之遗谁？所思在庭。双鱼比目，鸳鸯交颈。有美一人，婉如清①扬。知音识曲，善为乐方。

① 清：《乐府诗集》作"青"，据《诗纪》改。

蒲 生 行①

曹 植

浮萍寄清水，随风东西流。结发辞严亲，来为君子仇②。恪勤在朝夕，无端获罪尤③。在昔蒙恩惠，和乐如瑟琴。何意今摧颓，旷若商与参。茱萸自有芳，不若桂与兰。新人虽可爱④，无若故所欢。行云有返期，君恩傥中还。慊慊仰天叹，愁心将何愬。日月不恒处，人生忽若寓。悲风来入怀，泪下如垂露。发箧造裳衣，裁缝纨与素。

① 此首录自《乐府诗集》卷三五。今按：此题《乐府诗集》作《蒲生行浮萍篇》，《艺文类聚》卷四一作《蒲生行》，《玉台新咏》卷二作《浮萍篇》，据改。拟《塘上行》。此题为王僧虔《大明三年宴乐技录》清调六曲之五。　② 仇：通"逑"，匹也。③ "无端"句：《艺文类聚》作"中年获愆尤"。　④ 可爱：《艺文类聚》作"成列"。

豫章行①（二首）
曹植
其 一

穷达难豫图，祸福信亦然。虞舜不逢尧，耕耘处中田。太公②未遭文③，渔钓终④渭川。不见鲁孔丘，穷困陈蔡间。周公下白屋，天下称其贤。

① 此二首录自《乐府诗集》卷三四。郭茂倩解引《乐府解题》曰："曹植拟《豫章》为'穷达'。"今按：此题为王僧虔《大明三年宴乐技录》清调六曲之二。② 太公：即姜太公，又称"吕尚"，西周初年官太师，也称"师尚父"。辅佐武王灭商有功，封于齐，始有太公之称。　③ 文：指周文王。　④ 终：《乐府诗集》作"泾"，据《艺文类聚》卷四一及《诗纪》卷一三改。

其 二

鸳鸯自朋①亲，不若②比翼连。他人虽同盟，骨肉天性然。周公穆康叔，管蔡则流言。子臧让千乘，季札慕其贤。

① 朋：《乐府诗集》作"用"，据《诗纪》改。　② 若：《乐府诗集》作"苦"，据《诗纪》改。

吁嗟篇①

曹 植

吁嗟此转蓬②,居世何独然。长去本根逝,夙夜无休闲。东西经七陌,南北转九阡③。卒遇回风起,吹我入云间。自谓终天路,忽然下沉渊。惊飙接我出,故归彼中田。当南而更北,谓东而反西。宕宕当何依,忽亡而复存。飘飘周八泽,连翩历五山。流转无恒处,谁知吾苦艰。愿为中林草,秋随野火燔。糜④灭岂不痛,愿与根荄⑤连。

① 此首录自《乐府诗集》卷三三。郭茂倩解引《乐府解题》曰:"曹植拟《苦寒行》为《吁嗟》。" ② 转蓬:随风飘转的蓬草。 ③ 阡:《乐府诗集》作"千",据《诗纪》卷一三改。 ④ 糜:《乐府诗集》作"麋",据《诗纪》改。 ⑤ 根荄:《乐府诗集》作"林叶",据《诗纪》改。根,《诗纪》注:"一作株。"

当来日大难①

曹 植

日苦短,乐有余。乃置玉樽,办东厨。广情故,心相於。阖门置酒,和乐欣欣。游马后来,辕②车解轮。今日同堂,出门异乡。别易会难,各尽杯觞。

① 此首录自《乐府诗集》卷三六。郭茂倩解引《乐府解题》曰:"曹植拟《善哉行》为《日苦短》。" ② 辕:《乐府诗集》作"袁",据《曹子建集》卷六改。

苦 寒 行①

曹 叡

悠悠发洛都,茀②我征东行。悠悠发洛都,茀③我征东行。征行弥二旬,屯吹龙陂城④。顾观故垒处,皇祖之所营。故垒处,皇祖之所营。屋室若平昔,栋宇无邪倾⑤。奈何我皇祖,潜德隐圣形。我皇祖,潜德隐圣形。虽没而不朽,书贵垂休名⑥。光光我皇祖,轩曜同其荣。我皇祖,轩曜同其荣。遗化布四海,八表以肃清⑦。虽有吴蜀寇,春秋足耀兵。徒悲我皇祖,不永享百龄。赋诗以写怀,伏轼泪沾缨⑧。

① 此首录自《乐府诗集》卷三三。今按:此题为王僧虔《大明三年宴乐技录》清调六曲之一。《乐府诗集》作《苦寒行五解》,并注云:"晋乐所奏。"　② 芹:黄节《汉魏乐府风笺》卷一一笺注:"《说文》芉作弅,芹当是弅之误。"　③ 芹:《乐府诗集》作"非",据文意改。　④《乐府诗集》注:"一解。"　⑤《乐府诗集》注:"二解。"　⑥ 休名:《乐府诗集》注:"三解。"　⑦《乐府诗集》注:"四解。"　⑧《乐府诗集》注:"五解。"

秋　胡　行①(七首)

嵇　康②

其　一

富贵尊荣,忧患谅独多。富贵尊荣,忧患谅独多。古人所惧,丰屋蔀家③。人害其上,兽恶网罗。惟有贫贱,可以无他。歌以言之,富贵忧患多。

① 此七首录自《乐府诗集》卷三六。今按:此题为王僧虔《大明三年宴乐技录》清调六曲之六。　② 嵇康(224—263):三国魏文学家、思想家、音乐家。字叔夜,谯郡铚(今安徽省宿州)人。与魏宗室通婚,官中散大夫,世称嵇中散。为"竹林七贤"之一,与阮籍齐名。遭钟会构陷,为司马昭所杀。有《嵇中散集》。今按:《乐府诗集》署"晋嵇康"。　③ 蔀家:谓大其屋而家设棚簾。语本《易·丰》:"丰其屋,蔀其家,阚 其户,阒其无人。"古人以为,大兴第舍,骄奢滋甚,丰屋蔀家,无益危亡。

其　二

贫贱易居,贵盛难为工。贫贱易居,贵盛难为工。耻接①直言,与祸相逢。变故万端,俾吉作凶。思牵黄犬,其莫之从②。歌以言之,贵盛难为工。

　　① 接:《乐府诗集》作"佞",据鲁迅校本《嵇康集》改。　　② 其莫之从:《诗纪》
卷一八作"其计莫从"。《嵇康集》作"其志莫从"。

其　　三

　　劳谦寡①悔,忠信可久安。劳谦寡悔,忠信可久
安。天道害②盈,好胜者残。强梁致灾,多招祸患③。
欲得安乐,独有无愆。歌以言之,忠信可久安。

　　① 寡:《乐府诗集》作"有",据《诗纪》卷一八改。　　② 害:《诗纪》注"一作
恶"。　　③ 多招祸患:《诗纪》作"多事招祸患"。《嵇康集》作"多事招患"。

其　　四

　　役神者弊,极欲疾枯①。役神者弊,极欲疾枯。颜
回短折,不及②童乌③。纵体淫恣,莫不早徂。酒色何
物,今自不辜。歌以言之,酒色令人枯。

　　① 极欲疾枯:此四字与后面"极欲疾枯",《嵇康集》作"极欲令人枯"。
② 不及:《嵇康集》作"下及"。　　③ 童乌:汉扬雄之子,九岁时助父著《太玄》,早
夭。见扬雄《法言·问神》。

其　　五

　　绝智弃学,游心于玄默①。绝智弃学,游心于玄
默。过②而复③悔,当不自得。垂钓一壑,所④乐一国。
被发行歌,和者⑤四塞。歌以言之,游心于玄默。

　　① 玄默:清静无为。《文选·扬雄〈长杨赋〉》:"且人君以玄默为神,澹泊为
德。"李周翰注:"玄默,无事也。"　　② 过:《诗纪》、《嵇中散集》作"遇过"。
③ 复:《乐府诗集》脱,据《诗纪》补。　　④ 所:《乐府诗集》脱,据《诗纪》补。所乐,
《嵇康集》作"好乐"。　　⑤ 和者:《嵇康集》作"和气"。

其　　六

　　思与王乔,乘云游八极。思与王乔,乘云游八极。
凌厉五岳,忽行万亿。授我神药,自生羽翼。呼吸太
和,练形易色。歌以言之,行游①八极。

① 行游:《诗纪》、《嵇中散集》作"思行游"。

其 七

徘徊钟山,息驾于层城①。徘徊钟山,息驾于层城。上荫华盖,下采若英。受道王母,遂升紫庭。逍遥天衢,千载长生。歌以言之,徘徊于层城。

① 层城:古代神话传说中昆仑山上的高城。《文选·张衡〈思玄赋〉》李善注:"《淮南子》曰:'昆仑虚有三山,阆风、桐版、玄圃,层城九重。'禹云:'昆仑有此城,高一万一千里。'"

瑟调曲

《古今乐录》引王僧虔《大明三年宴乐技录》云,瑟调有三十八曲之多。郭茂倩云,《荀氏录》所载十五曲,传者九曲。三国时操此调者有魏之"三祖"曹操、曹丕、曹叡,又陈琳、曹植等。其既用旧题,又善拟新题,亦谓一变也。

善 哉 行①

曹 操

古公亶甫②,积德垂仁。思弘一道,哲王于豳③。太伯、仲雍,王德之仁。行施百世,断发文身④。伯夷、叔齐,古之遗贤。让国不用,饿殂首山⑤。智哉山甫,相彼宣王。何用杜伯,累我圣贤⑥。齐桓之霸,赖得仲父。后任竖刁⑦,虫流出户⑧。晏子平仲,积德兼仁。与世沈德,未必思命⑨。仲尼之世,王国为君。随制饮酒,扬波⑩使官⑪。

① 此首录自《乐府诗集》卷三六。今按:此题为王僧虔《大明三年宴乐技录》瑟调旧题。《乐府诗集》作《善哉行七解》,并注云,此曲"魏、晋乐所奏"。　② 古公亶甫:即古公亶父。周文王的祖父,周武王追尊为太王。　③ 哲王于豳:《史

记·周本纪》:"公刘卒,子庆节立,国于豳。"司马贞索隐:"豳即邠也,古今字异耳。"又,《乐府诗集》注:"一解。" ④《乐府诗集》注:"二解。" ⑤《乐府诗集》注:"三解。" ⑥《乐府诗集》注:"四解。" ⑦ 竖刁:春秋时齐桓公的宦官寺人貂,谀事桓公,颇受宠信。 ⑧《乐府诗集》注:"五解。" ⑨《乐府诗集》注:"六解。" ⑩ 波:疑当作"彼"。 ⑪《乐府诗集》注:"七解。"

善 哉 行①

曹 操

自惜身薄祜②,夙贱罹孤苦。既无三徙教,不闻过庭语③。其穷如抽裂,自以思所怙。虽怀一介志,是时其能与④。守穷者贫贱,恍叹⑤泪如雨。泣涕于悲夫,乞活安能睹⑥。我愿于天穷,琅邪倾侧左。虽欲竭忠诚,欣公归其楚⑦。快人由⑧为叹,抱情不得叙。显行天教人,谁知莫不绪⑨。我愿何时随,此叹亦难处。今我将何照于光曜,释衔不如雨⑩。

① 此首录自《乐府诗集》卷三六。今按:此题为王僧虔《大明三年宴乐技录》瑟调旧题。《乐府诗集》作《善哉行六解》,并注云,此曲"魏、晋乐所奏"。 ② 薄祜:犹不幸,缺少神明的佑助。 ③《乐府诗集》注:"一解。" ④《乐府诗集》注:"二解。" ⑤ 叹:《乐府诗集》作"欢",据《诗纪》卷一一改。 ⑥《乐府诗集》注:"三解。" ⑦《乐府诗集》注:"四解。" ⑧ 由:《宋书·乐志》作"日"。 ⑨《乐府诗集》注:"五解。" ⑩《乐府诗集》注:"六解。"

步出夏门行①

曹 操

云行雨步,超越九江之皋。临观异同,心意怀游豫,不知当复何从。经过至我碣石,心惆怅我东海②。东临碣石,以观沧海。水何澹澹③,山岛竦峙。树木丛生,百草丰茂。秋风萧瑟,洪波涌起。日月之行,若出其中。星汉粲烂,若出其里。幸甚至哉,歌以咏志④。孟冬十月,北风徘徊。天气肃清,繁霜霏霏。鹍鸡晨鸣,鸿雁南飞。鸷鸟潜藏,熊罴窟栖。钱镈⑤停置,农收积场。逆旅整⑥设,以通贾商。幸甚至哉,歌以咏志⑦。乡土不同,河朔隆寒。流澌浮漂,舟船行难。锥不入地,菅蒯深奥。水竭不流,冰坚可蹈。士⑧隐者贫,勇侠轻非。心常叹怨,戚戚多悲。幸甚至哉,歌以咏志⑨。神龟虽寿,犹有竟时。腾蛇乘雾,终为土灰。老骥⑩伏枥,志在千里。烈士暮年,壮心不已。盈缩之期,不但在天。养怡之福,可得永年。幸甚至哉,歌以咏志⑪。

① 此首录自《乐府诗集》卷三七。今按:此题源自《陇西行》。《乐府诗集》作《步出夏门行四解》,并注云,此曲"魏、晋乐所奏"。 ②《乐府诗集》于此处注曰:"临行至此为艳。" ③ 澹澹:水波初荡的样子。 ④《乐府诗集》注:"观沧海一解。" ⑤ 钱镈:农具。钱,似铲。镈,似锄。 ⑥ 整:《宋书·乐志》作"正"。 ⑦《乐府诗集》注:"冬十月二解。" ⑧ 士:《乐府诗集》作"土",据《宋书·乐志》改。 ⑨《乐府诗集》注:"河朔寒三解。" ⑩ 老骥:《乐府诗集》作"骥老",据《诗纪》卷一一改。 ⑪《乐府诗集》注:"神龟虽寿四解。"

却东西门行①

曹 操

鸿雁出塞北,乃在无人乡。举翅万余里,行止自成行。冬节食南稻,春日复北翔。田中有转蓬,随风远飘扬。长与故根绝,万岁不相当。奈何此征夫,安得去四方。戎马不解鞍,铠甲不离傍。冉冉老将至,何时反故乡。神龙藏深泉,猛兽步高冈。狐死归首丘,故乡安可忘。

① 此首录自《乐府诗集》卷三七。郭茂倩解引《古今乐录》曰:"王僧虔《技录》云:'《却东西门行》,荀《录》所载。武帝《鸿雁》一篇,今不传。'"今按:《乐府诗集》注云,此曲"魏、晋乐所奏"。

饮马长城窟行①

陈 琳②

饮马长城窟,水寒伤马骨。往谓长城吏,慎莫稽留太原卒。官作自有程,举筑谐汝声。男儿宁当格斗死,何能怫郁筑长城。长城何连连,连连三千里。边城多健少,内舍多寡妇。作书与内舍:"便嫁莫留住。善事新姑嫜,时时念我故夫子。"报书往边地:"君今出语一何鄙!""身在祸难中,何为稽留他家子? 生男慎莫举,生女哺用脯。君独不见长城下,死人骸骨相撑拄?""结发行事君,慊慊心意关③。明知④边地苦,贱妾何能久自全。"

① 此首录自《乐府诗集》卷三八。 ② 陈琳(? —217):东汉末文学家。字孔璋,广陵(今江苏扬州)人。"建安七子"之一。初从袁绍,授典文章;后归曹操,为祭酒,管记室。多草书檄,诗存四篇。有集已佚,明人辑有《陈记室集》。③ 关:《诗纪》卷一六注"一作间"。 ④ 明知:《乐府诗集》阙,据《诗纪》补。

善 哉 行①

曹 丕

朝日乐相乐,酣饮不知醉。悲弦激新声,长笛吹清气②。弦歌感人肠,四坐皆欢悦。寥寥高堂上,凉风入我室③。持满如不盈,有德者能卒。君子多苦心,所愁不但一④。慊慊下白屋,吐握不可失。众宾饱满归,主人苦不悉⑤。比翼翔云汉,罗者安所羁。冲静得自

相
和
歌
辞

全
乐
府

一八三

然，荣华何足为⑥。

① 此首录自《乐府诗集》卷三六。今按：此题为王僧虔《大明三年宴乐技录》瑟调旧题。《乐府诗集》作《善哉行五解》，并注云，此曲"魏、晋乐所奏"。②《乐府诗集》注："一解。" ③《乐府诗集》注："二解。" ④《乐府诗集》注："三解。" ⑤《乐府诗集》注："四解。" ⑥《乐府诗集》注："五解。"

善 哉 行①

曹　丕

上山采薇，薄暮苦饥。溪谷多风，霜露沾衣②。野雉群雊，猿猴相追。还望故乡，郁何垒垒③。高山有崖，林木有枝。忧来无方，人莫之知④。人生如寄，多忧何为。今我不乐，岁⑤月其⑥驰⑦。汤汤川流，中有行舟。随波转薄⑧，有似客游⑨。策我良马，被我轻裘。载驰载驱，聊以忘忧⑩。

① 此首录自《乐府诗集》卷三六。今按：此题为王僧虔《大明三年宴乐技录》瑟调旧题。《乐府诗集》作《善哉行六解》，并注云，此曲"魏、晋乐所奏"。②《乐府诗集》注："一解。" ③《乐府诗集》注："二解。" ④《乐府诗集》注："三解。" ⑤ 岁：《诗纪》卷一二注"一作日"。 ⑥ 其：《诗纪》作"如"。 ⑦《乐府诗集》注："四解。" ⑧ 转薄：《文选》卷二七作"回转"。 ⑨《乐府诗集》注："五解。" ⑩《乐府诗集》注："六解。"

善 哉 行①

曹　丕

朝游高台观，夕宴华池阴。大酋②奉甘醪，狩人献嘉禽③。齐倡发东舞，秦筝奏西音。有客从南来，为我弹清琴④。五音纷繁会，拊者激微吟。淫鱼乘波听，踊跃自浮沈⑤。飞鸟翻翔舞，悲鸣集北林。乐极哀情来，寥亮摧肝心⑥。清角岂不妙,德薄所不任。大哉子野⑦言,弭弦且自禁⑧。

① 此首录自《乐府诗集》卷三六。今按:此题为王僧虔《大明三年宴乐技录》瑟调旧题。《乐府诗集》作《善哉行五解》,并注云,此曲"魏、晋乐所奏"。 ② 大酋:《礼记·月令》郑玄注:"大酋者,酒官之长也。于周则为酒人。" ③《乐府诗集》注:"一解。" ④《乐府诗集》注:"二解。" ⑤《乐府诗集》注:"三解。" ⑥《乐府诗集》注:"四解。" ⑦ 子野:春秋时晋国乐师师旷,字子野。 ⑧《乐府诗集》注:"五解。"

善 哉 行①

曹　丕

有美一人,婉如清扬。妍姿巧笑,和媚心肠。知音识曲,善为乐方。哀弦微妙,清气含芳。流郑激楚,度宫中商。感心动耳,绮丽难忘。离鸟夕宿,在彼中洲。延颈鼓翼,悲鸣相求。眷然顾之,使我心愁。嗟尔昔人,何以忘忧。

① 此首录自《乐府诗集》卷三六。今按:此题为王僧虔《大明三年宴乐技录》瑟调旧题。

丹霞蔽日行①

曹　丕

丹霞蔽日,采虹垂天。谷水潺潺,木落翩翩。孤禽失群,悲鸣云间。月盈则冲,华不再繁。古来有之,嗟我何言。

① 此首录自《乐府诗集》卷三七。

折杨柳行①

曹 丕

西山一何高,高高殊无极。上有两仙童,不饮亦不食。与我一丸药,光耀有五色②。服药四五日,身体③生羽翼。轻举乘浮云,倏忽行万亿。流览观四海,茫茫非所识④。彭祖称七百,悠悠安可原。老聃适西戎,于今竟不还。王乔假虚辞,赤松垂空言⑤。达人识真伪,愚夫好妄传。追念往古事,愦愦千万端。百家多迂怪,圣道我所观⑥。

① 此首录自《乐府诗集》卷三七。郭茂倩解引《古今乐录》曰:"王僧虔《技录》云:《折杨柳行》歌,(魏)文帝'西山'、古辞'默默'二篇,今不歌。"今按:《乐府诗集》作《折杨柳行四解》,并注云,此曲"魏、晋乐所奏"。又,此首题目,《诗纪》卷一二注:"《艺文(类聚)》作《游仙诗》,《古乐府》作《长歌行》。" ②《乐府诗集》注:"一解。" ③ 身体:《艺文类聚》卷七八作"胸臆"。 ④《乐府诗集》注:"二解。" ⑤《乐府诗集》注:"三解。" ⑥《乐府诗集》注:"四解。"

饮马长城窟行①

曹 丕

浮舟横大江,讨彼犯荆虏。武将齐贯甲②,征人伐金鼓。长戟十万队,幽冀百石弩。发机若雷电,一发连四五。

① 此首录自《乐府诗集》卷三八。今按:王僧虔《大明三年宴乐技录》瑟调曲有《饮马行》,郭茂倩解《饮马长城窟行》云:"一曰《饮马行》。" ② 甲:《艺文类聚》卷四一作"铧"。

上留田行①

曹 丕

居世一何不同,上留田。富人食稻与粱,上留田。贫子食糟与糠,上留田。贫贱亦何伤,上留田。禄命悬在苍天,上留田。今尔叹息将欲谁怨? 上留田。

① 此首录自《乐府诗集》卷三八。郭茂倩解引《古今乐录》曰:"王僧虔《技录》有《上留田行》,今不歌。"崔豹《古今注》曰:"上留田,地名也。人有父母死不字其孤弟者,邻人为其弟作悲歌,以风(讽)其兄,故(今按:《乐府诗集》原无"兄,故"二字,据《古今注》卷中改)曰《上留田》。"《乐府广题》曰:"盖汉世人也。云'里中有啼儿,似类亲父子。回车问啼儿,慷慨不可止'。"

大墙上蒿行①

曹 丕

阳春无不长成,草木群类,随大风起。零落若何翩翩。中心独立一何茕,四时舍我驱驰,今我隐约欲何为。人生居天壤间,忽如飞鸟栖枯枝,我今隐约欲何为。适君身体所服,何不恣君口腹所尝,冬被貂鼲温暖,夏当服绮罗轻凉。行力自苦,我将欲何为? 不及君少壮之时,乘坚车,策肥马良。上有仓浪之天,今我难得久来视。下有蠕蠕之地,今我难得久来履。何不恣意遨游,从君所喜,带我宝剑,今尔何为自低卬②?悲丽平壮观,白如积雪,利若秋霜。驳犀标首,玉琢中央。帝王所服,辟除凶殃。御左右,奈何致福祥。吴之辟闾③,越之步光,楚之龙泉,韩有墨阳,苗山之铤④,羊头之销⑤,知名前代,咸自谓丽且美。曾不知君剑良,绮难忘。冠青云之崔嵬,纤罗为缨,饰以翠翰,既美且轻。表容仪,俯仰垂光荣。宋之章甫⑥,齐之高冠,亦自谓美,盖何足观。排金铺,坐玉堂,风尘不起,

天气清凉。奏桓瑟，舞赵倡，女娥长歌，声协宫商，感
心动耳，荡气回肠。酌桂酒，鲙鲤鲂，与佳人期，为乐
康。前奉玉卮，为我行觞。今日乐，不可忘，乐未央。
为乐常苦迟，岁月逝，忽若飞，何为自苦，使我心悲。

　　① 此首录自《乐府诗集》卷三九。郭茂倩解引《古今乐录》曰："王僧虔《技
录》有《大墙上蒿行》，今不歌。"　　② 卬：通"昂"。　　③ 辟闾：与下文步光、龙泉、
墨阳皆古剑名。　　④ 铤：铁把短矛。《史记·匈奴列传》："其长兵则弓矢，短兵
则刀铤。"《乐府诗集》作"铤"，当误。　　⑤ 销：《乐府诗集》作"钢"，据《淮南子·
修务训》改。　　⑥ 章甫：亦作"章父"。商代的一种冠，即缁布冠。《礼记·儒
行》："丘少居鲁，衣逢掖之衣；长居宋，冠章甫之冠。"孙希旦集解："章甫，殷玄冠
之名，宋人冠之。"

艳歌何尝行①

曹　丕②

　　何尝快，独无忧，但当饮醇酒，炙肥牛③。长兄为
二千石，中兄被貂裘④。小弟虽无官爵，鞍马驱驱，往
来王侯长者游⑤。但当在王侯殿上，快独摴蒲⑥六博，
对坐弹棋⑦。男儿居世，各当努力，蹙迫日暮，殊不久
留⑧。少小相触抵，寒苦常相随，怨恚安足诤。吾中道
与卿共别离。约身奉事君，礼节不可亏。上惭仓⑨浪
之天，下顾黄口小儿。奈何复老心皇皇，独悲谁
能知⑩。

　　① 此首录自《乐府诗集》卷三九。郭茂倩解云，一曰《飞鹄行》。《古今乐录》
曰："王僧虔《技录》云，《艳歌何尝行》，歌文帝《何尝》、《古白鹄》二篇。"今按：《乐
府诗集》注，此曲"晋乐所奏"。题为《艳歌何尝行五解》。　　② 曹丕：《宋书·乐
志》作"古辞"，今《魏文帝集》从《乐府诗集》收入。　　③《乐府诗集》注："一解。"
④《乐府诗集》注："二解。"　　⑤《乐府诗集》注："三解。"　　⑥ 摴蒲：同"樗蒲"。
古代一种博戏，盛行于汉魏，后作为赌博的代称。　　⑦ 弹棋：古代博戏之一。

《后汉书·梁冀传》李贤注引《艺经》曰:"弹棋,两人对局,白黑棋各六枚,先列棋相当,更先弹之。其局以石为之。"至魏改用十六棋,唐又增为二十四棋。又,《乐府诗集》注:"四解。"　⑧《乐府诗集》注:"五解。"　⑨ 仓:《宋书》作"沧"。⑩《乐府诗集》注:"'少小'下为趋曲,前为艳。"

煌煌京洛行①

曹　丕

　　夭夭园桃,无子空长。虚美难假,偏轮不行②。淮阴③五刑,鸟得④弓藏。保身全名,独有子房⑤。大愤不收,褒衣无带。多言寡诚,只令事败⑥。苏秦之说,六国以亡。倾侧卖主,车裂固当。贤矣陈轸,忠而有谋。楚怀不从,祸卒不救⑦。祸夫吴起,智小谋大。西河何健,伏尸何劣⑧。嗟彼郭⑨生,古之雅人。智矣燕昭,可谓得臣。峨峨仲连,齐之高士。北辞千金,东蹈沧海⑩。

① 此首录自《乐府诗集》卷三九。郭茂倩解引《古今乐录》曰:"王僧虔《技录》云:'《煌煌京洛行》,歌文帝园桃一篇。'"《乐府解题》曰:"晋乐奏文帝'夭夭园桃,无子空长',言虚美者多败。又有韩信高鸟尽,良弓藏,子房保身全名,苏秦倾侧卖主,陈轸忠而有谋,楚怀不纳,郭生古之雅人,燕昭臣之,吴起知小谋大,及鲁仲连高士,不受千金等语。若宋鲍照'凤楼十二重',梁戴暠'欲知佳丽地',始则盛称京洛之美,终言君恩歌薄,有怨旷沉沦之叹。"今按:此首末注"晋乐所奏"。又,题为《煌煌京洛行五解》。　②《乐府诗集》注:"一解。"　③ 淮阴:指淮阴侯韩信。　④ 得:《诗纪》卷一二作"尽"。　⑤ 子房:张良,字子房。　⑥《乐府诗集》注:"二解。"　⑦《乐府诗集》注:"三解。"　⑧《乐府诗集》注:"四解。"⑨ 郭:《艺文类聚》卷四二作"乐"。　⑩《乐府诗集》注:"五解。"

月重轮行①

曹丕

三辰②垂光,照临四海。焕哉何煌煌,悠悠与天地久长。愚见目前,圣睹万年。明暗相绝,何可胜言。

① 此首录自《乐府诗集》卷四〇。　② 三辰:指日、月、星。

丹霞蔽日行①

曹植

纣为昏乱,残忠虐正②。周室何隆,一门三圣③。牧野致功,天亦革命。汉祖④之兴,阶秦⑤之衰。虽有南面,王道陵夷。炎光再幽,忽⑥灭无遗。

① 此首录自《乐府诗集》卷三七。　② 残忠虐正:《诗纪》卷一三作"虐残忠正"。　③ 一门三圣:即周门"三圣",指周文王及其两个儿子周武王和周公旦。④ 祖:《诗纪》作"祚"。　⑤ 阶秦:《诗纪》注"一作秦阶"。　⑥ 忽:《诗纪》作"殄"。

野田黄雀行①

曹植

置酒高殿上,亲交②从我游。中厨办丰膳,烹羊宰肥牛。秦筝何慷慨,齐瑟和且柔③。阳阿④奏奇⑤舞,京洛出名讴。乐饮过三爵,缓带倾庶羞。主称千金寿,宾奉万年酬⑥。久要不可忘,薄终义所尤。谦谦君子德,磬折欲何求。盛时不再来,百年忽我遒⑦。惊风飘白日,光景驰西流。生存华屋处,零落归山丘。先民谁不死,知命复何忧⑧!

① 此首录自《乐府诗集》卷三九。郭茂倩解引《古今乐录》曰:"王僧虔《技录》有《野田黄雀行》,今不歌。"《乐府解题》曰:"晋乐奏东阿王'置酒高殿上',始言丰膳乐饮,盛宾主之献酬。中言欢极而悲,嗟盛时不再。终言归于知命而无忧

一九〇

也。"《空侯引》亦用此曲。按汉鼓吹铙歌亦有《黄雀行》,不知与此同否?今按:此题《艺文类聚》卷四二作《箜篌引》,《乐府诗集》引王僧虔《大明三年宴乐技录》称此诗为《门有车马客行》,是为一诗而有三名。又,《乐府诗集》作《野田黄雀行四解》,并注云,此曲为"晋乐所奏"。　②交:《诗纪》卷一三作"友"。　③《乐府诗集》注:"一解。"　④阳阿:古之名倡阳阿善舞,后因以称舞名。《淮南子·俶真训》高诱注:"阳阿,古之名倡也。"　⑤奇:《艺文类聚》卷四二作"妙"。　⑥《乐府诗集》注:"二解。"　⑦《乐府诗集》注:"三解。"道,迫近终尽。　⑧《乐府诗集》注:"四解。"

野田黄雀行①

本　辞

置酒高殿上,亲交从我游。中厨办丰膳,烹羊宰肥牛。秦筝何慷慨,齐瑟和且柔。阳阿奏奇舞,京洛出名讴。乐饮过三爵,缓带倾庶羞。主称千金寿,宾奉万年酬。久要不可忘,薄终义所尤。谦谦君子德,磬折欲何求。惊风飘白日,光景驰西流。盛时不可再,百年忽我遒。生存华屋处,零落归山丘。先民谁不死,知命亦何忧。

　①此首录自《乐府诗集》卷三九。今按:《乐府诗集》此首列在曹植《野田黄雀行四解》之后,并注云,此曲为"本辞",字句完全相同,只是"盛时"两句排在"惊风"两句之后,兹照原样收录。

野田黄雀行①

高树多悲风,海水扬其波。利剑不在掌,结友②何须多。不见篱间雀,见鹞自投罗。罗家得雀喜,少年见雀悲。拔剑捎罗网,黄雀得飞飞。飞飞摩苍天,来下谢少年。

① 此首录自《乐府诗集》卷三九。今按:《乐府诗集》将此首列在曹植《野田黄雀行四解》和同题本辞之后,未署作者,今依此录入本编待考。 ② 友:《古乐府》卷五作"交"。

门有万里客行①

曹 植

门有万里客,问君何乡人。褰裳起从之,果得心所亲。挽裳对我泣,太息前自陈。本是朔方②士,今为吴越民。行行将复行,去去适西秦。

① 此首录自《乐府诗集》卷四〇。今按:王僧虔《大明三年宴乐技录》瑟调曲有《门有车马客行》。《乐府诗集》此题末缺一"行"字,据《曹子建集》补。 ② 朔方:郡名。西汉置,东汉末废。故址在今内蒙古杭锦旗北。

善 哉 行①

曹 叡

我徂我征,伐彼蛮虏。练师简卒,爰正其旅②。轻舟竟川,初鸿依浦。桓桓猛毅,如羆如虎③。发炮④若雷,吐气成雨。旍旌指麾,进退应矩⑤。百马齐辔,御由造父⑥。休休六军,咸同斯武⑦。兼途星迈,亮兹行阻。行行日远,西背京许⑧。游弗淹旬,遂届扬土。奔寇震惧,莫敢当御⑨。虎臣列将,怫郁充怒。淮、泗肃清,奋扬微所⑩。运德曜威,惟镇惟抚。反斾言归,旆入皇祖⑫。

① 此首录自《乐府诗集》卷三六。今按:此题为王僧虔《大明三年宴乐技录》瑟调旧题。《乐府诗集》作《善哉行八解》,并注云,此曲"魏、晋乐所奏"。 ②《乐府诗集》注:"一解。" ③《乐府诗集》注:"二解。" ④ 炮:《乐府诗集》作"枹",据《诗纪》卷一二改。 ⑤《乐府诗集》注:"三解。" ⑥ 造父:古之善御者。

因献八骏幸于周穆王,穆王使之御,见西王母,乐而忘归。(见《史记·赵世家》)
⑦《乐府诗集》注:"四解。" ⑧《乐府诗集》注:"五解。" ⑨《乐府诗集》注:"六解。"又,"莫敢"句以下,《诗纪》有"权实竖子,备则亡虏。假气游魂,鱼鸟为伍"四句。 ⑩《乐府诗集》注:"七解。" ⑪ 斾:《诗纪》注"一作告"。 ⑫《乐府诗集》注:"八解。"

善 哉 行①

曹 叡

赫赫大魏,王师徂征。冒暑讨乱,振曜威灵②。泛舟黄河,随波潺湲。通渠回越,行路绵绵③。彩旄蔽日,旌旐翳天。淫鱼瀺灂④,游嬉深渊⑤。唯塘泊⑥,从如流。不为单,握扬楚。心惆怅,歌《采薇》。心绵绵,在淮肥。愿君速捷早旋归⑦。

① 此首录自《乐府诗集》卷三六。今按:此题为王僧虔《大明三年宴乐技录》瑟调旧题。《乐府诗集》作《善哉行四解》,并注云,此曲"魏、晋乐所奏"。 ②《乐府诗集》注:"一解。" ③《乐府诗集》注:"二解。" ④ 瀺灂:小水声。指鱼出没喋水有声。 ⑤《乐府诗集》注:"三解。" ⑥ 泊:《宋书·乐志》及《诗纪》卷一二作"泊"。 ⑦《乐府诗集》注:"四解"。

步出夏门行①

曹 叡

步出夏门,东登首阳山。嗟哉夷叔,仲尼称贤。君子退让,小人争先。惟斯二子,于今称传。林钟②受谢,节改时迁。日月不居,谁得久存。善哉殊复善,弦歌乐情③。商风夕起,悲彼秋蝉。变形易色,随风东西。乃眷西顾,云雾相连。丹霞蔽日,彩虹带天。弱水潺潺,叶落翩翩。孤禽失群,悲鸣其间。善哉殊复善,悲鸣在其间④。朝游青泠,日暮嗟归⑤。戚迫日暮,乌鹊南飞。绕树三匝,何枝可依。卒逢风雨,树折枝摧。雄来惊雌,雌独愁栖。夜失群侣,悲鸣徘徊。芃芃荆棘,葛生绵绵。感彼风人,惆怅自怜。月盈则冲,华不再繁。古来之说,嗟哉一言⑥。

① 此首录自《乐府诗集》卷三七。今按:《乐府诗集》此题作《步出夏门行二解》,并注云,此曲“魏、晋乐所奏”。 ② 林钟:古乐十二律之一。《礼记·月令》谓季夏之月,“其音徵律中林钟。” ③《乐府诗集》注:“一解。” ④《乐府诗集》注:“二解。” ⑤《乐府诗集》注:“朝游止此为艳。” ⑥《乐府诗集》注:“戚迫下为趋。”

月重轮行①

曹 叡

天地无穷,人命有终。立功扬名,行之在躬。圣贤度量,得为道中。

① 此首录自《乐府诗集》卷四〇。

棹 歌 行①

曹 叡

王者布大化,配乾稽后祇。阳育则阴杀,晷景应度移②。文德以时振,武功伐不随。重华③舞干戚,有苗④服从妫⑤。蠢尔吴蜀虏,凭江栖山阻。哀哉王士民,瞻仰靡依怙⑥。皇上悼愍斯,宿昔奋天怒。发我许昌宫,列舟于长浦⑦。翌日乘波扬,棹歌悲且凉。太常拂白日,旗帜纷设张⑧。将抗旄与钺,曜威于彼方。伐罪以吊民,清我东南疆⑨。

① 此首录自《乐府诗集》卷四〇。郭茂倩解引《古今乐录》曰:“王僧虔《技

录》云,《棹歌行》歌明帝'王者布大化'一篇,或云左延年作,今不歌。梁简文帝在东宫更制歌,少异此也。"《乐府解题》曰:"晋乐,奏魏明帝辞云'王者布大化',备言平吴之勋。若晋陆机'迟迟春欲暮',梁简文帝'妾住在湘川',但言乘舟鼓棹而已。"今按:此首末注:此一曲"晋乐所奏"。　②《乐府诗集》注:"一解。"　③ 重华:虞舜的美称。《史记·五帝本纪》:"虞舜者,名曰重华。"　④ 有苗:古国名。尧、舜、禹时代我国西南方较强大的部族,传说舜时被迁到三危。　⑤ 妫:古史记载,舜居妫汭,其后因以为氏。妫水在山西永济县南,源出历山,西流入黄河。又,《乐府诗集》注:"二解。"　⑥《乐府诗集》注:"三解。"　⑦《乐府诗集》注:"四解。"　⑧《乐府诗集》注:"五解。"　⑨《乐府诗集》注:"'将抗'下为趋。"

楚调曲

　　《古今乐录》引王僧虔《大明三年宴乐技录》云,楚调曲有《白头吟行》、《泰山吟行》、《梁甫吟行》、《东武琵琶吟行》、《怨歌行》。

梁 甫 吟①

诸葛亮②

　　步出齐城门,遥望荡阴里。里中有三墓,累累正相似。问是谁家墓,田疆③、古冶子④。力能排南山,文能绝地纪⑤。一朝被谗言,二桃杀三士。谁能为此谋?国相齐晏子。

　　① 此首录自《乐府诗集》卷四一。郭茂倩解引《古今乐录》曰:"王僧虔《技录》有《梁甫吟行》,今不歌。谢希逸《琴论》曰诸葛亮作《梁甫吟》;《陈武别传》曰武常骑驴牧羊,诸家牧竖十数人,或有知歌谣者,武遂学《泰山梁甫吟》、《幽州马客吟》及《行路难》之属;《蜀志》曰诸葛亮好为《梁甫吟》。然则不起于亮矣。李勉《琴说》曰:《梁甫吟》,曾子撰。《琴操》曰:曾子耕泰山之下,天雨雪冻,旬月不得归,思其父母,作《梁山歌》。蔡邕《琴颂》曰:梁甫悲吟,周公越裳。"按梁甫,山名,

在泰山下。《梁甫吟》,盖言人死葬此山,亦葬歌也。又有《泰山梁甫吟》,与此颇同。今按:此首黄节《汉魏乐府风笺》作汉风相和歌辞录入,并按曰:"郭氏所引诸说,则梁甫吟不始自孔明。"此说与其列入三国蜀之乐府并不矛盾,兹依《乐府诗集》所署"蜀诸葛亮"录入。 ② 诸葛亮(181—234):三国蜀政治家、军事家。字孔明,琅琊阳都(今山东临沂南)人。东汉末,隐居邓县隆中(今湖北襄阳西)。刘备三顾茅庐,用为谋士,并采用他的谋略,联孙攻曹,占领荆、益,建立蜀政权,取得三分天下。曹丕代汉,亮说刘备称帝,亮任丞相。刘禅继位,亮被封为武乡侯,领益州牧。当政期间,励精图治,五次出兵攻魏,病死于五丈原。著作有《诸葛亮集》。 ③ 田疆:汉时武陵五溪酋领。王莽欲赐疆铜印,乃曰吾等汉臣,誓不事莽。 ④ 古冶子:春秋时勇士。《晏子春秋·谏下二四》:"公孙接、田开疆、古冶子事景公,以勇力搏虎闻。" ⑤ 地纪:维系大地的绳子。古人认为天圆地方,传说天有九柱支撑,使其不下陷;地有大绳维系四角,使地有定位。

怨　诗①

阮　瑀②

民生受天命,漂若河中尘。虽称百龄寿,孰能应此身。犹获婴凶祸,流落③恒苦辛。

① 此首录自《乐府诗集》卷四一。 ② 阮瑀(约 145—212):汉、魏间文学家。字元瑜,陈留尉氏(今属河南)人。为曹操司空军谋祭酒,管记室。后为仓曹掾属。善作书檄,又能诗,为"建安七子"之一。原有集,已散佚,明人辑有《阮元瑜集》。 ③ 流落:《乐府诗集》注"一作流离"。

泰山梁甫行①

曹　植

八方各异气,千里殊风雨。剧哉边海民,寄身于草野②。妻子象禽兽,行止依林阻。柴门何萧条,狐兔翔我宇。

① 此首录自《乐府诗集》卷四一。郭茂倩解引《乐府解题》曰:"曹植改《泰山梁甫》为'八方'。"今按:此首《艺文类聚》卷四一、《曹子建集》卷六均作《梁甫行》。
② 野:《乐府诗集》作"墅",据《古乐府》卷五改。

怨 诗 行①(二首)

曹 植

其 一

　　明月照高楼,流光正徘徊。上有愁思妇,悲叹有余哀②。借问叹者谁?自云客③子妻。夫行逾十载,贱妾常独栖④。念君过于渴,思君剧于饥。君为高山柏,妾为浊水泥⑤。北风行萧萧,烈烈入吾耳。心中念故人,泪堕不能止⑥。沉浮各异路,会合当何谐?愿作东北风,吹我入君怀⑦。君怀常不开,贱妾当何依?恩情中道绝,流止任东西⑧。我欲竟此曲,此曲悲且长。今日乐相乐,别后莫相忘⑨。

　　① 此二首录自《乐府诗集》卷四一。今按:《文选》卷二三作"七哀诗"。《乐府诗集》作《怨诗行二首七解》,并注云,此曲"晋乐所奏"。　②《乐府诗集》注:"一解。"　③ 客:《诗纪》卷一三作"宕"。　④《乐府诗集》注:"二解。"　⑤《乐府诗集》注:"三解。"　⑥《乐府诗集》注:"四解。"　⑦《乐府诗集》注:"五解。"　⑧《乐府诗集》注:"六解。"　⑨《乐府诗集》注:"七解。"

其 二①

　　明月照高楼,流光正徘徊。上有愁思妇,悲叹有余哀。借问叹者谁?言是客子妻。君行逾十年,孤妾常独栖。君若清路尘,妾若浊水泥。浮沈各异势,会合何时谐?愿为西南风,长逝入君怀。君怀时②不开,妾心当何依?

　　①《乐府诗集》此首末注云,此曲为"本辞",比前首少十二句。　② 时:《文选》作"良"。

怨 歌 行

曹 植①

　　为君既不易，为臣良独难。忠信事不显，乃有见疑患。周公②佐成王，金縢③功不刊。推心辅王室，二叔反流言。待罪居东国，泣涕常④留连。皇灵大动变，震雷风且寒。拔树偃秋稼，天威不可干。素服开金縢，感悟求其端。公旦事既显，成王乃哀叹。吾欲竟此曲，此曲悲且长。今日乐相乐，别后莫相忘。

　　① 此首录自《乐府诗集》卷四二。今按：中华书局本《乐府诗集》校云："《技录》、《乐录》、《乐府解题》皆以为古辞，《艺文类聚》乐部论乐、真西山《文章达宗》和本篇都作曹植作。"　② 公：《艺文类聚》卷四一作"旦"。　③ 金縢：即"金绒"。用金属带子将收藏书契的柜子封存。亦指收藏书契的柜子。　④ 常：《乐府诗集》作"当"，据《曹子建集》卷六改。

杂曲歌辞

《南齐书·王僧虔传》:"朝廷礼乐多违正典,民间竞造新声杂曲。"《文心雕龙·乐府》:"《桂华》杂曲,丽而不经;《赤雁》群篇,靡而非典。"《乐府诗集》:"杂曲者,历代有之。或心志之所存,或情思之所感,或宴游欢乐之所发,或忧愁愤怨之所兴,或叙离别悲伤之怀,或言征战行役之苦,或缘于佛老,或出自夷虏,兼收并载,故总谓之杂曲。"

驾出北郭门行①

阮 瑀

驾出北郭门,马樊不肯驰。下车步踟蹰,仰折枯杨枝。顾闻丘林中,嗷嗷有悲啼。借问啼者出:"何为乃如斯?"亲母舍我殁,后母憎孤儿。饥寒无衣食,举动鞭捶施。骨消肌肉尽,体若枯树皮。藏我空室中,父还不能知。上冢察故处,存亡永别离。亲母何可见,泪下声正嘶。弃我于此间,穷厄岂有赀!传告后代人,以此为明规。

① 此首录自《乐府诗集》卷六一。

桂之树行①

曹 植

桂之树②,桂之树,桂生一何丽佳。扬朱华而翠叶,流芳布天涯。上有栖鸾,下有盘螭。桂之树,得道之真人,咸来会讲仙:教尔服食日精③,要道甚省不烦。淡泊无为自然。乘蹻万里之外,去留随意所欲存。高高上际于众外,下下乃穷极地天。

① 此首录自《乐府诗集》卷六一。　② 桂之树:《楚辞·招隐士》中有"桂树丛生兮山之幽",以桂树象征遁居山谷的人。　③ 服食日精:即"餐霞"。《太平御览》引《九真华妃》:"日者霞之实,霞者日之精。"

当墙欲高行①

曹　植

龙欲升天须浮云,人之仕进待中人②。众口可以铄金,谗言三至,慈母不亲。愦愦③俗间,不辨伪真。愿欲披心自说陈,君门以九重,道远河无津。

① 此首录自《乐府诗集》卷六一。　② 中人:指君主左右贵幸的人。古谚有"官无中人,不如归田"之说。　③ 愦愦:《乐府诗集》作"愤愤",据《诗纪》卷一三改。

当欲游南山行①

曹　植

东海广且深,由卑下百川。五岳虽高大,不逆垢与尘。良木不十围,洪条无所因。长者能博爱,天下寄其身。大匠无弃才,船车用不均。锥刀各异能,何所独却前。嘉善而矜②愚,大圣亦同然。仁者各③寿考,四④坐咸万年。

① 此首录自《乐府诗集》卷六一。　② 矜:通"怜"。　③ 各:《艺文类聚》卷四二作"必"。　④ 四:《艺文类聚》作"八"。

当事君行①

曹　植

人生有所贵尚,出门各异情。朱紫更相夺色,雅郑异音声。好恶随所爱憎,追举逐虚名②。百心可事一君,巧诈宁拙诚。

① 此首录自《乐府诗集》卷六一。　② 名:中华书局本校曰,《曹子建诗》作"声"。

当车已驾行①
曹　植

坐②玉殿,会诸贵客。侍者行③觞,主人离席。顾视东西厢,丝竹与鞞铎。不醉无归来,明灯以继夕。

① 此首录自《乐府诗集》卷六一。　② 坐:中华书局本校曰,《曹子建诗》作"欢坐"。　③ 行:《乐府诗集》作"打",据《曹子建诗》改。

妾 薄 命①(二首)
曹　植
其　一

携玉手,喜同车。比②上云阁飞除。钓台蹇产清虚,池塘灵③沼可娱。仰泛龙舟绿波,俯擢神草枝柯。想彼宓妃洛河,退咏汉女湘娥。

① 此二首录自《乐府诗集》卷六二。郭茂倩解引《乐府解题》曰:"《妾薄命》,曹植云'日月既逝西藏',盖恨燕私之欢不久。梁简文帝云'名都多丽质',伤良人不返,王嫱远聘,庐姬嫁迟也。"　② 比:《诗纪》卷一三作"北"。　③ 灵:《诗纪》作"观"。

其　二

日月既逝①西藏,更会兰室洞房。华灯步障②舒光,皎若日出扶桑。促樽③合坐④行觞。主人起舞沙盘,能者穴触别端。腾觚飞爵阑干,同量等色齐颜。任意交属所欢,朱颜发外形兰。袖随⑤礼容极情,妙⑥舞仙仙体轻。裳解⑦履遗绝缨⑧,俛仰笑喧无呈⑨。揽持佳人玉颜,齐举⑩金爵翠盘⑪。手形罗袖良难,腕弱不胜珠环,坐者叹息舒颜。御巾裹粉君旁,中有霍纳⑫都梁,鸡舌五味杂香。进者何人齐姜,恩重爱深难忘。召延亲好宴私,但歌杯来何迟。客赋既醉言归,主人称露未晞。

① 日月既逝:《玉台新咏》卷九作"日月既是"。《艺文类聚》卷四一作"日既逝矣",《乐府诗集》注同。　② 步障:《艺文类聚》作"先置",《乐府诗集》注同。③ 樽:《乐府诗集》注"一作酒"。　④ 坐:《乐府诗集》注"一作座"。　⑤ 袖随:《汉魏乐府风笺》卷一五:"疑是袖隋。隋,一音惰,落陊,谓舞终而袖陊。"陊,指袖落下。　⑥ 妙:《乐府诗集》注"一作屡"。　⑦ 裳解:《艺文类聚》作"解裳。"⑧ 绝缨:相传战国楚庄王宴群臣,日暮酒酣,灯烛灭,有引美人之衣者,美人援绝其冠缨,以告王,命促上火,欲得绝缨之人。王不从,命左右曰:"今日与寡人饮,不绝缨冠者不欢。"人人皆绝缨而后上火,尽欢而罢。后二年,晋与楚战,有楚将奋死赴敌,卒胜晋国。王问其人,对曰:"臣当死,往者醉失礼,王隐忍不加诛也。……臣乃夜绝缨者。"后因以"绝缨"为度量宽大之典。　⑨ 呈:《汉魏乐府风笺》注"疑当作程,节度"。　⑩ 举:《玉台新咏》卷九作"接"。　⑪ 盘:《乐府诗集》注"一作槃"。　⑫ 霍纳:又作"艾纳",与下文"鸡舌"皆指香名。

齐瑟行

郭茂倩引《歌录》曰:"《名都》、《美女》、《白马》,并《齐瑟行》也。曹植《名都篇》曰'名都多妖女',《美女篇》曰'美女妖且闲',《白马篇》曰'白马饰金羁',皆以首句名篇,犹《艳歌罗敷行》有《日出东南隅篇》、《豫章行》有《鸳鸯篇》是也。"

名都篇①

曹 植

名都多妖女,京洛出少年。宝剑直千金,被服光②

且鲜。斗鸡东郊③道，走马长楸间。驰驱④未能半，双兔过我前。揽弓捷鸣镝，长驱上南山⑤。左挽因右发，一纵两禽连。余巧⑥未及展，仰手接飞鸢。观者咸称善，众工归我妍。归来宴平乐⑦，美酒斗十千。脍鲤腾胎鰕⑧，炮⑨鳖炙熊蹯。鸣俦啸匹旅⑩，列坐竟长筵。连翩击鞠壤⑪，巧捷惟万端。白日西南驰，光景不可攀。云散还城邑，清晨复来还。

① 此首录自《乐府诗集》卷六三。郭茂倩解云，名都者，邯郸、临淄之类也。以刺时人骑射之妙，游骋之乐，而无忧国之心也。　② 光：《艺文类聚》卷四二及《诗纪》卷一三均作"丽"，《乐府诗集》注同。　③ 东郊：《乐府诗集》注"一作长安"。　④ 驰驱：《文选》卷二七作"驰骋"，《艺文类聚》作"驱驰"。　⑤ "长驱"句：《乐府诗集》注"一作驱上彼南山"。　⑥ 巧：《乐府诗集》注"一作功"。　⑦ "归来"句：归来，《文选》作"我归"。平乐，道观名，在洛阳西门外。　⑧ "脍鲤"句：腾，汁很少的肉羹。胎鰕，有子的鲅鱼。　⑨ 炮：《文选》作"寒"。　⑩ 旅：《诗纪》作"侣"。　⑪ 击鞠壤：《古乐府》卷一〇作"击壤歌"。蹴鞠、击壤，都是古时的游戏。

美 女 篇①

曹 植

美女妖且闲，采桑歧路间。柔②条纷冉冉，叶落③何翩翩。攘袖见素手，皓腕约金环。头上三爵钗④，腰佩翠琅玕。明珠交玉体，珊瑚间木难⑤。罗衣何飘飘⑥，轻裾随风还。顾眄遗光采，长啸⑦气若兰。行徒用息驾，休者以忘餐。借问女何⑧居，乃在城南端。青楼临大路，高门结重关。容华耀朝日，谁不希令颜⑨。媒氏何所营，玉帛不时安。佳人慕高义，求贤良独难。众人徒⑩嗷嗷，安知彼所观⑪。盛年处房室，中夜起长叹。

① 此首录自《乐府诗集》卷六三。郭茂倩解云:美女者,以喻君子。言君子有美行,愿得明君而事之。若不遇时,虽见征求,终不屈也。　② 柔:《玉台新咏》卷二作"长"。　③ 叶落:《诗纪》卷一三作"落叶"。　④ 三爵钗:三爵,《文选》卷二七作"金爵"。爵,同"雀"。爵钗,雀形的发钗。　⑤ 木难:传说为金翅鸟沫所结成的碧玉珠。　⑥ 飘飘:《诗纪》作"飘飖"。　⑦ 啸:《乐府诗集》作"肃",据《文选》、《诗纪》改。　⑧ 何:《诗纪》作"安"。　⑨ 希:钦慕。　⑩ 徒:《文选》作"何"。　⑪ 观:《玉台新咏》作"欢"。

白 马 篇①

曹 植

白马饰金羁,连翩西北驰。借问谁家子,幽并游侠儿。少小去乡邑,扬声②沙漠垂。宿昔秉良弓,楛矢何参差。控弦破左的,右发摧月支。仰手接飞猱,俯身散马蹄。狡捷过猿猴③,勇剽若豹螭。边城多警急,胡虏④数迁移。羽檄从北来,厉马登高堤。右驱蹴匈奴,左顾陵⑤鲜卑。寄⑥身锋刃端,性命安可怀。父母且不顾,何言子与妻。名编壮士籍⑦,不得中顾私。捐躯赴国难,视死忽如⑧归。

① 此首录自《乐府诗集》卷六三。郭茂倩解云,白马者,见乘白马而为此曲,言人当立功立事,尽力为国,不可念私也。《乐府解题》曰:"鲍照云:'白马骍角弓'。沈约云:'白马紫金鞍'。皆言边塞征战之事。"　② 声:《乐府诗集》注"一作名"。　③ 猿猴:《文选》卷二七作"猴猿"。　④ 胡虏:《乐府诗集》注"一作胡骑"。　⑤ 陵:同"凌",践踏。　⑥ 寄:《文选》作"弃"。　⑦ "名编"句:《艺文类聚》卷四二作"高名在壮籍"。编,《乐府诗集》注"一作在"。　⑧ 如:《乐府诗集》注"一作若"。

苦思行①

曹植

绿萝缘玉树,光曜粲相晖。下有两真人,举翅翻高飞。我心何踊跃,思欲攀云追。郁郁西岳颠,石室青葱②与天连。中有耆年一③隐士,须发皆皓然。策杖从吾④游,教我要忘言。

① 此首录自《乐府诗集》卷六三。　② 葱:《曹子建诗注》卷二作"青"。
③ 一:《艺文类聚》卷四一阙。　④ 吾:《曹子建诗注》作"我"。

升天行①(二首)

曹植

其 一

乘蹻追术士,远之蓬莱山。灵液飞素波,兰桂上参天。玄豹游其下,翔鹍戏其颠。乘风忽登举,仿佛②见众仙。

① 此二首录自《乐府诗集》卷六三。郭茂倩解引《乐府解题》曰:"《升天行》,曹植云'日月何时留',鲍照云'家世宅关辅',曹植又有《上仙箓》与《神游》、《五游》、《龙欲升天》等篇,皆伤人世不永,俗情险艰,当求神仙,翱翔六合之外,与《飞龙》、《仙人》、《远游篇》、《前缓声歌》同意。"按《龙欲升天》,即《当墙欲高行》也。
② 仿佛:《乐府诗集》注"一作彷徨"。

其 二

扶桑之所出,乃在朝阳溪。中心陵苍昊,布叶盖天涯。日出登东干,既夕没西枝。愿得纤阳缰,回日使东驰。

五 游①

曹 植

九州不足步,愿得凌云翔。逍遥八纮外,游目历遐荒。披我丹霞衣,袭我素霓裳。华盖纷晻蔼②,六龙仰天骧。曜灵③未移景,倏忽造昊苍。阊阖启丹扉,双阙曜朱光。徘徊文昌殿,登陟太微堂。上帝休西棂,群后集东厢。带我琼瑶佩,漱我沆瀣浆。踟蹰玩灵芝,徙倚弄华芳。王子奉仙药,羡门④进奇方。服食享遐纪,延寿保无疆。

① 此首录自《乐府诗集》卷六四。 ② 晻蔼:兴盛的样子。 ③ 曜灵:谓太阳。 ④ 羡门:传说中的古仙人。《史记·秦始皇本纪》:"三十二年,始皇之碣石,使燕人卢生求羡门、高誓。"羡门,《集解》引韦昭曰:"古仙人。"

远 游 篇①

曹 植

远游临四海,俯仰观洪波。大鱼若曲陵,承②浪相经过。灵鳌戴方丈,神岳俨嵯峨。仙人翔其隅,玉女戏其阿。琼蕊可疗饥,仰漱吸③朝霞。昆仑本吾宅,中州非我家。将归谒东父④,一举超流沙。鼓翼舞时风,长啸激清歌。金石固易弊⑤,日月同光华。齐年与天地,万乘安足多。

① 此首录自《乐府诗集》卷六四。郭茂倩解引《楚辞·远游》章句曰:"悲时俗之迫阨兮,愿轻举而远游。质菲薄而无因兮,焉托乘而上浮。"王逸云:"《远游》者,屈原之所作也。屈原履方直之行,不容于世,困于谗佞,无所告诉,乃思与仙人俱游戏,周历天地,无所不至焉。"周王褒又有《轻举篇》,亦出于此。 ② 承:《曹子建诗注》卷二作"乘"。 ③ 仰漱吸:《艺文类聚》卷七八作"仰首漱"。《诗纪》卷一三作"仰首吸"。 ④ 东父:亦称"东王父",传说中的神名。 ⑤ 弊:《诗纪》作"敝"。

仙 人 篇①

曹 植

仙人揽六著②,对博太山隅。湘娥拊琴瑟,秦女吹笙竽。玉樽盈桂酒,河伯献神鱼。四海一何局,九州安所如。韩终与王乔,要我与天衢。万里不足步,轻举凌太虚。飞腾逾景云,高风吹我躯。回驾观紫微,与帝合灵符。阊阖正③嵯峨,双阙万丈余。玉树扶道生,白虎④夹门枢。驱风游四海,东过王母庐。俯观五岳间,人生如寄居。潜光养羽翼,进趣⑤且徐徐。不见昔轩辕⑥,升⑦龙出鼎湖。徘徊九天下⑧,与尔长相须。

① 此首录自《乐府诗集》卷六四。郭茂倩解引《乐府广题》曰:"秦始皇三十六年,使博士为《仙真人诗》,游行天下,令乐人歌之。"曹植《仙人篇》曰"仙人揽六著",言人生如寄,当养羽翼,徘徊九天,以从韩终、王乔于天衢也。齐陆瑜又有《仙人览六著》篇,盖出于此。　② 六著:古代博具,也叫"六箸"。　③ 正:《汉魏六朝百三名家集》作"自"。　④ 白虎:西方七宿的合称。　⑤ 趣:《诗纪》卷一三作"趋"。　⑥ 昔轩辕:《诗纪》作"轩辕氏"。　⑦ 升:《诗纪》及《古乐府》卷一〇作"乘"。　⑧ 下:《诗纪》作"上"。

飞 龙 篇①

曹 植

晨游泰山,云雾窈窕。忽逢二童,颜色鲜好。乘彼白鹿,手翳芝草。我知真人,长跪问道。西登玉堂②,金楼复道。授我仙③药,神皇所造。教我服食,还精补脑。寿同金石,永世难老。

① 此首录自《乐府诗集》卷六四。郭茂倩解引《楚辞·离骚》曰:"为余驾飞龙兮,杂瑶象以为车。"曹植《飞龙篇》亦言求仙者乘飞龙而升天,与《梦辞》同意。按琴曲亦有《飞龙引》。　② 堂:《乐府诗集》注"一作台"。　③ 仙:《艺文类聚》卷四二作"此"。

斗鸡篇①

曹 植

游目极妙伎,清听厌宫商。主人寂无为,众宾进乐方。长筵坐戏客,斗鸡观闲②房。群雄正翕赫,双翘自飞扬。挥③羽邀清风④,悍目发朱光。嘴落轻毛散,严距⑤往往伤。长鸣入青云,扇翼独翱翔。原蒙狸膏助⑥,常⑦得擅此场。

① 此首录自《乐府诗集》卷六四。郭茂倩解引《春秋左氏传》曰:"季、郈之鸡斗,季氏介其鸡,郈氏为之金距。"杜预云:"捣芥子播其羽也。或曰:以胶沙播之为介鸡。"《邺都故事》曰:"魏明帝大和中,筑斗鸡台。赵王石虎亦以芥羽漆砂,斗鸡于此。"故曹植诗云"斗鸡东郊道,走马长楸间"是也。今按:《曹子建诗注》卷一题作《斗鸡诗》。　② 观闲:《艺文类聚》卷九一作"闲观"。　③ 挥:《曹子建诗注》作"辉"。　④ 邀清风:《艺文类聚》作"激流风"。　⑤ 严距:锐利的鸡距,即鸡跗蹠骨后所生的尖突物,相斗时用以刺对方。　⑥ 狸膏助:《艺文类聚》引《庄子》逸篇说:"羊沟之鸡,时以胜人者,以狸膏涂其头也。"　⑦ 常:《曹子建诗注》作"长"。

盘石篇①

曹 植

盘盘②山巅石,飘飖③涧底蓬。我本太山人,何为客海④东?藋⑤葭弥斥土,林木无分⑥重。岸⑦岩若⑧崩缺,湖⑨水何汹汹。蚌蛤被滨涯,光彩如锦虹。高波⑩凌云霄,浮气像螭龙。鲸脊⑪若丘陵,须若山上松。呼吸吞船栉,澎濞戏中鸿。方舟寻高价,珍宝丽以通。一举必千里,乘飔举帆幢。经危履险阻,未知命所钟。常恐沉黄垆,下与鼋鳖同。南极苍梧野,游眄穷九江。中夜指参辰,欲师当定从。仰天长太息,思想怀故邦。乘桴何所志,于⑫嗟我孔公。

① 此首录自《乐府诗集》卷六四。　② 盘:《乐府诗集》作"石",据《诗纪》卷一三改。　③ 飘飘:《曹子建诗注》卷二注"《考异》作飘飘"。　④ 海:《诗纪》作"淮"。　⑤ 蕫:草名。《诗纪》作"蒹"。　⑥ 分:《曹子建诗注》作"芬"。　⑦ 岸:《诗纪》作"圻"。　⑧ 若:《诗纪》作"苦"。　⑨ 湖:《曹子建诗注》作"河"。　⑩ 波:《乐府诗集》作"彼",据《曹子建诗注》改。　⑪ 脊:《乐府诗集》作"羹",据《曹子建诗注》及《诗纪》改。　⑫ 于:《诗纪》作"吁"。

驱车篇①

曹植

驱车掸②弩马,东到奉高③城。神哉彼太山,五岳专④其名。隆高贯云霓,嵯峨出太清。周流二六候,间置十二亭。上有涌醴泉,玉石扬华英。东北望吴野,西眺观日精。魂神所系属,逝者感斯征。王者以归天,效厥元功成。历代无不遵,礼祀有品程。探策或长短,唯德享利贞。封者七十帝,轩皇元独灵。餐霞漱沆瀣,毛羽被身形。发举蹈虚廓,径廷升窈冥。同寿东父年,旷代永长生。

① 此首录自《乐府诗集》卷六四。　② 掸:《曹子建诗注》卷二作"挥"。　③ 奉高:县名。汉时设置,为泰山郡治。　④ 专:《艺文类聚》卷四二作"显"。

种葛篇①

曹植

种葛南山下,葛藟②自成阴。与君初婚时③,结发恩义深。欢爱在枕席,宿昔同衣衾。窃慕《棠棣》篇,好乐和④瑟琴。行年将晚暮,佳人怀异心。恩纪旷不接,我情遂抑沉。出门当何顾,徘徊步北林。下有交颈兽,仰见双栖禽。攀枝长叹息,泪下沾罗襟。良马知我悲,延颈代⑤我吟,昔为⑥同池鱼,今为商与参。往古皆欢遇,我独困⑦于今。弃置委天命,悠悠安可任。

① 此首录自《乐府诗集》卷六四。　② 蘽:《艺文类聚》卷四二作"蔓"。
③ 初婚时:《乐府诗集》注"一作初定婚"。　④ 和:《曹子建诗注》卷二作"如"。
⑤ 代:《曹子建诗注》作"对"。　⑥ 为:《玉台新咏》卷二作"若"。下句"为"字同。
⑦ 困:《乐府诗集》作"因",据《玉台新咏》改。

乐　府①

曹　叡

种瓜东井上,冉冉自逾垣。与君新为婚,瓜葛相结连。寄托不肖躯,有如倚太山。兔丝无根株,蔓延自登缘。萍藻托清流,常恐身不全。被蒙丘山惠,贱妾执拳拳②。天日照知之,想君亦俱然。

① 此首录自《乐府诗集》卷七七。今按:此题《诗纪》卷一二作《种瓜篇》。
② 拳拳:勤勉的样子。

秦女休行①

左延年②

始③出上西门,遥望秦氏庐④。秦氏有好女,自名为女休。休⑤年十四五,为宗行报仇。左执白杨刃⑥,右据宛鲁矛⑦。仇家便东南,仆⑧僵秦女休。女休西上山,上山四五里。关吏呵问女休⑨,女休前置⑩辞:"平生为燕王妇,于今为诏狱囚。平生衣参差,当今无领襦。明知杀人当死,兄言快快⑪,弟言无道忧。女休坚辞为宗报仇,死不疑。"杀人都市中,徼我都巷西。丞卿罗⑫东向坐,女休凄凄曳梏前。两徒夹我,持刀刀五尺余。刀未下,朣胧击鼓赦书下。

① 此首录自《乐府诗集》卷六一。郭茂倩解云,左延年辞,大略言女休为燕王妇,为宗报仇,杀人都市,虽被囚系,终以赦宥,得宽刑戮也。晋傅玄云"庞氏有烈妇",亦言杀人报怨,以烈义称,与古辞义同而事异。 ② 左延年(生卒年不详):三国魏音乐家,大约生活在文帝黄初、明帝太和中。曾改易杜夔所传《驺虞》、《伐檀》、《文王》等乐曲,以为庙堂之乐。 ③ 始:《汉魏乐府风笺》卷一五注"一作步"。 ④ 庐:《汉魏乐府风笺》注"《御览》作楼"。 ⑤ 休:《汉魏乐府风笺》"一作始"。 ⑥ 白杨刃:刀名,也叫"白杨刀"。 ⑦ 宛鲁矛:矛名。⑧ 仆:《乐府诗集》阙,据《汉魏乐府风笺》补。 ⑨ "关吏"句:《全三国诗》注"一作关吏得女休"。 ⑩ 置:《汉魏乐府风笺》注"一作致"。 ⑪ 快快:《乐府诗集》作"快快",据《汉魏乐府风笺》改。 ⑫ 罗:《全三国诗》作"罗列"。

琴曲歌辞

琴 歌^①

阮 瑀

奕奕天门开，大魏应期运。青盖巡九州，在东西人怨。士为知己死，女为悦者玩。恩义苟潜畅^②，他人岂^③能乱？

① 此首录自《乐府诗集》卷六〇。郭茂倩解引《魏书》曰："太祖雅闻阮瑀，辟之不应，乃逃入山中。焚山得瑀，太祖大延宾客，怒瑀不与语，使就技人列。瑀善解音，能鼓琴，抚弦而歌，为曲既捷，音声殊妙。"　② 潜畅：中华书局本校引《三国志·魏书》卷二一作"敷畅"。　③ 岂：《三国志·魏书》作"焉"。

杂歌谣辞

谣辞

吴　谣^①

曲有误，周郎^②顾。

① 此首录自《乐府诗集》卷八七。郭茂倩解引《吴志》曰："周瑜少精意于音乐，虽三爵之后，其有阙误，瑜必知之。知之必顾，故时人谣云。"　② 周郎（175—210）：即周瑜，字公瑾，庐江舒（今安徽中部）人。周瑜为孙吴名将，又精于音律。

魏明帝景初中童谣^①

阿公^②阿公驾马车，不意阿公东渡河。阿公东还当奈何！

① 此首录自《乐府诗集》卷八八。郭茂倩解引《宋书·五行志》曰："魏明帝景初中童谣。及宣王平辽东，归至白屋，当还镇长安。会帝疾笃，急召之，乃乘追锋车东渡河。终篡魏室，如童谣之言也。"今按：景初初年，魏明帝曹叡命司马懿攻辽东，得胜而归，途至白屋，奉召急返京都，时曹叡已病危，弥留之际，托以后事而逝。此后篡夺曹氏天下的正是司马氏，童谣对此作了嘲讽。追锋车，一种轻便快速的马车。　② 阿公：指司马懿。

魏齐王嘉平中谣^①

白马素羁西南驰，其谁乘者朱虎骑。

① 此首录自《乐府诗集》卷八八。郭茂倩解引《宋书·五行志》曰:"魏齐王嘉平中谣。按朱虎者,楚王彪小字也。王凌、令狐愚闻此谣,谋立彪。事发,凌等伏诛,彪赐死。"今按:魏齐王名曹芳,239 年至 254 年在位。

吴孙亮初童谣①

吁汝恪②,何若若,芦苇单衣篾钩络,于何相求成子③阁。

① 此首录自《乐府诗集》卷八八。郭茂倩解引《宋书·五行志》曰:"吴孙亮初童谣。按成(今按:《乐府诗集》作"杨",据《宋书》改)子阁者,反语石子堈也。钩络,钩带也。及诸葛恪死,果以苇席裹身,篾束其腰,投之石子堈。后听恪故吏收葬,求之此堈云。"今按:诸葛恪(203—253),字元逊,仕吴为荆州、扬州牧,督中外诸军事。后为孙峻诬以谋反,被杀。 ② 恪:即诸葛恪。 ③ 成子:《乐府诗集》作"杨子",据《宋书》改。

吴孙亮初白鼍鸣童谣①

白鼍鸣,龟背平,南郡城中可长生,守死不去义无成。

① 此首录自《乐府诗集》卷八八。郭茂倩解引《宋书·五行志》曰:"吴孙亮初,公安有白鼍鸣童谣。按南郡城可长生者,有急,易以逃也。明年,诸葛恪败,弟融镇公安,亦见袭。融刮金印龟,服之而死。鼍有鳞介,甲兵之象也。"今按:公安,今湖北省中南部,沿长江之郡县也。白鼍(疑即今之白扬子鳄)生息于长江中,故谓闻其鸣声。孙亮,孙权幼子。252 年—258 年在位,后被贬为会稽王。

吴孙皓初童谣①

宁饮建业②水,不食武昌鱼。宁还建业死,不止武昌居。

① 此首录自《乐府诗集》卷八八。郭茂倩解引《宋书·五行志》曰："吴孙皓初童谣。按皓寻迁都武昌，民溯流供给，咸怨毒焉。"今按：孙皓，三国吴国君。字元宗。吴郡富春(今浙江富阳)人。专横残暴，奢侈荒淫。264年—280年在位。天纪四年(280)被晋武帝所灭，归降称臣，封归命侯。　②建业：古地名，治所在今南京市。吴黄龙元年(229)孙权自武昌迁都于此，是为南京建都之始。

吴孙皓天纪中童谣①

阿童复阿童，衔刀游②渡江。不畏岸上虎，但畏水中龙。

① 此首录自《乐府诗集》卷八八。郭茂倩解引《宋书·五行志》曰："吴孙皓天纪中童谣。晋武帝闻之，加王濬龙骧将军。及征吴，江西众军无过者，而王濬先定秣陵。"今按：天纪，吴末帝孙皓年号(277—280)。晋武帝，司马炎也。②游：《晋书·羊祜传》作"浮"。

史歌谣辞

《广雅》曰:"声比于琴瑟曰歌。"《尔雅》曰:"徒歌谓之谣。"《韩诗章句》曰:"有章曲曰歌,无章曲曰谣。"

历世以来,歌讴杂出。然《乐府诗集》采录有限,兹从《三国志》等史籍加以采录歌谣六首,名曰"史歌谣辞",以增补或阙之万一也。

歌辞

谤台歌①

台中②有三狗③,二狗崖柴不可当,一狗凭默④作疽囊⑤。

① 此首录自《三国志·魏书·曹爽传》注:(《魏略》曰)会帝崩,爽辅政,乃拔谧为散骑常侍,遂转尚书。谧为人外似疏略,而内多忌。其在台阁,数有所弹驳,台中患之,事不得行。又其意轻贵,多所忽略,虽与何晏、邓飏等同位,而皆少之,惟以势屈于爽。爽亦敬之,言无不从。故于时谤书,谓:"台中有三狗……"② 台中:朝廷禁省,时称台。台中即禁中,尚书在此治事。 ③ 三狗:指何晏、邓飏、丁谧三人。魏明帝曹叡死,齐王曹芳立,曹爽辅政,他重用何、邓、丁三人,人称"三狗"。 ④ 默:曹爽小字也。 ⑤ 疽囊:毒疮之囊包,喻恶人聚集之处。

尔汝歌①

孙 皓②

昔与汝为邻,今与汝为臣。上汝一杯酒,令汝寿万春。

① 此首录自《世说新语》:"晋武帝问孙皓,闻南人好作《尔汝歌》,颇能为不?

皓正饮酒,因举觞劝帝而言曰'昔与汝为邻……'帝悔之。"　② 孙皓(242—284):三国吴孙权之孙。字元宗。一名彭祖,字皓宗。初封乌程侯,后嗣立为吴国主,在位十六年(264—280)。既得志,粗暴骄盈,好酒色,多忌讳。晋王濬克建业,皓出降。晋封其为归命侯,送洛阳后卒。

羖䍽歌^①

焦　先[②]

　　祝䑋[③]祝䑋,非鱼非肉,更相追逐,本心为当杀牂羊[④],更杀其羖䍽[⑤]邪!

① 此首录自《三国志·魏书·管宁传》注:"(《魏略》曰)先(焦先)字孝然。……至嘉平中,太守贾穆初之官,故过其庐。先见穆再拜。穆与语,不应,与食,不食。穆谓之曰:'国家使我来为卿作君,我食卿,卿不肯食,我与卿语,卿不应我,如是,我不中为卿作君,当去耳!'先乃曰:'宁有是邪?'遂不复语。其明年,大发卒将伐吴。有窃问先:'今讨吴何如?'先不肯应,而谬歌曰:'祝䑋祝䑋……'郡人不知其谓。会诸军败,好事者乃推其意,疑牂羊谓吴,羖䍽谓魏,于是后人金谓之隐者也。"今按:焦先以此歌预言嘉平二年(250)魏攻取吴之秭归、夷陵、江陵等地,吴败,魏兵伤亡亦甚多。　② 焦先(生卒年不详):魏之隐士。《三国志·魏书·管宁传》注:"时有隐者焦先,河东人也。"　③ 祝䑋:挫折。　④ 牂羊:母羊。　⑤ 羖䍽:黑色长毛的公羊。

谣辞

献帝初童谣^①

　　千里草[②],何青青。十日卜,犹不生。

① 此首录自《三国志·魏书·董卓传》注:"(《英雄记》曰)时有谣言曰:'千里草……'又作《董逃之歌》。又有道士书布为'吕'字以示卓,卓不知其为吕布也。卓当入会,陈列步骑,自营至宫,朝服导引行中。马踬不前,卓心怪欲止,

布劝使行,乃衷甲而入。卓既死……暴卓尸于市。" ② 千里草:《后汉书·五行志》:"案千里草为董,十日卜为卓。凡别字之体,皆从上起,左右离合,无有从下发端者也。今二字如此者,天意若曰:卓自下摩上,以臣陵君也。青青者,暴盛之貌也。不得生者,亦旋破亡。"

谤 书 谣^①

　　曹爽②之势热如汤,太傅父子③冷如浆,李丰兄弟④如游光⑤。

　　① 此首录自《三国志·魏书·夏侯玄传》注:"(《魏略》曰)曹爽专政,丰依违二公间,无有适莫,故于时有谤书曰:'曹爽之势热如汤……'其意以为丰虽外示清净,而内图事,有似于游光也。" ② 曹爽:字昭伯,曹操族孙。魏明帝时为武卫将军。受明帝遗诏辅政,炙手可热。后与司马懿争权,被懿杀死。 ③ 太傅父子:指司马懿及其子司马师、司马昭。 ④ 李丰兄弟:指中书令李丰及其弟兖州刺史李翼。 ⑤ 游光:形容飘忽不定。

赂 官 谣^①

　　欲求牙门②,当得千四;百人督,五百四。

　　① 此首录自《三国志·魏书·夏侯玄传》注:(《魏略》曰)玄既迁,司马景王代为护军。护军总统诸将,任主武官选举,前后当此官者,不能止货赂。故蒋济为护军时,有谣言:"欲求牙门……"宣王与济善,间以问济,济无以解之,因戏曰:"洛中市买,一钱不足则不行。"遂相对欢笑。玄代济,故不能止绝人事。及景王之代玄,整顿法令,人莫犯者。 ② 牙门:营门。古时军帐前两边立旗为门。此处指充当牙门中的小官。

古诗逸辞

从 军 行①

左延年

苦哉边地人，一岁三从军。三子到敦煌，二子诣陇西。五子远斗去，五妇皆怀身。

① 此首录自《乐府诗集》卷三二王粲《从军行》题解。郭茂倩引《乐府广题》曰："左延年辞云：'苦哉边地人……'"

猛 虎 行①

曹 叡

双桐生空枝，枝叶自相加。通泉溉其根，玄雨润其柯。

① 此首录自《乐府诗集》卷三一曹丕《猛虎行》题解。郭茂倩解引古辞《猛虎行》句后曰："魏明帝辞曰：'双桐生空枝……'"

鼓吹曲辞

郭茂倩云,汉有《朱鹭》等二十二曲,列于鼓吹,谓之铙歌。及魏受命,使缪袭改其十二曲,而《君马黄》《雉子斑》《圣人出》《临高台》《远如期》《石留》《务成》《玄云》《黄爵》《钓竿》十曲,并仍旧名。是时吴亦使韦昭改制十二曲,其十曲亦因之。而魏、吴歌辞,存者惟十二曲,余皆不传。

本编将魏文帝曹丕旧题鼓吹曲,缪袭魏鼓吹曲十二曲,韦昭受诏制吴鼓吹曲十二曲,一并录之。

临 高 台①

曹 丕

临台高②,高以轩。下有水,清且寒。中有黄鹄往且翻。行为臣,当尽忠。愿令皇帝陛下三千岁,宜居此宫。鹄欲南游,雌不能随。我欲躬衔汝,口噤不能开;我③欲负之,毛衣摧颓。五里一顾,六里徘徊。

① 此首录自《乐府诗集》卷一八。　② 临台高:《乐府诗集》作"临台行高"。中华书局本校据闻一多《乐府诗笺》注删去"行"。　③ 我:《乐府诗集》阙,据《艺文类聚》卷四二补。

钓 竿①

曹 丕

东越河济水,遥望大海涯。钓竿何珊珊,鱼尾何簁簁②。行路之好者,芳饵欲何为。

① 此首录自《乐府诗集》卷一八。郭茂倩解引崔豹《古今注》曰:"《钓竿》者,伯常子避仇河滨为渔者,其妻思之而作也。每至河侧辄歌之。后司马相如作《钓

竿诗》,遂传为乐曲。” ② 筵筵:鱼跃的样子。汉卓文君《白头吟》:“竹竿何嫋嫋,鱼尾何筵筵。”

魏鼓吹曲①(十二首)

缪 袭②

初 之 平③

初之平,义兵征。神武奋,金鼓鸣。迈武德,扬洪名。汉室微,社稷倾。皇道失,桓与灵④。阉官炽,群雄争。边、韩起,乱金城。中国扰,无纪经。赫武皇,起旗旌。麾天下,天下平。济九州,九州宁。创武功,武功成。越五帝,邈三王。兴礼乐,定纪纲。普日月,齐辉光。

① 此十二首录自《乐府诗集》卷一八。郭茂倩解引《晋书·乐志》曰:“魏武帝使缪袭造鼓吹十二曲以代汉曲:一曰《楚(初)之平》(今按:《宋书》作“初之平”,据改),二曰《战荥阳》,三曰《获吕布》,四曰《克官渡》,五曰《旧邦》,六曰《定武功》,七曰《屠柳城》,八曰《平南荆》,九曰《平关中》,十曰《应帝期》,十一曰《邕熙》,十二曰《太和》。” ② 缪袭(186—245):汉、魏间文学家。字熙伯,东海兰陵(今山东苍山县)人。曹丕代汉前后,参与修撰《皇览》。明帝太和初,迁侍中。撰《许昌宫赋》、《青龙赋》。正始间,迁尚书光禄勋。有集五卷,今存《魏鼓吹曲》十二首、《挽歌》一首。 ③ 初之平:郭茂倩引《晋书·乐志》曰:“改汉《朱鹭》为《楚之平》,言魏也。”《古今乐录》作《初之平》,《宋书》亦作《初之平》,又篇中无平楚事,故将题目和首句“楚之平”改为“初之平”。《乐府诗集》注:“《楚之平》曲凡三十句,句三字。” ④ 桓与灵:指汉桓帝与汉灵帝。

战 荥 阳①

战荥阳,汴水陂。戎士愤怒,贯甲驰。阵未成,退徐荣②。二万骑,堑垒平。戎马伤,六军惊。势不集,众几倾。白日没,时晦冥。顾中牟,心屏营。同盟疑,计无成。赖我武皇,万国宁。

① 郭茂倩解引《晋书·乐志》曰："改汉《思悲翁》为《战荥阳》，言曹公也。"又注："《战荥阳》曲凡二十句，其十八句句三字，二句句四字。"　② 荣：《乐府诗集》作"荥"，据《魏志·武帝纪》改。

获吕布①

获吕布，戮陈宫。芟夷鲸鲵，驱骋群雄。囊括天下，运掌中。

① 郭茂倩解引《晋书·乐志》曰："改汉《艾如张》为《获吕布》，言曹公东围临淮，生擒吕布也。"又注："《获吕布》曲凡六句，其三句句三字，二句句四字。"

克官渡①

克绍官渡，由白马②。僵尸流血，被原野。贼众如犬羊，王师尚寡。沙塠③旁，风飞扬。转战不利，士卒伤。今日不胜，后何望。土山地道，不可当。卒胜大捷，震冀方。屠城破邑，神武遂章。

① 郭茂倩解引《晋书·乐志》曰："改汉《上之回》为《克官渡》，言曹公与袁绍战，破之于官渡也。"又注："《克官渡》曲凡十八句，其八句句四字，一句五字，九句句三字。"今按：此首《宋书》作八句句三字，一句五字，九句句四字。　② 白马：白马津，古渡口，址在今河南省滑县北。　③ 塠：同"堆"，小小山丘。

旧　邦①

旧邦萧条，心伤悲。孤魂翩翩，当何依。游士恋故，涕如摧。兵起事大，令愿违。传求②亲戚，在者谁。立庙置后，魂来归。

① 郭茂倩解引《晋书·乐志》曰："改汉《翁离》为《旧邦》，言曹公胜袁绍于官渡，还谯收藏死亡士卒也。"又注："《旧邦》曲凡十二句，其六句句三字，六句句四字。"　② 传求：《宋书》作"博求"。

定　武　功①

定武功，济黄河。河水汤汤，日暮有横流波。袁氏欲衰，兄弟②寻干戈。决漳水，水流滂沱。嗟城中如流鱼，谁能复顾室家。计穷虑尽，求来连和。和不时，心中忧戚。贼众内溃，君臣奔北。拔邺城，奄有魏国。

王业艰难,览观古今,可为长叹。

① 郭茂倩解引《晋书·乐志》曰:"改汉《战城南》为《定武功》,言曹公初破邺,武功之定始乎此也。"又注:"《定武功》曲凡二十一句,其五句句三字,三句句六字,十二句句四字,一句五字。"　② 兄弟:袁绍于建安五年(200)在官渡被曹操打败,不久病死。其子袁谭与袁尚不和,相互攻击,先后为曹操所灭。

屠 柳 城①

屠柳城②,功诚难。越度陇塞,路漫漫。北逾冈平,但闻悲风正酸。蹋顿③授首,遂登白狼山。神武慹④海外,永无北顾患。

① 郭茂倩解引《晋书·乐志》曰:"改汉《巫山高》为《屠柳城》,言曹公越北塞,历白檀,破三郡乌桓于柳城也。"又注:"《屠柳城》曲凡十句,其三句句三字,三句句四字,三句句五字,一句六字。"　② 柳城:西汉置,治所在今辽宁朝阳南,为辽西郡西部都尉治所。　③ 蹋顿:东汉时辽西乌桓首领。后为曹操击败于柳城(见《后汉书·乌桓鲜卑列传》)。　④ 慹:同"慑"。

平 南 荆①

南荆②何辽辽,江汉浊不清。菁茅久不贡,王师赫南征。刘琮③据襄阳,贼备屯樊城。六军庐新野,金鼓震天庭。刘子面缚至,武皇许其成。许与④其成,抚其民。陶陶江汉间,普为大魏臣。大魏臣,向风思自新。思自新,齐功古人。在昔虞与唐,大魏得与均。多选忠义士,为喉唇。天下一定,万世无风尘。

① 郭茂倩解引《晋书·乐志》曰:"改汉《上陵》为《平南荆》,言曹公南平荆州也。"又注:"《平南荆》曲凡二十四句,其十七句句五字,四句句三字,三句句四字。"　② 南荆:指荆州,汉武帝时十三刺史部之一。　③ 刘琮:刘表之子。刘表,字景升,东汉远支皇族。初平元年(190)任荆州刺史,后为荆州牧。病死后,其子琮降于曹操。　④ 与:《古乐府》卷二阙此字。

平 关 中①

平关中,路向潼。济浊水,立高墉。斗韩、马②,离群凶。选骁骑,纵两翼。虏崩溃,级万亿。

① 郭茂倩解引《晋书·乐志》曰:"改汉《将进酒》为《平关中》,言曹公征马超,定关中也。"又注:"《平关中》曲凡十句,句三字。" ② 韩、马:指韩遂、马超。韩遂,字文约,东汉凉州金城人。曾与马腾割据凉州。献帝时,联合马超(马腾之子)等率兵反曹操,被击败。后为部将所杀。马超,字孟起,扶风茂陵(今陕西兴平)人。东汉末随父马腾起兵。后与韩遂一起攻曹操,在潼关为操所败,还据凉州。后依附张鲁,继归刘备。

应帝期①

应帝期,於昭我文皇②,历数承天序,龙飞自许昌。聪明昭四表,恩德动遐方。星辰为垂耀,日月为重光。河、洛吐符瑞,草木挺嘉祥。麒麟步郊野,黄龙游津梁。白虎依山林,凤皇鸣高冈。考图定篇籍,功配上古羲皇。羲皇无遗文,仁圣相因循。期运三千岁,一生圣明君。尧授禹万国,万国皆附亲。四门③为穆穆,教化常如神。大魏兴盛,与之为邻。

① 郭茂倩解引《晋书·乐志》曰:"改汉《有所思》为《应帝期》,言文帝以圣德受命,应运期也。"又注:"《应帝期》曲凡二十六句,其一句三字,二句句四字,二十二句句五字,一句六字。" ② 文皇:指魏文帝曹丕。 ③ 四门:明堂四方的门。

邕熙①

邕熙②,君臣合③德,天下治。隆④帝道,获瑞宝,颂声并作,洋洋浩浩。吉日临高堂,置酒列名倡。歌声一何纤余,杂笙簧。八音谐,有纪纲。子孙永建万国,寿考乐无央。

① 郭茂倩解引《晋书·乐志》曰:"改汉《芳树》为《邕熙》,言魏氏临其国,君臣邕穆,庶积咸熙也。"又注:"《邕熙》曲凡十五句,其六句句三字,三句句四字,一句二字,三句句五字,二句句六字。" ② 邕熙:太平盛世;和洽兴盛。《舞曲歌辞·大豫舞歌》:"时迈其仁,世载邕熙。" ③ 合:《乐府诗集》作"念",据《宋书》改。 ④ 隆:《乐府诗集》作"登",据《宋书》改。

太 和①

惟太和元年②,皇帝践阼,圣且仁,德泽为流布。

灾蝗一时为绝息,上天时雨露。五谷溢田畴,四民③相率遵轨度。事务澄④清,天下狱讼察以情。元首明,魏家如此,那得不太平。

① 郭茂倩解引《晋书·乐志》曰:"改汉《上邪》为《太和》,言明帝继体承统,太和改元,德泽流布也。"又注:"《太和》曲凡十三句,其二句句三字,五句句五字,三句句四字,三句句七字。"　② 太和元年:指 227 年。太和,魏明帝年号。③ 四民:古称士、农、工、商为四民。　④ 澄:《乐府诗集》作"徵"。《宋书》作"澂",同"澄"。

吴鼓吹曲①(十二首)

韦　昭②

炎　精　缺③

炎精缺,汉道微。皇纲弛,政德违。众奸炽,民罔依。赫武烈,越龙飞。陟天衢,耀灵威。鸣雷鼓,抗电麾。抚乾衡,镇地机。厉虎旅,骋熊罴。发神听,吐英奇。张角④破,边韩羁。宛颍平,南土绥。神武章,渥泽施。金声震,仁风驰。显高门,启皇基。统罔极,垂将来。

① 此十二首录自《乐府诗集》卷一八。郭茂倩解引《晋书·乐志》曰:"吴使韦昭制鼓吹十二曲:一曰《炎精缺》,二曰《汉之季》,三曰《摅武师》,四曰《伐乌林》,五曰《秋风》,六曰《克皖城》,七曰《关背德》,八曰《通荆门》,九曰《章洪德》,十曰《从历数》,十一曰《承天命》,十二曰《玄化》。"　② 韦昭(201—273):三国吴学者。字弘嗣,吴郡云阳(今江苏丹阳)人。少好学,能属文。入仕为丞相掾,迁尚书郎、太子中庶子。孙亮即位,曾为太史令,参与撰《吴书》。孙休即位,昭为中书郎,撰鼓吹铙歌十二曲。孙皓即位,迁中书仆射侍中,领左国史。以屡忤旨,渐见责怒,终入狱而卒。其著作甚富,乐府有《吴鼓吹曲》十二曲。　③ 炎精缺:郭茂倩解引《古今乐录》曰:"《炎精缺》者,言汉室衰,孙坚奋迅猛志,念在匡救,王迹始乎此也。当汉《朱鹭》。"又注:"《炎精缺》曲凡三十句,句三字。"　④ 张角:东

汉末黄巾军领袖,巨鹿(今河北平乡)人。

汉 之 季[①]

汉之季,董卓乱。桓桓武烈[②],应时运。义兵兴,
云旗建。厉六师,罗八阵。飞鸣镝,接白刃。轻骑发,
介士奋。丑虏震,使众散。劫汉主,迁西馆。雄豪怒,
元恶债[③]。赫赫皇祖,功名闻。

　① 郭茂倩解引《古今乐录》曰:"《汉之季》者,言孙坚悼汉之微,痛董卓之乱,
兴兵奋击,功盖海内也。当汉《思悲翁》。"又注:"《汉之季》曲凡二十句,其十八句
句三字,二句句四字。"　② 武烈:指孙坚。初平二年(191)率军击刘表,被黄祖
射死。其次子孙权称帝,追尊其为武烈皇帝。　③ 债:覆败,毁坏。

摅 武 师[①]

摅武师,斩黄祖[②]。肃夷凶族,革平西夏。炎炎大
烈,震天下。

　① 郭茂倩解引《古今乐录》曰:"《摅武师》者,言孙权卒父之业而征伐也。当
汉《艾如张》。"又注:"《摅武师》曲凡六句,其三句句三字,三句句四字。"　② 黄
祖:刘表的部将,曾射杀孙坚。

伐 乌 林[①]

曹操北伐,拔柳城。乘胜席卷,遂南征。刘氏[②]不
睦,八郡[③]震惊。众既降,操屠荆。舟车十万,扬风声。
议者狐疑,虑无成。赖我大皇,发圣明。虎臣雄烈,周
与程[④]。破操乌林[⑤],显章功名。

　① 郭茂倩解引《古今乐录》曰:"《伐乌林》者,言魏武既破荆州,顺流东下,欲
来争锋。孙权命将周瑜逆击之于乌林而破走也。当汉《上之回》。"又注:"《伐乌
林》曲凡十八句,其十句句四字,八句句三字。"　② 刘氏:指刘表。　③ 郡:《宋
书》作"都"。　④ 周与程:周瑜与程普。　⑤ 乌林:又名乌林矶,址在今湖北洪
湖市长江北岸。赤壁之战后,孙权与刘备联合,于此处大败曹操。

秋 风[①]

秋风扬沙尘,寒露沾衣裳。角弓持弦急,鸠鸟化
为鹰。边垂飞羽檄,寇贼侵界疆。跨马披介胄,慷慨

怀悲伤。辞亲向长路,安知存与亡。穷达固有分,志士思立功。思立功②,邀之战场。身逸获高赏,身没有遗封。

① 郭茂倩解引《古今乐录》曰:"《秋风》者,言孙权悦以使民,民忘其死也。当汉《拥离》。"又注:"《秋风曲》凡十六句,其十四句句五字,一句三字,一句四字。" ② 思立功:《宋书》无此三字。

克 皖 城①

克灭皖城,遏寇贼。恶此凶孽,阻奸慝。王师赫征,众倾覆。除秽去暴,戢兵革。民得就农,边境息。诔君吊臣,昭至德。

① 郭茂倩解引《古今乐录》曰:"《克皖城》者,言魏武志图并兼,而令朱光为庐江太守。孙权亲征光,破之于皖城也。当汉《战城南》。"又注:"《克皖城》曲凡十二句,其六句句三字,六句句四字。"

关 背 德①

关背德,作鸱张。割我邑城,图不祥。称兵北伐,围樊襄阳。嗟臂大于股,将受其殃。巍巍夫②圣主,睿德与玄通。与玄通,亲任吕蒙。泛舟洪氾池,溯涉长江。神武一何桓桓,声烈正与风翔。历抚公③安城,大据郢邦。虏羽授首,百蛮咸来同,盛哉无④比隆。

① 郭茂倩解引《古今乐录》曰:"《关背德》者,言蜀将关羽背弃吴德,心怀不轨。孙权引师浮江而擒之也。当汉《巫山高》。"又注:"《关背德》曲凡二十一句,其八句句四字,二句句六字,七句句五字,四句句三字。" ② 夫:《宋书》作"吴"。③ 公:《乐府诗集》作"江",据《吴志·吕蒙传》改。 ④ 无:《乐府诗集》作"三",据《古乐府》改。

通 荆 门①

荆门限巫山,高峻与云连。蛮夷阻其险,历世怀不宾。汉王据蜀郡,崇好结和亲。乖微中情疑,谗夫乱其间。大皇赫斯怒,虎臣勇气震。荡涤幽薮,讨不恭。观兵扬炎耀,厉锋整封疆。整封疆,阐扬威武容。

功赫戏,洪烈炳章。邈矣帝皇世,圣吴同厥风。荒裔望清化,化恢弘。煌煌大吴,延祚永未央。

① 郭茂倩解引《古今乐录》曰:"《通荆门》者,言孙权与蜀交好齐盟,中有关羽自失之譬,戎蛮乐乱,生变作患,蜀疑其眩,吴恶其诈,乃大治兵,终复初好也。当汉《上陵》。"又注:"《通荆门》曲凡二十四句,其十七句句五字,四句句三字,三句句四字。"

章 洪 德①

章②洪德,迈威神。感殊风,怀远邻。平南裔,齐海滨。越裳贡,扶南臣。珍货充庭,所见日新。

① 郭茂倩解引《古今乐录》曰:"《章洪德》者,言孙权章其大德,而远方来附也。当汉《将进酒》。"又注:"《章洪德》曲凡十句,其八句句三字,二句句四字。"
② 章:同"彰"。

从 历 数①

从历数,於穆我皇帝。圣哲受之天,神明表奇异。建号创皇基,聪睿协神思。德泽浸及昆虫,浩荡越前代。三光显精耀,阴阳称至治。肉角②步郊畛,凤皇栖灵囿。神龟游沼池,图谶摹文字。黄龙觌鳞,符祥日月记。览往以察今,我皇多哈③事。上钦昊天象,下副万姓意。光被弥苍生,家户蒙惠赉。风教肃以平,颂声章嘉喜。大吴兴隆,绰有余裕。

① 郭茂倩解引《古今乐录》曰:"《从历数》者,言孙权从图箓之符,而建大号也。当汉《有所思》。"又注:"《从历数》曲凡二十六句,其一句三字,三句句四字,二十二(当为"一")句句五字,一句六字。" ② 肉角:指麒麟。传说麒麟头生肉角。 ③ 哈:通"快"。《诗·小雅·斯干》:"哈哈其正,哕哕其冥。"郑玄笺:"哈哈,犹快快也。"

承 天 命①

承天命,於昭圣德。三精垂象,符灵表德。巨石立,九穗植。龙金其鳞,乌赤其色。舆人歌,亿夫叹息。超龙升,袭帝服。穷淳懿,体玄嘿。夙兴临朝,劳

谦日昃。易简以崇仁,放远谗与慝。举贤才,亲近有
德。均田畴,茂稼穑。审法令,定品式。考功能,明黜
陟。人思自尽,惟心与力。家国治,王道直。思我帝
皇,寿万亿。长保天禄,祚无极。

① 郭茂倩解引《古今乐录》曰:"《承天命》者,言上以圣德践位,道化至盛也。
当汉《芳树》。"又注:"《承天命》曲凡三十四句,其十九句句三字,二句句五字,十
三句句四字。"

玄　化①

玄化②象以天,陛下圣真。张皇纲,率道以安民。
惠泽宣流而云布,上下睦亲。君臣酣宴乐,激发弦歌
扬妙新。修文筹庙胜,须时备驾巡洛津。康哉泰,四
海欢忻,越与三五邻。

① 郭茂倩解引《古今乐录》曰:"《玄化》者,言上修文训武,则天而行,仁泽流
洽,天下喜乐也。当汉《上邪》。"又注:"《玄化曲》凡十三句,其五句句五字,二句
句三字,三句句四字,三句句七字。"　② 玄化:圣德教化。《文选·左思〈魏都
赋〉》:"玄化所甄,国风所禀。"张铣注:"玄,圣;甄,成也。言皆圣化所成。"

舞曲歌辞

杂舞

　　郭茂倩云,杂舞者,《公莫》、《巴渝》、《槃舞》、《鞞舞》、《铎舞》、《拂舞》、《白纻》之类是也。始皆出自方俗,后寖陈于殿庭。盖自周有缦乐散乐,秦汉因之增广,宴会所奏,率非雅舞。汉魏已后,并以鞞、铎、巾、拂四舞,用之宴飨。

　　三国杂舞歌辞,《乐府诗集》采录有王粲《俞儿舞歌》四首,曹植《鼙舞歌》五首。

魏俞儿舞歌①（四首）

王　粲

矛俞新福歌

　　汉初建国家,匡九州。蛮荆震服,五刃三革休。安不忘备武乐修。宴我宾师②,敬用御天,永乐无忧。子孙受百福,常与松乔游③。悉庶④德。莫不咸欢柔。

　　① 此四首录自《乐府诗集》卷五三,郭茂倩解引《晋书·乐志》曰:"《巴渝舞》,汉高帝所作也。高帝自蜀汉将定三秦,阆中范因率賨人从帝为前锋,号板楯蛮,勇而善斗。及定秦中,封因为阆中侯,复賨人七姓。其俗喜歌舞,高帝乐其猛锐,数观其舞,曰:'武王伐纣歌也。'后使乐人习之。阆中有渝水,因其所居,故曰《巴渝舞》。舞曲有《矛渝》、《弩渝》、《安台》、《行辞》,本歌曲四篇。其辞既古,莫能晓其句度。"左思《蜀都赋》云"奋之则賨旅,玩之则渝舞"也,颜师古曰:"巴,巴人也。俞,俞人也。高祖初为汉王,得巴俞人,并趫捷,与之灭楚,因存其武乐。巴渝之乐,自此始也。"巴即今之巴州,渝即今之渝州,名各本其地。《宋书·乐

志》曰:"魏《俞儿舞歌》四篇,魏国初建所用,使王粲改创其辞,为《矛俞》、《弩俞》、《安台》、《行辞新福歌》曲,行辞以述魏德。后于太祖庙并作之。黄初二年,改曰《昭武舞》,及晋,又改曰《宣武舞》。"《唐书·乐志》曰:"俞,美也。魏、晋改其名,梁复号巴渝,隋文帝以非正典,罢之。"今按:《乐府诗集》作《魏俞儿舞歌四首》。   ② 宾师:不居官而受到君主尊重的人。   ③ 松乔:神话传说中的仙人赤松子和王子乔的并称。   ④ 烝庶:烝民,百姓。

弩俞新福歌

　　材官选士,剑弩错陈。应桴蹈节①,俯仰若神。绥我武烈,笃我淳仁。自东自西,莫不来宾。

　　① "应桴"句:应和鼓的节奏,迈着舞步。桴,鼓槌,即指鼓点。

安台新福歌

　　武①功既定,庶士咸绥。乐陈我广庭,式宴宾与师。昭文德,宣武威,平九有,抚民黎。荷天宠,延寿尸,千载莫我违。

　　① 武:《宋书》作"我"。

行辞新福歌

　　神武用师士素厉,仁恩广覆,猛节横逝。自古立功,莫我弘大。桓桓征四国,爰及海裔。汉国保长庆,垂祚延万世。

魏鼙舞歌①(五首)

曹 植

圣 皇 篇

　　圣皇应历数,正康帝道休。九州咸宾服,威德洞八幽。三公②奏诸王③,不得久淹留。藩④位任至重,旧章咸率由。侍臣省文奏,陛下体仁慈。沉吟有爱恋,不忍听可之。迫有官典宪,不得顾恩私。诸王当就国,玺绶何焜⑤缤。便时舍外殿,宫省寂无人。主上增顾念，皇母怀苦辛。何以为赠赐，倾府竭宝珍。文钱百亿万，采帛若烟云。乘舆服御物，锦罗舆金银。龙旗垂九旒，羽盖参班轮⑥。诸王自计念，无功荷厚德。思一效筋力，糜躯以报国。鸿胪拥节卫，副使随经营。贵戚并出送，夹道交辎軿⑦。车服齐整设，韡晔耀天精。武骑卫前后，鼓吹箫笳声。祖道魏东门，泪下沾冠缨。扳盖因内顾，俛仰慕同生。行行将日暮，何时还阙庭⑧。车轮为徘徊，四马踌躇鸣。路人尚酸鼻，何况骨肉情。

① 此五首录自《乐府诗集》卷五三。郭茂倩解引《宋书·乐志》曰："《鞞舞》未详所起，然汉代已施于燕享矣。傅毅，张衡所赋，皆其事也。魏曹植《鞞舞歌序》曰：'汉灵帝西园鼓吹（今按：《宋书》作"西园故事"），有李坚者，能《鞞舞》。遭乱，西随段煨（今按：《乐府诗集》作"段颎"，据《宋书》改）。先帝闻其旧有技，召之。坚既中废，兼古曲多谬误，故改作新歌五篇。'晋《鞞舞歌》，亦五篇，并陈于元会。《鞞舞》故二八，桓玄将即真，太乐遣众伎。袁明子启增满八佾，相承不复革。宋明帝自改舞曲歌辞，并诏近臣虞龢并作。"《古今乐录》曰："《鞞舞》，梁谓之《鞞扇舞》，即《巴渝》是也。鞞扇，器名也。鞞扇上舞作《巴渝弄》，至《鞞舞》竟，岂非《巴渝》一舞二名，何异《公莫》亦名《巾舞》也。汉曲五篇：一曰《关东有贤女》，二曰《章和二年中》，三曰《乐久长》，四曰《四方皇》，五曰《殿前生桂树》，并章帝造。魏曲五篇：一《明明魏皇帝》，二《大和有圣帝》，三《魏历长》，四《天生烝民》，五《为君既不易》，并明帝造，以代汉曲。其辞并亡。陈思王又有五篇：一《圣皇篇》，以当《章和二年中》；二《灵芝篇》，以当《殿前生桂树》；三《大魏篇》，以当《汉吉昌》；四《精微篇》，以当《关中有贤女》；五《孟冬篇》，以当《狡兔》。按汉曲无《汉吉昌》、《狡兔》二篇，疑《乐久长》、《四方皇》是也。"《隋书·乐志》曰："《鞞舞》，汉《巴渝舞》也。"按《乐录》、《隋志》并以《鞞舞》为《巴渝》，今考汉、魏二篇，歌辞各异，本不相乱。盖因梁、陈之世，于《鞞舞》前作《巴渝弄》，遂云一舞二名，殊不知二舞亦容合作，犹《巾舞》以《白纻》送，岂得便谓《白纻》为《巾舞》邪？失之远矣。今按：《乐府诗集》此题作《魏陈思王鞞舞歌》五首。陈思王，指曹植。 ② 三公：谓其时三个有影响的大臣，居司徒、司空、太尉之职。 ③ 王：《乐府诗集》作"公"，据下文

改。　　④ 藩:《乐府诗集》作"蕃",据黄节《曹子建诗注》改。　　⑤ 虆:《宋书》作"藟",《诗纪》卷一三作"累"。　　⑥ 班轮:用漆彩绘的车轮。　　⑦ 辒辎:古代两种有帷屏的车。　　⑧ 庭:《曹子建诗注》作"廷"。

灵 芝 篇

灵芝生玉地①,朱草被洛滨。荣华相晃耀,光彩晔若神。古时有虞舜,父母顽且嚚。尽孝于田垅,烝烝不违仁。伯瑜②年七十,彩衣以娱亲。慈母笞不痛,歔欷涕沾巾。丁兰少失母,自伤早孤茕。刻木当严亲,朝夕致三牲。暴子见陵侮,犯罪以亡刑③。丈人为泣血,免戾④全其名。董永遭家贫,父老财无遗。举假以供养,佣作致甘肥。责家填门至,不知何用归。天灵感至德,神女为秉机⑤。岁月不安居,呜呼我皇考⑥。生我既已晚,弃我何其早。蓼莪⑦谁所兴,念之令人老。退咏南风诗⑧,洒泪满袆抱。乱曰:圣皇君四海,德教朝夕宣。万国咸礼让,百姓家肃虔。庠序不失仪,孝悌处中田。户有曾闵⑨子,比屋皆仁贤。髫乱无夭齿,黄发尽其年。陛下三万岁,慈母亦复然。

① 玉地:《曹子建集》作"天池"。天池,仙界之池,这里代指宫中的池塘。② 伯瑜:一作"伯俞"。姓韩,汉时人,古代有名的孝子,即俗所传说的老莱子。③ 亡刑:《宋书》作"亡形"。　　④ 戾:罪。据《逸人传》,丁兰以杀人被捕时,向父亲的木像告别,像眼中落泪。县丞知此事,赞美丁兰孝通神明,免其罪罚。⑤ 秉机:当机而织。　　⑥ 皇考:这是曹植称呼其父曹操。　　⑦ 蓼莪:《诗经·大雅·蓼莪》云:"蓼蓼者莪,匪莪伊蒿。哀哀父母,生我劬劳。"对父母的感念、怀想。　　⑧ 南风诗:谓《诗经·邶风·凯风》诗曰:"凯风自南,吹彼棘心。棘心夭夭,母氏劬劳。"曹植以引诗表示对其母卞太后养育之恩的感激。　　⑨ 曾闵:指曾参、闵子骞。

大 魏 篇

大魏应灵符,天禄方甫始。圣德致泰和,神明为驱使。左右宜①供养,中殿宜皇子。陛下长寿考,群臣拜贺咸悦喜。积善有余庆。宠②禄固天常。众喜③填门至,臣子蒙福祥。无患及阳遂,辅翼我圣皇。众吉咸集会,凶邪奸恶并灭亡。黄鹄游殿前,神鼎周四阿。玉马充乘舆,芝盖树九华。白虎戏西除,舍利从辟邪。骐骥蹑足舞,凤皇拊翼歌。丰年大置酒,玉樽列广庭。乐饮过三爵,朱颜暴已形。式宴不违礼,君臣歌《鹿鸣》。乐人舞鼙鼓,百官雷抃赞若惊。储礼如江海,积善若陵山。皇嗣繁且炽,孙子列曾玄④。群臣咸称万岁,陛下长寿乐年⑤。御酒停未饮,贵戚跪东厢⑥。侍人承颜色,奉进金玉觞。此酒亦真酒,福禄当圣皇。陛下临轩笑,左右咸欢康。杯来⑦一何迟,群僚以次行。赏赐累千亿,百官并富昌。

① 宜:《曹子建集》作"为"。　② 宠:《宋书》作"荣"。　③ 喜:《宋书》作"善"。　④ 曾玄:父、子、孙、曾、玄五世同堂之谓。　⑤ 长寿乐年:《宋书》作"长乐寿年"。　⑥ 东厢:古代庙堂东侧的厢房。《文选·张衡〈东京赋〉》薛综注:"殿东西次为厢。"　⑦ 杯来:《曹子建诗注》引《考异》说作"杯酒"。

精 微 篇

精微烂金石,至心动神明。杞妻哭死夫,梁山为之倾。子丹西质秦,乌白马角生①。邹衍囚燕市,繁霜为夏零②。关东有贤女,自字苏来卿。壮年报父仇,身没垂功名。女休逢赦书,白刃几在颈③。俱上列仙籍④,去死独就生。太仓令有罪,远征当就拘。自悲居无男,祸至无与俱。缇萦痛父言,荷担西上书。盘桓北阙下,泣泪何涟如。乞得并姊弟,没身赎父躯。汉文感其义,肉刑法用除。其父得以免,辩义在列图⑤。多男亦何为,一女足成居。简子⑥南渡河,津吏废舟船。执法将加刑,女娟⑦拥棹前。妾父闻君来,将涉不测渊。畏惧风波起,祷祝祭名川。备礼享神祇,为君求福先。不胜醮祀诚,至令犯罚艰。君必欲加诛,乞使知罪愆。妾愿以身代，至诚感苍天。国君高其义，其父用赦原。河激⑧奏中流，简子知其贤。归娉为夫人，荣宠超后先。辩女⑨解父命，何况健少年。黄初发和气，明堂德教施。治道致太平，礼乐风俗移。刑错⑩民无枉，怨女复何为。圣皇长寿考，景福常来仪。

①"子丹"二句：《燕丹子》："燕太子丹质于秦，秦王遇之无礼，不得意，欲求归。秦王不听，谬言：令乌白头，马生角，乃可许耳。丹仰天叹，乌即白头，马生角。秦王不得已而遣之。" ②"邹衍"二句：夏零，《曹子建诗注》作"下零"。此二句《后汉书·刘瑜传》章怀太子注引《淮南子》："邹衍事燕惠王，尽忠，左右谮之，王系之，仰天而哭，五月天为之下霜。" ③"女休"二句：左延年《秦女休行》："女休凄凄曳梏前。两徒夹我持刀，刀五尺余。刀未下，朣胧击鼓赦书下。" ④ 列仙籍：仙逝者的名册。 ⑤ 列图：《列女传图》简称。 ⑥ 简子：指战国时赵简子，进攻楚国，南渡黄河。 ⑦ 女娟：津渡官的女儿娟。 ⑧ 河激：歌名。辞见《列女·辩通》。 ⑨ 辩女：指娟。她善于辩说。 ⑩ 刑错：丁晏《曹集诠评》作"刑措"。

孟 冬 篇

孟冬十月，阴气厉清。武官诫田，讲旅统兵。元龟袭吉，元光著明。蚩尤跸路，风弭雨停。乘舆启行①，鸾鸣幽轧。虎贲采骑，飞象珥鹖。钟鼓铿锵，箫管嘈喝。万骑齐镳，千乘等盖。夷山填谷，平林涤薮。张罗万里，尽其飞走。趯趯②狡兔，扬白跳翰。猎以青骹，掩以修竿。韩庐宋鹊③，呈才骋足。噬不尽绁，牵麋掎鹿。魏氏发机，养基抚弦。都庐寻高④，搜索猴猨。庆忌孟贲，蹈谷超峦。张目决眦，发怒穿冠。顿熊扼虎，蹴豹搏貆。气有余势，负象而趋。获车既盈，日侧乐终。罢役解徒，大飨离宫。乱曰：圣皇临飞轩，论功校猎徒。死禽积如京，流血成沟渠。明诏大劳赐，太官⑤供有无。走马行酒醴，驱车布肉鱼。鸣鼓举觞爵，击钟醁⑥无余。绝网纵麟麑，弛罩出凤雏。收功在羽校，威灵振鬼区。陛下长欢乐，永世合天符。

① 启行：黄节《曹子建诗注》引《考异》作"起行"。 ② 趨趨：《宋书》作"翟翟"。 ③ "韩庐"句：韩庐，韩国所产的黑色猎犬。宋鹊，宋国的白色猎犬。 ④ "都庐"句：都庐，古代国名，其地在南海一带，其国人善爬竿之技。《太康地志》曰："都庐国，其人擅缘高。" ⑤ 太官：太官令，为皇帝掌管饮食宴饮之官。 ⑥ 击钟醹：《宋书》作"钟击位"。

六

第三卷 西晋乐府

相和歌辞

晋代乐府,西晋与东晋大不相同。西晋紧步曹魏之后,仍以文人乐府为大宗,东晋则以江南民歌为主体,故有识者不囿于史统,将江左之东晋与南朝同语,则中原之西晋独称曰"晋乐府"(见萧涤非《汉魏六朝乐府文学史》)。本编承此绪,所收晋乐府分西晋和东晋两部分。

西晋相和歌辞,《相和曲》、《吟叹曲》、《平调曲》、《清调曲》、《瑟调曲》、《楚调曲》皆备,而作者则为傅玄、石崇、陆机诸家。

相和曲

西晋相和曲,《乐府诗集》收有傅玄二首,陆机四首。

惟 汉 行①

傅 玄②

危哉鸿门会,沛公几不还。轻装入人军,投身汤火间。两雄不俱立,亚父见此权。项庄奋剑起,白刃何翻翻。伯身虽为蔽,事促不及旋。张良愊③坐侧,高祖变龙颜。赖得樊将军,虎④叱项王前。嗔目骇三军,磨牙咀豚肩。空厄让霸主⑤,临急吐奇言。威凌万乘主,指顾回泰山,神龙困鼎镬,非哙岂得全?狗屠登上将,功业信不原。健儿实可慕,腐儒何足叹。

① 此首录自《乐府诗集》卷二七。今按:此题借用曹植《惟汉行》,乃仿古辞《薤露》也。此题为张永《元嘉正声技录》相和十五曲之七。 ② 傅玄(217—278):西晋文学家。字休奕,北地郡泥阳(今陕西耀县东南)人。曾任司隶校尉、

散骑常侍,封鹑觚子。学问渊博,精通音律,长于乐府,有《傅子》、《傅玄集》,俱佚,明人辑有《傅鹑觚集》。 ③ 慴:同"慑"。 ④ 虎:《乐府诗集》作"兽",并注"当作虎"。据《诗纪》卷二二改。 ⑤ 霸主:《汉魏六朝百三名家集》作"霸王"。

艳 歌 行①

傅 玄

日出东南隅,照我秦氏楼。秦氏有好女,自字为罗敷。首戴金翠饰,耳缀明月珠。白素为下裙,丹霞为上襦。一顾倾朝市,再顾国为虚。问女居安在,堂②在城南居。青楼临大巷,幽门结重枢。使君自南来,驷马立踟蹰。遣吏谢贤女:"岂可同行车。"斯女长跪对:"使君言何殊! 使君自有妇,贱妾有鄙夫。天地正厥位,愿君改其图。"

① 此首录自《乐府诗集》卷二八。今按:《艳歌行》非一,有直云《艳歌》,即《艳歌行》是也。若《罗敷》、《何尝》、《双鸿》、《福钟》等行,亦皆《艳歌》,出自古辞《艳歌陌上桑》。又,此曲为张永《元嘉正声技录》相和十五曲之十五。 ② 堂:中华书局本校曰"疑当作'常'"。

挽 歌①(三首)

陆 机②

其 一

卜择考休贞,嘉命咸在兹。凤驾警③徒御,结辔顿重基。龙幰④被广柳,前驱矫轻旗。殡宫何嘈嘈,哀响沸中闱。闱中⑤且勿喧,听我《薤露》诗。死生各异伦,祖载⑥当有时。舍爵两楹位,启殡进灵辒。饮饯觞莫举,出宿归无期。帷祍旷遗影,栋宇与子辞。周亲咸奔凑,友朋自远来。翼翼飞轻轩,骎骎策素骐。按辔遵长薄，送子长夜台。呼子子不闻，泣子子不知。叹息重椑侧，念我畴昔时。三秋犹足收，万世安可思。殉殁身易亡，救子非所能。含言言⑦哽咽，挥涕涕⑧流离。

① 此三首录自《乐府诗集》卷二七。今按：拟魏缪袭《挽歌》，乃仿古辞《蒿里》，为张永《元嘉正声技录》相和十五曲之八。　② 陆机(261—303)：西晋文学家。字士衡，吴郡华亭(今上海市松江)人。少时任吴牙门将，吴亡，家居勤学。太康末，与弟同至洛阳，曾官平原内史，世称"陆平原"。及成都王讨长沙王，任为后将军，河北大都督，兵败被谗害。其诗重藻绘排偶，又多拟古之作。　③ 警：《文选》卷二八作"鹜"。　④ 幌：覆盖棺木的帷幔。　⑤ 闱中：《文选》作"中闱"。　⑥ 祖载：将葬之际，以柩载车上行祖祭之礼。　⑦ 言：《乐府诗集》阙，据《文选》卷二八补。　⑧ 涕：《乐府诗集》注"一作泪"。

其　二

重阜何崔嵬，玄庐窜其间。磅礴立四极，穹崇①效②苍天。测③听阴沟涌，卧观天井悬。广霄④何寥廓，大暮安可晨。人往有返岁，我行无归年。昔居四民宅，今托万鬼邻。昔为七尺躯，今成灰与尘。金玉昔⑤所佩，鸿毛今不振。丰肌飨蝼蚁，妍骸永夷泯。寿堂延魑魅，虚无自相宾。蝼蚁尔何怨？魑魅我何亲？拊心痛荼毒，永叹莫为陈。

① 崇：《文选》卷二八作"隆"。　② 效：《乐府诗集》注"一作放"。　③ 测：《乐府诗集》注"一作侧"。　④ 广霄：《乐府诗集》作"圹宵"，据《文选》卷二八改。　⑤ 昔：《乐府诗集》注，"一作素"。

其　三

流离亲友思，惆怅神不泰。素骖伫辚轩，玄驷骛飞盖。哀鸣兴殡宫，回迟悲野外。魂舆寂无响，但见冠与带。备物象平生，长旐谁为施。悲风鼓①行轨，倾云结流蔼。振策指灵丘，驾言从此逝。

① 鼓：《文选》作"徽"。

日出东南隅行①

陆 机

扶桑升朝晖,照此高台端。高台多妖丽,浚房②出清颜。淑貌耀皎日,惠心清且闲。美目扬玉泽,峨眉象翠翰。鲜肤一何润,秀③色若可餐。窈窕多容仪,婉媚巧④笑言。暮春春服成,粲粲绮与纨。金雀垂藻翘,琼佩结瑶璠。方驾扬清尘,濯足洛水澜。蔼蔼风云会,佳人一何繁。南崖充罗幕,北渚盈鞾轩。清川含藻景,高岸⑤被华丹。馥馥芳袖挥,泠泠纤指弹。悲歌吐清响⑥,雅韵⑦播幽兰。丹唇含九秋,妍迹凌七盘。赴曲迅惊鸿,蹈节如集鸾。绮态随颜变,沉姿无定⑧源。俯仰纷阿那,顾步咸可欢。遗芳结飞飙,浮景映清湍。冶容不足咏,春游良可叹。

① 此首录自《乐府诗集》卷二八。今按:此题出自古辞《陌上桑》首句“日出东南隅”。行,古诗的一种体裁。宋王灼《碧鸡漫志》卷一:“古诗或名曰乐府,谓诗之可歌也。故乐府中有歌有谣,有吟有引,有行有曲。”又,此题《玉台新咏》卷三作《艳歌行》。《文选》卷二八注:“或曰《罗敷艳歌》。” ② 浚房:幽深的闺房。《玉台新咏》卷三作“洞房”。 ③ 秀:《玉台新咏》作“彩”。 ④ 巧:《乐府诗集》作“乃”,据《玉台新咏》、《陆士衡集》改。 ⑤ 岸:《乐府诗集》注“一作崖”。 ⑥ 响:《玉台新咏》作“音”。 ⑦ 雅韵:《文选》、《陆士衡集》、《玉台新咏》皆作“雅舞”。 ⑧ 定:《文选》作“乏”。

吟叹曲

张永《元嘉正声技录》吟叹曲有四:一曰《大雅吟》,二曰《王明君》,三曰《楚妃叹》,四曰《王子乔》。

西晋有石崇之吟叹曲《大雅吟》、《王明君》、《楚妃叹》。

大 雅 吟 ①

石 崇②

堂堂太祖③,渊弘其量。仁格宇宙,义风遐畅。启
土万里,志在翼亮。三分有二,周文④是尚。於穆武
王,奕世载聪。钦明冲默,文思允恭。武则不猛,化则
时雍。庭有仪凤,郊有游龙。启路千里,万国率从。
荡清吴会⑤,六合乃同。百姓仰德,良史书功。超越三
代,唐、虞比踪。

① 此首录自《乐府诗集》卷二九。郭茂倩解引《古今乐录》曰:"张永《元嘉技
录》有吟叹四曲:一曰《大雅吟》,二曰《王明君》,三曰《楚妃叹》,四曰《王子乔》。
《大雅吟》、《王明君》、《楚妃叹》,并石崇辞。《王子乔》,古辞。《王明君》一曲,今
有歌。《大雅吟》、《楚妃叹》二曲,今无能歌者。古有八曲,其《小雅吟》、《蜀琴
头》、《楚王吟》、《东武吟》四曲阙。"今按:此首末注"晋乐所奏"。 ② 石崇
(249—300):字季伦,西晋渤海南皮(今河北南皮)人。初为修武令,累迁至侍中,
后出为荆州刺史。曾与贵戚王恺斗富,恺不能敌。八王之乱,他与齐王冏结党,
为赵王伦所杀。 ③ 太祖:亦作"大祖",后世多用为开国之君的庙号。 ④ 周
文:指周文王。 ⑤ 吴会:指东汉时吴、会稽二郡。

王 明 君 ①

石 崇

我本汉家子,将适单于庭。辞诀未及终,前驱已
抗旌。仆御涕流离,辕马悲且鸣②。哀郁伤五内,泣泪
沾朱缨③。行行日已远,遂造匈奴城。延我于穹庐,加
我阏氏④名。殊类非所安,虽贵非所荣。父子见陵辱,
对之惭且惊。杀身良不易,默默以苟生。苟生亦何
聊,积思常愤盈。愿假飞鸿翼,乘⑤之以遐征。飞鸿不
我顾,伫立以屏营。昔为匣中玉,今为粪上英。朝华
不足嘉⑥,甘与秋草⑦并。传语后世人,远嫁难为情。

① 此首录自《乐府诗集》卷二九。郭茂倩解云，一曰《王昭君》。《唐书·乐志》曰："《明君》，汉曲也。元帝时，匈奴单于入朝，诏以王嫱配之，即昭君也。及将去，入辞，光彩射人，悚动左右，天子悔焉。汉人怜其远嫁，为作此歌。晋石崇妓绿珠善舞，以此曲教之，而自制新歌。"按此本中朝旧曲，唐为吴声，盖吴人传授讹变使然也。《西京杂记》曰："元帝后宫既多，不得常见，乃使画工图其形，案图召幸。宫人皆赂画工，多则十万，少者亦不减五万。昭君自恃容貌，独不肯与。工人乃丑图之，遂不得见。后匈奴入朝，求美人为阏氏，帝按图以昭君行。及去召见，貌为后宫第一，善应对，举止闲雅。帝悔之，而名籍已定，方重信于外国，故不复更人，乃穷按其事。画工有杜陵毛延寿，为人形，丑好老少，必得其真。安陵陈敞，新丰刘白、龚宽，并工为牛马飞鸟。众艺人形好丑，不逮延寿。下杜阳望、樊青，尤善布色。同日弃市。籍其家资，皆巨万。京师画工于是差稀。"《古今乐录》曰："《明君》歌舞者，晋太康中季伦所作也。王明君本名昭君，以触文帝讳，故晋人谓之明君。匈奴盛，请婚于汉，元帝以后宫良家子明君配焉。初，武帝以江都王建女细君为公主，嫁乌孙王昆莫，令琵琶马上作乐，以慰其道路之思，送明君亦然也。其造新曲（今按：《乐府诗集》'新'后有'之'字，据《文选》改），多哀怨之声。晋、宋以来，《明君》止以弦隶少许为上舞而已。梁天监中，斯宣达为乐府令，与诸乐工以清商两相闲弦为《明君》上舞，传之至今。"王僧虔《技录》云："《明君》有闲弦及契注声，又有送声。"谢希逸《琴论》曰："平调《明君》三十六拍，胡笳《明君》三十六拍，清调《明君》十三拍，间弦《明君》九拍，蜀调《明君》十二拍，吴调《明君》十四拍，杜琼《明君》二十一拍，凡有七曲。"《琴集》曰："胡笳《明君》四弄，有上舞、下舞、上闲弦、下闲弦。《明君》三百余弄，其善者四焉。又胡笳《明君别》五弄，辞汉、跨鞍、望乡、奔云、入林是也。"按琴曲有《昭君怨》，亦与此同。今按：此题《艺文类聚》卷四二作《明君词》。又《乐府诗集》于此首末注："晋乐所奏。"
② 悲且鸣：《玉台新咏》作"为悲鸣"。　③ 沾朱缨：《文选》卷二七作"湿珠缨"。
④ 阏氏：亦作"焉提"。汉时匈奴单于正妻的称号。　⑤ 乘：《乐府诗集》作"弃"，据《文选》改。　⑥ 嘉：《乐府诗集》注"一作欢"。《文选》、《玉台新咏》均作"欢"。
⑦ 秋草：《古乐府》卷四作"草莽"。

楚 妃 叹[①]

石 崇

荡荡大楚,跨土万里。北据方城[②],南接交趾,西抚巴汉,东被海涘。五侯九伯,是疆是理。矫矫庄王,渊渟岳峙,冕旒垂精[③],充纩[④]塞耳。韬光戢曜,潜默恭己。内委樊姬,外任孙子[⑤]。猗猗樊姬,体道履信。既绌虞丘[⑥],九女[⑦]是进。杜绝邪佞,广启令胤。割欢抑宠,居之不吝。不吝实难,可谓知几。化自近始,著于闺闱。光佐霸业,迈德扬威。群后列辟,式瞻洪规。譬彼江海,百川咸归。万邦作歌,身没名飞。

①此首录自《乐府诗集》卷二九。郭茂倩解题引刘向《列女传》曰:"楚姬,楚庄王夫人也。庄王好狩猎毕弋,樊姬谏不止,乃不食禽兽之肉。王尝与虞丘子语,以为贤。樊姬笑之,王曰:'何笑也?'对曰:'虞丘子贤矣,未忠也。妾充后宫十一年,而所进者九人,贤于妾者二人,与妾同列者七人。虞丘子相楚十年,而所荐者非其子孙,则族昆弟,未闻进贤退不肖也。妾之笑不亦宜乎?'王于是以孙叔敖为令尹,治楚三年而庄王以霸。"《乐府解题》曰:"陆机《吴趋行》云'楚妃且勿叹',明非近题也。"按谢希逸《琴论》有《楚妃叹》七拍。今按:此首末注"晋乐所奏"。②方城:春秋时楚国所筑长城。 ③冕旒垂精:指君位显赫。垂精,光芒发射。 ④充纩:冠冕两旁的绵制饰物,用以塞耳。 ⑤孙子:指孙叔敖。 ⑥虞丘:即楚相虞丘子。 ⑦九女:指樊姬对楚庄王云:"妾充后宫十一年,而所进者九人。"

平调曲

王僧虔《大明三年宴乐技录》平调七曲,西晋傅玄、陆机均有所取,并有汉魏遗风也。

长　歌　行①

傅　玄

利害同根源，赏下有甘钩。义门近□塘，虎②口出通侯③。抚剑安所趋，蛮方未顺流。蜀贼阻石城④，吴寇冯⑤龙舟。二军多壮士，闻贼如见仇。投身效知己，徒生心所羞。鹰隼厉天翼，耻与燕雀游。成败在纵者，无令鸷鸟忧。

① 此首录自《乐府诗集》卷三〇。今按：此题为王僧虔《大明三年宴乐技录》平调七曲之一。　② 虎：《乐府诗集》作"兽"，唐人讳虎为兽，今改。　③ 通侯：爵位名。《战国策·楚策》："楚尝与秦构难，战于汉中。楚人不胜，通侯、执珪死者七十余人。遂亡汉中。"鲍彪注："彻侯，汉讳武帝作'通'，此亦刘向所易也。"　④ 石城：指白帝城，在今四川奉节东。唐杜甫《虎牙行》："壁立石城横塞起。"萧涤非注："石城指白帝城，因在山上，故名石城。"　⑤ 冯：通"凭"。凭借；依持。

短　歌　行①

傅　玄

长安高城，层楼亭亭。干云②四起，上贯天庭。蜉蝣何整，行如军征。蟋蟀何感，中夜哀鸣。蚍蜉偷③乐，粲粲其荣。寤寐念之，谁知我情。昔君视我，如掌中珠。何意一朝，弃我沟渠。昔君与我，如影如形。何意一去，心如流星。昔君与我，两心相结。何意今日，忽然两④绝。

① 此首录自《乐府诗集》卷三〇。今按：此题为王僧虔《大明三年宴乐技录》平调七曲之二。　② 干云：高入云霄。　③ 偷：《乐府诗集》注"一作愉"。　④ 两：《汉魏六朝百三名家集》作"雨"。

长 歌 行①
陆 机

逝矣经天日,悲哉带地川。寸阴无停晷,尺波徒自旋②。年往迅劲矢,时来亮急弦。远期鲜克及,盈数③固希全。容华夙夜零,体泽坐自捐。兹物苟难停,吾寿安得延。俛仰逝将过,倏忽几何间。慷慨亦焉诉,天道良自然。但恨功名薄,竹帛无所宣。迫及岁未暮,长歌乘我闲。

① 此首录自《乐府诗集》卷三〇。今按:此题为王僧虔《大明三年宴乐技录》平调七曲之一。　② 徒自旋:《乐府诗集》注"一作岂徒旋"。　③ 盈数:指十、百、万等整数。

短 歌 行①
陆 机

置酒高堂,悲歌临觞。人生②几何,逝如朝霜。时无重至,华不再扬。苹以春晖,兰以秋芳。来日苦短,去日苦长。今我不乐,蟋蟀在房。乐以会兴,悲以别章。岂曰无感,忧为子忘。我酒既旨,我肴既臧。短歌可③咏,长夜无荒④。

① 此首录自《乐府诗集》卷三〇。今按:此题为王僧虔《大明三年宴乐技录》平调七曲之二。　② 生:《艺文类聚》卷四二作"寿"。　③ 可:《陆士衡文集》卷六作"有"。　④ 荒:通"慌"。

猛 虎 行①
陆 机

渴不饮盗泉水,热不息恶木阴。恶木岂无枝,志士多苦心②。整驾肃时命,杖策将远寻。饥食猛虎窟,寒栖野雀林。日归功未建,时往岁载阴。崇云临岸骇,鸣条随风吟。静言幽谷底,长啸高山岑。急弦无懦响,亮节③难为音。人生诚未易,曷云开此襟。眷我耿介怀,俯仰愧古今。

① 此首录自《乐府诗集》卷三一。今按:此题为王僧虔《大明三年宴乐技录》平调七曲之三。　② 多苦心:《艺文类聚》卷四一作"苦用心"。　③ 亮节:高亢之声。清沈德潜《说诗晬语》卷上:"鲍明远乐府,抗音吐怀,每成亮节。"

君 子 行①

陆 机

天道夷且简,人道险而难。休咎相乘蹑,翻覆若波澜。去疾苦不远,疑似实生患。近火固宜热,履冰岂恶寒。掇蜂②灭天道,拾尘③惑孔颜。逐臣尚何有,弃友焉足叹。福钟④恒有兆,祸集非无端。天损未易辞,人益犹可欢。朗鉴岂远假,取之在倾冠。近情苦自信,君子防未然。

① 此首录自《乐府诗集》卷三二。今按:此题为王僧虔《大明三年宴乐技录》平调七曲之四。　② 掇蜂:《太平御览》卷九五〇引汉刘向《列女传》:"尹吉甫子伯奇至孝事后母。母取蜂去毒,系于衣上,伯奇前欲去之,母便大呼曰:'伯奇牵我。'吉甫见疑之,伯奇自死。"后因以"掇蜂"为离间骨肉之典。　③ 拾尘:典出《孔子家语·颜回》,孔子被困陈蔡之间,七日不得食。一次做饭,颜回拣食沾上烟灰的米粒,被子贡误会而致疑。唐李白《雪谗诗赠友人》:"拾尘掇蜂,疑圣猜贤。"　④ 钟:汇聚,集中。北魏郦道元《水经注·济水二》:"泽水淼漫,俱钟淮泗。"

燕 歌 行①

陆 机

四时代序逝②不追，寒风习习落叶飞。蟋蟀在堂露盈墀③，念君远④游恒⑤苦悲。君何缅然久不归，贱妾悠悠心无违。白日既没明灯辉，夜⑥禽赴林匹鸟栖。双鸣⑦关关宿河湄⑧，忧来感物泪不晞。非君之念思为谁？别日⑨何早会何迟！

① 此首录自《乐府诗集》卷三二。今按：此题为王僧虔《大明三年宴乐技录》平调七曲之五。　② 逝：《乐府诗集》注"一作远"。　③ 墀：《玉台新咏》卷九作"阶"。　④ 远：《乐府诗集》注"一作客"。　⑤ 恒：《玉台新咏》卷九作"常"。　⑥ 夜：《玉台新咏》作"寒"。　⑦ 鸣：《玉台新咏》及《陆士衡文集》卷七作"鸠"。　⑧ 河湄：湄，岸边，水和草相接的地方。《诗·秦风·蒹葭》："所谓伊人，在水之湄。"　⑨ 别日：《陆士衡文集》作"离别"，《乐府诗集》注"一作日别"。

从 军 行①

陆 机

苦哉远征人，飘飘穷四遐②。南陟五岭巅，北戍长城阿。溪谷③深④无底，崇山郁嵯峨。奋臂攀乔木，振迹涉流沙。隆暑固已惨，凉风严且苛。夏条集⑤鲜藻，寒冰结冲波。胡马如云屯，越旗亦星罗。飞锋无绝影，鸣镝自相和。朝餐不免胄，夕息常负戈。苦哉远征人，拊心悲如何！

① 此首录自《乐府诗集》卷三二。今按：此题为王僧虔《大明三年宴乐技录》平调七曲之六。　② 穷四遐：《乐府诗集》注"一作穷西河"。　③ 溪谷：《乐府诗集》注"一作深谷"。　④ 深：《乐府诗集》注"一作邈"。　⑤ 集：《乐府诗集》作"焦"，据其注"一作集"改。

鞠 歌 行①

陆 机

朝云升,应龙②攀,乘风远游腾云端。鼓钟歇,岂自欢,急弦高张思和弹。时希值,年夙愆,循己虽易人知难。王阳③登,贡公④欢,罕生既没国子叹。嗟千载,岂虚言,邈矣远念情忾然。

① 此首录自《乐府诗集》卷三三。郭茂倩解引《古今乐录》曰:"王僧虔《技录》,平调又有《鞠歌行》,今无歌者。"陆机序曰:"按汉宫阁有含章鞠室,灵芝鞠室,后汉马防第宅卜临道,连阁通池,鞠城弥于街路。鞠歌将谓此也。又东阿王诗'连骑击壤',或谓蹙鞠乎?三言七言,虽奇宝名器,不遇知己,终不见重。愿逢知己,以托意焉。"今按:此题为王僧虔《大明三年宴乐技录》平调七曲之七。
② 应龙:传说中一种有翼的龙。相传禹治洪水时,有应龙以尾画地成江河,使水入海。 ③ 王阳:指西汉王吉(字子阳),汉宣帝时为博士谏大夫,为官清廉,与贡禹情意相投。 ④ 贡公:即汉代贡禹,以明经洁行征为博士,元帝时累官至御史大夫,主张选贤能,诛奸臣,罢倡乐,修节俭,后世尊为"贡公"。

清调曲

豫章行苦相篇①

傅 玄

苦相②身为女,卑陋难再陈。儿男③当门户,堕地自生神。雄心志四海,万里望风尘。女育无欣爱,不为家所珍。长大逃深室,藏头羞见人。垂④泪适他乡,忽如雨绝云。低头和颜色,素齿结朱唇。跪拜无复数,婢妾如严宾。情合同云汉,葵藿仰阳春。心乖甚水火,百恶集其身。玉颜随年变,丈夫多好新。昔为形与影,今为胡与秦⑤。胡秦时相见,一绝逾参辰。

① 此首录自《乐府诗集》卷三四。今按:此题为王僧虔《大明三年宴乐技录》

清调六曲之二。苦相篇,取歌辞首句"苦相"二字为篇名。《古今乐录》曰:"傅玄《苦相篇》云'苦相身为女',言尽力于人,终以华落见弃。"　②苦相:犹薄命。③儿男:《诗纪》卷二二作"男儿",《乐府诗集》注"一作男儿"。　④垂:《乐府诗集》作"无",据《诗纪》改。　⑤胡与秦:胡人与秦人。贾谊《过秦论》:"(秦始皇)乃使蒙恬北筑长城而守蕃篱,却匈奴七百余里,胡人不敢南下而牧马。"此处喻夫妻关系疏远。

董逃行历九秋篇①

傅　玄

历九秋兮三春,遗②贵客兮远宾。顾多君心所亲,乃命妙妓才人,炳若日月星辰③。序金垒兮玉觞,宾主递起雁④行。杯若飞电绝光,交觞接卮结裳。慷慨欢笑万方⑤。奏新诗兮夫君,烂然虎变龙文,浑如天地未分,齐讴楚舞纷纷,歌声上激青云⑥。穷八音兮异伦,奇声靡靡每新,微披⑦素齿丹唇,逸响飞薄梁尘,精爽眇眇入神⑧。坐咸醉兮沾欢,引樽促席临轩。进爵献寿翻翻,千秋要君一言,愿爱不移若山⑨。君恩爱兮不竭,譬若朝日夕月,此景万里不绝,长保初醮结发⑩,何忧坐生⑪胡越⑫。携弱手兮金环,上游飞阁云间。穆若鸳凤双鸾⑬。还幸兰房⑭自安,娱心乐意⑮难原⑯。乐既极兮多怀,盛时忽逝若颓,寒暑革御景回。春荣⑰随风飘摧。感物动心增哀⑱。妾受命兮孤虚,男儿堕⑲地称姝⑳,女弱虽㉑存若无。骨肉至亲更疏,奉事他人托躯㉒。君如影兮随形,贱妾如水浮萍。明月不能常盈,谁能无根保荣,良时冉冉代征㉓。顾绣领兮含晖,皎日回光则㉔微。朱华忽尔㉕渐衰,影欲舍形高飞,谁言往恩㉖可追㉗。荠与麦兮夏零,兰桂践霜㉘逾馨。禄命悬天难明,妾心结意丹青,何忧君心中倾㉙。

① 此首录自《乐府诗集》卷三四。今按：此题为王僧虔《大明三年宴乐技录》清调六曲之三。历九秋篇，是取本篇前三字为篇名。　② 遗：《玉台新咏》卷九作"分遗"。《玉台新咏考异》云："遗字疑为邀字之误。"　③《乐府诗集》注"其一"，意谓"一解"。　④ 雁：《乐府诗集》作"写"，据《玉台新咏》改。　⑤《乐府诗集》注"其二"，意谓"二解"。　⑥《乐府诗集》注"其三"，意谓"三解"。　⑦ 披：《玉台新咏》作"笑"。　⑧《乐府诗集》注"其四"，意谓"四解"。　⑨《乐府诗集》注"其五"，意谓"五解"。　⑩ 结发：《汉魏六朝百三名家集》作"发结"。　⑪ 生：《乐府诗集》脱，据《玉台新咏》补。又《汉魏六朝百三名家集》此字作"成"。　⑫《乐府诗集》注"其六"，意谓"六解"。胡越，古时胡越两族南北相距甚远，比喻夫妻之间感情疏远。　⑬ 双鸾：《乐府诗集》脱而作"燕"，又注"一作莺"，据《玉台新咏》补改。　⑭ 兰房：犹"香闺"。旧时妇女的居室。　⑮ 乐意：《玉台新咏》作"极乐"。　⑯《乐府诗集》注"其七"，意谓"七解"。　⑰ 春荣：《汉魏六朝百三名家集》作"荣华"。　⑱《乐府诗集》注"其八"，意谓"八解"。　⑲ 堕：《乐府诗集》作"随"，据《玉台新咏》改。　⑳ 姝：《汉魏六朝百三名家集》作"珠"。　㉑ 虽：《乐府诗集》作"难"，据《汉魏六朝百三名家集》改。　㉒《乐府诗集》注"其九"，意谓"九解"。　㉓《乐府诗集》注"其十"，意谓"十解"。　㉔ 则：《玉台新咏》作"侧"。　㉕ 尔：《乐府诗集》作"示"，据《玉台新咏》改。　㉖ 恩：《乐府诗集》作"思"，据《玉台新咏》改。　㉗《乐府诗集》注"其十一"，意谓"十一解"。　㉘ 霜：《乐府诗集》作"履"，据《玉台新咏》改。　㉙《乐府诗集》注"其十二"，意谓"十二解"。

秋 胡 行①（二首）

傅 玄

其 一

秋胡子娶妇，三日会行，仕宦既享显爵，保兹德音。以禄颐亲，韫此②黄金。睹一好妇，采桑路傍。遂下黄金，诱以逢卿。玉磨逾洁，兰动弥馨。源流洁清，水无浊波。奈何秋胡，中道怀邪。美此节妇，高行巍峨。哀哉可愍,自投长河。

① 此二首录自《乐府诗集》卷三六。今按:此题为王僧虔《大明三年宴乐技录》清调六曲之六。　② 此:《乐府诗集》作"比",据《诗纪》卷二二改。

其　二①

秋胡纳令室,三日宦②他乡。皎皎洁妇姿,泠泠③守空房。燕婉不终夕,别如参与商。忧来犹四海,易感难可防。人言生日短,愁者苦夜长。百草扬春华,攘腕采柔桑。素手寻繁枝,落叶不盈筐。罗衣翳玉体,回目流采章。君子倦仕归,车马如龙骧。精诚驰万里,既至两相忘。行人悦令颜,情④息此树旁。诱以逢卿喻,遂下黄金装。烈烈贞女忿,言辞厉秋霜。长驱及居室,奉金升北堂。母立呼妇来,欢情乐未央。秋胡见此妇,惕然怀探汤。负心岂不惭,永誓非所望。清浊必⑤异源,凫凤不并翔。引身赴长流,果哉洁妇肠。彼夫既不淑,此妇亦太刚。

① 其二:《诗纪》卷二二此首作《和秋胡行》,并注"一云《和班氏诗》"。② 宦:《诗纪》作"宦"。　③ 泠泠:《诗纪》作"冷冷"。　④ 情:《乐府诗集》注"一作借"。《玉台新咏》卷二作"请"。　⑤ 必:《古乐府》卷四作"自"。

苦 寒 行①

陆 机

北游幽朔城,凉野多险艰②。俯入穷谷底,仰陟高山盘。凝冰结重涧,积雪被长峦。阴云兴岩侧,悲风鸣树端。不睹白日景,但闻寒鸟喧。猛虎凭林啸,玄猿临岸叹。夕宿乔木下,惨③惨恒④鲜欢。渴饮坚冰浆,饥待⑤零露餐。离思固已久⑥,寤寐莫与言。剧哉行役人,慊慊恒苦寒。

① 此首录自《乐府诗集》卷三三。今按:此题为王僧虔《大明三年宴乐技录》

清调六曲之一。　②艰：《文选》卷二八作"难"。　③惨：《乐府诗集》注"一作怆"。　④恒：《乐府诗集》作"怕"，据《文选》及《陆士衡集》卷六改。　⑤饥待：《乐府诗集》注"一作饥食"。　⑥久：《乐府诗集》作"矣"，据《文选》、《陆士衡集》卷六改。

豫 章 行①

陆 机

泛舟清川渚，遥望高②山阴。川陆殊途③轨，懿亲将远寻。三荆④欢同株，四鸟⑤悲异林。乐会良自古，悼别岂独今。寄世将几何，日昃无停阴。前路既已多，后途随年侵。促促薄暮景，亹亹鲜克禁。曷为复以兹，曾是怀苦心。远节婴物浅，近情能不深。行矣保嘉福，景绝继以音。

① 此首录自《乐府诗集》卷三四。今按：此题为王僧虔《大明三年宴乐技录》清调六曲之二。　②高：《乐府诗集》注"一作南"。　③途：《乐府诗集》注"一作涂"。　④三荆：《艺文类聚》卷八九引周景式《孝子传》："古有兄弟，忽欲分异，出门见三荆同株，接叶连阴，叹曰'木犹欣聚，况我而殊哉'，还为雍和。"后以"三荆"喻同胞兄弟。　⑤四鸟：喻别离之人。《孔子家语·颜回》载：孔子在卫，闻哭者之声甚哀，问颜回，回曰这哭声不仅为死者，而且为生而离别者。孔子问其故，对曰："回闻桓山之鸟，生四子焉。羽翼既成，将分于四海，其母悲鸣送之，哀声有似于此，谓其往而不返也。回窃以音类知之。"

董 逃 行①

陆 机

和风习习薄林，柔条布叶垂阴。鸣鸠拂羽相寻，仓鹒②喈喈弄音，感时悼逝伤心。日月相追周旋，万里倏忽几年，人皆冉冉西迁。盛时一往不远，慷慨乖念凄然。昔为少年无忧，常怪秉烛夜游，翩翩宵征何求，于今知此有由。但为老去年道，盛固有衰不疑。长夜冥冥无期，何不驱驰及时。聊乐永日自怡，赍此遗情何之。人生居世为安，岂若及时为欢。世道多故万端，忧虑纷错交颜，老行及之长叹。

① 此首录自《乐府诗集》卷三四。今按：此题为王僧虔《大明三年宴乐技录》清调六曲之三。　② 仓鹒：亦名"仓庚"，即黄莺、黄鹂。

长安有狭斜行①
陆　机

伊洛有歧路，歧路交朱轮。轻盖承华景，腾步蹑飞尘。鸣玉岂朴儒，凭轼皆俊民。烈心厉劲秋，丽服鲜芳春。余本倦游客，豪彦多旧亲。倾盖承芳讯，欲鸣当及晨。守一不足矜，歧路良可遵。规行无旷迹，矩步岂逮人。投足绪已尔，四时不必循。将遂殊涂②轨，要子同归津。

① 此首录自《乐府诗集》卷三五。今按：此题为王僧虔《大明三年宴乐技录》清调六曲之四。　② 涂：通"途"。

塘 上 行①
陆　机

江蓠②生幽渚，微芳不足宣。被蒙风雨③会，移居华池边。发藻玉台下，垂影沧浪泉④。沾润既已渥，结根奥且坚。四节逝不处，繁华难久鲜。淑气与时殒，余芳随风捐。天道有迁易，人理无常全。男欢智倾愚，女爱衰避妍。不惜微躯退，但⑤惧苍蝇前。愿君广末光，照妾薄暮年。

① 此首录自《乐府诗集》卷三五。今按:此题为王僧虔《大明三年宴乐技录》清调六曲之五。　② 江蓠:亦作"江离",香草名。《楚辞·离骚》:"扈江离与辟芷兮,纫秋兰以为佩。"王逸注:"江离、芷,皆香草名。"　③ 雨:《文选》卷二八作"云"。　④ 泉:《乐府诗集》注"一作渊"。　⑤ 但:《乐府诗集》作"恒",据《陆士衡文集》卷 六改。

秋 胡 行①

陆 机

道虽一致,涂有万端。吉凶纷蔼,休咎之源。人鲜知命,命未易观。生亦何惜,功名所勤。

① 此首录自《乐府诗集》卷三六。今按:此题为王僧虔《大明三年宴乐技录》清调六曲之六。

瑟调曲

鸿雁生塞北行①

傅 玄

凤凰远生海西,及时昆山冈。五德②存羽仪,和鸣定宫商。百鸟并侍左右,鼓翼腾华光。上熙游云日间,千岁时来翔。孰若彼龙与龟,曳尾泥中藏。非云雨则不升,冬伏春乃骧。退哀此秋兰,草根绝,随化扬。灵气一何优③美,万里驰芬芳。常恐物微易歇④,一朝见弃忘。

① 此首录自《乐府诗集》卷三七。今按:此题出自魏武帝曹操《却东西门行》首句"鸿雁出塞北",傅玄取句中"鸿雁"拟新题,故仍为瑟调也。　② 五德:古人以"五德"比喻物的五种特征,鸡有文、武、勇、仁、信五德,蝉有文、清、廉、俭、信五德。这里谓凤凰也有五德。　③ 优,《乐府诗集》作"忧",据句意改。　④ 物微

易歇:《乐府诗集》作"物易微歇",据《诗纪》卷二二改。

饮马长城窟行①

傅 玄

青青河边草,悠悠万里道。草生在春时,远道还
有期。春至草不生,期②尽叹无声。感物怀思心,梦想
发中情。梦君如鸳鸯,比翼云间翔。既觉寂无见,旷
如参与商③。河洛自用固,不如中岳安。回流不及反,
浮云往自还。悲风动思心,悠悠谁知者。悬景无停
居,忽如驰驷马。倾耳怀音响,转目泪双堕。生存无
会期,要君黄泉下。

① 此首录自《乐府诗集》卷三八。今按:《玉台新咏》卷一作《青青河边草》
篇。此题当属王僧虔《技录》瑟调三十八曲之九《饮马行》。　② 期:《诗纪》卷二
二注"一作泣"。　③ "旷如"句下,《诗纪》有四句:"梦君结同心,比翼游北林。
既觉寂无见,旷如商与参。"

艳歌行有女篇①

傅 玄

有女怀芬芳,媞媞步东厢。蛾眉分翠羽②,明眸③
发清扬。丹唇翳皓齿,秀色若珪璋。巧笑露④欢靥⑤,
众媚不可详。令仪希世出,无乃古毛嫱⑥。头安金步
摇⑦,耳系明月珰。珠环约素腕,翠羽⑧垂鲜光。文袍
缀藻黼,玉体映罗裳。容华既已艳,志节拟秋霜。徽⑨
音冠青云,声响流四方。妙哉英⑩媛德,宜配侯与王。
灵应万世合,日月时相望。媒氏陈束帛,羔雁鸣前堂。
百两盈中路,起若鸾凤翔。凡夫徒踊跃,望绝殊参商。

① 此首录自《乐府诗集》卷三九。今按:此题当属王僧虔《技录》瑟调三十八

曲之二十二《艳歌行》。　②分翠羽:《艺文类聚》卷一八作"若双翠"。　③眸:《玉台新咏》卷二作"目"。　④露:《乐府诗集》作"云",据《玉台新咏》改。⑤欢靥:《乐府诗集》作"权靥",据《汉魏六朝百三名家集》改。　⑥毛嫱:古代美女名。《庄子·齐物论》:"毛嫱、丽姬,人之所美也。"　⑦"头安"句:《乐府诗集》注"一作首戴金步摇"。　⑧羽:《玉台新咏》作"爵"。　⑨徽:《乐府诗集》作"微",据《玉台新咏》改。　⑩英:《汉魏六朝百三名家集》作"美"。

放 歌 行①

傅 玄

　　灵龟有枯甲,神龙有腐鳞。人无千岁寿,存质空相因。朝露尚移景,促哉水上尘。丘冢如履綦,不识故与新。高树来悲风,松柏垂威神。旷野何萧条,顾望无生人。但见狐狸迹,虎豹自成群。狐雏攀树鸣,离鸟何缤纷。愁子多哀心,塞耳不忍闻。长啸泪雨下,太息气成云。

　　①此首录自《乐府诗集》卷三八。今按:此题为王僧虔《技录》瑟调三十八曲之十四。

墙上难为趋①

傅 玄

　　门有车马客,骖服若腾飞。华②组结玉佩,蘩藻纷葳蕤。冯轼垂长缨,顾盼有余辉。贫主屣弊履,整比③蓝缕衣。客曰嘉病乎,正色意无疑。吐言若覆水,摇舌不可追。渭滨渔钓翁,乃为周所咨。颜回处陋巷,大圣称庶几。苟富不知度,千驷贱采薇。季孙④由俭显,管仲病三归。夫差耽淫侈,终为越所围。遗身外荣利,然后享巍巍。迷者一何众,孔难知德希。甚美致憔悴,不知豚豕肥。杨朱⑤泣路歧,失道令⑥人悲。子贡欲自矜,原宪⑦知其非。屈伸各异势,穷达不同资。夫惟体中庸,先天天不违。

① 此首录自《乐府诗集》卷四〇。郭茂倩解引《古今乐录》曰:"王僧虔《技录》云:'《墙上难用趋行》,荀《录》所载,墙上一篇,今不传。'"今按:此题为王僧虔《技录》瑟调三十八曲之二十八。　② 华:《乐府诗集》作"革",据《汉魏六朝百三名家集》改。　③ 整比:《汉魏六朝百三名家集》作"整此"。　④ 季孙:即季孙氏。春秋鲁桓公子季友的后裔。　⑤ 杨朱:战国初魏国人。《荀子·王霸》:"杨朱哭衢途曰:'此夫过举跬步,而觉跌千里者夫!'哀哭之。"谓在十字路口错走半步,到觉悟后已经差之千里了,杨朱为此而哭泣。　⑥ 令:《乐府诗集》作"今",据《汉魏六朝百三名家集》改。　⑦ 原宪:春秋时鲁国人,一说宋国人,孔子弟子。

白杨行①

傅 玄

青云固非青,当云奈白云。骥从西北驰来,吾何忆。骥来对我悲鸣,举头气凌青云。当奈此骥正龙形。跛足蹉跎长坡下,骞驴慷忾,敢与我争驰。踯躅盐车之中,流汗两耳尽下垂。虽怀千里之逸志,当时不②得施。白云影影,舍我高翔。青云徘徊,戢我愁啼。上眺增崖,下临清池。日欲西移,既来归君。君不一顾,仰天太息。当用生为,青云乎③,飞时悲,当奈何邪! 青云飞乎!

① 此首录自《乐府诗集》卷四〇。郭茂倩解引《古今乐录》曰:"王僧虔《技录》有《白杨行》,今不歌。"今按:此题为王僧虔《技录》瑟调三十八曲之三十五。② 不:《乐府诗集》作"一",据句意改。　③ 青云乎:《乐府诗集》作"青乎云",据《诗纪》卷二二改。

陇西行①

陆 机

我静如镜,民动如烟。事以形兆,应以象悬。岂曰无才,世鲜兴贤。

① 此首录自《乐府诗集》卷三七。今按:此题为王僧虔《大明三年宴乐技录》瑟调三十八曲之二。

折杨柳行①

陆 机

邈矣垂天景,壮哉奋地雷。隆隆岂久响,华光②恒③西隤。日落似有竟,时逝恒若催。仰悲朗月运,坐观璇④盖回。盛门无再入,衰房莫苦阍⑤。人生固已短,出处鲜为谐。慷慨惟昔人,兴此千载怀。升龙悲绝处,葛藟变条枚。寤寐岂虚叹,曾是感与摧。聅意无足欢⑥,愿言有余哀。

① 此首录自《乐府诗集》卷三七。今按:此题为王僧虔《技录》瑟调三十八曲之三。 ② 光:《乐府诗集》作"华",据《诗纪》卷二四改。 ③ 恒:《诗纪》作"但"。 ④ 璇:《诗纪》作"旋"。 ⑤ 阍:《陆士衡集》卷七作"开"。 ⑥ 欢:《乐府诗集》作"叹",据《陆士衡集》改。

顺东西门行①

陆 机

出西门,望天庭,阳谷②既虚崦嵫③盈。感朝露,悲人生,逝④者若斯安得停。桑枢戒,蟋蟀鸣,我今不乐岁聿征。迨未暮,及时平,置酒高堂宴友生。激朗笛,弹哀筝,取乐今日尽欢情。

① 此首录自《乐府诗集》卷三七。郭茂倩解引《古今乐录》曰:"王僧虔《技

录》云：《顺东西门行》，今不歌。"今按：此题为王僧虔《技录》瑟调三十八曲之八。
② 阳谷：即"旸谷"，神话传说中日出的地方。《文选》作"汤谷"。 ③ 崦嵫：山
名。在甘肃天水县西境。传说为日落之处。《楚辞·离骚》王逸注："崦嵫，日所
入山也。"亦喻指人的暮年。 ④ 逝：《乐府诗集》作"游"，据《陆士衡集》卷七改。

上留田行①

陆 机

嗟行人之蔼蔼，骏马陟原风驰。轻舟泛川雷迈，
寒往暑来相寻。零雪霏霏集宇，悲风徘徊入襟。岁华
冉冉方除，我思缠绵未纾，感时悼逝凄如。

① 此首录自《乐府诗集》卷三八。今按：此题为王僧虔《技录》瑟调三十八曲
之十。

饮马长城窟行①

陆 机

驱马陟阴山，山高②马不前。往问阴山候，劲虏在
燕然。戎车无停轨，旌旆屡徂迁。仰凭积雪岩，俯涉
坚冰川。冬来秋未反，去家邈以绵。猃狁③亮未夷，征
人岂徒旋。末德争先鸣，凶器无两全。师克薄赏行，
军没微躯捐。将遵甘、陈迹，收功单于旃。振旅劳归
士④，受爵藁街⑤传。

① 此首录自《乐府诗集》卷三八。今按：此题当属王僧虔《技录》瑟调三十八
曲之九《饮马行》。 ② 高：《乐府诗集》注"一作阴"。 ③ 猃狁：亦作"猃狁"、
"荤粥"等，古代北方少数民族名。 ④ 士：《乐府诗集》作"去"，据《文选》卷二八
改。 ⑤ 藁街：汉时街名，在长安城南门内，为属国使节馆舍所在地。

门有车马客行①

陆 机

门有车马客,驾言发故乡。念君久不归,濡迹涉江湘。投袂赴门涂,揽衣不及裳。拊膺携客泣,掩泪叙温凉。借问邦族间,恻怆论存亡。亲友多零落,旧齿皆凋丧。市朝②互迁易,城阙或丘荒。坟垄日月多,松柏郁茫茫。天道信崇替,人生安得长。慷慨惟平生,俛仰独悲伤。

① 此首录自《乐府诗集》卷四〇。郭茂倩解引《古今乐录》曰:"王僧虔《技录》云:'《门有车马客行》歌东阿王置酒一篇。'"《乐府解题》曰:"曹植等《门有车马客行》皆言问讯其客,或得故旧乡里,或驾自京师,备叙市朝迁谢,亲友凋丧之意也。"按曹植又有《门有万里客》,亦与此同。今按:此题为王僧虔《技录》瑟调三十八曲之二十七。 ② 市朝:指市井和朝廷。

日重光行①

陆 机

日重光,奈何天回薄。日重光,冉冉其游如飞征②。日重光,今我日华华之盛。日重光,倏忽过,亦安停。日重光,盛往衰,亦必来。日重光,譬如四时,固恒相催。日重光,惟命有分可营。日重光,但③惆怅才志。日重光,身没之后无遗名。

① 此首录自《乐府诗集》卷四〇。郭茂倩解引《古今乐录》曰:"王僧虔《技录》有《日重光行》,今不传。"崔豹《古今注》曰:"《日重光》、《月重轮》,群臣为汉明帝作也。明帝为太子,乐人作歌诗四章,以赞太子之德。一曰《日重光》,二曰《月重轮》,三曰《星重辉》,四曰《海重润》。汉末丧乱,后二章亡。旧说云,天子之德,光明如日,规轮如月,众辉如星,沾润如海。太子比德,故云重也。"今按:此题为王僧虔《技录》瑟调三十八曲之二十九。 ② 飞征:指飞禽走兽。《后汉书·马融传》李贤注:"飞征,飞走也。" ③ 但:《乐府诗集》注"一作常"。

月重轮行①

陆 机

人生一时,月重轮。盛年焉可恃②,月重轮。吉凶倚伏,百年莫我与期。临川曷悲悼,兹去不从肩,月重轮。功名不勖之,善哉古人,扬声敷闻九服③,身名流何穆。既自才难,既嘉运,亦易愆。俛仰行老,存没将何观④? 志士慷慨独长叹,独长叹。

① 此首录自《乐府诗集》卷四〇。今按:当属瑟调《日重光行》一曲。 ② 焉可恃:《诗纪》卷二四作"安可持"。恃,《乐府诗集》注"一作持"。 ③ 九服:王畿以外的九等地区。 ④ 观:《诗纪》作"所"。

棹 歌 行①

陆 机

迟迟暮春日,天气柔且嘉。元吉②隆初已,濯秽游黄河。龙舟浮鹢首③,羽旗垂藻葩。乘风宣飞景,逍遥戏中波。名讴激清唱,榜人纵棹歌。投纶沉洪川,飞缴入紫霞。

① 此首录自《乐府诗集》卷四〇。今按:此题为王僧虔《技录》瑟调三十八曲之三十一。 ② 元吉:大吉;洪福。《易·坤》:"黄裳元吉。"孔颖达疏:"元,大也。以其德能如此,故得大吉也。" ③ 鹢首:指船头画着鹢鸟图形。

楚调曲

王僧虔《大明三年宴乐技录》楚调曲有《白头吟行》、《泰山吟行》、《梁甫吟行》、《东武琵琶吟行》、《怨诗行》等五曲。

怨歌行朝时篇①

傅 玄

昭昭朝时日,皎皎晨②明月。十五入君门,一别终华发。同心忽异离,旷如胡与越。胡越有会时,参辰辽且阔。形影无仿佛,音声寂无达。纤弦感促柱,触之哀声发。情思如循环,忧来不何遏。涂山有余恨,诗人咏《采葛》③。蜻蚓④吟床下,回风起幽闼。春荣随路落,芙蓉生木末。自伤命不遇,良辰永乖别。已尔可奈何,譬如纨素裂。孤雌翔故巢,星流光景绝。魂神驰万里,甘心要同穴。

① 此首录自《乐府诗集》卷四二。今按:此题当属王僧虔《技录》楚调五曲之五。　② 晨:《乐府诗集》作"最",据《玉台新咏》卷二改。　③《采葛》:《诗·王风》篇名。《诗·王风·采葛序》谓:"《采葛》,惧谗也。"后人常以此指畏惧或避免谗言。　④ 蜻蚓:即蟋蟀。

泰 山 吟①

陆 机

泰山一何高,迢迢造天庭。峻极周已远,层云郁冥冥。梁甫亦有馆,蒿里亦有亭。幽涂延万鬼,神房集百灵。长吟泰山侧,慷慨激楚声②。

① 此首录自《乐府诗集》卷四一。郭茂倩解引《古今乐录》曰:"王僧虔《技录》有《泰山吟行》,今不歌。"《乐府解题》曰:"《泰山吟》,言人死精魄归于泰山,亦《薤露》、《蒿里》之类也。"今按:此题为王僧虔《技录》楚调五曲之二。　② 楚声:古代楚地的曲词。

梁甫吟①

陆 机

玉衡既②已骖，羲和③若飞凌。四运寻④环转，寒暑自相惩⑤。冉冉年时暮，迢迢天路征。招摇东北指，大火西南升。悲风无绝响，玄云互相仍。丰水凭川结，霜⑥露弥天凝。年命时相逝，庆云鲜克乘。履信多愆期，思顺焉足凭。忾忾⑦临川响，非此孰为兴。哀吟梁甫巅，慷慨独抚膺。

① 此首录自《乐府诗集》卷四一。今按：此题为王僧虔《技录》楚调五曲之三。　② 既：《乐府诗集》注"一作固"。　③ 羲和：神话传说中驾御日车的神。　④ 寻：《汉魏六朝百三名家集》作"循"。　⑤ 惩：《陆士衡集》卷七作"承"。　⑥ 霜：《陆士衡集》卷七作"零"，又《汉魏六朝百三名家集》作"寒"。　⑦ 忾忾：《乐府诗集》注"一作慷忾"。《陆士衡集》作"慷慨"。

东武吟行①

陆 机

投迹短世间，高步长生闱。濯发冒云冠，洗身被羽衣。饥从韩众餐，寒就佚女②栖。

① 此首录自《乐府诗集》卷四一。郭茂倩解引《古今乐录》曰："王僧虔《技录》有《东武吟行》，今不歌。"《乐府解题》曰："鲍照云'主人且勿喧'，沈约云'天德深且旷'，伤时移事异，荣华徂谢也。"左思《齐都赋》注云："《东武》、《泰山》，皆齐之土风，弦歌讴吟之曲名也。"《通典》曰："汉有东武郡，今高密、诸城县是也。"　② 佚女：美女。《楚辞·离骚》："望瑶台之偃蹇兮，见有娀之佚女。"王逸注："佚，美也。"

班婕妤①

陆 机

婕妤去辞宠，淹留终不见。寄情在玉阶，托意唯

团扇。春苔暗阶除，秋草芜高殿。黄昏履綦绝，愁来
空雨面。

① 此首录自《乐府诗集》卷四三。郭茂倩解云，一曰《婕妤怨》。《汉书》曰：
"孝成班婕妤，初入宫为少使，俄尔大幸，为婕妤，居增成舍。自鸿嘉后，帝稍隆内
宠，婕妤进侍者李平，平得幸，立为婕妤，赐姓卫，所谓卫婕妤也。其后赵飞燕姊
弟亦从微贱兴，班婕妤失宠，稀复进见。赵氏姊弟骄妒，婕妤恐久见危，求供养太
后长信宫，帝许焉。"《乐府解题》曰："《婕妤怨》者，为汉成帝班婕妤作也。婕妤，
徐令彪之姑，况之女。美而能文，初为帝所宠爱。后幸赵飞燕姊弟，冠于后宫。
婕妤自知见薄，乃退居东宫，作赋及纨扇诗以自伤悼。后人伤之而为《婕妤
怨》也。"

杂曲歌辞

晋杂曲歌辞作者,除傅玄、陆机之外,尚有张华,其格调犹存燕赵之风。

胡姬年十五①

刘　琨②

虹梁照晓日,渌水泛香莲。如何十五少,含笑酒炉前。花将面自许,人共影相怜。回头堪百万,价重为时年。

① 此首录自《乐府诗集》卷六三。　② 刘琨(271—318):晋将领、诗人。字越石,中山魏昌(今河北无极)人。永嘉元年(307)任并州刺史。愍帝初,任大将军,都督并州诸军事,长期坚守并州,安抚流亡,后为段匹磾所害。今按:《诗纪》卷一一:此首"《乐府》作晋刘琨,《五言律祖》作梁刘琨,然晋未有律体,《律祖》或有考也。"按此诗格律情调与晋诗迥异,疑当误题,或梁、陈间另有刘琨也。

秦女休行①

傅　玄

庞②氏有烈妇,义声驰雍、凉。父母家有重怨,仇人暴且强。虽有男兄弟,志弱不能当。烈女念此痛,丹心为寸伤。外若无意者,内潜思无方。白日入都市,怨家如平常。匿剑藏白刃,一奋寻身僵。身首为之异处,伏尸列肆旁。肉与土合成泥,洒血溅飞梁。猛气上干云霓,仇党失守为披攘。一市称烈义,观者收泪并慨慷。百男何当益,不如一女良。烈女直造县门,云父不幸遭祸殃。今仇身以分裂,虽死情益扬。

杀人当伏法,义不苟活隳旧章。县令解印绶,令我伤心不忍听。刑部垂头塞耳,令我吏举不能成。烈著希代之绩,义立无穷之名。夫家同受其祚,子子孙孙咸享其荣。今我弦歌吟咏高风③,激扬壮发悲且清。

① 此首录自《乐府诗集》卷六一。郭茂倩解云:"晋傅玄云'庞氏有烈妇',亦言杀人报怨,以烈义称,与古辞义同而事异。" ② 庞:《诗纪》卷二二注"一作秦"。 ③ "今我"句:《诗纪》作"今我作歌咏高风"。

齐瑟行

美女篇①

傅 玄

美人一何丽,颜若芙蓉花。一顾乱人国,再顾乱人家。未乱犹可奈何?

① 此首录自《乐府诗集》卷六三。

云中白子高行①

傅 玄

陵阳子②,来明意,欲作天与仙人游。超登元气攀日月,遂造天门将上谒。阊阖辟,见紫微绛阙,紫宫③崔嵬,高殿嵯峨,双阙万丈玉树罗。童女擊电策④,童男挽雷车。云汉随天流,浩浩如江河。因王长公谒上皇,钧天⑤乐作不可详。龙仙神仙,教我灵秘,八风子仪,与游我祥⑥。我心何戚戚,思故乡。俯看故乡,二仪设张。乐哉二仪,日月运移,地东南倾,天西北驰。鹤五气所补,鳌四足所支。齐驾飞龙骖赤螭,逍遥五岳间,东西驰。长⑦与天地并,复何为,复何为?

① 此首录自《乐府诗集》卷六三。　② 陵阳子:古代传说中的仙人。
③ 紫宫:天帝的居室,也指帝王宫禁。　④ 策:《乐府诗集》阙,据《诗纪》卷二二
及《汉魏六朝百三名家集》补。　⑤ 钧天:即"钧天曲",又称"钧天广乐"。谓天
上的音乐。　⑥ 与游我祥:疑当作"与我游翔"。　⑦ 长:《汉魏六朝百三名家
集》注"一作期"。

秋 兰 篇①

傅 玄

秋兰荫玉池,池水且芳香②。芙蓉随风发,中有双
鸳鸯。双鱼自涌濯③,两鸟时回翔。君其④历九秋,与
妾同衣裳。

① 此首录自《乐府诗集》卷六四。郭茂倩解云:秋兰本出于《楚辞》。《离骚》
云:"秋兰兮蘼芜,罗生兮堂下。绿叶兮素华,芳菲菲兮袭予。"兰,香草,言芳香菲
菲,上及于我也。傅玄《秋兰篇》云:"秋兰荫玉池,池水且芳香。"其旨言妇人之托
君子,犹秋兰之荫玉池,与《楚辞》同意。　② 且芳香:《诗纪》卷二二作"清且
芳"。　③ 涌濯:《玉台新咏》卷二作"踊跃"。　④ 其:《乐府诗集》注"一作期"。

飞 尘 篇①

傅 玄

飞尘秽清流,朝云蔽日光。秋兰岂不芬,鲍肆乱
其芳。河决溃金堤,一手不能障。

① 此首录自《乐府诗集》卷六四。

西长安行①

傅 玄

所思兮何在,乃在西长安。何用存问妾,香橙②双

珠环。何用重存问，羽爵翠琅玕。今我兮闻③君，更有
兮异心。香亦不可烧，环亦不可沉。香烧日有歇，环
沉日自深。

① 此首录自《乐府诗集》卷六四。郭茂倩解引《乐府解题》曰："《西长安行》，
晋傅休奕云：'所思兮何在，乃在西长安。'其下因叙别离之意也。"《三辅旧事》曰：
"长安城以北斗。"《周地图记》曰："长安城南为南斗形，北为北斗形。"《通典》曰：
"汉高帝自栎阳徙都长安，至惠帝，方发人徒筑城，即长安西北古城是也。"
② 褑：《诗纪》卷二二作"橙"。褑，《篇海类编·衣服类·衣部》："褑，毛带也。"
③ 闻：《乐府诗集》作"问"，据《玉台新咏》卷二改。

前有一樽酒行①

傅　玄

置酒结此会，主人起行觞。玉樽两楹间，丝理东
西厢。舞袖一何妙，变化穷万方。宾主齐德量，欣欣
乐未央。同享千年寿，朋来会此堂。

① 此首录自《乐府诗集》卷六五。

昔　思　君①

傅　玄

昔君与我兮形影潜结，今君与我兮云飞雨绝。昔
君与我兮音响相和，今君与我兮落叶去柯。昔君与我
兮金石无亏，今君与我兮星灭光离。

① 此首录自《乐府诗集》卷七四。

明 月 篇^①

傅 玄

皎皎明月光,灼灼朝日晖。昔为春蚕^②丝,今为秋女衣。丹唇列素齿,翠彩发蛾眉。娇子多好言,欢合易为姿。玉颜盛有时,秀色随年衰。常恐新间旧,变故兴细微。浮萍本无根^③,非水将何依。忧喜更相接,乐极还自悲。

① 此首录自《乐府诗集》卷六五。此题《诗纪》卷二二注:"《艺文类聚》作《怨诗》,一作《朗月篇》。" ② 蚕:《玉台新咏》卷二作"茧"。 ③ 本无根:《玉台新咏》卷二作"无根本"。

何 当 行^①

傅 玄

同声自相应,同心自相知。外合不由中,虽固终必离。管鲍不世出,结交安可为。

① 此首录自《乐府诗集》卷七六。

轻 薄 篇^①

张 华^②

末世多轻薄,骄或^③好浮华。志意能^④放逸,资财亦丰奢。被服极纤丽,肴膳尽柔嘉。僮仆余粱肉,婢妾蹈绫罗。文轩^⑤树羽盖,乘马鸣玉珂。横簪刻玳瑁,长鞭错象牙。足下金镶履,手中双莫耶^⑥。宾从焕络绎,侍御何芳葩。朝与金、张^⑦期,暮宿许、史^⑧家。甲第面长街,朱门赫嵯峨。苍梧竹叶清,宜城九酝醝。浮醪^⑨随觞转,素蚁自跳波。美女兴^⑩齐、赵,妍唱出西巴^⑪。一顾倾城国^⑫,千金不^⑬足多。北里献奇舞,大陵奏名歌。新声逾《激楚》[14]，妙妓绝《阳阿》[15]。玄鹤降浮云，鳣鱼跃中河。墨翟且停车，展季[16]犹咨嗟。淳于[17]前行酒，雍门坐相和。孟公[18]结重关，宾客不得蹉。三雅来何迟，耳热眼中花。盘案互交错，坐席咸喧哗。簪珥咸[19]堕落，冠冕皆倾邪。酣饮终日夜，明灯继朝霞。绝缨尚不尤[20]，安能复顾他。留连弥信宿，此欢难可过。人生若浮寄，年时忽蹉跎。促促朝露期，荣乐遽几何。念此肠中悲，涕下自滂沱。但畏执法吏，礼防且切磋。

① 此首录自《乐府诗集》卷六七。郭茂倩解引《乐府解题》曰："《轻薄篇》，言乘肥马，衣轻裘，驰逐经过为乐，与《少年行》同意。何逊云'城东美少年'，张正见云'洛阳美少年'是也。"　② 张华（232—300）：西晋文学家。字茂先，范阳方城（今河北固安）人。少孤贫，曾以牧羊为生，聪敏好学，受阮籍等赏识。魏末，被荐为太常博士。晋武帝时，因力主伐吴有功，历任要职，官至司空。其诗作多词藻华丽，内容空泛，也有少数作品写自己的壮志和揭露贵族豪奢荒淫的生活。明代张溥编《汉魏六朝百三名家集》辑存《张茂先集》，另有《博物志》十卷传世。
③ 或：《诗纪》卷二一作"代"。　④ 能：《诗纪》作"既"。《乐府诗集》亦注"一作既"。　⑤ 文轩：雕饰华美的车辆。　⑥ 莫耶：《古乐府》卷一〇作"莫邪"，古代宝剑名。　⑦ 金、张：金指汉金日磾家，自武帝至平帝七世为内侍；张指张汤，其后世自汉宣帝、元帝为侍中、中常侍十多人。后以之代称功臣世族之家。
⑧ 许、史：许指汉宣帝许皇后家；史指宣帝母家。后以之代称显贵之家。
⑨ 浮醪：与下文"素蚁"，均指酒面上的泡沫，以之代称酒。　⑩ 兴：《古乐府》作"与"。　⑪ 西巴：西川巴蜀之地，泛指蜀地。　⑫ 倾城国：《古乐府》作"倾国城"，《诗纪》作"城国倾"。　⑬ 不：《诗纪》作"宁"。　⑭《激楚》：古曲名。《汉书·司马相如传上》颜师古注引郭璞曰："《激楚》，歌曲也。"　⑮《阳阿》：古舞名。古之名倡阳阿善舞，后因以称舞名。　⑯ 展季：春秋时鲁国大夫展禽，字季。封于柳下，谥惠，故称柳下惠。　⑰ 淳于：指淳于髡，战国时齐国稷下人，以博学、滑稽、善辩著称。　⑱ 孟公：指孟尝君。　⑲ 咸：《乐府诗集》作"或"，据《诗纪》改。　⑳ 尤：《汉魏六朝百三名家集》作"言"。

游侠篇①

张华

翩翩四公子,浊世称贤明②。龙虎方③争交,七国并抗衡。食客三千余,门下多豪英。游说朝夕至,辩士自从横。孟尝东出关④,济身由鸡鸣。信陵西反魏,秦人不窥兵。赵胜南诅楚,乃与毛遂行。黄歇北适秦,太子还入荆。美哉游侠士,何以尚四卿。我则异于是,好古师老、彭。

① 此首录自《乐府诗集》卷六七。郭茂倩解引《汉书·游侠传》曰:"战国时,列国公子,魏有信陵,赵有平原,齐有孟尝,楚有春申,皆藉王公之势,竞为游侠,以取重诸侯,显名天下。故后世称游侠者,以四豪为首焉。汉兴,有鲁人朱家及剧孟、郭解之徒,驰骛于闾里,皆以侠闻。其后长安炽盛,街闾各有豪侠。时萬(今按:《乐府诗集》作'万',据《汉书·游侠传》改)章在城西柳市,号曰城西萬(今按:《乐府诗集》作'万',据《汉书·游侠传》改)章。酒市有赵君都、贾子光,皆长安名豪,报仇怨、养刺客者也。"《魏志》曰:"杨阿若后名丰,字伯阳,少游侠,常以报仇解怨为事。故时人为之号曰:'东市相斫杨阿若,西市相斫杨阿若。'后世遂有《游侠曲》。"魏陈琳、晋张华,又有《博陵王宫侠曲》。今按:萬章:汉代人,见《汉书·游侠传》。　② 明:《诗纪》卷二一作"名"。　③ 方:《诗纪》作"相"。　④ "孟尝"句:《乐府诗集》作"孟尝出东关",据《诗纪》改。

博陵王宫侠曲①(二首)

张华

其一

侠客乐幽险,筑室穷山阴。獠猎野兽稀,施网川无禽。岁暮饥寒至,慷慨顿足吟。穷令壮士激,安能怀苦心。干将坐自至②,繁弱③控余音。耕佃穷渊陵,种粟著剑镡④。收秋狭路间,一击重千金。栖迟熊罴穴,容与虎豹林。身在法令外,纵逸常不禁。

① 此二首录自《乐府诗集》卷六七。今按：博陵,古地名。为汉蠡吾县,汉桓帝在此为其父立博陵,县因此改名,故址在今河北蠡县南。　② 至：《乐府诗集》此字空阙,疑当作"至"。　③ 繁弱：古代良弓名。　④ 镡：剑类兵器,似剑而小。

其　二

雄儿任气侠,声盖少年场。借友行报怨,杀人租市旁。吴刀鸣手中,利剑严秋霜。腰间叉素戟,手持白头镡。腾超如激电,回旋如流光。奋击当手决,交尸自纵横。宁为殇鬼雄,义不入圜墙。生从命子游,死闻侠骨香。身没心不惩,勇气加四方。

游 猎 篇①

张 华

岁暮凝霜结,坚冰沍幽泉。厉风荡原隰,浮云蔽昊天。玄云晻暧②合,素雪纷连翩。鹰隼始击鸷,虞人③献时鲜。严驾鸣俦侣,揽辔过中田。戎车方四牡,文轩驭紫燕④。舆徒既整饬,容服丽且妍。武骑列重围,前驱抗修斿。倏忽似回飙,络绎若浮烟。鼓噪山渊动,冲尘云雾连。轻缯拂素霓,纤网荫长川。游鱼未暇窜,归雁不得旋⑤。由基控繁弱,公差操黄间⑥。机发应弦倒,一纵连双肩。僵禽正狼籍,落羽何翩翩⑦。积获被山阜,流血丹中原。驰骋未及倦,曜灵俄移晷。结罝弥薮泽,嚣声振四鄙。鸟惊触白刃,兽骇挂流矢。仰手接游鸿,举足蹴犀兕。如黄⑧批狡兔,青骹撮飞雉。鹄鹭不尽收,凫鹥安足视。日冥徒御劳,赏勤课能否。野飨会众宾,玄酒甘且旨。燔炙播遗芳,金觞浮素蚁。珍羞坠归云,纤肴出渌水。四气运不停,年时何矗矗。人生忽如寄,居世遽能几。至人同祸福,达士等生死。荣辱浑一门,安知恶与美。游放使心狂,覆车难再履。伯阳为我诚,检迹投清轨。

① 此首录自《乐府诗集》卷六七。郭茂倩解引《乐府解题》曰:"梁刘孝威《游猎篇》云:'之罘讲射所,上林娱猎场。'备言游行射猎之事;亦谓之《行行游且猎篇》。"　② 𥆧:《乐府诗集》作"𥆧",据词义改。　③ 虞人:古代掌管山泽园囿和田猎的官员。　④ 紫燕:骏马名。相传汉文帝有九匹骏马,其一名紫燕骝。后泛指名马。　⑤ 旋:《诗纪》卷二一作"还"。　⑥ 黄间:弩机,也称"黄肩"。　⑦ 翩翩:《诗纪》作"翻翻"。　⑧ 如黄:猎犬名,又称"茹黄"或"如簧"。

壮 士 篇①

张 华

天地相震荡,回薄不知②穷。人物禀常格,有始必有终。年时俛仰过,功名宜速崇。壮士怀愤激,安能守虚冲。乘我大宛马,抚我繁弱弓。长剑横九野,高冠拂玄穹。慷慨成素霓,啸咤起清风。震响骇八荒,奋威曜四戎。濯鳞沧海畔,驰骋大漠中。独步圣明世,四海称英雄。

① 此首录自《乐府诗集》卷六七。郭茂倩解云,燕荆轲歌曰:"风萧萧兮易水寒,壮士一去兮不复还。"《壮士篇》盖出于此。　② 知:《诗纪》卷二一注"一作可"。

驾言出北阙行①

陆 机

驾言出北阙,踯躅遵山陵。长松何郁郁,丘墓互相承。念昔徂没子,悠悠不可胜。安寝重冥庐,天壤莫能兴。人生何期促,忽如朝露凝。辛苦百年间,戚戚如履冰。仁智亦何补,迁化有明征。求仙鲜克仙,太虚安可②凌。良会罄美服,对酒宴同声。

① 此首录自《乐府诗集》卷六一。　② 安可:《诗纪》卷二四作"不可"。

君子有所思行①

陆　机

命驾登北山,延伫望城郭。廛里一何盛②,街巷纷漠漠。甲第崇高闼,洞房结阿阁。曲池何湛湛,清川带华薄。邃宇列绮窗,兰室接罗幕。淑貌色斯升,哀音承颜作。人生盛行迈③,容华随年落。善哉膏粱士,营生奥且博。宴安消灵根,鸩毒不可恪。无以肉食资,取笑藜④与藿。

① 此首录自《乐府诗集》卷六一。郭茂倩解引《乐府解题》曰:"《君子有所思行》,晋陆机云:'命驾登北山。'宋鲍照云:'西上登雀台。'梁沈约云:'晨策终南首。'其旨言雕室丽色,不足为久欢,宴安鸩毒,满盈所宜敬忌,与《君子行》异也。"② 盛:《文选》卷二八作"诚"。　③ "人生"句:《乐府诗集》注"一作人生诚行过"。④ 藜:《文选》作"葵"。

悲　哉　行①

陆　机

游客芳春林,春芳伤客心。和风飞清响,鲜云垂薄阴。蕙草饶淑气,时鸟多好音。翩翩鸣鸠羽,喈喈仓庚音②。幽兰盈通谷,长莠③被高岑。女萝亦有托,蔓葛亦有寻。伤哉客游士④,忧思一何深。目感随气草,耳悲咏时禽。寤寐多远念,缅然若飞沈。愿托归风响,寄言遗所钦。

① 此首录自《乐府诗集》卷六二。郭茂倩解引《歌录》曰:"《悲哉行》,魏明帝造。"《乐府解题》曰:"陆机云'游客芳春林',谢惠连云'羁人感淑节',皆言客游感物忧思而作也。"　② 音:《文选》卷二八作"吟",《乐府诗集》亦注"一作吟"。

③ 莠:《文选》作"秀"。　　④ 客游士:《文选》作"游客士"。

齐讴行①
陆　机

　　营丘②负海曲③,沃野爽且平。洪川控河济,崇山入高冥。东被姑尤④侧,南界聊摄城。海物错万类,陆产尚千名。孟诸⑤吞楚梦,百二侔秦京。惟师恢东表,桓后定周倾。天道有迭代,人道无久盈。鄙哉牛山叹,未及至人情。爽鸠苟已徂,吾子安得停。行行将复去,长存非所营。

　　① 此首录自《乐府诗集》卷六四。郭茂倩解引《汉书》曰:"汉王至南郑,诸将及士卒皆歌讴思东归。"颜师古曰:"讴,齐歌也。谓齐声而歌。或曰齐地之歌。"《礼乐志》曰:"齐古讴员六人。"梁元帝《纂要》曰"齐歌曰讴"是也。陆机《齐讴行》,备言齐地之美,亦欲使人推分直进,不可妄有所营也。　　② 营丘:地名。周封太公于营丘,址在今山东临淄。　　③ 海曲:县名。汉时设,址在今山东日照市西。　　④ 姑尤:水名。姑,大沽河。尤,小沽河。是沽河上游的两支,在今山东东部。　　⑤ 孟诸:又称"孟猪",古泽名,故址在今河南商丘东北。

吴趋行①
陆　机

　　楚妃且勿叹,齐娥且莫讴。四座并清听,听我歌吴趋。吴趋自有始②,请从阊门起。阊门何嵯峨,飞阁跨通波。重栾承游极,回轩启曲阿。蔼蔼庆云被,泠泠祥③风过。山泽多藏育,土风清且嘉。泰伯导仁风,仲雍扬其波。穆穆延陵子,灼灼光诸华。王迹颓阳九,帝功兴四遐。大皇④自富春,矫手⑤顿世罗。邦彦应运兴,粲若春林葩。属城咸有士,吴邑最为多。八族未足侈,四姓⑥实名家。文德熙淳懿,武功侔山河。礼让何济济,流化自滂沱。淑美难穷纪,商榷为此歌。

① 此首录自《乐府诗集》卷六四。郭茂倩解引崔豹《古今注》曰:"《吴趋行》,吴人以歌其地。陆机《吴趋行》曰:'听我歌吴趋。'趋,步也。" ② 始:《诗纪》卷二四注"一作纪"。 ③ 泠泠祥:《乐府诗集》作"泠泠鲜",据《诗纪》及《文选》卷二八改。 ④ 大皇:三国吴主孙权谥号"大皇帝",简称大皇。 ⑤ 手:《乐府诗集》作"首",据《文选》改。 ⑥ 四姓:东汉外戚樊、郭、阴、马四姓。

前缓声歌①

陆 机

游仙聚灵族,高会曾城②阿。长风万里举,庆云郁嵯峨。宓妃兴洛浦,王韩③起太华。北征瑶台女,南要湘川娥。肃肃霄④驾动,翩翩翠盖罗。羽旗栖琼鸾⑤,玉衡吐鸣和。太容⑥挥高弦,洪崖⑦发清歌。献酬既已周,轻举乘⑧紫霞。总辔扶桑枝⑨,濯足旸⑩谷波。清辉溢天门,垂庆惠皇家。

① 此首录自《乐府诗集》卷六五。郭茂倩云,晋陆机《前缓声歌》曰:"游仙聚灵族,高会层城阿。"言将前慕仙游,冀命长缓,故流声于歌曲也。 ② 曾城:《玉台新咏》卷三作"曾山"。曾,《诗纪》卷二四作"层"。 ③ 王韩:当指王子乔和韩终(众),都是古代传说中的仙人。 ④ 霄:《文选》卷二八作"宵"。 ⑤ 琼鸾:《玉台新咏》作"琐鸾"。 ⑥ 太容:传说中黄帝乐师的名字。 ⑦ 洪崖:传说中的仙人名,即黄帝的臣子伶伦,帝尧时已三千岁,仙号洪崖,也作"洪涯"。 ⑧ 轻举乘:《玉台新咏》作"轻轩垂"。 ⑨ 枝:《乐府诗集》注"一作底"。 ⑩ 旸:《文选》作"汤"。

饮 酒 乐①（二首）

陆 机

其 一

葡萄四时芳醇，琉璃千钟旧宾。夜饮舞迟销烛，朝醒弦促催人②。

① 此二首录自《乐府诗集》卷七四。郭茂倩解引《乐苑》曰："《饮酒乐》，商调曲也。"今按：《乐府诗集》卷七七陈·陆琼《还台乐》歌辞与此同，并句末多出"春风秋月恒好，欢醉日月言新"二句。中华书局本校记：据此疑非陆机诗。又，下"饮酒须饮多"一首，疑亦非陆机诗。　② 《诗纪》卷二四引此诗，句末亦多出"春风"两句。

其 二

饮酒须饮多，人生能几何。百年须受乐，莫厌管弦歌。

吴 趋 行①

无名氏②

茧满盖重帘，帷有远相思。藕叶清朝钏，何见早归③时。

① 此首录自《乐府诗集》卷六四。今按：《诗纪》注："此首及《饮酒乐》，《乐府》不载名字，次陆机之诗，汇作机诗。"即排在陆机诗后面，待考。　② 无名氏：中华书局本校据毛刻本目录补。　③ 归：《乐府诗集》注"一作还"。

琴曲歌辞

《乐府诗集》所辑西晋琴曲歌辞,惟有石崇《思归引》,本卷照录之。

思 归 引①

石　崇

　　思归引,归河阳。假余翼,鸿鹤高飞翔。经芒阜②,济河梁,望我旧馆心悦康。清渠激③,鱼彷徨,雁惊溯波群相将,终日周览乐无方。登云阁,列姬姜,拊丝竹,叩宫商,宴华池,酌玉觞。

　　① 此首录自《乐府诗集》卷五八。郭茂倩解云,一曰《离拘操》。《琴操》曰:"卫有贤女,邵王闻其贤而请聘之,未至而王薨。太子曰:'吾闻齐桓公得卫姬而霸,今卫女贤,欲留之。'大夫曰:'不可。若贤必不我听,若听必不贤,不可取也。'太子遂留之,果不听。拘于深宫,思归不得,遂援琴而作歌,曲终,缢而死。"晋石崇《思归引序》曰:"崇少有大志,晚节更乐放逸。因览乐篇有《思归引》,古曲有弦无歌,乃作乐辞。"但思归河阳别业,与琴操异也。《乐府解题》曰:"若梁刘孝威'胡地凭良马',备言思归之状而已。"按谢希逸《琴论》曰:"箕子作《离拘操》。"不言卫女作,未知孰是。　　② 芒阜:《艺文类聚》卷四二引作"芸阜"。　　③ 激:《艺文类聚》作"缴"。

二八〇

杂歌谣辞

西晋谣辞多见于西晋末社会动荡时期。

歌辞

晋高祖歌①

司马懿②

天地开辟,日月重光。遭逢际会,奉辞遐方。将扫逋③秽,还过故乡。肃清万里,总齐八荒。告诚归老,待罪武阳④。

① 此首录自《乐府诗集》卷八五。郭茂倩解引《晋阳秋》曰:"高祖伐公孙渊,过故乡,赐牛酒谷帛,会父老故旧饮谯,高祖作歌。"今按:本歌亦称为《宴饮》诗。《乐府诗集》缺署此歌作者名,本编据题解所引《晋阳秋》补。 ② 司马懿(179—251):河内温县(今河南温县西)人,字仲达,出身士族。初为曹操主簿,多谋略,善权变,后任太子中庶子,为曹丕所信重。曹丕代汉,以懿为尚书,转督军、御史中丞。魏明帝时,任大将军,多次率军对抗诸葛亮,为魏重臣。曹芳即位,他和皇族曹爽受遗诏辅政,嘉平元年(249)杀曹爽,专国政。死后,其子师、昭相继专权,在世家大族的拥护下,其孙炎代魏称帝,建立晋朝。懿追尊为宣帝,亦称高祖 ③ 逋:《晋书·宣帝纪》作"群"。 ④ 武阳:《晋书·宣帝纪》作"舞阳",司马懿的封地。

吴楚歌①

傅玄

燕人美兮赵女佳,其室则迩兮限曾崖。云为车兮风为马,玉在山兮兰在野。云无期兮风有止。思多端兮②谁能理。

① 此首录自《乐府诗集》卷八三。郭茂倩解曰:"傅玄辞。一曰《燕美人歌》。" ② 思多端兮:《乐府诗集》作"思心多端",据《诗纪》卷二二改。

扶 风 歌①(九首)

刘 琨

其 一

朝发广莫门,暮宿丹水山。左手弯繁弱,右手挥龙渊。

① 此首录自《乐府诗集》卷八四。今按:《乐府诗集》作九首,《文选》卷二八作一首,《诗纪》卷三一亦作一首,且注:"乐府每四句一解,凡九解。"

其 二

顾瞻望宫阙,俯仰御飞轩。据鞍长叹息,泪下如流泉。

其 三

系马长松下,发鞍高岳头。洌洌①悲风起,泠泠涧水流。

① 洌洌:《文选》作"烈烈"。

其 四

挥手长相谢,哽咽不能言。浮云为我结,飞①鸟为我旋。

① 飞:《文选》作"归"。

其 五

去家日已远,安知存与亡?慷慨穷林中,抱膝独摧藏。

其 六

麋鹿游我前,猴猿①戏我侧。资粮既乏尽,薇蕨安可食。

① 猴猿:《文选》作"猿猴"。

其 七

揽辔命徒侣,吟啸绝岩中。君子道微矣,夫子故①有穷。

① 故:《诗纪》注"一作固"。

其 八

惟昔李愆期①,寄在匈奴庭。忠信反获罪,汉武不见明。

① 李愆期:《文选》作"李骞期"。李善注:李陵降匈奴,已见《恨赋》。《周易》曰:"归妹愆期,迟归有时。"王肃曰:"愆,过也。骞与愆通也。"

其 九

我欲竟此曲,此曲悲且长。弃置勿重陈,重陈令心伤。

徐 州 歌①

海沂之康,实赖王祥。邦国不空,别驾②之功。

① 此首录自《乐府诗集》卷八五。郭茂倩解引《晋书》曰:"王祥隐居庐江三十余年,不应州郡之命。后徐州刺史吕虔檄为别驾,固辞不受。弟览为具车牛,虔乃召祥,委以州事。于时寇盗充斥,祥率励兵士,频讨破之,州界清静,政化大行,时人歌之。"今按:王祥(184—268),西晋琅琊临沂(今属山东)人,字休征。汉末,隐居庐江,后任温令,累迁大司农、司空、太尉。晋代魏,官至太保。事后母孝,民间流传有王祥卧冰求鲤的故事。 ② 别驾:汉置别驾从事史,为刺史的佐吏,刺史巡视辖境时,别乘驿车随行,故名。

束 皙 歌①

束先生,通神明,请天三日甘雨零。我黍以育,我稷以生。何以畴之,报束长生。

① 此首录自《乐府诗集》卷八五。郭茂倩解引《晋书》曰:"束皙,阳平元城人。太康中,郡界大旱,皙为邑人请雨,三日而雨注。众谓皙诚,感而作歌。"今按:束皙(生卒年不详),字广微,官至尚书郎。平生著作甚丰,尤以考订汲冢竹书为最,惜多有亡佚,明人辑有《束广微集》。

襄阳童儿歌①

山公出何许,往至高阳池。日夕倒载归,酩酊无所知。时时能骑马,倒著白接篱。举鞭向葛强:何如并州儿?

① 此首录自《乐府诗集》卷八五。郭茂倩解引《晋书》曰:"山简,永嘉中镇襄阳,时四方寇乱,朝野危惧,简优游卒岁,唯酒是耽。诸习氏荆土豪族,有佳园池,简每出嬉游,多之池上,置酒辄醉,名之曰高阳池。于是童儿皆歌之。有葛强者,简之爱将,家于并州,故歌云'举鞭向葛强:何如并州儿'?"

谣辞

晋泰始中谣①

贾、裴、王,乱纪纲。王、裴、贾,济天下。

① 此首录自《乐府诗集》卷八七。郭茂倩解引《晋书》曰:"泰始中人为贾充等谣,言亡魏而成晋也。"今按:泰始,晋武帝司马炎称帝年号。

阁 道 谣[①]

潘 岳[②]

阁道东,有大牛。王济鞅,裴楷鞧,和峤刺促不得休。

① 此首录自《乐府诗集》卷八七。郭茂倩解引《晋书》曰:"潘岳才名冠世,为众所疾。后为河阳令,而郁郁不得志。时尚书仆射山涛领吏部,王济、裴楷等并为帝所亲遇,岳内非之,乃题阁道为谣。"原无作者姓名,据郭茂倩题解补。
② 潘岳(247—300):晋荥阳人,字安仁。美姿容,工诗赋。与石崇等谄事贾谧,后并为孙秀诬以谋反,族诛。

南 土 谣[①]

后世无叛由杜翁[②],孰识智名与勇功。

① 此首录自《乐府诗集》卷八七。郭茂倩解引王隐《晋书》曰:"杜预为镇南大将军,都督荆州诸军事,南土美而谣之。" ② 杜翁:即杜预(222—284),京兆杜陵人,字元凯,博学多谋。仕魏时力主伐吴。入晋,继羊祜镇襄阳。太康元年灭吴,以功封当阳县侯。著作有《春秋长历》、《左传集解》等。

晋武帝太康后童谣(三首)[①]

其 一

局缩肉,数横目,中国当败吴当复。

① 此三首录自《乐府诗集》卷八八。郭茂倩解引《宋书·五行志》曰:"晋武帝太康后江南童谣。于时吴人皆谓在孙氏子孙,故窃发为乱者相继。按横目者'四'字,自吴亡至晋元帝兴,几四十年,皆如童谣之言。元帝懦而少断,'局缩肉',直斥之也。'局缩肉',直斥之也。干宝云'不知所斥',讳之也。"

其 二

宫门柱,且莫朽,吴当复,在三十年后[①]。

① 孙吴亡于天纪四年(280),东晋南渡于元帝司马睿建武元年(317),间隔

三十七年。

其 三

鸡鸣不拊翼，吴复不用力。

晋惠帝永熙中童谣[①]

二月末[②]，三月初，荆笔杨板行诏书，宫中大[③]马几作驴。

① 此首录自《乐府诗集》卷八八。郭茂倩解引《晋书·五行志》曰："惠帝永熙(290)中童谣。时杨骏专权，楚王用事，故言'荆笔杨板'。二人不诛，则君臣礼悖，故云'几作驴'也。" ② 末：《太平御览》卷六〇六引王隐《晋书》作"尽"。 ③ 大：《乐府诗集》作"人"，据《晋书》改。

晋惠帝元康中京洛童谣(二首)[①]

其 一

南风起，吹白沙，遥望鲁国何嵯峨，千岁髑髅生齿牙。

① 此二首录自《乐府诗集》卷八八。郭茂倩解引《晋书·五行志》曰："惠帝元康中京洛童谣。南风，贾后字也。白，晋行也。沙门，太子小名(今按：《乐府诗集》作'字'，据《晋书》改)也。鲁，贾谧国也。言贾后将与谧为乱，以危太子；而赵王因衅咀嚼豪贤，以成篡夺也。"按《贾后传》有此谣云："南风烈烈吹黄沙，遥望鲁国郁嵯峨，前至三月灭汝家。"与《五行志》所载不同。其后贾谧既诛，贾后寻亦废死。《宋书·五行志》曰："是时愍怀颇失众望，卒以废黜，不得其死焉。"

其 二[①]

城东马子莫吆呴，比至来年缠汝鬃。

① 此首《愍怀太子传》作"东宫马子莫聋空，前至腊月缠汝鬃"。

晋元康中洛中童谣①

虎从北来鼻头汗，龙从南来登城看，水从西来何
灌灌。

① 此首录自《乐府诗集》卷八八。郭茂倩解引《宋书·五行志》曰："晋元康
中，赵王伦既篡，洛中有童谣。数月而齐王、成都、河间义兵同会诛伦。按成都西
蕃而在邺，故曰虎从北来；齐东蕃而在许，故曰龙从南来；河间水汇（今按：《宋
书》作'区'，《晋书》作'源'）而在关中，故曰水从西来。齐留辅政，居宫西，有无
君之心，故曰登城看也。"

晋惠帝时洛阳童谣①

邺中女子莫千妖，前至三月抱胡腰。

① 此首录自《乐府诗集》卷八八。郭茂倩解引《晋书》曰："惠帝时洛阳童谣。
明年而胡贼石勒、刘羽反。"

晋惠帝太安中童谣①

五马游②渡江，一马化为龙。

① 此首录自《乐府诗集》卷八八。郭茂倩解引《宋书·五行志》曰："晋惠帝
太安中童谣。其后中原大乱，宗蕃多绝。惟琅邪、汝南、西阳、南顿、彭城同至江
表，而元帝嗣晋矣。"今按：元帝司马睿，琅邪王也，是为东晋开国皇帝。　② 游：
《晋书·元帝纪》作"浮"。

晋怀帝永嘉初谣①

元超兄弟大洛度，上桑打椹为苟作。

① 此首录自《乐府诗集》卷八八。郭茂倩解引《晋书·五行志》曰："苟晞将
破汲桑时有此谣。司马越由是恶晞，夺其兖州，隙难遂构焉。"按《列传》："东海孝

献王越,字元超,怀帝永嘉初出镇许昌。自许昌率苟晞及冀州刺史丁劭讨汲桑,破之。越还于许。长史潘滔说之曰:'兖州天下枢要,公宜自牧。'乃转苟晞为青州刺史,由是与晞有隙。"

晋怀帝永嘉中童谣[①]

洛中大鼠长尺二,若不早去大狗至。

① 此首录自《乐府诗集》卷八八。郭茂倩解引《晋书·五行志》曰:"司马越还洛时童谣也。"按《列传》:"越既与苟晞构怨,寻诏越为丞相,领兖州牧,督兖、豫、司、冀、幽、并六州。越辞丞相不受,自许迁于鄄城,移屯濮阳,又迁于荥阳,后自荥阳还洛。"《帝纪》曰:"永嘉三年三月丁巳,东海王越归京师"是也。

晋永嘉中童谣[①]

秦川中,血没腕,唯有凉州倚柱观。

① 此首录自《乐府诗集》卷八八。郭茂倩解引《三十国春秋》曰:"永嘉中童谣也。"

史歌谣辞

西晋史歌谣辞，皆录自《晋书》。《晋书》所收民间歌谣甚多，今选录其较有价值者五首。

歌辞

为崔洪歌①

丛生棘刺②，来自博陵。在南为鸱，在北为鹰。

① 此首录自《晋书·崔洪传》：崔洪字良伯，博陵安平人也。……少以清厉显名，骨鲠不同于物，人之有过，辄面折之，而退无后言。武帝时，为御史治书。时长乐冯恢父为弘农太守，爱少子淑，欲以爵传之。恢父终……淑得袭爵。恢始仕为博士祭酒，散骑常侍翟婴荐恢高行迈俗，侔继古烈。洪奏恢不敦儒素，令学生番直左右，虽有让侯微善，不得称无伦辈，婴为浮华之目。遂免婴官，朝廷惮之。寻为尚书左丞，时人为之歌曰："丛生棘刺……" ② 棘刺：晋武帝时，崔洪为御史治书，敢于直言，弹劾大臣，所以人们把他比作棘刺。后言鸱鹰，亦指崔洪也。

太康中歌①

晋世宁，舞杯盘②。

① 此首录自《晋书·五行上》：太康中，天下为《晋世宁》之舞，手接杯盘而反覆之。歌曰："晋世宁……"识者曰："夫乐生人心，所以观事也。今接杯盘于手上反覆之，至危之事也。杯盘者，酒食之器，而名曰《晋世宁》，言晋世之士苟偷于酒食之间，而知不及远，晋世之宁犹杯盘之在手也。" ② 舞杯盘：《宋书·乐志》曰："晋初有《杯盘舞》、《公莫舞》。史臣按：杯盘，今之齐世宁也。张衡《舞赋》云：

'历七盘而纵蹑。'王粲《七释》云：'七盘陈于广庭。'近世文士颜延之云：'递间关于盘扇。'鲍照云：'七盘起长袖。'皆以七盘为舞也。《搜神记》云：'晋太康中，天下为《晋世宁舞》，矜手以接杯盘反覆之。'此则汉世唯有盘舞，而晋加之以杯，反覆之也。"

为张轨歌①

凉州大马②，横行天下。凉州鸱苕，寇贼消。鸱苕翩翩，怖杀人。

① 此首录自《晋书·张轨传》：王弥寇洛阳，轨遣北宫纯、张纂、马鲂、阴濬等率州军击破之，又败刘聪于河东，京师歌之曰："凉州大马……" ② 凉州大马：指张轨。西晋惠帝永宁初，张轨任凉州刺史，平息鲜卑族叛乱，扫清寇盗，名扬陇右。

为祖逖歌①

幸哉遗黎免俘虏，三辰既朗遇慈父。玄酒忘劳甘瓠脯，何以咏恩歌且舞。

① 此首录自《晋书·祖逖传》：逖爱人下士，虽疏交贱隶，皆恩礼遇之，由是黄河以南尽为晋土。河上堡固先有任子在胡者，皆听两属，时遣游军伪抄之，明其未附。诸坞主感戴，胡中有异谋，辄密以闻。前后克获，亦由此也。其有微功，赏不逾日。躬自俭约，劝督农桑，克己务施，不畜资产，子弟耕耘，负担樵薪，又收葬枯骨，为之祭醵，百姓感悦。尝置酒大会，耆老中坐流涕曰："吾等老矣，更得父母，死将何恨！"乃歌曰："幸哉遗黎免俘虏……"其得人心如此。今按：建兴元年(313)祖逖北伐，收复黄河以南地区，使石勒不敢窥兵江南。他还劝课农桑，发展生产，为进军河北积蓄物力，这首歌就是江北父老对他的颂歌。

谣辞

元康时童谣①

南风烈烈吹黄沙，遥望鲁国郁嵯峨，前至三月②灭汝家。

① 此首录自《晋书·后妃上·惠贾皇后》：初，后诈有身，内稿物为产具，遂取妹夫韩寿子慰祖养之，托谅暗所生，故弗显。遂谋废太子，以所养代立。时洛中谣曰："南风烈烈……"赵王"伦乃矫诏遣尚书刘弘等持节赍金屑酒赐后死"。今按：此首与《晋书·五行志》所载《晋惠帝元康中京洛童谣》（前面已收录）多有不同，故收录在此。　② 三月：赵王伦永宁元年（301）正月篡位自立。三月齐王冏起兵讨伐赵王伦，各地响应。四月，杀赵王伦及其党羽。

舞曲歌辞

西晋乐府,文人拟作僵化,而故事乐府风行,舞曲歌辞尤为发达也。

西晋舞曲之珍贵者,乃杂舞一类。西晋杂舞歌辞有《鞞舞》、《鞶舞》、《拂舞》、《白纻》等。

杂舞始于方俗,后浸陈于殿庭。汉魏以后,鞞、铎、巾、拂四舞用之于宴飨,故西晋杂舞歌辞中间有贵族之作。然杂舞意在娱乐,其歌辞也自然甚富文学之意味。

雅舞

晋正德大豫舞歌①

傅 玄

正德舞歌

天命有晋,光济万国。穆穆圣皇。文武惟则。在天斯正,在地成德。载韬政刑,载崇礼教。我敷玄化,臻于中道。

① 此二首录自《乐府诗集》卷五二。郭茂倩解引《宋书·乐志》曰:"晋武帝泰始九年,荀勖典知乐事,使郭琼、宋识等造《正德》、《大豫》之舞,而勖及傅玄、张华又各造舞歌。咸宁元年,诏定祖宗之号,而庙乐同用《正德》、《大豫》舞。初,魏明帝景初元年造《武始》、《咸熙》二舞,祀郊庙。《武始舞》者,平冕,黑介帻,玄衣裳,白领袖,绛领袖中衣,绛合幅袴,绛袜、黑韦鞮。《咸熙舞》者,冠委貌,其余服如前。奏于朝廷,则《武始舞》者,武冠,赤介帻,生绛袍,单衣,绛领袖,皂领袖中衣,虎文画合幅袴,白布袜,黑韦鞮。《咸熙舞》者,进贤冠,黑介帻,生黄袍,单衣,白合幅袴。其余服如前。晋相承用之。"今按:《武始舞》者之赤介帻,为古代的一种长耳裹发巾,始行于汉魏,即后来的进贤冠。黑韦鞮,为

一种草履,即皮鞋。

大豫舞歌

　　於铄皇晋,配天受命。熙帝之光,世德惟圣。嘉乐大豫,保祐万姓。渊兮不竭,冲而用之。先帝弗违,虔奉天时。

晋正德大豫舞歌①

荀　勖②

正德舞歌

　　人文垂则,盛德有容。声以依咏,舞以象功。干戚发挥,节以笙镛。羽籥云会,翊宣令踪。敷美尽善,允协时邕。焕炳其章。光乎万邦。万邦洋洋,承我晋道。配天作享,元命有造。上化如风,民应如草。穆穆斌斌,形于缀兆。文武旁作,庆流四表。无竞维烈,永其是绍。

　　① 此二首录自《乐府诗集》卷五二。　　② 荀勖(? —289):西晋律学家。字公曾,颍阴(今河南许昌)人。仕魏,累官侍中,入晋封济北郡公,拜中书监,进光禄大夫,掌乐事,修律吕,正雅乐。又领秘书监,与中书令张华整理图籍,编为《中经新簿》。后以尚书令卒。

大豫舞歌

　　豫顺以动,大哉惟时。时迈其仁,世载邕熙。兆我区夏,宣文①是基。大业惟新,我皇隆之。重光累晖②,钦明文思。迄用有成,惟晋之祺。穆穆圣皇,受命既固。品物咸宁,芳烈云布。文教旁通,笃以淳素。玄化洽畅,被之睍豫。作乐崇德,同美《韶》③、《濩》④。浚邈幽遐,式遵王度。

　　① 宣文:司马懿谥"文",后谥"宣文"。　　② 晖:《宋书·乐志》作"耀"。
③《韶》:传为虞舜乐曲。　　④《濩》:传为商汤乐名。

晋正德大豫舞歌①

张　华

正德舞歌

曰皇上天,玄鉴惟光。神器周回,五德代章。祚命于晋,世有哲王。弘济区夏,陶甄万方。大明重耀,旁烛无疆。蚩蚩庶类,风德永康。皇道惟清,礼乐斯经。金石在县,万舞在庭。象容表庆,协律被声。轶《武》超《濩》,取节《六韺》②。同进退让,化渐无形。太和宣洽,通于幽冥。

① 此二首录自《乐府诗集》卷五二。　②《六韺》:《宋书》作《六英》。《六韺》,古乐名,相传为帝喾或颛顼之乐。《吕氏春秋·古乐》:"帝喾令咸黑作为声歌:《九招》、《六列》、《六英》。"《淮南子·齐俗训》:"《咸池》、《承云》、《九韶》、《六英》,人之所乐也。"高诱注:"(《六英》)帝颛顼乐。"

大豫舞歌

惟天之命,符运有归。赫赫大晋,三后①重晖。继明绍世,光抚九围。我皇绍期,遂在璇玑②。群生属命,奄有庶邦。慎徽五典,玄教遐通。万方同轨,率土咸雍。受制大豫,宣德舞功。醇化既穆,王道协隆。仁及草木,惠加昆虫。亿兆夷人,悦仰皇风。丕显大业,永世弥崇。

① 三后:指高祖宣帝司马懿,世宗景帝司马师,太祖文帝司马昭。　② 璇玑:《宋书》作"璿玑"。

杂舞

晋宣武舞歌①
傅 玄
惟圣皇篇（矛俞第一）

　　惟圣皇，德巍巍，光四海。礼乐犹形影，文武为表里。乃作《巴俞》，肆舞士。剑弩齐列，戈矛为之始。进退疾鹰鹞，龙战而豹起。如乱不可乱，动作顺其理，离合有统纪。

　　① 此四首录自《乐府诗集》卷五三。郭茂倩解引《晋书·乐志》曰："魏黄初三年改汉《巴渝舞》曰《昭武舞》。景初元年，又作《武始》、《咸熙》、《章斌》三舞，皆执羽籥。及晋，改《昭武舞》曰《宣武舞》，《羽籥舞》曰《宣文舞》。咸宁元年，诏庙乐停《宣武》、《宣文》二舞，而同用《正德》、《大豫舞》云。"

短 兵 篇（剑俞第二）

　　剑为短兵，其势险危。疾逾飞电，回旋应规。武节齐声，或合或离。电发星弩，若景若差。兵法攸象，军容是仪。

军 镇 篇（弩俞第三）

　　弩为远兵，军之镇，其发有机。体难动，往必速，重而不迟。锐精分铸，射远中微。弩俞之乐，一何奇，变多姿。退若激，进若飞，五声协，八音谐，宣武象，赞天威。

穷 武 篇（安台行乱第四）

　　穷武者丧，何但败北。柔弱亡战，国家亦废。秦始、徐偃，既已作戒前世。先王鉴其机，修文整武艺。文武足相济，然后得光大。乱曰：高则亢，满则盈，亢必危，盈必倾。去危倾，守以平，冲则久，浊能清，混文武，顺天经。

晋宣文舞歌①

傅 玄

羽籥舞歌

羲皇之初,天地开元。囷罟禽兽,群黎以安。神农教耕,创业诚难。民得粒食,澹然无所患。黄帝始征伐,万品造其端。军驾无常居,是曰轩辕。轩辕既勤止,尧、舜匪荒宁。夏禹治水,汤、武又用兵。孰能保安逸,坐致太平。圣皇迈乾乾,天下兴颂声。穆穆且明明。惟圣皇,道化彰,澄四海,清三光,万几理,庶事康。潜龙升,仪凤翔。风雨时,物繁昌。却走马,降瑞祥。扬侧陋②,简③忠良。百禄是荷,眉寿无疆。

① 此二首录自《乐府诗集》卷五三。 ② 侧陋:位卑的贤才。侧,《宋书》作"仄"。 ③ 简:选拔。

羽铎舞歌

昔在浑成时,两仪尚未分。阳升垂清景,阴降兴浮云。中和合①氤氲,万物各异群。人伦得其序,众生乐圣君。三统继五行,然后有质文。皇王殊运代,治乱亦缤纷。伊大晋,德兼往古,越牺、农,邈②舜、禹,参天地,陵三五③。礼唐、周,乐《韶》《武》,岂惟《箫韶》,六代具举。泽沾地境,化充天宇。圣明临朝,元凯④作辅,普天同乐胥。浩浩元气,退哉太清。五行流迈,日月代征。随时变化,庶物乃成。圣皇继天,光济群生。化之以道,万国咸宁。受兹介福,延于亿龄。

① 合:《宋书》作"含"。 ② 邈:《乐府诗集》作"邈",据《宋书》改。 ③ 陵三五:超越三皇五帝。 ④ 元凯:八元、八凯的省称。八元,传说高辛氏有才子八人,称为八元。八凯,高阳氏有才子八人,称为八凯。此十六人之后裔,世济其美,不陨其名。这里代指众多的贤臣。

晋鼙舞歌①（五首）

傅 玄

洪 业 篇

宣文创洪业，盛德在泰始。圣皇②应灵符，受命君四海。万国何所乐，上有明天子。唐尧禅帝位，虞舜惟恭己。恭己正南面，道化与时移。太赦荡萌渐，文教被黄支③。象天则地，体无为，聪明配日月，神圣参两仪。虽有三凶④类，静言无所施。象天则地，体无为，稷、契⑤并佐命，伊、吕⑥升王臣。兰芝登朝肆，下无失宿民。声发响自应，表立景来附。虓虎从羁制，潜龙升⑦天路。备物立成器，变通极其数。百事以时叙，万机有常度。训之以克让，纳之以忠恕。群下仰清风，海外同欢慕。象天则地，化云布，昔日贵雕饰，今尚俭与素。昔日多纤介，今去情与故。象天则地，化云布，济济大朝士，夙夜综万机。万机无废理，明明降畴⑧谘。臣譬列星景，君配朝日晖。事业并通济，功烈何巍巍。五帝继三皇，三王世所归。圣德应期运，天地不能违。仰之弥已高，犹天不可阶。将复御龙氏⑨，凤皇在庭栖。

① 此五首录自《乐府诗集》卷五三。郭茂倩解引《古今乐录》曰："晋鼙舞歌五篇，一曰《洪业篇》，当魏曲《明明魏皇帝》，古曲《关东有贤女》；二曰《天命篇》，当魏曲《大和有圣帝》，古曲《章和二年中》；三曰《景皇篇》，当魏曲《魏历长》，古曲《乐久长》；四曰《大晋篇》，当魏曲《天生烝民》，古曲《四方皇》；五曰《明君篇》，当魏曲《为君既不易》，古曲《殿前生桂树》。"按曹植《怨歌行》云"为君既不易，为臣良独难"，不知与此同否？　② 圣皇：圣睿的皇帝，指晋武帝。　③ 黄支：古国名，在南方极远之地，约今印度一带。　④ 三凶：指古代传说中驩兜、共工和鲧三个凶顽的人。　⑤ 稷、契：舜时贤臣，分别管理农业、司法。　⑥ 伊、吕：伊，伊尹，商汤贤相。吕，姜尚，周文王军师。　⑦ 升：《汉魏六朝百三名家集》作"飞"。　⑧ 畴：《晋书》作"训"。　⑨ 御龙氏：传说夏时刘累擅养龙，以事孔甲，孔甲赐姓

为御龙氏。

天 命 篇

圣祖①受天命，应期辅魏皇。入则综万机，出则征四方。朝廷无遗理，方表宁且康。道隆舜臣尧，积德逾太王②。孟度③阻穷险，造乱天一隅。神兵出不意，奉命致天诛。赦善戮有罪，元恶宗为虚。威风震颈蜀，武烈慑强吴。诸葛不知命，肆逆乱天常。拥徒十余万，数来寇边疆。我皇迈神武，秉钺④镇雍凉。亮乃畏天威，未战先仆僵。盈虚自然运，时变固多艰⑤。东征陵海表，万里枭贼渊⑥。受遗齐七政，曹爽又滔天。群凶受诛殄，百保咸来臻。黄华应福始，王凌为祸先⑦。

① 圣祖：指司马懿。　② 太王：周文王祖父古公亶父。周人在太王带领下自豳迁于岐山之下，定国号曰周，周开始兴盛。武王立，追尊为太王。　③ 孟度：即孟达。司马懿字仲达，因避其讳，故改名为度。　④ 秉钺：《晋书》作"执钺"。　⑤ 艰：《乐府诗集》作"难"，据《晋书》改。　⑥ 贼渊：公孙渊，辽东太守，据其地以反，被剿灭。　⑦ "黄华"二句：王凌时为太尉，典淮南重兵，欲废齐王而立楚王彪，遣将军杨弘与兖州刺史黄华联络，欲共起事。黄华、杨弘联名向太傅司马宣王报告，王凌后来被饮药处死。祸先，王凌曾将废立事告子广，广曰："废立事大，勿为祸先。"（《三国志·魏书·王凌传》）

景 皇 篇

景皇帝①，聪明命世生，盛德参天地。帝王道大②，创基既已难，继世亦未易。外则夏侯玄，内则张与李③。三凶称④逆，乱帝纪，从⑤天行诛，穷其奸宄。边⑥将御其渐，潜谋不得起。罪人咸伏辜，威风振万里。平衡综万机，万机无不理。召陵桓不君，内外何纷纷，众小便成群。蒙昧恣心，治乱不分。睿圣独断，济武常以文。从⑦天惟废立，扫霓披浮云。云霓既已辟，清和未几间。羽檄首尾至，变起东南藩⑧。俭、钦为长蛇,外则凭吴蛮。万国纷骚扰,戚戚天下惧不安。神武御六军,我皇秉钺征。俭、钦起寿春,前锋据项城。出其不意,并纵奇兵。奇兵诚难御,庙胜实难支。两军不期遇,敌退计无施。虎骑惟武进,大战沙阳陂。钦乃亡魂走,奔虏若云披。天恩赦有罪,东土放鲸鲵⑨。

① 景皇帝:晋武帝立,尊司马师为景皇帝。 ② 大:《乐府诗集》阙,据《晋书》及《汉魏六朝百三名家集》补。 ③ "外则"二句:《晋书·景帝纪》:"(魏高贵乡公曹髦)正元元年春正月,天子与中书令李丰、后父光禄大夫张缉……等谋以太常夏侯玄代帝辅政。" ④ 称:《晋书》作"搆"。 ⑤ 从:《晋书》作"顺"。 ⑥ 边:《乐府诗集》作"遏",据《晋书》改。 ⑦ 从:《晋书》作"顺"。 ⑧ 藩:《乐府诗集》作"蕃",据《晋书》改。 ⑨ 鲸鲵:巨鱼,即鲸,喻文钦之奔东吴。

大 晋 篇

赫赫大晋,於穆文皇①。荡荡巍巍,道迈陶唐。世称三皇五帝,及今重其光。九德克明,文既显,武又章。恩②弘六合,兼济万方。内举元凯,朝政以纲。外简虎臣,时惟鹰扬。靡从③不怀,逆命斯亡。仁配春日,威逾秋霜。济济多士,同兹兰芳。唐虞至治,四凶滔天。致讨俭、钦,罔不肃虔。化感海外④,海外来宾。献其声乐,并称妾臣。西⑤蜀猾夏,僭号方域。命将致讨,委国稽服。吴人放命,凭海阻江。飞书告谕,响应来同。先王建万国,九服为藩卫。亡秦坏诸侯,享祚⑥不二世。历代不能复,忽逾五百岁。我皇迈圣德,应期创典制。分土五等,藩⑦国正封界。莘莘文武佐,千秋遘嘉会。洪业⑧溢区内,仁风翔海外。

① 文皇:司马昭。武帝即位,追尊司马昭为文皇帝。 ② 恩:《晋书》作"思"。 ③ 从:《晋书》作"顺"。 ④ 外:《晋书》作"内"。 ⑤ 西:《乐府诗集》作"而",据《晋书》改。 ⑥ 享祚:《晋书》作"序祚",《宋书》作"序胙"。 ⑦ 藩:《乐府诗集》作"蕃",据《晋书》、《宋书》改。 ⑧ 业:《晋书》、《宋书》作"泽"。

明 君 篇

明君御四海,听鉴尽物情。顾望有谴罚,竭忠身必荣。兰茝^①出荒野,万里升紫庭。茨草秽堂阶,扫截不得生。能否莫相蒙,百官正其名。恭己慎有为,有为无不成。暗君不自信,群下执异端。正直罹谮润^②,奸臣夺其权。虽欲尽忠诚,结舌不敢言。结舌亦何惮,尽忠为身患。清流岂不洁,飞尘浊其源。歧路令人迷,未远胜不还。忠臣立君朝,正色不顾身。邪正不并存,譬若胡与秦。秦胡有合时,邪正各异津。忠臣遇明君,乾乾惟日新。群目统在纲,众星拱北辰。设令遭暗主,斥退为凡民。虽薄供时用,白茅犹可^③珍。冰霜昼夜结,兰桂摧为薪。邪臣多端变,用心何委曲。便僻从^④情指,动随君所欲。偷安乐目前,不问清与浊。积伪罔时主,养交以持禄。言行恒相违,难餍甚溪谷。昧死射^⑤干没,觉露则灭族。

① 茝:《晋书》作"芷"。芷,香草。　② 罹谮润:罹谮,《晋书》作"罗浸"。谮润,谤毁的侵害,污染。　③ 犹可:《晋书》作"犹为"。　④ 从:《晋书》作"顺"。　⑤ 射:《晋书》作"则"。

铎 舞 歌

云 门 篇^①

傅 玄

黄《云门》,唐《咸池》,虞《韶舞》,夏《夏》殷《濩》。列代有五^②,振铎鸣金,延^③《大武》^④。清歌发唱,形为主。声和八音,协律吕。身不虚动,手不徒举。应节合度,周其叙^⑤。时奏宫角^⑥,杂之以徵羽。下餍众目,上从钟鼓。乐以移风,与德礼相辅,安有失^⑦其所。

① 此首录自《乐府诗集》卷五四。　② 五:即本篇开始所指《云门》、《咸池》、

《韶舞》、《夏》、《濩》等五种音乐。　③延：《宋书》作"近"。　④《大武》：周代乐舞。延及《大武》则成六。　⑤周其叙：《南齐书·乐志》作"周期序"。　⑥角：《宋书》作"商"。　⑦失：《南齐书》作"出"。

晋拂舞歌

　　《乐府诗集》作"晋拂舞歌诗"。郭茂倩解引《晋书·乐志》曰："《拂舞》出自江左，旧云吴舞也。晋曲五篇：一曰《白鸠》，二曰《济济》，三曰《独禄（今按：亦写作'㴖'）》，四曰《碣石》，五曰《淮南王》。齐多删旧辞而因其曲名。"《古今乐录》曰："梁《拂舞歌》并用晋辞。"《乐府解题》曰："读其辞，除《白鸠》一曲，余并非吴歌，未知所起也。"今按：《碣石》，即曹操《步出夏门行》辞。《淮南王》，崔豹《古今注》以为淮南小山所作，要亦晋以前古辞。《白鸠》、《济济》、《独㴖》三篇并无作者。《通志》云："《白凫》词出于吴，《碣石章》又出于魏武，则知《拂舞》五篇，并晋人采集三国以前所作。惟《白凫》不用吴旧歌，而更作之，命以《白鸠》焉。"萧涤非云："然则《独㴖》一篇，亦系因旧歌而更作者，不独《白鸠》为然也。大抵此三篇皆西晋之词。"（见《汉魏六朝乐府文学史》）

白鸠篇[1]

　　翩翩白鸠，载飞载鸣[2]。怀我君德，来集君庭。白雀呈瑞，素羽明鲜。翔庭舞翼，以应仁乾。交交鸣鸠，或丹或黄。乐我君惠，振羽来翔。东璧[3]余光，鱼在江湖。惠而不费，敬我微躯。策我良驷，习我驱驰。与君周旋，乐道亡余[4]。我心虚静，我志沾濡。弹琴鼓瑟，聊以自娱。凌云登台，浮游太清。扳龙附凤，目[5]望身轻。

　　[1] 此首录自《乐府诗集》卷五十四。郭茂倩解引《南齐书·乐志》曰："《白符鸠舞》，出江南，吴人所造。其歌本云：'平平白符，思我君惠，集我金堂。'言白者金行，符合也，鸠亦合也，符鸠虽异，其义是同。"《宋书·乐志》曰："晋杨泓《舞序》云：'自到江南，见《白符舞》，或言《白凫鸠舞》，云有此来数十年矣。察其辞旨，乃是吴人患孙皓虐政，思属晋也。'晋辞曰：'翩翩白鸠，载飞载鸣。怀我君德，来集

君庭。’盖晋人改其本歌云。”　②句中两“载”字，《晋书》皆作“再”。　③东璧：当是“东壁”，星宿名，主文章、图籍。　④亡余：《晋书》作“忘饥”。　⑤目：《宋书》作“日”。

济 济 篇①

畅飞畅舞②气流芳，追念三五③大绮黄④。去失有时可行；去来同时此未央。时冉冉，近桑榆，但当饮酒为欢娱。衰老逝，有何期，多忧耿耿内怀思。渊池⑤广，鱼独希，愿得黄浦众所依。恩感人，世无比，悲歌且舞⑥无极已。

①此首录自《乐府诗集》卷五四。　②畅飞畅舞：《晋书》作“畅畅飞舞”。③三五：指三皇五帝。　④绮黄：指汉初商山四隐士，名东园公、绮里季、夏黄公、用里先生。　⑤渊池：《晋书》作“深池”。　⑥且舞：《乐府诗集》作“具舞”，据《晋书》及《古乐府》卷八改。

独 漉 篇①

独漉独漉②，水深泥浊。泥浊尚可，水深杀我。雍雍双雁，游戏田畔。我欲射雁，念子孤散。翩翩浮萍，得风遥轻③。我心何合，与之同并。空床低帷，谁知无人。夜衣锦绣，谁别伪真？刀鸣削中，倚床无施。父冤不报，欲活何为？猛虎班班，游戏山间。虎欲啮人，不避豪贤。

①此首录自《乐府诗集》卷五四。郭茂倩解云，“独漉”，一作“独禄”。《南齐书·乐志》曰：“古辞《明君曲》后云：‘勇安乐，无慈不问清与浊。清与无时浊，邪交与独禄。’《伎录》曰：‘求禄求禄，清白不浊。清白尚可，贪污杀我。’晋歌为‘鹿’字，古通用也。疑是风刺之辞。”　②独漉独漉：《宋书》作“独禄独禄”。　③遥轻：《南齐书》及毛刻本作“摇轻”。

三〇二

晋白纻舞歌^①（三首）

其 一

轻躯徐起何洋洋，高举两手白鹄翔。宛若龙转乍低昂，凝停善睐客仪光。如推若引留且行，随世而变诚无方。舞以尽神安可忘，晋世方昌乐未央。质如轻云色如银，爱之遗谁赠佳人。制以为袍余作巾，袍以光驱^②巾拂尘。丽服在御会嘉宾，醪醴盈樽美且淳。清歌徐舞降祇神，四座欢乐胡可陈。

① 此三首录自《乐府诗集》卷五五。郭茂倩解引《宋书·乐志》曰："《白纻舞》，按舞辞有巾袍之言，纻本吴地所出，宜是吴舞也。晋俳歌云：'皎皎白绪，节节为双。'吴音呼绪为纻，疑白绪即白纻也。"《南齐书·乐志》曰："《白纻歌》，周处《风土记》云：'吴黄龙中童谣云：行白者君，追汝句骊马。后孙权征公孙渊，浮海乘舶，舶白也。今歌和声犹云行白纻焉。'"《乐府解题》曰："古词盛称舞者之美，宜及芳时为乐，其誉白纻曰：'质如轻云色如银，制以为袍余作巾。袍以光躯巾拂尘。'"《唐书·乐志》曰："梁武帝令沈约改其辞为《四时白纻歌》。今中原有《白纻曲》，辞旨与此全殊。"今按：《乐府诗集》此首题作《晋白纻舞歌诗》。 ② 光驱：应为"光躯"，使身形漂亮体面。

其 二

双袂齐举鸾凤翔，罗裾飘飖昭仪光。趋步生姿进流芳，鸣弦清歌及三阳。人生世间如电过，乐时每少苦日多。幸及良辰耀春华，齐倡献舞赵女歌。羲和驰景逝不停，春露未晞严霜零。百草凋索花落英，蟋蟀吟牖寒蝉鸣。百年之命忽若倾，早知迅速秉烛行。东造扶桑游紫庭，西至昆仑戏曾城。

其 三

阳春白日风花香，趋步明玉舞瑶珰。声发金石媚笙簧，罗袿徐转红袖扬。清歌流响绕凤梁，如矜若思凝且翔。转盼遗精艳辉光，将流将引双雁行。欢来何晚意何长，明君御世永歌倡^①。

① 倡：《乐府诗集》作"昌"，据《宋书》改。

晋杯槃舞歌^①

晋世宁，四海平，普天安乐永大宁。四海安，天下欢，乐治兴隆舞杯盘。舞杯盘，何翩翩，举坐翻覆寿万年。天与日，终与一，左回右转不相失。筝笛悲，酒舞疲，心中慷慨可健儿。樽酒甘，丝竹清，愿令诸君醉复醒。醉复醒，时合同，四坐欢乐皆言工。丝竹音，可不听，亦舞此槃左右轻。自相当，合坐欢乐人命长。人命长，当结友，千秋万岁皆老寿。

① 此首录自《乐府诗集》卷五六。郭茂倩解引《宋书·乐志》曰："《槃舞》，汉曲也。张衡《舞赋》云'历七槃而纵蹑'，王粲《七释》云'七槃陈于广庭'，颜延之云'递间关于槃扇'，鲍照云'七槃起长袖'，皆以七槃为舞也。《搜神记》云：'晋太康中，天下为《晋世宁舞》，矜手以接杯槃而反覆之。'此则汉世唯有《柈舞》，而晋加之以杯，反覆之(今按：《乐府诗集》缺'之'字，据《宋书·乐志》补)也。"《五行志》曰："其歌云：'晋世宁，舞杯盘。'言接杯盘于手上而反覆之，至危也。杯盘者，酒食之器也，而名曰晋世宁者，言晋世之士，偷苟于酒食之间，而其知不及远。晋世之宁，犹杯盘之在手也。"《唐书·乐志》曰："汉有《盘舞》，晋世谓之《杯盘舞》。乐府诗云：'妍袖陵七盘。'言舞用盘七枚也。"今按：此歌《宋书·乐志》、《乐府诗集》皆不著作者，张溥《汉魏六朝百三名家集》乃以属张华，不足信也。其辞音节婉转，读之如闻见声形，非属偶然也。其首句为"晋世宁"，故又名《晋世宁舞》。干宝《搜神记》云："晋太康中，天下为《晋世宁舞》。"即此是也。

鼓吹曲辞

西晋鼓吹曲辞,郭茂倩引《晋书·乐志》曰:"武帝令傅玄制鼓吹曲二十二篇以代魏曲,一曰《灵之祥》,二曰《宣受命》,三曰《征辽东》,四曰《宣辅政》,五曰《时运多难》,六曰《景龙飞》,七曰《平玉衡》,八曰《文皇统百揆》,九曰《因时运》,十曰《惟庸蜀》,十一曰《天序》,十二曰《大晋承运期》,十三曰《金灵运》,十四曰《於穆我皇》,十五曰《仲春振旅》,十六曰《夏苗田》,十七曰《仲秋狝田》,十八曰《顺天道》,十九曰《唐尧》,二十曰《玄云》,二十一曰《伯益》,二十二曰《钓竿》。"今按:又有张华《凯歌》二首。

晋鼓吹曲①（二十二首）

傅　玄

灵　之　祥②

灵之祥,石瑞章。旌金德,出西方。天降命,授宣皇。应期运,时龙骧。继大舜,佐陶唐。赞武、文③,建帝纲。孟氏叛,据南疆。追有扈④,乱五常。吴寇劲,蜀虏强。交誓盟,连遐荒。宣赫怒,奋鹰扬。震乾威,曜电光。陵九天,陷石城。枭逆命,拯有生。万国安,四海宁。

① 此晋鼓吹曲二十二首皆录自《乐府诗集》卷一九。　② 郭茂倩解云,古《朱鹭行》。《古今乐录》曰:"《灵之祥》,言宣皇帝之佐魏,犹虞舜之事尧也。既有石瑞之征,又能用武以诛孟度之逆命也。"　③ 武、文:指周武王、周文王。④ 有扈:古国名。故址在今陕西户县北。

宣　受　命①

宣受命,应天机。风云时动,神龙飞。御诸葛②,镇雍、梁。边境安,夷夏康。务节事,勤定倾。揽英雄,保持盈。渊穆穆,赫明明。冲而泰,天之经。养威重,运神兵。亮乃震毙③,天下宁④。

① 郭茂倩解云,古《思悲翁行》。《古今乐录》曰:"《宣受命》,言宣皇帝御诸葛亮,养威重,运神兵,亮震怖而死。"　② 御诸葛:毛刻本《乐府诗集》作"御葛亮"。　③ 毙:《乐府诗集》注"一作死"。　④ 宁:《晋书》作"安宁"。

征辽东①

征辽东,敌失据。威灵迈日域,公孙②既授首,群逆破胆,威震怖。朔北响应,海表景附。武功赫赫,德云布。

① 郭茂倩解云,古《艾而张行》。《古今乐录》曰:"《征辽东》,言宣皇帝陵大海之表,讨灭公孙渊而枭其首也。"　② 公孙:《宋书》作"渊"。

宣辅政①

宣皇辅政,圣烈深。拨乱反正,从②天心。网罗文武才,慎厥所生。所生贤,遗教施。安上治民,化风移。肇创帝基,洪业垂。於铄明明,时赫戏③。功济万世,定二仪④。云行⑤雨施,海外风驰。

① 郭茂倩解云,古《上之回行》。《古今乐录》曰:"言宣皇帝圣道深远,拨乱反正,网罗文武之才,以定二仪之序也。"　② 从:《晋书》作"顺"。　③ 赫戏:《楚辞·离骚》:"陟升皇之赫戏兮,忽临睨夫归乡。"王逸注:"赫戏,光明貌。"　④ 定二仪:《晋书》此三字有两句。　⑤ 行:《乐府诗集》作"泽",据《晋书》改。

时运多难①

时运多难,道教痡。天地变化,有盈虚。蠢尔吴蛮,虎视江湖。我皇赫斯,致天诛。有征无战,弭其图。天威横被,廓东隅。

① 郭茂倩解云,古《拥离行》。《古今乐录》曰:"时运多难,言宣皇帝致讨吴方,有征无战也。"

景龙飞①

景龙飞,御天威。聪鉴玄察,动与神明协机。从之者显,逆之者灭夷。文教敷,武功巍。普被四海,万邦望风,莫不来绥。圣德潜断,先天弗违。弗违祥,享世永长。猛以致宽,道化光。赫明明,祚隆无疆。帝绩惟期,有命既集,崇此洪基。

① 郭茂倩解云,古《战城南行》。《古今乐录》曰:"《景龙飞》,言景帝克明威教,赏从夷逆,祚隆无疆,崇此洪基也。"

平 玉 衡①

平玉衡,纠奸回。万国殊风,四海乖。礼贤养士,羁御英雄,思心齐。纂戎洪业,崇皇阶。品物咸亨,圣敬日跻。聪鉴尽下情,明明综天机。

① 郭茂倩解云,古《巫山高行》。《古今乐录》曰:"《平玉衡》,言景帝一万国之殊风,齐四海之乖心,礼贤养士而纂洪业也。"

文皇统百揆①

文皇统百揆②,继天理万方。武将镇四隅,英佐盈朝堂。谋言协秋兰,清风发其芳。洪泽所渐润,砾石为珪璋。大道侔③五帝,盛德逾三王。咸光大,上参天与地,至④化无内外。无内外,六合并康乂。并康乂,遘兹嘉会。在昔羲与农,大晋德斯迈。镇征及诸州,为蕃卫。玄功⑤济四海,洪烈流万世。

① 郭茂倩解云,古《上陵行》。《古今乐录》曰:"《文皇统百揆》,言文皇帝始统百揆,用人有序,以敷太平之化也。" ② 百揆:古官名,犹冢宰。《书·舜典》:"纳于百揆,百揆时叙。"蔡沉集传:"百揆者,揆度庶政之官,惟唐虞有之,犹周之冢宰也。" ③ 侔:《乐府诗集》作"谋",据《晋书》改。 ④ 至:《乐府诗集》作"并",据《晋书》改。 ⑤ 玄功:《晋书》无"玄"字。

因 时 运①

因时运,圣策施。长蛇交解,群桀离。势穷奔吴,虎骑厉。惟武进,审大计。时迈其德,清一世。

① 郭茂倩解云,古《将进酒行》。《古今乐录》曰:"《因时运》,言文皇帝因时运变,圣谋潜施,解长蛇之交,离群桀之党,以武济文,审其大计,以迈其德也。"

惟 庸 蜀①

惟庸蜀,僭号天一隅。刘备逆帝命,禅亮②承其余。拥众数十万,窥隙乘我虚。驿骑进羽檄,天下不遑居。姜维③屡寇边,陇上为荒芜。文皇愍斯民,历世受罪辜。外谟蕃屏臣,内谋众士夫。爪牙应指授,腹心献④良图。良图协成文,大⑤兴百万军。雷鼓震地起,猛势陵浮云。逋虏畏天诛,面缚造垒门。万里同风教,逆命称妾臣。光建五等,纪纲天人。

① 郭茂倩解云,古《有所思行》。《古今乐录》曰:"《惟庸蜀》,言文皇帝既平万乘之蜀,封建万国,复五等之爵也。" ② 禅亮:指刘禅、诸葛亮。 ③ 姜维:字伯约,三国天水冀(今甘肃甘谷)人。本为魏将,后归蜀,得到诸葛亮的信重,任为征西大将军。诸葛亮死后,统领其军,屡攻魏无成。魏军攻蜀,刘禅出降,姜维被迫降于魏将钟会。后钟会谋叛魏,姜维拟乘机复蜀,事败被杀。 ④ 献:《乐府诗集》注"一作同"。 ⑤ 大:《乐府诗集》注"一作乃"。

天 序①

天序,历应②受禅,承灵祜。御群龙,勒螭虎。弘济大化,英俊作辅。明明统万机,赫赫镇四方。咎繇、稷、契之畴,协兰芳。礼王臣,覆兆民。化之如天与地,谁敢爱其身。

① 郭茂倩解云,古《芳树行》。《古今乐录》曰:"《天序》,言圣皇应历受禅,弘济大化,用人各尽其才也。" ② 历应:《晋书》作"应历"。

大晋承运期①

大晋承运期,德隆圣皇。时清晏,白日垂光。应箓图,陟帝位,继天正玉衡。化行象神明,至哉道隆虞与唐。元首敷洪化,百寮股肱并忠良。民大康②,隆隆赫赫,福祚盈无疆。

① 郭茂倩解云,古《上邪行》。《古今乐录》曰:"《大晋承运期》,言圣皇应箓受图,化象神明也。" ② 民大康:《晋书》作"时太康"。

金 灵 运①

金灵运,天符发。圣征见,参日月。惟我皇,体神圣。受魏禅,应天命。皇之兴,灵有征。登大麓,御万乘。皇之辅,若阚虎。爪牙奋,莫之御。皇之佐,赞清化。百事理,万邦贺。神祇应,嘉瑞章。恭享礼,荐先皇。乐时奏,磬管锵。鼓渊渊,钟喤喤。奠樽俎,实玉筋。神歆飨,咸悦康。宴孙子,祐无疆。大孝烝烝,德教被万方。

① 郭茂倩解云,古《君马黄行》。《古今乐录》曰:"《金灵运》,言圣皇践祚,致敬宗庙,而孝道行于天下也。"

於穆我皇①

於穆我皇,盛德圣且明。受禅君世,光济群生。普天率土,莫不来庭。颙颙六合内,望风仰泰清。万国雍雍,兴颂声。大化洽,地平而天成。七政②齐,玉衡惟平。峨峨佐命,济济群英。夙夜乾乾,万机是经。虽治兴,匪荒宁。谦道光,冲不盈。天地合德,日月同荣。赫赫煌煌,曜幽冥。三光克从,於显天,垂景星。龙凤臻,甘露霄零。肃神祇,祇上灵。万物欣载,自天效其成。

① 郭茂倩解云,古《雉子行》。《古今乐录》曰:"《於穆我皇》,言圣皇受命,德合神明也。" ② 七政:指日、月和金、木、水、火、土五星。

仲春振旅①

仲春振旅,大致民,武教于时日新。师执提②,工执鼓。坐作从,节有序。盛矣允文允武。搜田表祸③,申法誓。遂围禁,献社祭。允以时,明国制。文武并用,礼之经。列车如战,大教明,古今谁能去兵。大晋继天,济群生。

① 郭茂倩解云,古《圣人出行》。《古今乐录》曰:"《仲春振旅》,言大晋申文武之教,敚猎以时也。" ② 提:古代鼓名。《周礼·夏官·大司马》:"师帅执提。" ③ 祸:古之军中祭礼。《礼记·王制》:"祸于所征之地。"郑玄注:"祸,师祭也,为兵祷。"

夏苗田①

夏苗田，运将徂。军国异容，文武殊。乃命群吏，撰车徒，辨其号名，赞契书。王军启八门，行同上帝居。时路建大麾，云旗翳紫虚。百官象其事，疾则疾，徐则徐。回衡旋轸，罢阵弊车。献禽享祀，烝烝配有虞。惟大晋，德参两仪，化云敷。

① 郭茂倩解云，古《临高台行》。《古今乐录》曰："《夏苗田》，言大晋畋狩顺时，为苗除害也。"

仲秋狝田①

仲秋狝田②，金德常刚③。凉风清且厉，凝露结为霜。白藏④司辰，苍隼时鹰扬。鹰扬犹尚父⑤，顺天以杀伐，春秋时叙。雷霆震威曜，进退由钲鼓。致禽祀祊，羽毛之用充军府。赫赫大晋德，芬烈陵三五。敷化以文，虽治⑥不废武。光宅四海，永享天之祐。

① 郭茂倩解云，古《远期行》。《古今乐录》曰："《仲秋狝田》，言大晋虽有文德，不废武事，顺时以杀伐也。"　② 狝田：指秋天出猎。《尔雅·释天》："秋猎为狝。"　③ 刚：《晋书》作"纲"。　④ 白藏：秋天。《尔雅·释天》："秋为白藏。"郭璞注："气白而收藏。"　⑤ 尚父：《宋书》作"周尚父"。尚父，周文王对吕尚的尊称。《诗·大雅·大明》毛传："尚父，可尚可父。"郑玄笺："尚父，吕望也，尊称焉。"　⑥ 治：《宋书》作"安"。

顺 天 道①

顺天道，握神契，三时示，讲武事。冬大阅，鸣镯振鼓铎，旌旗象虹霓。文制其中，武不穷武。动军誓众，礼成而义举。三驱以崇仁，进止不失其序。兵卒练，将如阚虎。惟阚虎，气陵青云。解围三面，杀不殄群。偃旌麾，班六军。献享烝，修典文。嘉大晋，德配天。禄报功，爵俟贤。飨燕乐，受兹百禄，嘉②万年。

① 郭茂倩解云，古《石留行》。《古今乐录》曰："《顺天道》，言仲冬大阅，用武修文，大晋之德配天也。"　② 嘉：《晋书》作"寿"。

唐 尧①

唐尧谘务成,谦谦德所兴。积渐终光大,履霜致坚冰。神明道自然,河海犹可凝。舜禹统百揆,元凯以次升。禅让应天历,睿圣世相承。我皇陟帝位,平衡正准绳。德化飞四表,祥气见其征。兴王坐俟旦,亡主②恬③自矜。致远由近始,覆篑成山陵。披图按先籍,有其证灵液。

① 郭茂倩解云,古《务成行》。《古今乐录》曰:"《唐尧》,言圣皇陟帝位,德化光四表也。" ② 主:《乐府诗集》注"一作国"。 ③ 恬:《乐府诗集》注"一作主"。

玄 云①

玄云起丘山,祥气万里会。龙飞何蜿蜿,凤翔何翙翙②。昔在唐虞朝,时见青云际。今亲游万③国,流光溢天外。鹤鸣在后园,清音随风迈。成汤隆显命,伊挚来如飞。周文猎渭滨,遂载吕望归。符合如影响,先天天弗违。辍耕综地④纲,解褐衿天维。元功配二王,芬馨世所稀。我皇叙群才,洪烈何巍巍。桓桓征四表,济济理万机。神化感无方,髦才盈帝畿。丕显惟昧旦,日新孔所咨。茂哉明圣⑤德,日月同光辉。

① 郭茂倩解云,古《玄云行》。《古今乐录》曰:"《玄云》,言圣皇用人,各尽其材也。" ② 翙翙:《诗·大雅·卷阿》:"凤凰于飞,翙翙其羽。"郑玄笺:"翙翙,羽声也。" ③ 万:《乐府诗集》注"一作方"。 ④ 地:《乐府诗集》作"时",据《晋书》改。 ⑤ 明圣:《古乐府》作"圣明"。圣,《乐府诗集》注"一作人"。

伯 益①

伯益②佐舜、禹,职掌山与川。德侔③十六相④,思心入无间。智理周万物,下知众鸟言。黄雀应清化,翔集何翩翩。和鸣栖庭树,徘徊云日间。夏桀为无道,密网施山河。酷祝振纤网,当奈黄雀何。殷汤崇天德,去其三面罗。逍遥群飞来,鸣声乃复和。朱雀作南宿,凤皇统羽群。赤乌衔书至,天命瑞周文。神雀今来游,为我受命君。嘉祥致天和,膏泽降青云。兰风发芳气,阖⑤世同其芬。

　　① 郭茂倩解云,古《黄爵行》。《古今乐录》曰:"《伯益》,言赤乌衔书,有周以兴,今圣皇受命,神雀来也。" 　② 伯益:一作"伯翳",亦称"大费",古代嬴姓各族的祖先。传说其善于狩猎和畜牧,得到舜禹重用,被舜任为虞官,又助禹治水,并选为继承人。 　③ 德俟:一作"德牧",传说中一种凤鸟。汉枚乘《七发》:"蛟龙德牧,邑邑群鸣。"《骈雅·释鸟》:"德牧,凤属也。" 　④ 十六相:十六族。《左传·文公十八年》:"是以尧崩而天下如一,同心戴舜,以为天子,以其举十六相,去四凶也。" 　⑤ 阖:《晋书》作"盖"。

钓　竿①

　　钓竿何冉冉,甘饵芳且鲜。临川运思心,微纶沉九渊。太公宝此术,乃在灵秘篇。机变随物移,精妙贯未然。游鱼惊著钓,潜龙飞戾天。戾天安所至,抚翼翔太清。太清一何异,两仪出浑成。玉衡正三辰,造化赋群形。退愿辅圣君,与神合其灵。我君弘远略,天人不足并。天人初并时,昧昧何茫茫。日月有征兆,文象兴二皇。蚩尤乱生民,黄帝用兵征万方。逮夏禹而德衰,三代不及虞与唐。我皇圣德配尧舜,受禅即祚享天祥。率土蒙佑,靡不肃,庶事康。庶事康,穆穆明明。荷百禄,保无极,永太平。

　　① 郭茂倩解云,古《钓竿行》。《古今乐录》曰:"《钓竿》,言圣皇德配尧舜,又有吕望之佐,以济天功,致太平也。"

晋 凯 歌①(二首)

张　华

命将出征歌

　　重华隆帝道,戎蛮或不宾。徐夷②兴有周,鬼方③亦违殷。今在盛明世,寇虐动四垠。豺狼染牙爪,群生号穹旻。元帅统方夏,出车无凉、秦④。众贞必以律,臧否实在人。威信加殊类,疏逖思自亲。单醪⑤岂有味,挟纩感至仁。武功尚止戈,七德美安民。远迹由斯举,永世无风尘。

① 此二首录自《乐府诗集》卷一九。　② 徐夷:即徐戎。《国语·齐语》:"东南多有淫乱者,莱、莒、徐夷、吴、越。"韦昭注:"徐夷,徐州之夷也。"　③ 鬼方:上古族名,为殷周西北强敌。《诗·大雅·荡》朱熹集传:"鬼方,远夷之国也。"　④ 凉、秦:凉州与秦州。　⑤ 单醪:杯酒。《文选·张协〈七命〉之七》:"单醪投川,可使三军告捷。"李善注引《黄石公记》:"昔良将之用兵也,人有馈一箪之醪,投河,令众迎流而饮之。夫一箪之醪,不味一河,而三军思为致死者,以滋味及之也。"单,通"箪"。

劳还师歌

狎犹背天德,构乱扰邦畿。戎车震朔野,群帅赞皇威。将士齐心膂①,感义忘其私。积势如鞲弩,赴节如发机。嚣声动山谷,金光耀素晖。挥戟陵劲敌,武步蹈横尸。鲸鲵皆授首,北土永清夷。昔往冒隆暑,今来白雪霏。征夫信勤瘁,自古咏《采薇》。收荣于舍②爵,燕喜在凯归。

① 心膂:犹言"股肱"。《书·君牙》:"今命尔予翼,作股肱心膂。"　② 舍:《乐府诗集》作"含",据《晋书》改。

燕射歌辞

《乐府诗集》所录燕射歌辞三卷,以西晋始,南北朝继之,未有汉魏。

关于燕射歌辞始末,郭茂倩解引《周礼·大宗伯》之职曰:"以饮食之礼亲宗族兄弟,以宾射之礼亲故旧朋友,以飨燕之礼亲四方之宾客。"《大行人》:"掌大宾之礼、大客之仪以亲诸侯,以九仪辨诸侯之命,等诸臣之爵,以同邦国之礼而待其宾客。上公飨礼九献,食礼九举,侯伯飨礼七献,食礼七举,子男飨礼五献,食礼(今按:《乐府诗集》作'举',据《周礼·大行人》改)五举。诸侯之卿各下其君二等,大夫、士皆如之。"凡正飨,食则在庙,燕则在寝,所以仁宾客也。

《仪·燕礼》曰:"工歌《鹿鸣》、《四牡》、《皇皇者华》。笙入,奏《南陔》、《白华》、《华黍》。乃间歌《鱼丽》,笙《由庚》;歌《南有嘉鱼》,笙《崇丘》;歌《南山有台》,笙《由仪》。遂歌乡乐:《周南》、《关雎》、《葛覃》、《卷耳》;《召南》、《鹊巢》、《采蘩》、《采苹》。"此燕飨之有乐也。

《大司乐》曰:"大射,王出入奏《王夏》,及射令奏《驺虞》,诏诸侯以弓矢舞。"《乐师》:"燕射,帅射夫以弓矢舞。"《大师》:"大射,帅瞽而歌射节。"此大射之有乐也。

《王制》曰:"天子食,举以乐。"《大司乐》曰:"王大食,三宥,皆令奏钟鼓。"汉鲍业曰:"古者天子食饮,必顺四时五味,故有食举之乐,所以顺天地、养神明、求福应也。"此食举之有乐也。

晋四厢乐歌(三首)

傅　玄

郭茂倩解引《晋书·乐志》曰:"晋初,食举亦用《鹿鸣》。至武帝泰始五年,使傅玄、荀勖、张华各造正旦行礼及王公上寿酒、食举乐歌诗,后又诏成功绥亦作焉。傅玄造三篇:一曰《天鉴》,正旦大会行礼歌;二曰《於赫》,上寿酒歌;三曰《天命》,食举东西厢歌。"

正旦大会行礼歌[①]

天鉴有晋,世祚圣皇。时齐七政,朝此万方。钟鼓斯震,九宾备礼。正位在朝,穆穆济济。煌煌三辰,实丽于天。君后是象,威仪孔虔。率礼无愆,莫匪迈德。仪刑圣皇,万邦惟则。

① 此首录自《乐府诗集》卷一三。《乐府诗集》此篇末注:"天鉴四章,章四句。"

上寿酒歌[①]

於赫明明,圣德龙兴。三朝[②]献酒,万寿是膺。敷佑四方,如日之升。自天降祚,元吉有征。

① 此首录自《乐府诗集》卷一三。《乐府诗集》此篇末注:"於赫一章八句。"
② 三朝:正月一日,为岁、月、日之始,称"三朝"。

食举东西厢歌[①]

天命大晋,载育群生。於穆上德,随时化成。自祖配命,皇皇后辟。继天创业,宣、文[②]之绩。丕显宣、文,先知稼穑。克恭克俭,足教足食。既教食之,弘济艰难。上帝是佑,下民所安。天佑圣皇,万邦来贺。虽安勿安,乾乾匪暇。乃正丘郊,乃定冢社。廙廙作宗,光宅天下。惟敬朝飨,爰奏食举。尽礼供御,嘉乐有序。树羽设业,笙镛以间。琴瑟齐列,亦有簴垎。喤喤鼓钟,枪枪磬管。八音克谐,载夷载简。既夷既简,其大不御。风化潜兴,如云如雨。如云之覆,如雨之润。声教所暨,无思不顺。教以化之,乐以和之。和而养之,时惟邕熙。礼慎其仪,乐节其声。於铄皇繇,既和且平。

① 此首录自《乐府诗集》卷一三,《乐府诗集》此篇末注:"天命十三章,章四句。" ② 宣、文:指晋宣帝司马懿、文帝司马昭。

晋四厢乐歌

荀 勖

郭茂倩解引《晋书·乐志》曰："魏杜夔传旧雅乐四曲:一曰《鹿鸣》,二曰《驺虞》,三曰《伐檀》,四曰《文王》,皆古声辞。乃太和中,左延年改夔《驺虞》、《伐檀》、《文王》三曲,更自作声节,其名虽同而声实异。唯因夔《鹿鸣》,全不改易。每正旦大会,太尉奉璧,群后行礼,东厢雅乐郎作者是也。后又改三篇:第一曰《於赫篇》,咏武帝,声节与古《鹿鸣》同;第二曰《巍巍篇》,咏文帝,用延年所改《驺虞》声;第三曰《洋洋篇》,咏明帝,用延年所改《文王》声;第四曰(今按:《乐府诗集》'曰'下有'日'字,据《晋书》删)复用《鹿鸣》,《鹿鸣》之声重用,而除古《伐檀》。"《古今乐录》曰:"汉故事,上寿用《四会曲》。魏明帝青龙二年,以长笛食举第十一古大置酒曲代《四会》,又易古诗名曰《羽觞行》,用为上寿曲,施用最在前。《鹿鸣》以下十二曲名食举乐,而《四会之曲》遂废。"《宋书·乐志》曰:"晋荀勖造正旦大会行礼歌四篇:一曰《於皇》,当《於赫》;二曰《明明》,当《巍巍》;三曰《邦国》,当《洋洋》;四曰《祖宗》,当《鹿鸣》。王公上寿酒歌一篇,曰《践元辰》,当《羽觞行》。食举乐东西厢歌十二篇:一曰《煌煌》,当《鹿鸣》;二曰《宾之初筵》,当《於穆》;三曰《三后》,当《昭昭》;四曰《赫矣》,当《华华》;五曰《烈文》,当《朝宴》;六曰《猗欤》,当《盛德》;七曰《隆化》,当《绥万邦》;八曰《振鹭》,当《朝朝》;九曰《翼翼》,当《顺天》;十曰《既宴》,当《陟天庭》;十一曰《时邕》,当《参两仪》;十二曰《嘉会》。"

正旦大会行礼歌①(四首)

其 一②

於皇元首,群生资始。履端大享,敬御繁祉。肆觐群后,爰及卿士。钦顺则元,允也天子。

① 此四首录自《乐府诗集》卷一三。 ②《乐府诗集》此首末注:"於皇一章八句。"

其 二①

明明天子,临下有赫。四表宅心,惠浃荒貊②。柔远能迩,孔淑不逆。来格祁祁,邦家是若。

①《乐府诗集》此首末注:"明明一章八句。" ② 貊:指古代东北地区少数

民族。

其 三①

光光邦国，天笃其祜。丕显哲命，顾柔三祖②。世德作求，奄有九土。思我皇度，彝伦攸序。

①《乐府诗集》此首末注："邦国一章八句。" ② 三祖：三位祖先。李善注引臧荣绪《晋书》："宣帝追号曰高祖，文帝号曰太祖，武帝号曰世祖。"此乃晋之三祖也。

其 四①

惟祖惟宗，高朗缉熙。对越在天，骏惠在兹。聿求厥成，我皇崇之。式固其犹，往敬用治。

①《乐府诗集》此首末注："祖宗一章八句。"

王公上寿酒歌①

践元辰，延显融。献羽觞，祈令终。我皇寿而隆，我皇茂而嵩。本枝奋百世，休祚钟圣躬。

①《乐府诗集》此篇末注："践元辰一章八句。"

食举乐东西厢歌①（十二首）

其 一②

煌煌七曜③，重明交畅。我有嘉宾，是应是赆。邦政既图，接以大飨。人之好我，式遵德让。

① 此十二首录自《乐府诗集》卷一三。 ②《乐府诗集》此首末注："煌煌一章八句。" ③ 七曜：指日、月和金、木、水、火、土星。

其 二①

宾之初筵，蔼蔼济济。既朝乃宴，以洽百礼。颁以位叙，或廷或陛。登傧台叟，亦有兄弟。胥子陪寮，宪兹度楷。观颐养正，降福孔偕。

①《乐府诗集》此首末注："宾之初筵一章十二句。"

其 三①

昔我三后②，大业是维。今我圣皇，焜耀前晖。奕世重规,明照九畿。思辑用光,时罔有违。陟禹之迹,莫不来威。天被显禄,福履是绥。

①《乐府诗集》此首末注:"三后一章十二句。" ② 三后:古代天子、诸侯皆称后,此处当指晋宣帝、文帝、武帝三人。

其 四①

赫矣太祖,克广明德。廓开宇宙,正世立则。变化不经,民无瑕慝。创业垂统,兆我晋国。

①《乐府诗集》此首末注:"赫矣一章八句。"

其 五①

烈文伯考,时惟帝景。夷险平乱,威而不猛。御衡不迷,皇涂焕炳②。七德咸宣,其宁惟永。

①《乐府诗集》此首末注:"烈文一章八句。" ② 炳:《晋书》作"景"。

其 六①

猗欤盛欤②,先皇圣文。则天作孚,大哉为君。慎徽五典,帝载是勤。文武发挥,茂建嘉勋。修己济治,民用宁殷。怀远烛幽,玄教氛氲③。善世不伐,服事参分。德博化隆,道冒无垠。

①《乐府诗集》此首末注:"猗欤一章十六句。" ② "猗欤"句:祭祀祖先的颂歌。出自《诗·商颂·那》首句:"猗与那与。"后以"猗那"借指祭祖颂歌,此首首句仿此而歌。 ③ 氛氲:《晋书》作"氤氲"。

其 七①

隆化洋洋,帝命溥将。登我晋道,越惟圣皇。龙飞革运,临焘八荒。睿哲钦明,配踪虞、唐。封建厥福,骏发其祥。三朝习吉,终然允臧。其臧惟何?总彼万方。元侯列辟,四岳蕃②王。时见世享,率兹有常。旅揖在庭,嘉客在堂。宋、卫既臻,陈留、山阳。我有宾使③,观国之光。贡贤纳计,献璧奉璋。保祐命之,申锡无疆。

①《乐府诗集》此首末注:"隆化一章二十八句。" ② 蕃:《晋书》作"藩"。
③ 我有宾使:《晋书》作"有宾有使"。

其 八①

振鹭于飞,鸿渐其翼。京邑穆穆,四方是式。无
竞惟人,王纲允敕。君子来朝,言观其极。

①《乐府诗集》此首末注:"振鹭一章八句。"

其 九①

翼翼②大君,民之攸暨。信理天工,惠康不匮。将
远不仁,训以淳粹。幽明有伦,俊乂在位。九族既睦,
庶邦顺比。开元布宪,四海鳞萃。协时正统,殊涂同
致。厚德载物,灵心隆贵。敷奏谠言,纳以无讳。树
之典象,诲之义类。上教如风,下应如卉。一人有庆,
群萌以遂。我后宴喜,令问不坠。

①《乐府诗集》此首末注:"翼翼一章二十六句。" ② 翼翼:《晋书》作
"廙廙"。

其 十①

既宴既喜,翕②是万邦。礼仪卒度,物有其容。晰
晰庭燎,喤喤鼓钟。笙磬咏德,万舞象功。八音克谐,
俗易化从。其和如乐,庶品时邕。

①《乐府诗集》此首末注:"既宴一章十二句。" ② 翕:和合。《诗·小雅·
棠棣》毛传:"翕,合也。"

其 十 一①

时邕斌斌,六合同尘。往我祖宣,威静殊邻。首
定荆楚,遂平燕、秦。亹亹文皇,迈德流仁。爰造草
昧,应乾顺民。灵瑞告符,休征响震。天地弗违,以和
神人。既戡②庸、蜀,吴会是宾。肃慎率职,楛矢来陈。
韩、涉进乐,均协③清《钧》。西旅献獒,扶南效珍。蛮
裔重译,玄齿文身。我皇抚之,景命惟新。

① 《乐府诗集》此首末注："时邕一章二十六句。" ② 戡：《晋书》作"禽"。
③ 均协：《晋书》作"宫徵"。

其 十 二①

悟悟嘉会，有闻无声。清酤既奠，笾豆既馨②。礼
充乐备，《箫韶》③九成。恺乐饮酒，酣而不盈。率土欢
豫，邦国以宁。王猷允塞，万载无倾。

① 《乐府诗集》此首末注："嘉会一章十二句。" ② 馨：《晋书》作"升"。
③ 《箫韶》：舜乐名。《书·益稷》："箫韶九成，凤凰来仪。"

晋四厢乐歌

张　华

王公上寿诗①

称元庆，奉寿觞。后皇延遐祚，安乐抚万方。

① 此首录自《乐府诗集》卷一三。

食举东西厢乐诗①（十一首）

其 一

明明在上，丕显厥繇。翼翼三寿，蕃后惟休。群
生渐德，六合承流。三正元辰，朝庆鳞萃。华夏奉职
贡，八荒觐殊类。黼冕充广庭，鸣玉盈朝位。

① 此十一首录自《乐府诗集》卷一三。今按：《乐府诗集》此诗十一首与《宋
书》此诗十一首分句稍有不同。

其 二

济济朝位，言观其光。仪序既以时，礼文焕以彰。
思皇享多祜，嘉乐永无央。

其 三

九宾①在庭，胪赞既通。升瑞奠贽，乃侯乃公。穆
穆天尊，隆礼动容。履端承元吉，介福御万邦。

① 九宾:《汉书·叔孙通传》:"大行设九宾,胪句传。"王先谦补注引刘攽曰:"宾,谓传摈之宾。九宾,摈者九人,掌胪句传也。"

其　四

朝享,上下咸雍。崇多仪,繁礼容。舞盛德,歌九功①。扬芳烈,播休踪。

① 九功:《左传·文公七年》:"六府、三事,谓之九功。水、火、金、木、土、谷,谓之六府。正德、利用、厚生,谓之三事。"

其　五

皇化洽,洞幽明。怀柔百神,辑祥祯。潜龙跃,雕虎仁。仪凤鸟,届游麟。枯蠹荣,竭泉流。菌芝茂,枳棘柔。和气应,休征滋①。协灵符,彰帝期。绥宇宙,万国和。昊天成命,赉皇家,赉皇家。

① 滋:《乐府诗集》作"弦",据《宋书》改。

其　六

世资圣哲,三后在天,启鸿烈。启鸿烈,隆王基。率土讴吟,欣戴于时。恒文示①象,代气著期。

① 示:《乐府诗集》阙,据《宋书》补。

其　七

泰始开元,龙升在位。四隩同风,燮宁殊类。五题来备,嘉生以遂。凝庶绩,臻大康。申繁祉,胤无疆。本枝①百世,继绪不忘。继绪不忘,休有烈光。永言配命,惟晋之祥。

① 本枝:《诗·大雅·文王》:"文王孙子,本支百世。"毛传:"本,本宗也;支,支子也。"

其　八

圣明统世笃皇仁,广大配天地,顺动若陶钧。玄化参自然,至德通神明。清风畅八极,流泽被无垠。

其 九

於皇时晋，奕世齐圣。惟天降嘏，神祇保定。弘济区夏，允集大命。有命既集光帝猷，大明重曜鉴六幽。声教洋溢惠滂流。惠滂流①，移风俗。多士盈朝，贤俊比屋。敦世心，斫雕反素朴。反素朴，怀庶方。干戚舞阶庭，疏狄悦遐荒。扶南假重译，肃慎袭龙裳。云覆雨施，德洽无疆。旁作穆穆，仁化翔。

① 惠滂流：《乐府诗集》阙，据《宋书》补。

其 十

朝元日，宾王庭。承宸极，当盛明。衍和乐，竭祇诚。仰嘉惠，怀德馨。游淳风，泳淑清。协亿兆，同欢荣。建皇极，统天位。运阴阳，御六气。殷群生，成性类。王道浃，治功成。人伦序，俗化清。虔明祀，祇三灵。崇礼乐，式仪刑。

其 十一

庆元吉，宴三朝。播金石，咏泠箫。奏《九夏》①，舞《云》②、《韶》。迈德音，流英声。八纮一，六合宁。六合宁，承圣明。王泽洽，道登隆。绥函夏，总华戎。齐德教，混殊风。混殊风，康万国。崇夷简，尚敦德。弘王度，远遐则。

①《九夏》：古乐名。即《王夏》、《肆夏》、《昭夏》、《纳夏》、《章夏》、《齐夏》、《族夏》、《祴夏》、《骜夏》。　②《云》：古代舞名。

正旦大会行礼诗①（四首）

其 一

於赫皇祖，迪哲齐圣。经纬大业，基天之命。克开洪绪，诞笃天庆。旁济彝伦，仰齐七政。

① 此四首录自《乐府诗集》卷一三。

其 二

烈烈景皇，克明克聪。静封略，定勋功。成民立
政，仪刑①万邦。式固崇轨，光绍前踪。

① 仪刑：效法。《诗·大雅·文王》："仪刑文王，万邦作孚。"朱熹集传："仪，
象。刑，法。"

其 三

允文烈考，濬哲应期。参德天地，比功四时。大
亨以正，庶绩咸熙。肇启晋宇，遂登皇基。

其 四

明明我后，玄德通神。受终正位，协应天人。容
民厚下，育物流仁。跻我王道，辉光日新。

晋四厢乐歌①

成公绥②

王公上寿酒

上寿酒，乐未央。大晋应天庆，皇帝永无疆。

① 此十六首录自《乐府诗集》卷一三。今按：《乐府诗集》此《晋四厢乐歌》正
文未署作者名，据其目录及《诗纪》卷三九补。　② 成公绥(231—273)：魏晋时
辞赋家、诗人。字子安，白马(今河南滑县东)人。少富俊才，词赋甚丽。张华雅
重绥，荐之太常，为博士。历迁秘书郎、中书郎。每与华受诏并为诗赋，又与贾充
等参定法律。有诗赋杂笔十余卷，佚。

正旦大会行礼歌①（十五首）

其 一

穆穆天子，光临万国。多士盈朝，莫匪俊德。流
化罔极，王猷允塞。嘉会置酒，嘉宾充庭。羽旄曜辰②
极，钟鼓振泰清。百辟朝三朝，或或明仪刑③。济济锵
锵，金振玉声。

① 此十五首录自《乐府诗集》卷一三。今按:此首《诗纪》题下有注曰"十五章",《晋书》、《诗纪》、《宋书》与《乐府诗集》十五章的分法有不同,本编从《乐府诗集》。　② 辰:《晋书》作"宸"。　③ 刑:《乐府诗集》作"形",据《诗纪》改。

其　二

礼乐具,宴嘉宾。眉寿祚圣皇,景福惟日新。群后戾止,有来雍雍。献酬纳贽,崇此礼容。丰肴万俎,旨酒千钟。嘉乐尽宴乐,福禄咸攸同。

其　三

乐哉,天下安宁。道化行,风俗清。《箫韶》作,咏九成。年丰穰,世泰平。至治哉,乐无穷。元首聪明,股肱忠。澍丰泽,扬清风。

其　四

嘉瑞出,灵应彰。麒麟见,凤皇翔。醴泉涌,流中唐。嘉禾生,穗盈箱。降繁祉,祚圣皇。承天位,统万国。受命应期,授圣德。四世重光,宣开洪业。景克昌,文钦明,德弥彰。肇启晋邦,流祚无疆。

其　五

泰始建元,凤皇龙兴。龙兴伊何? 享祚万乘。奄有八荒,化育黎蒸。图书焕炳①,金石有征。德光大,道熙隆。被四表,格皇穹。奕奕万嗣,明明显融,高朗令终。保兹永祚,与天比崇。

① 焕炳:《晋书》作"既焕"。

其　六

圣皇君四海,顺人应天期。三叶合重光,泰始开洪基。明曜参日月,功化侔四时。宇宙清且泰,黎庶咸雍熙,善哉雍熙。

其　七

惟天降命,翼仁祐圣。於穆三皇,载德弥盛。总齐琼玑,光统七政。百揆时序,化若神圣。四海同风兴至仁,济民育物拟陶钧。拟陶钧,垂惠润。皇皇群贤,峨峨英隽。德化宣芬,芳播来胤。播来胤,垂后昆。清庙何穆穆,皇极辟四门。皇极辟四门,万机无不综。亹亹翼翼,乐不及荒,饥不遑食。大礼既行乐无极。

其　八

登昆仑,上曾城。乘飞龙,升泰清。冠日月,佩五星。扬虹霓,建彗旌。披庆云,荫繁荣。览八极,游天庭。顺天地,和阴阳。序四时,曜三光。张帝网,正皇纲。播仁风,流惠康。

其　九

迈洪化,振灵威。怀万方,纳九夷。朝阊阖,宴紫微。

其　十

建五旗,罗钟虡①。列四县,奏《韶》《武》。铿金石,扬旌羽。纵八佾,巴、渝舞。咏《雅》《颂》,和律吕。于胥乐,乐圣主。

① 虡:古代悬挂钟、磬的木架两侧的柱叫虡。

其 十 一

化荡荡,清风泄。总英雄,御俊杰。开宇宙,扫四裔。光缉熙,美圣哲。超百代,扬休烈。流景祚,显万世。

其 十 二

皇皇显祖,翼世佐时。宁济六合,受命应期。神武鹰扬,大化咸熙。廓开皇衢,用成帝基。

其 十 三

光光景皇,无竞惟烈。匡时拯俗,休功盖世。宇宙既康,九域有截。天命降鉴,启祚明哲。

其 十 四

穆穆烈考,克明克隽。实天生德,诞膺灵运。肇建帝业,开国有晋。载德奕世,垂庆洪胤。

其 十 五

明明圣帝,龙飞在天。与灵合契,通德幽玄。仰化青云,俯育重渊。受灵之祜,于万斯年。

晋冬至初岁小会歌①

张　华

日月不留,四气回周。节庆代序,万国同休。庶尹群后,奉寿升朝。我有嘉礼,式宴百僚。繁肴绮错,旨酒泉淳。笙镛和奏,磬管流声。上隆其爱,下尽其心。宣其壅滞。咏②之德音。乃宣乃训,配享交泰。永载仁风,长抚无外。

① 此首录自《乐府诗集》卷一三。　② 咏:《晋书》作"训"。

晋宴会歌①

张　华

亹亹我皇,配天垂光。留精日昃,经览无方。听朝有暇,延命众臣。冠盖云集,樽俎星陈。肴蒸多品,八珍代变。羽爵无算,究乐极宴。歌者流声,舞者投袂。动容有节,丝竹并设。宣畅四体,繁手趣挚。欢足发和,酣不忘礼。好乐无荒,翼翼济济。

① 此首录自《乐府诗集》卷一三。

晋中宫所歌①

张 华

先王统大业，玄化渐八维。仪刑孚万邦，内训隆壸闱。皇英垂帝典，《大雅》咏三妃。执德宣隆教，正位理厥机。含章体柔顺，帅礼蹈谦祗。《螽斯》②弘慈惠，《樛木》③逮幽微。徽音穆清风，高义邈不追。遗荣参日月，百世仰余晖。

① 此首录自《乐府诗集》卷一三。　②《螽斯》：《诗经》篇名。《诗·周南·螽斯序》："螽斯，后妃子孙众多也，言若螽斯不妒忌，则子孙众多也。"后用为多子的典实。　③《樛木》：《诗经》篇名。

晋宗亲会歌①

张 华

族燕明礼顺，馂食序亲亲。骨肉散不殊，昆弟岂他人。本枝笃同庆，《棠棣》②著先民。於皇圣明后，天覆弘且仁。降礼崇亲戚，旁施协族姻。式宴尽酣娱，饮御备馐珍。和乐既宣洽，上下同欢欣。德教加四海，敦睦被无垠。

① 此首录自《乐府诗集》卷一三。　②《棠棣》：亦作"常棣"，《诗·小雅》篇名。

郊庙歌辞

晋郊祀歌[①]

傅　玄

夕　牲　歌

　　天命有晋，穆穆明明。我其夙夜，祗事上灵。常于时假，迄用其成。于荐玄牡[②]，进夕其牲。崇德作乐，神祗是听。

　　① 此组歌辞有五首，均录自《乐府诗集》卷一。郭茂倩解引《晋书·乐志》曰："武帝泰始二年，诏傅玄造郊祀明堂歌辞。其祠天地五郊，有《夕牲歌》《迎送神歌》及《飨神歌》。"　② 玄牡：古代祭天地用的黑色公牛。《文心雕龙·祝盟》陆侃如、牟世金注："玄牡，黑色公牛。"

迎送神歌

　　宣文蒸哉，日靖四方。永言保之，夙夜匪康。光天之命，上帝是皇。嘉乐殷荐，灵祚景祥。神祗降[①]假，享福无疆。

　　① 降：《乐府诗集》作"隆"，据《晋书·乐志》改。

飨　神　歌[①]（三首）

其　一

　　天祚有晋，其命惟新。受终于魏，奄有兆[②]民。燕及皇天，怀柔[③]百神。丕显遗烈，之德之纯。享其玄牡，式用肇禋。神祗来格，福禄是臻。

　　① 此题《晋书·乐志》作《飨天地五郊歌》。　② 兆：《晋书·乐志》作"黎"。
③ 柔：《晋书·乐志》作"和"。

其 二

时迈其犹，昊天子之。祐享有晋，兆民戴之。畏天之威，敬授人时。丕显丕承，于犹绎思。皇极斯建，庶绩咸熙。庶几夙夜，惟晋之祺。

其 三

宣文惟后，克配彼天。抚宁四海，保有康年。於乎缉熙，肆用靖民。爰立典制，爰修礼纪。作民之极，莫匪资始。克昌厥后，永言保之。

晋天地郊明堂歌①（五首）

傅 玄

夕 牲 歌

皇矣有晋，时迈其德。受终于天，光济万国。万国既光，神定厥祥。虔于郊祀，祇事上皇。祇事上皇，百福是臻。巍巍祖考，克配彼天。嘉牲匪歆，德馨惟飨。受天之祐，神化四方。

① 此组五首录自《乐府诗集》卷一。郭茂倩解引《宋书·乐志》曰："晋前所作《天地郊明堂歌》，有《夕牲歌》、《降神歌》、《天郊飨神歌》、《地郊飨神歌》、《明堂飨神歌》。其《夕牲》、《降神》，天地郊、明堂同用。"

降 神 歌

於赫大晋，膺天景祥。二帝迈德，宣兹重光。我皇受命，奄有万方。郊祀配享，礼乐孔章。神祇嘉飨，祖考是皇。克昌厥后，保祚无疆。

天郊飨神歌

整泰坛，祀①皇神。精气感，百灵宾。蕴朱火，燎芳薪。紫烟游，冠青云。神之体，靡象形。旷无方，幽以清。神之来，光②景昭。听无闻，视无兆。神之至，举歆歆。灵爽协，动余心。神之坐，同欢娱。泽云翔，化风舒。嘉乐奏，文中声。八音谐，神是听。咸洁齐，并芬芳。烹牷牲，享玉觞。神悦飨，歆禋祀①。祐大晋，降繁祉。祚京邑，行四海。保天年，穷地纪。

① 祀：《晋书·礼乐志》作"礼"。　② 光：《乐府诗集》作"亢"，据《晋书·礼乐志》改。

地郊飨神歌

整泰折①，俟皇祇。众神感，群灵仪。阴祀设，吉礼施。夜将极，时未移。祇之体，无形象。潜泰幽，洞忽荒。祇之出，菱若有。灵无远，天下母。祇之来，遗光景。昭若存，终冥冥。祇之至，举欣欣。舞象德，歌成文。祇之坐，同欢豫。泽雨施，化云布。乐八变，声教敷。物咸亨，祇是娱。齐既洁，侍者肃。玉觞进，咸穆穆。飨嘉荐，歆德馨。祚有晋，暨群生。溢九壤，格天庭。保万寿，延亿龄。

① 泰折：古代祭地神之处，在都城北郊。

明堂飨神歌

经始明堂，享祀匪懈。於皇烈考，光配上帝。赫赫上帝，既高既崇。圣考是配，明德显融。率土敬职，万方来祭。常于时假，保祚永世。

晋宗庙歌①

傅 玄

夕 牲 歌

我夕我牲，猗欤敬止。嘉荐孔时，供兹享祀。神鉴厥诚，博硕斯歆。祖考降飨，以虞孝孙之心。

① 此组十一首录自《乐府诗集》卷八。郭茂倩解引《南齐书·乐志》曰："晋泰始中，傅玄造《祠庙夕牲昭夏歌》一篇，《迎送神肆夏歌》一篇，登歌七庙七篇，飨

神歌二篇。玄云:'登歌歌盛德之功烈,故庙异其文。祫神犹《周颂》之《有瞽》及《雍》,但说祭祫神明礼乐之盛,七庙祫神皆用之。'"

迎送神歌

呜呼悠哉,日鉴在兹。以时享祀,神明降之。神明斯降,既祐祫之。祚我无疆,受天之祐。赫赫太上,巍巍圣祖。明明烈考,丕承继序。

征西将军登歌

经始宗庙,神明戾止。申锡无疆,祗承享祀。假我皇祖,绥予孙子。燕及后昆,锡兹繁祉。

豫章府君登歌

嘉乐在庭[①],荐祀在堂。皇皇宗庙,乃祖乃[②]皇。济济辟公,相予烝尝。享祀不忒,降福穰穰。

① 在庭:《晋书》作"肆筵"。 ② 乃:《乐府诗集》作"先",据《晋书》改。

颍川府君登歌

于邈先后[①],实司于天。显矣皇祖,帝祚肇臻。本支克昌,资始开元。惠我无疆,享祀永年。

① 先后:先世之君王。

京兆府君登歌

于惟曾皇,显显令德。高明清亮,匪兢柔克。保乂命祐,基命惟则。笃生圣祖,光济四国。

宣皇帝登歌

於铄皇祖,圣德钦明。勤施四方,夙夜敬止。载敷文教,载扬武烈。匡定社稷,龚行天罚。经始大业,造创帝基。畏天之命,于时保之。

景皇帝登歌

执竞景皇,克明克哲。旁作穆穆,惟祗惟畏。纂宣之绪[①],耆定厥功。登此俊乂,纠彼群凶。业业在位,帝既勤止。维天之命,於穆不已。

① "纂宣"句：继宣帝之遗绪。宣，指晋宣帝司马懿。

文皇帝登歌

於皇时晋，允文文祖①。聪明睿智，圣敬神武。万几莫综，皇斯清之。虎兕②放命，皇斯平之。柔远能迩，简授英贤。创业垂统，勋格皇天。

① 祖：《乐府诗集》作"皇"。中华书局本校引《宋书》考证："万承苍云：'皇疑作祖，与下武为韵。'"　② 兕：古代犀牛一类的兽。

飨神歌①（二首）

其 一

日晋是常，享祀时序。宗庙致敬，礼乐具举。惟其来祭，普天率土。牺樽既奠，清酤既载。亦有和羹，荐羞斯备。烝烝永慕，感时兴思。登歌奏舞，神乐其和。祖考来格，祐我邦家。敷天之下，罔不休嘉。

① 此二首录自《乐府诗集》卷八。

其 二

肃肃在位，济济臣工。四海来格，礼仪有容。钟鼓振，管弦理，舞开元，歌永始，神胥乐兮。肃肃在位，臣工济济。小大咸敬，上下有礼。理管弦，振鼓钟，舞象德，歌咏功，神胥乐兮。肃肃在位，有来雍雍。穆穆天子，相惟辟公。礼有仪，乐有则，舞象功，歌咏德，神胥乐兮。

六

第四卷 东晋乐府

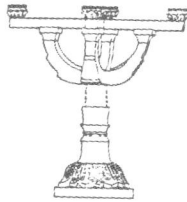

相和歌辞

东晋时期相和歌辞,《乐府诗集》收有张骏、陶潜、梅陶诸人之作,作品因少而弥足珍贵。

东晋乐府大宗乃清商歌辞,然清商乐脱胎于相和乐,故东晋乐府当以"相和"列于其首也。

相和曲

薤 露^①

张 骏^②

在晋之二叶^③,皇道昧不明。主暗无良臣,艰^④乱起朝庭。七柄失其所,权纲丧典刑。愚滑窥神器,牝鸡又晨鸣。哲妇逞幽虐,宗祀一朝倾。储君缢新昌,帝执金墉城。祸衅萌宫掖,胡马动北坰^⑤。三方风尘起,猃狁窃上京。义士扼素婉^⑥,感慨怀愤盈。誓心荡众狄,积诚彻昊灵。

① 此首录自《乐府诗集》卷二七。　② 张骏(307—346):十六国前凉君主、文学家。字公庭。安定乌氏(今甘肃平凉)人。东晋明帝太宁二年(324),继凉王位,拥陇西之地,向东晋称臣。在位二十二年卒。原有集八卷,今尚存诗二首,皆乐府。　③ 叶:《乐府诗集》注"一作世"。　④ 艰:《乐府诗集》注"一作奸"。⑤ 坰:离城远的郊野。《尔雅·释地》:"邑外谓之郊,郊外谓之牧,牧外谓之野,野外谓之林,林外谓之坰。"　⑥ 婉:疑作"腕"。

挽　歌①（三首）

陶　潜②

其　一③

荒草何茫茫，白杨亦萧萧。严霜九月中，送我出远郊。四面无人居，高坟正嶕峣。鸟为动哀鸣④，林风自萧条⑤。幽室一已闭，千年不复朝。千年不复朝，贤达无奈何。向来相送人，各以归⑥其家。亲戚或余悲，他人亦已歌。死去何所道，托体同山阿。

① 此三首录自《乐府诗集》卷二七。今按：此题《陶渊明集》卷四作"拟挽歌辞"。　② 陶潜（约365—427）：东晋诗人。字元亮，浔阳柴桑（今江西九江）人。曾任江州祭酒、镇军参军、彭泽令等，后去职归隐。长于诗赋，诗风平淡爽朗，质朴自然，有《陶渊明集》。　③《陶渊明集》将此首列为第三首。　④ "鸟为"句：《乐府诗集》注"一作马为仰天鸣"。《文选》、《陶渊明集》均作"马为仰天鸣"。⑤ "林风"句：《文选》、《陶渊明集》均为"风为自萧条"。　⑥ 各以归：《陶渊明集》作"各自还"。以，《乐府诗集》注"一作已"。

其　二

有生必有死，早终非命促。昨暮同为人，今旦在鬼录。魂气散何之，枯形寄空木。娇儿索父啼，良友抚我哭。得失不复知，是非安能觉。千秋万岁后，谁知荣与辱。但恨在世时，饮酒恒不足①。

① 恒不足：《陶渊明集》作"不得足"。

其　三

在昔无酒饮，今但①湛空觞。春醪生浮蚁，何时更能尝？肴案盈②我前，亲戚③哭我旁。欲语口无音，欲视眼无光。昔在高堂寝，今宿荒草乡。荒草无人眠，极视正茫茫④。一朝出门去，归家⑤良未央。

① 今但：《乐府诗集》注"一作但恨"。　② 盈：《乐府诗集》注"一作列"。③ 戚：《乐府诗集》注"一作旧"。《陶渊明集》作"旧"。　④ "荒草"二句：《陶渊明集》无。　⑤ 家：《乐府诗集》注"一作来"。

瑟调曲

东 门 行①

张 骏

勾芒②御春正,衡纪③运玉琼。明庶④起祥风,和气翕来征。庆云荫八极,甘雨润四坰。昊天降灵泽,朝日耀华精。嘉苗布原野,百卉敷时荣。鸠鹊与鹜⑤黄,间关相和鸣。芙蓉⑥覆灵沼,香花扬芳馨。春游诚可乐,感此白日倾。休否有终极,落叶思本茎。临川悲逝者,节变动中情。

① 此首录自《乐府诗集》卷三七。今按:此题《诗纪》卷三六注:"《选诗外编》作《游春诗》。" ② 勾芒:古代传说中主管树木的神。 ③ 衡纪:即玉衡星,亦借指北斗星。《文选·谢惠连〈捣衣〉诗》张铣注:"衡纪,玉衡星也。" ④ 明庶:东风。《史记·律书》:"明庶风,居东方。明庶者,明众物尽出也。" ⑤ 鹜:疑当作"鹙",即黄鹂。 ⑥ 芙蓉:《诗纪》作"绿萍"。

楚调曲

怨 诗 行①

梅 陶②

庭植不材柳,花育能鸣鹤。鼓枝游畦亩,栖钓一丘壑。晨③悦朝敷荣,夕乘南音客。昼立薄游景,暮宿汉阴魄。庇身荫王猷④,罢寒反幻迹。

① 此首录自《乐府诗集》卷四一。 ② 梅陶(生卒年不详):东晋诗人、辞赋家。字叔真,汝南西平(今河南舞阳南)人。怀帝永嘉中南渡,为王敦大将军咨议参军。后为御史中丞,又为尚书,终于光禄大夫。有集二十卷,今存文三篇,诗二首。 ③ 晨:《乐府诗集》作"最",据《诗纪》卷三二改。 ④ 猷:道术。《诗·小

怨　诗①

陶　潜

天道幽且远,鬼神茫昧然。结发念善事,僶俛五十②年。弱冠逢世阻,始室丧其偏。炎火屡焚如,螟蜮恣中田。风雨纵横至,收敛不盈廛。夏日长抱饥,寒夜无被眠。造夕思鸡鸣,及晨愿乌迁。在己亦何怨③,离犹凄目前。吁嗟身后名,于我若浮烟。慷慨激④悲歌,钟期信为贤。

① 此首录自《乐府诗集》卷四一。今按:此题《陶渊明集》作《怨诗楚调示庞主簿邓治中》。　② 五十:《乐府诗集》注"一作六九"。　③ 亦何怨:《乐府诗集》注"一作何怨天"。　④ 激:《乐府诗集》注"一作独"

清商曲辞

近代有学者云，南朝民间乐府，以"清商曲辞"为主，民歌之入乐者即全在此部。（《汉魏六朝乐府文学史》）

清商曲辞之乐章，计分六类，其中《上云乐》、《梁雅歌》，皆梁以后文士所作，《江南弄》亦梁武帝改《西曲》作者，其他三类，一曰《吴声歌》，二曰《神玄歌》，三曰《西曲歌》。按《乐府诗集》将《神玄歌》纳入《吴声歌》中，本编将其单列一类，以示有别。

关于"清商曲辞"之始末，郭茂倩已有解说。郭茂倩解云，清商乐，一曰清乐。清乐者，九代之遗声。其始即"相和三调"是也，并汉魏已来旧曲。其辞皆古调及魏三祖所作。自晋朝播迁，其音分散，苻坚灭凉得之，传于前后二秦。及宋武定关中，因而入南，不复存于内地。自时已后，南朝文物号为最盛。民谣国俗，亦世有新声。故王僧虔论"三调歌"曰："今之清商，实由铜雀。魏氏三祖，风流可怀。京洛相高，江左弥重。而情变听改，稍复零落。十数年间，亡者将半。所以追余操而长怀，抚遗器而太息者矣。"

后魏孝文讨淮汉，宣武定寿春，收其声伎，得江左所传中原旧曲，《明君》、《圣主》、《公莫》、《白鸠》之属，及江南吴歌、荆楚西声，总谓之清商乐。至于殿庭飨宴，则兼奏之。遭梁、陈亡乱，存者盖寡。及隋平陈得之，文帝善其节奏，曰："此华夏正声也。"乃微更损益，去其哀怨，考而补之，以新定律吕，更造乐器。因于太常置清商署以管之，谓之"清乐"。开皇初，始置七部乐，清商伎其一也。大业中，炀帝乃定清乐、西凉等为九部。而清乐歌曲有《杨伴》，舞曲有《明君》、《并契》。乐器有钟、磬、琴、瑟、击琴、琵琶、箜篌、筑、筝、节鼓、笙、笛、箫、篪、埙等十五种，为一部。唐又增吹叶而无埙。

吴声歌曲

郭茂倩解引《晋书·乐志》曰："吴歌杂曲，并出江南。东晋已来，稍有增广。

其始皆徒歌,既而被之管弦。盖自永嘉渡江之后,下及梁、陈,咸都建业,吴声歌曲起于此也。"《古今乐录》曰:"吴声歌旧器有篪、箜篌、琵琶,今有笙、筝。其曲有《命啸》吴声游曲半折、六变、八解,《命啸》十解。存者有《乌噪林》、《浮云驱》、《雁归湖》、《马让》,余皆(今按:《乐府诗集》作'皆余',依其文意改)不传。吴声十曲:一曰《子夜》,二曰《上柱》,三曰《凤将雏》,四曰《上声》,五曰《欢闻》,六曰《欢闻变》,七曰《前溪》,八曰《阿子》,九曰《丁督护》,十曰《团扇郎》,并梁所用曲。《凤将雏》以上三曲,古有歌,自汉至梁不改,今不传。《上声》以下七曲,内人包明月制舞《前溪》一曲,余并王金珠所制也。游曲六曲《子夜四时歌》、《警歌》、《变歌》,并十曲中间游曲也。半折、六变、八解,汉世已来有之。八解者,古弹、上柱古弹、郑干、新蔡、大治、小治、当男、盛当,梁太清中犹有得者,今不传。又有《七日夜》、《女歌》、《长史变》、《黄鹄》、《碧玉》、《桃叶》、《长乐佳》、《欢好》、《懊恼》、《读曲》,亦皆吴声歌曲也。"

子 夜 歌①(四十二首)

晋宋齐辞

其 一

落日出前门,瞻瞩见子度②。冶容多姿鬓,芳香已盈路。

① 此四十二首录自《乐府诗集》卷四四。郭茂倩解引《唐书·乐志》曰:"《子夜歌》者,晋曲也。晋有女子名子夜,造此声,声过哀苦。"《宋书·乐志》曰:"晋孝武太元中,琅琊王轲之家有鬼歌子夜,殷允为豫章,豫章侨人庾僧虔家亦有鬼歌子夜。"殷允为豫章亦是太元中,则子夜是此时(今按:《乐府诗集》作"诗",依文意改)以前人也。《古今乐录》曰:"凡歌曲终,皆有送声。子夜以持子送曲《凤将雏》以泽雏送曲。"《乐府解题》曰:"后人更为四时行乐之词,谓之《子夜四时歌》。又有《大子夜歌》、《子夜警歌》、《子夜变歌》,皆曲之变也。"今按:四十二首,末两首"恃爱"、"朝日",《玉台新咏》卷一〇作梁武帝诗,《梁武帝集》亦载之。倘去此二首,则为四十首,成整数,"二"字或后人所增。今仍依《乐府诗集》所署晋宋齐辞录入。 ② 度:同"踱"。

其 二

芳是香所为,冶容不敢当。天不夺人愿,故使侬^①见郎。

① 侬:古代吴人自称为侬。

其 三

宿昔不梳头,丝发被两肩。婉伸郎膝上,何处不可怜。

其 四

自从别欢^①来,奁器了不开。头乱不敢理,粉拂生黄衣。

① 欢:古时男女相爱,对情人的称呼。《古乐府·常林欢》解辞:"江南人谓情人为欢。"

其 五

崎岖相怨慕,始获风云通^①。玉林^②语石阙,悲思两心同^③。

① 风云通:《周易·乾》:"云从龙,风从虎,圣人作而万物睹。"意谓同类相感。此"风云通"指恋人情意相通。 ② 玉林:即石林。林,《诗纪》卷四一注:"一作床。"乃因形近而误。 ③ "悲思"句:悲思,谐音"碑思"。《说文解字·石部》:"碑,竖石也。"石林、石阙都是竖起的石头,故亦可称"碑"。石林和石阙说话,故云"碑(悲)思两心同"。此类双关隐语的表现手法,在吴歌中极为常见。

其 六

见娘喜^①容媚,愿得结金兰。空织无经纬,求匹^②理自难。

① 喜:《诗纪》卷四一及《古乐府》卷六作"善",当是。《乐府诗集》亦注"一作善"。 ② 匹:宽二尺二寸,长四丈为一匹。此又指匹偶、配偶,双关隐语。

其 七

始欲识郎时,两心望如一。理丝^①入残机,何悟不成匹。

① 丝:谐"思",双关隐语。

其 八

前丝断缠①绵,意欲结交情。春蚕易感化,丝子②
已复生。

① 缠:《乐府诗集》注"一作成"。　② 丝子:谐"思子",双关隐语。

其 九

今夕已欢别,合会在何时? 明灯照空局,悠然未
有期①。

① "明灯"二句:双关隐语。"明灯"即"油燃",谐"悠然";"空局"即"未有
棋",谐"未有期"。

其 十

自从别郎来,何日不咨嗟。黄蘖郁成林,当奈苦
心多①。

① "当奈"句:双关隐语,一方面因黄蘖味苦,故黄檗林"苦心多";一方面暗
指歌者自己"苦心多"。

其 十 一

高山种芙蓉,复经黄蘖坞。果得一莲时,流离婴
辛苦①。

① "果得"二句:双关隐语。莲,谐"怜"。婴,遭受。辛苦,一方面指在高山
上种芙蓉的辛劳和黄蘖树本身的苦;一方面暗指歌者自己内心的"辛苦"。

其 十 二

朝思出前门,暮思还后渚。语笑向谁道,腹中阴
忆汝。

其 十 三

擎枕北窗卧,郎来就侬嬉。小喜多唐突,相怜能
几时。

其 十 四

驻箸不能食,蹇蹇步闱①里。投琼②著局上,终日

走博子。

①闱:内室,女子的居室。 　　②琼:古代游戏用具,相当于后来的骰子。

其 十 五

郎为傍人取,负侬非一事。摛门不安横,无复相关意①。

①"摛门"二句:双关隐语。摛,舒展,张开。横,门闩。此一方面指无关门之意,一方面暗指对"郎"无关怀之意。

其 十 六

年少当及时,蹉跎日就老。若不信侬语,但看霜下草。

其 十 七

绿揽迮题锦,双裙今复开。已许腰中带,谁共解罗衣。

其 十 八

常虑有贰意,欢今果不齐。枯鱼就浊水①,长与清流乖②。

①"枯鱼"句:枯鱼,干鱼,喻负心男子。浊水,喻被男子所爱的其他女子。两个比喻均带贬义。 　　②"长与"句:清流,女子自喻,有清白无辜的含义。乖,背离。

其 十 九

欢愁侬亦惨,郎笑我便喜。不见连理树,异根同条起。

其 二 十

感欢初殷勤,叹子后辽落。打金侧玳瑁,外艳里怀薄①。

①"外艳"句:双关隐语。薄,承上句,本指金箔之"箔",又暗指薄情之"薄"。

其二十一

别后涕流连,相思情悲满。忆子腹糜烂,肝肠尺寸断。

其二十二

道近不得数,遂致盛寒违。不见东流水,何时复西归。

其二十三

谁能思不歌,谁能饥不食。日冥当户倚,惆怅底不忆。

其二十四

擎裙未结带,约眉①出前窗。罗裳易飘扬,小开骂春风。

① 约眉:犹"画眉"。约,涂饰。

其二十五

举酒待相劝,酒还杯亦空。愿因微觞会,心感色亦同。

其二十六

夜觉百思缠,忧叹涕流襟。徒怀倾筐情,郎谁明侬心。

其二十七

侬年不及时,其于作乖离。素不如浮萍,转动春风移。

其二十八

夜长不得眠,转侧听更鼓。无故欢相逢,使侬肝肠苦。

其二十九

欢从何处来?端然有忧色。三唤不一应,有何比松柏?

其 三 十

念爱①情慊慊,倾倒无所惜。重帘持自郭,谁知许厚薄。

① 爱:犹"欢"。指情人。

其三十一

气清明月朗,夜与君共嬉。郎歌妙意曲,侬亦吐芳词。

其三十二

惊风急素柯,白日渐微濛。郎怀幽闺性,侬亦恃春容。

其三十三

夜长不得眠,明月何灼灼。想闻散唤声,虚应空中诺。

其三十四

人各既畴匹①,我志独乖违。风吹冬帘起,许时寒薄②飞。

① 畴匹:伴侣。畴,通"俦"。 ② 寒薄:指雪片,雪花。

其三十五

我念欢的的,子行由豫①情。雾露隐芙蓉,见莲不分明②。

① 由豫:同"犹豫"。迟疑,动摇不定。 ② "见莲"句:双关隐语。莲,指莲子,谐"怜"。

其三十六

侬作北辰星,千年无转移。欢行白日心,朝东暮还西。

其三十七

怜欢好情怀,移居作乡里。桐树生门前,出入见梧子①。

① "出入"句:双关隐语。梧子,梧桐树的子实,又谐"吾子"。

其三十八

遣信欢不来，自往复不出。金铜作芙蓉，莲子何能实①。

① "金铜"二句：对方既然如此无情，一番爱怜终究是要落空的。"芙蓉"即"莲花"。果实的"实"又和真实的"实"双关。又，"实"《乐府诗集》作"贵"，据《诗纪》卷四一改。

其三十九

初时非不密，其后日不如。回头批栉脱，转觉薄志疏①。

① "转觉"句：双关隐语。疏，指梳头的"梳"，又谐疏远的"疏"。

其 四 十

寝食不相忘，同坐复俱起。玉藕金芙蓉，无称我莲子。

其四十一

恃爱如欲进，含羞未肯①前。朱口②发艳歌，玉指弄娇弦。

① 未肯：《古乐府》卷六作"出不"。　② 朱口：《乐府诗集》作"口朱"。据《诗纪》卷四一及《梁武帝集》改。

其四十二

朝日照绮钱①，光风动纨素②。巧笑倩两犀，美目扬双蛾。

① 绮钱：钱形图案的窗饰。钱，《玉台新咏》卷一〇一作"戗"，一作"窗"。作"戗"者误字，作"窗"者以意改。　② 素：《玉台新咏》卷一〇作"罗"。

子夜四时歌(七十五首)①

晋宋齐辞

春　歌(二十首)

其　一

春风动春心,流目瞩山林。山林多奇采,阳鸟②吐清音。

① 此组歌辞包括春歌、夏歌、秋歌、冬歌,共七十五首,皆录自《乐府诗集》卷四四。　② 阳鸟:鸿雁一类的候鸟。《尚书·禹贡》:"彭蠡既豬,阳鸟攸居。"孔颖达疏:"此鸟南北与日进退,随阳之鸟,故称阳鸟。"

其　二

绿荑带长路,丹椒重紫茎。流吹①出郊外,共欢弄春英。

① 流吹:指箫笳一类的吹管乐器。

其　三

光风①流月初,新林锦花舒。情人戏春月,窈窕曳罗裾。

① 光风:雨止日出时的和风。

其　四

妖冶颜荡骀,景色复多媚。温风入南牖,织妇怀春意。

其　五

碧楼冥初月,罗绮垂新风。含春未及歌,桂酒发清容。

其　六

杜鹃竹里鸣,梅花落满道。燕女游春月,罗裳曳芳草。

其　七

朱光照绿苑,丹华粲罗星。那能闺中绣,独无怀春情。

其 八

鲜云媚朱景，芳风散林花。佳人步春苑，绣带飞纷葩。

其 九

罗裳连红袖，玉钗明月珰。冶游步春露，艳觅同心郎。

其 十

春林花多媚，春鸟意多哀。春风复多情，吹我罗裳开。

其 十 一

新燕弄初调，杜鹃竞晨鸣。画眉忘注口，游步散春情。

其 十 二

梅花落已尽，柳花随风散。叹我当春年，无人相要①唤。

① 要:通"邀"。

其 十 三

昔别雁集渚，今还燕巢梁。敢辞岁月久，但使逢春阳。

其 十 四

春园花就黄，阳池水方渌。酌酒初满杯，调弦始终①曲。

① 终:《乐府诗集》注"一作成"。《诗纪》卷四一作"成"。

其 十 五

娉婷扬袖舞，阿那曲身轻。照灼兰光在，容冶春风生。

其 十 六

阿那曜姿舞,逶迤唱新歌。翠衣发华洛①,回情一
见过。

① "翠衣"句:犹言"翠衣发花落"。华,同"花"。洛,通"落"。

其 十 七

明月照桂林①,初花锦绣色。谁能不相思②,独在
机中织。

① "明月"句:《玉台新咏》卷一〇作"朝日照北林"。 ② 不相思:《玉台新
咏》作"春不思"。

其 十 八

崎岖与时竞,不复自顾虑。春风振荣林,常恐华
落去。

其 十 九

思见春花月,含笑当道路。逢侬多欲摘①,可怜持
自误。

① 摘:通"掷"。

其 二 十

自从别欢后,叹音不绝响。黄蘖向春生,苦心随
日长。

夏 歌(二十首)

其 一

高堂不作壁,招取四面风。吹欢罗裳开,动侬含
笑容。

其 二

反覆华簟①上,屏帐了不施。郎君未可前,待我整
容仪。

① 华簟:花纹竹席。簟,竹席。

其 三

开春初无欢,秋冬更增凄。共戏炎暑月,还觉两情谐。

其 四

春别犹春①恋,夏还情更久。罗帐为谁褰,双枕何时有?

① 春:疑当"眷"。

其 五

叠扇放床上,企想远风来。轻袖拂华妆①,窈窕登高台。

① 妆:《古乐府》卷六作"床"。

其 六

含桃①已中食,郎赠合欢扇。深感同心意,兰室期相见。

① 含桃:樱桃的别名。

其 七

田蚕事已毕,思妇犹苦身①。当暑理绤②服,持寄与行人。

① 犹苦身:即"身犹苦"。　② 绤:细葛布。

其 八

朝登凉台上,夕宿兰池里。乘月采芙蓉,夜夜得莲子。

其 九

暑盛静无风,夏云薄暮起。携手密叶下,浮瓜沉朱李①。

① "浮瓜"句:语出三国魏曹丕《与朝歌令吴质书》:"浮甘瓜于清泉,沉朱李于寒水。"谓以寒泉洗瓜果解渴。朱李,果名,李子的一种。后因以"浮瓜沉李"代指消夏乐事。

其 十

郁蒸仲暑月,长啸出①湖边。芙蓉始②结叶③,花④艳未成莲。

① 出:《玉台新咏》卷一〇作"北"。　② 始:《玉台新咏》作"如"。　③ 叶:《玉台新咏》作"蕊"。　④ 花:《玉台新咏》作"抛"。

其 十 一

适见戴青幡,三春已复倾。林鹊改初调,林中夏蝉鸣。

其 十 二

春桃初发红,惜色恐侬摘。朱夏①花落去,谁复相寻觅。

① 朱夏:夏季。《尔雅·释天》:"夏为朱明。"

其 十 三

昔别春风起,今还夏云浮。路遥日月促,非是我淹留。

其 十 四

青荷盖渌水,芙蓉葩红鲜。郎见欲采①我,我心欲怀莲。

① 采:谐"睬"。

其 十 五

四周芙蓉池,朱堂敞无壁。珍簟镂玉床,缱绻任怀适。

其 十 六

赫赫盛阳月,无侬不握扇。窈窕瑶台女,冶游戏凉殿。

其 十 七

春倾桑叶尽,夏开蚕务毕。昼夜理机缚①,知欲早成匹②。

① 缚:白色细绢。《诗纪》卷四一作"丝"。 ② 早成匹:语义双关,匹又指匹配、匹偶。

其 十 八

情知三夏热,今日偏独甚。香巾拂玉席,共郎登楼寝。

其 十 九

轻衣不重彩,飙风故不凉。三伏何时过,许侬红粉妆。

其 二 十

盛暑非游节,百虑相缠绵。泛舟芙蓉湖,散思莲子间。

秋　歌(十八首)

其 一

风清觉时凉,明月天色高。佳人理寒服,万结砧杵劳。

其 二

清露凝如玉,凉风中夜发。情人不还卧,冶游步明月。

其 三

鸿雁搴南去,乳①燕指北飞。征人难为思,愿逐秋风归。

① 乳:《乐府诗集》阙,据《诗纪》卷四一补。

其 四

开窗秋①月光,灭烛解罗裳。合笑帷幌里,举体兰蕙香。

① 秋:《乐府诗集》注"一作取"。

其 五

适忆三阳初,今已九秋暮。追逐泰始乐,不觉华年度。

其　六

飘飘初秋夕,明月耀秋辉。握腕同游戏,庭含媚素归。

其　七

秋夜凉风起,天高星月明。兰房竞妆饰,绮帐待双情。

其　八

凉秋开窗寝,斜月垂光照。中宵无人语,罗幌有双笑。

其　九

金风扇素节①,玉露凝成霜。登高去②来雁,惆怅客心伤。

① 素节:秋令时节。《初学记》卷三引南朝梁元帝《纂要》:"秋曰白藏……节曰素节、商节。"　② 去:此字疑当有误。

其　十

草木不常①荣,憔悴为秋霜。今遇泰始世,年逢九春阳。

① 常:《乐府诗集》注"一作长"。

其十一

自从别欢来,何日不相思。常恐秋叶零,无复莲条时。

其十二

掘作九州池,尽是大宅里。处处种芙蓉,婉转得莲子。

其十三

初寒八九月,独缠自络丝。寒衣尚未了,郎唤侬底为?

其 十 四

秋爱两两雁,春感双双燕。兰鹰接野鸡,雉落谁当见。

其 十 五

仰头看桐树,桐花特可怜。愿天无霜雪,梧子解千年。

其 十 六

白露朝夕生,秋风凄长夜。忆郎须寒服,乘月捣白素。

其 十 七

秋风①入窗里,罗帐起飘扬。仰头看明月,寄情千里光。

① 风:《乐府诗集》作"夜",据《玉台新咏》卷一〇改。

其 十 八

别在三阳初,望还九秋暮。恶见东流水,终年不西顾。

冬 歌(十七首)

其 一

渊冰厚三尺,素雪覆千里。我心如松柏,君情①复何似?

① 情:《玉台新咏》卷一〇作"心"。

其 二

涂涩无人行,冒寒往相觅。若不信侬时,但看雪上迹。

其 三

寒鸟依高树,枯林鸣悲风。为欢憔悴尽,那得好颜容。

其 四

夜半冒霜来,见我辄怨唱。怀冰^①阑中倚,已寒不蒙亮^②。

① 怀冰:比喻人高洁。又承首句"夜半冒霜来",兼指身上寒冷。 ② "已寒"句:双关隐语。"已寒"承"怀冰","不蒙亮"承"阑中倚",又谐"不蒙谅",即不被原谅。

其 五

蹑履步荒林,萧索悲人情。一唱泰始乐,枯草衔花生。

其 六

昔别春草绿,今还墀雪盈。谁知相思老,玄鬓白发生。

其 七

寒云浮天凝,积雪冰川波。连山结玉岩,修庭^①振琼柯。

① 修庭:宽广的庭院。

其 八

炭炉却夜寒,重抱坐叠褥。与郎对华榻,弦歌秉^①兰烛。

① 秉:《乐府诗集》注"一作炳"。

其 九

天寒岁欲暮,朔风舞飞雪。怀人重衾寝,故有三夏热。

其 十

冬林叶落尽,逢春已复曜。葵藿生谷底,倾心不蒙照。

其 十一

朔风洒霡雨,绿池莲水结。愿欢攘皓腕,共弄初落雪。

其 十 二

严霜白草木,寒风昼夜起。感时为欢叹,霜鬓不可视。

其 十 三

何处结同心,西陵柏树下。晃荡无四壁,严霜冻杀我。

其 十 四

白雪停阴冈,丹华耀阳林。何必丝与竹,山水有清音。

其 十 五

未尝经辛苦,无故强相矜。欲知千里寒,但看井水冰。

其 十 六①

果欲结金兰,但看松柏林。经霜不堕②地,岁寒无异心。

① 此首《诗纪》卷六四收入梁武帝《子夜冬歌》四首中。 ② 堕:《乐府诗集》注"一作坠"。

其 十 七

适见三阳日,寒蝉已复鸣。感时为欢叹,白发绿①鬓生。

① 绿:疑当"缘"字,因形近而误。

大子夜歌①(二首)

其 一

歌谣数百种,子夜最可怜。慷慨吐清音,明转出天然。

① 此二首录自《乐府诗集》卷四五。今按:中华书局本校记:《大子夜歌》二首、《子夜警歌》二首,皆晋宋辞。《全唐诗·乐府》因此二题与上文陆龟蒙《子夜四时歌》四首相连,遂作陆诗收入,误也。《全唐诗》卷二一在上两题下均注"次首本古曲辞"。

其　二

丝竹发歌响,假器扬清音。不知歌谣妙,声势出口心。

子夜警歌①(二首)

其　一

镂碗传绿酒,雕炉薰紫烟。谁知苦寒②调,共作白雪③弦。

① 此二首录自《乐府诗集》卷四五。　② 苦寒:古乐府歌辞名,即《苦寒行》。③ 白雪:古琴曲名,传为春秋晋师旷所作。《淮南子·览冥训》:"昔者师旷奏《白雪》之音,而神物为之下降。"

其　二

恃爱如欲进,含羞出不①前。朱口②发艳歌,玉指弄娇弦。

① 出不:《玉台新咏》卷一〇作"未肯"。　② 朱口:《玉台新咏》作"口朱"。

子夜变歌①(三首)

其　一

人传欢负情,我自未常见。三更开门去,始知子夜变。

① 此三首录自《乐府诗集》卷四五。郭茂倩解引《宋书·乐志》曰:"六变诸曲,皆因事制歌。"《古今乐录》曰:"《子夜变歌》前作持子送,后作欢娱我送。《子

夜警歌》无送声,仍作变,故呼为变头,谓六变之首也。"今按:此三首《乐府诗集》排列在《大子夜歌》与《子夜警歌》之后,梁王金珠《子夜变歌》之前,本编仍按此例录入,暂作晋宋辞,待考。

其 二

岁月如流迈,春尽秋已至。荧荧条上花,零落何乃驶。

其 三

岁月如流迈,行已及素秋。蟋蟀吟堂前,惆怅使侬愁。

上 声 歌①(八首)

晋宋梁辞

其 一

侬本是萧草,持作兰桂名。芬芳顿交盛,感郎为《上声》。

① 此八首录自《乐府诗集》卷四五。郭茂倩解引《古今乐录》曰:"《上声歌》者,此因上声促柱得名。或用一调,或用无调名,如古歌辞所言,谓哀思之音,不及中和。梁武因之改辞,无复雅句。"

其 二

郎作《上声曲》,柱促使弦哀。譬如秋风急,触遇伤侬怀。

其 三

初歌《子夜》曲,改调促鸣筝。四座暂寂静,听我歌《上声》。

其 四

三鼓染乌头,闻鼓白门①里。蹇裳抱履走,何冥不轻纪。

① 白门:东晋都城建康(今江苏南京市)正南门宣阳门的俗称。

其 五

三月寒暖适,杨柳可藏雀。未言涕交零,如何见君隔。

其 六

新衫绣两端①,迮著②罗裙里。行步动微尘③,罗裙随风起④。

① "新衫"句:《玉台新咏》卷一〇作"留衫绣两裆"。两端,《乐府诗集》注:"一作迮裆。"《诗纪》卷四一"端"作"裆"。　② 著:《玉台新咏》作"置"。　③ "行步"句:《玉台新咏》作"微步动轻尘"。　④ "罗裙"句:《玉台新咏》作"罗衣随风起"。

其 七

裲裆与郎着,反绣持贮里。汗污莫溅浣,持许相存在。

其 八

春月暖何太,生裙迮罗袜①。暖暖日欲冥,从侬门前过。

① 罗袜:疑当"袜罗"。

欢 闻 歌①

遥遥天无柱,流漂萍无根。单身如萤火,持底报郎恩。

① 此首录自《乐府诗集》卷四五。郭茂倩解引《古今乐录》曰:"《欢闻歌》者,晋穆帝升平初,歌毕辄呼'欢闻不'? 以为送声,后因此为曲名。今世用莎持乙子代之,语稍讹异也。"今按:《乐府诗集》此首列在晋《上声歌》八首之后,梁王金珠《欢闻歌》之前,仍按此序录入。

欢闻变歌①（六首）

其　一

金瓦九重墙，玉壁珊瑚柱。中夜来相寻，唤欢闻不顾。

① 此六首录自《乐府诗集》卷四五。郭茂倩解引《古今乐录》曰："《欢闻变歌》者，晋穆帝升平中，童子辈忽歌于道，曰'阿子闻'，曲终辄云：'阿子汝闻不?'无几而穆帝崩。褚太后哭'阿子汝闻不'? 声既凄苦，因以名之。"今按：此六首《乐府诗集》列在《欢闻歌》之后，王金珠《欢闻变歌》之前，仍按此序收录之。

其　二

欢来不徐徐，阳窗都锐户。耶婆①尚未眠，肝心如推橹。

① 耶婆：即爷婆，父母。耶，同"爷"。

其　三

张罾不得鱼，鱼不橹罾归①。君非鸬鹚鸟，底为守空池？

① "鱼不"句：《乐府诗集》"鱼"字阙，据毛刻本补。又，《诗纪》卷四一作"不橹罾空归"。

其　四

刻木作班鸠，有翅不能飞。摇著帆樯上，望见千里矶。

其　五

锲臂饮清血，牛羊持祭天。没命成灰土，终不罢相怜。

其　六

驶风何曜曜，帆上牛渚矶①。帆作缴子张，船如侣马驰。

① 牛渚矶：地名，又名采石矶，在安徽马鞍山市，牛渚山北突入江中之矶，为长江最狭之处。

前 溪 歌^①（七首）

其 一

忧思出门倚，逢郎前溪度^②。莫作流水心，引新都舍故。

① 此七首录自《乐府诗集》卷四五。郭茂倩解引《宋书·乐志》曰："《前溪歌》者，晋车骑将军沈玩所制。"郗昂《乐府解题》曰："《前溪》，舞曲也。" ② 度：通"渡"。

其 二

为家不凿井，担瓶下前溪。开穿乱漫^①下，但闻林鸟啼。

① 开穿乱漫：据《太平寰宇记》，前溪"夹溪悉生箭箬"，因此下溪取水必须从竹丛中穿过。"开穿"是拨开、穿越，"乱漫"为箬竹丛生的样子。

其 三

前溪沧浪映，通波澄渌清。声弦传不绝，千载寄汝名，永与天地并。

其 四

逍遥独桑头^①，北望东武亭^②。黄瓜被山侧，春风感郎情。

①独桑头：当是女子所居附近地名。此首为女子唱词，当与下首合看。② 东武亭：地名，当为男子所居之地。

其 五^①

逍遥独桑头，东北无广亲。黄瓜是小草，春风何足^②叹，忆汝涕交零。

① 此首为男子答词，当与上首合看。 ② 足：《乐府诗集》注"一作处"。

其 六

黄葛^①结蒙笼^②，生在洛溪边。花落逐水^③去，何当顺流还^④，还亦不复鲜^⑤。

① 葛：《玉台新咏》卷一〇作"茑"。此首为男子唱词，当与下首合看。

② 笼:《玉台新咏》作"茏"。　③ 逐水:《玉台新咏》作"逐流",并注一作"随水"。

④ 何当顺流还:《玉台新咏》作"何见逐流还"。　⑤"还亦"句:《玉台新咏》无。

其 七①

黄葛生烂熳,谁能断葛根。宁断娇儿乳,不断郎
殷勤。

① 此首为女子答词,当与上首合看。

阿 子 歌①（三首）

其 一

阿子复阿子,念汝好颜容。风流世希有,窈窕无
人双。

① 此三首录自《乐府诗集》卷四五。郭茂倩解引《宋书·乐志》曰:"《阿子
歌》者,亦因升平初歌云'阿子汝闻不'？后人演其声为《阿子》、《欢闻》二曲。"《乐
苑》曰:"嘉兴人养鸭儿,鸭儿既死,因有此歌,未知孰是。"今按:此三首《乐府诗
集》列在晋《前溪歌》之后,梁王金珠之前,仍按此例录为东晋辞,待考。

其 二

春月故鸭啼,独雄①颠倒落。工知悦弦死,故来相
寻博。

① 独雄:指下首所谓"双飞凫"中只剩下了一只雄的。

其 三

野田草欲尽,东流水又暴。念我双飞凫,饥渴常
不饱。

团 扇 郎①（六首）

其 一

七宝画团扇,灿烂明月光。饷②郎却暄暑,相忆莫

相忘。

① 此六首录自《乐府诗集》卷四五。郭茂倩解引《古今乐录》曰："《团扇郎歌》者，晋中书令王珉，捉白团扇与嫂婢谢芳姿有爱，情好甚笃。嫂捶挞婢过苦，王东亭闻而止之。芳姿素善歌，嫂令歌一曲当赦之。应声歌曰：'白团扇，辛苦五流连，是郎眼所见。'珉闻，更问之：'汝歌何遗？'芳姿即改云：'白团扇，憔悴非昔容，羞与郎相见。'后人因而歌之。"今按：第一首"七宝画团扇"，《玉台新咏》、《艺文类聚》皆作桃叶《答王献之团扇歌》。第二首"青青林中竹"，《艺文类聚》亦作桃叶《答王三团扇歌》。桃叶，晋王献之之妾，其妹曰桃根。献之尝临渡歌以送之，后人因名其渡曰桃叶。据此，此篇当为晋辞。渡，渡口也，即指桃叶渡，在今江苏南京秦淮河畔。相传因晋王献之在此送其妾桃叶而得名。　② 饷：《玉台新咏》卷一〇作"与"。

其 二

青青林中竹，可作白团扇。动摇郎玉手，因风托
方便。

其 三

犊东薄不乘，步行耀玉颜。逢侬都共语，起欲著
夜半。

其 四

团扇薄不摇，窈窕摇蒲葵。相怜中道罢，定是阿
谁非？

其 五

御路薄不行，窈窕决横塘。团扇鄣白日，面作芙
蓉光。

其 六

白练薄不著，趣欲著锦衣。异色都言好，清白为
谁施。

团 扇 郎①

团扇复团扇②,持许③自遮④面。憔悴无复理,羞与郎相见。

① 此首录自《乐府诗集》卷四五。今按:此首《玉台新咏》卷一〇、《艺文类聚》卷四三作桃叶《答王团扇歌》。王团扇,指晋中书令王珉。　② "团扇"句:《艺文类聚》作"团扇复向谁"。　③ 持许:《玉台新咏》作"许持"。　④ 遮:《玉台新咏》作"障"。

七日夜女歌①(九首)

其 一

三春怨离泣,九秋欣期歌。驾鸾行日时,月明济长河。

① 此九首录自《乐府诗集》卷四五。今按:《乐府诗集》将此篇列在《长史变歌》之前。《长史变歌》乃东晋王廞所制,本编仍按此例录为东晋辞,待考。本书目录原作《女郎歌》。

其 二

长河起秋云,汉渚风凉发。含欣出霄路,可笑①向明月。

① 可笑:疑当作"巧笑"。

其 三

金风起汉曲,素月明河边。七章未成匹,飞燕①起长川。

① 燕:《乐府诗集》注一作"鸾"。

其 四

春离隔寒暑,明秋暂一会。两叹别日长,双情若饥渴。

其　五

婉娈不终夕，一别周年期。桑蚕不作茧，昼夜长悬丝。①

① "桑蚕"二句：双关隐语。"不作茧"即是"长悬丝"，"丝"谐"思"。

其　六

灵匹①怨离处，索居隔长河。玄云不应雷，是侬啼叹歌。

① 灵匹：指牛郎织女这一对天上的情侣。

其　七

振玉下金阶，拭眼瞩星兰①。惆怅登云轺②，悲恨两情殚。

① 星兰：疑当作"星阑"。　② 轺：轺车，古代的轻便马车。

其　八

风骖①不驾缨，翼人立中庭。箫管且停吹，展我叙离情。

① 风骖：以风作骖。骖，同驾一车的三匹马。

其　九

紫霞烟翠盖，斜月照绮窗。衔悲握离袂，易尔还年容。

长史变歌①（三首）

其　一

出侬吴昌门，清水绿碧色。徘徊戎马间，求罢不能得。

① 此三首录自《乐府诗集》卷四五。郭茂倩解引《宋书·乐志》曰："《长史变歌》者，晋司徒左长史王廞临败所制也。"今按：王廞，东晋孝武时人。曾从王恭举兵，讨王愉。后王恭罢兵，王廞回返讨恭，兵溃不知所终。

其 二

口和狂风扇,心故清白节。朱门前世荣,千载表忠烈。

其 三

朱桂结贞根,芬芳^①溢帝庭。陵霜不改色,枝叶永流荣。

① 芬芳:《乐府诗集》作"芳芬",据《诗纪》卷四一改。芬,《乐府诗集》注"一作菲"。

黄 生 曲^①（三首）

其 一

黄生无诚信,冥强将侬期。通夕出门望,至晓竟不来。

① 此三首录自《乐府诗集》卷四五。今按:《乐府诗集》将此篇列在东晋王廞《长史变歌》之后,疑为东晋辞,待考。

其 二

崔子信桑条,馁去都馁还。为欢复摧折,命生丝发间。

其 三

松柏叶青蒨,石榴花葳蕤。迮置前后事,欢今定怜谁。

黄 鹄 曲^①（四首）

其 一

黄鹄参天飞,半道郁徘徊。腹中车轮转,君知思忆谁。

① 此四首录自《乐府诗集》卷四五。郭茂倩解引《列女传》曰:"鲁陶婴者,鲁陶明之女也。少寡,养幼孤,无强昆弟,纺绩为产。鲁人或闻其义,将求焉。婴闻之恐不得免,乃作歌明己之不更二庭也。其歌曰:'悲夫黄鹄之早寡兮,七年不双。宛颈独宿兮,不与众同。夜半悲鸣兮,想其故雄。天命早寡兮,独宿何伤。寡妇念此兮,泣下数行。呜呼哀哉兮,死者不可忘。飞鸣尚然兮,况于真良。虽有贤雄兮,终不重行。'鲁人闻之,不敢复求。"按《黄鹄》本汉横吹曲名。今按:《乐府诗集》将此篇列在《碧玉歌》之前,本编仍按此例收录之。

其 二

黄鹄参天飞,半道还哀鸣。三年失群侣,生离伤人情。

其 三

黄鹄参天飞,疑翩争风回。高翔入玄阙,时复乘云颓。

其 四

黄鹄参天飞,半道还后渚。欲飞复不飞,悲鸣觅群侣。

碧 玉 歌①(三首)

其 一

碧玉破瓜时,郎为情颠倒。芙蓉陵霜荣,秋容故尚好。

① 此三首录自《乐府诗集》卷四五。郭茂倩解引《乐苑》曰:"《碧玉歌》者,宋汝南王所作也。碧玉,汝南王妾名。以宠爱之甚,所以歌之。"今按:宋无汝南王,而晋有。杜佑《通典》:"《碧玉歌》者,晋汝南王妾名,宠好,故作歌(歌)之。"当作"晋汝南王",此歌亦当为晋辞。

其 二①

碧玉小家女,不敢攀贵德。感郎千金意,惭无倾城色。

① 此首《玉台新咏》卷一〇作孙绰《情人碧玉歌》。

其 三

碧玉小家女,不敢贵德攀。感郎意气重,遂得结金兰。

碧 玉 歌①(二首)

其 一

碧玉破瓜时,郎②为情颠倒。感郎③不羞赧④,回身就郎抱。

① 此二首录自《乐府诗集》卷四五。今按:此第一首,《艺文类聚》卷四三作孙绰《情人诗》,《玉台新咏》卷一〇作《情人碧玉歌》。第二首,《玉台新咏》作梁武帝诗。孙绰,字兴公,晋人。除著作佐郎,累迁廷尉卿。兹作东晋辞录入,待考。
② 郎:《乐府诗集》作"相",据《玉台新咏》注"一作郎"改。　③ 郎:《玉台新咏》注一作"君"。　④ 赧:《乐府诗集》作"郎",据《玉台新咏》注"一作报"改。

其 二

杏梁日始照,蕙席欢未极。碧玉奉金杯,渌酒助花色。

桃 叶 歌①(三首)

其 一

桃叶映红花,无风自婀娜。春花映何限,感郎独采我。

① 此三首录自《乐府诗集》卷四五。郭茂倩解引《古今乐录》曰:"《桃叶歌》者,晋王子敬之所作也。桃叶,子敬妾名,缘于笃爱,所以歌之。"《隋书·五行志》曰:"陈时江南盛歌王献之《桃叶》诗,云:'桃叶复桃叶,渡江不用楫。但渡无所

苦，我自迎接汝。'后隋晋王广伐陈，置将桃叶山下，及韩擒虎（今按：《乐府诗集》阙'虎'字，据毛刻本补）渡江，大将任蛮奴至新亭，以导北军之应。子敬，献之字也。"今按：第一首作者，《诗纪》卷四一注："《彤管新编》作'桃叶'。"第二首，《诗纪》注："《玉台新咏》作王献之。"

其 二

桃叶复桃叶，桃树①连桃根。相怜两乐事，独使我殷勤②。

① 树：《玉台新咏》卷一〇作"叶"。　② 殷勤：《艺文类聚》卷四三作"缠绵"。

其 三

桃叶复桃叶，渡江不用楫。但渡无所苦，我自来迎接①。

① 我自来迎接：《乐府诗集》注"一作我自迎接汝"。《玉台新咏》作"我自迎接汝"。《艺文类聚》作"我自来揖迎"。

桃 叶 歌①

桃叶复桃叶，度江不待橹。风波了无常，没命江南渡。

① 此首录自《乐府诗集》卷四五。今按：此首作者，《诗纪》卷四一注："《彤管新编》作'桃叶'。"

长 乐 佳①（七首）

其 一

小庭春映日，四角佩琳琅。玉枕龙须席，郎瞑首何当。

① 此七首录自《乐府诗集》卷四五。今按：《乐府诗集》将此篇列在东晋《桃叶歌》之后，本编仍按此例，录为晋宋辞，待考。

其　二

雎鸠不集林，体洁好清流。贞节曜奇世，长乐戏汀洲。

其　三

鸳鸯翻碧树，皆以戏兰渚。寝食不相离，长莫过时许。

其　四

欲知长乐佳，仲①陵罗淑女，媚兰双情谐。

① 仲：《诗纪》卷四一作"中"。

其　五

欲知长乐佳，中陵罗雎鸠，美死两心齐。

其　六

比翼交颈游，千载不相离。偕情欣欢，念长乐佳。

其　七

欲知长乐佳，仲①陵罗背林，前溪长相随。

① 仲：《诗纪》卷四一作"中"。

长 乐 佳①

红罗复斗帐，四角垂朱珰②。玉枕龙须席，郎眠何处床？

① 此首录自《乐府诗集》卷四五。今按：《乐府诗集》将此篇列在东晋《桃叶歌》和《长乐佳》（七首）之后，本编仍按此例录入。　② 朱珰：此处指蚊帐四角的红色装饰。《玉台新咏》卷一〇作"朱裆"。

欢 好 曲①（三首）

其 一

淑女总角时，唤作小姑子。容艳初春花，人见谁
不爱。

① 此三首录自《乐府诗集》卷四五。今按：《乐府诗集》将此篇列在《长乐佳》
之后，本编仍按此例录之。

其 二

窈窕上头欢，那得及破瓜。但看脱叶莲，何如芙
蓉花。

其 三

逶迤总角年，华艳星间月。遥见情倾廷①，不觉喉
中哕。

① 廷：疑当作"延"。

懊 侬 歌①（十四首）

其 一

丝布涩难缝，令侬十指穿。黄牛细犊车，游戏出
孟津。

① 此十四首录自《乐府诗集》卷四六。郭茂倩解引《古今乐录》曰："《懊侬
歌》者，晋石崇绿珠所作，惟'丝布涩难缝'一曲而已。后皆隆安初民间讹谣之曲。
宋少帝更制新歌三十六曲。齐太祖常谓之《中朝曲》，梁天监十一年，武帝敕法云
改为《相思曲》。"《宋书·五行志》曰："晋安帝隆安中，民忽作《懊恼歌》，其曲中有
'草生可揽结，女儿可揽抱'之言。桓玄既篡居天位，义旗以三月二日扫定京师，
玄之宫女及逆党之家子女妓妾悉为军赏。东及瓯越，北流淮泗，人皆有所获焉。
时则草可结事，则女可抱信矣。"今按：隆安为东晋安帝年号，故《懊侬歌》当作东
晋辞也。

其 二

江中白布帆,乌布礼中帷。撑如陌上鼓,许是侬
欢归。

其 三

江陵去扬州,三千三百里。已行一千三,所有二
千在。

其 四

寡妇哭城颓,此情非虚假。相乐不相得,抱恨黄
泉下。

其 五

内心百际起,外形空殷勤。既就颓城感,敢言浮
花言?

其 六

我与欢相怜,约誓底言者? 常叹①负情人,郎今果
成诈。

① 叹:《乐府诗集》误作"欢",据词义改。

其 七

我有一所欢,安在深阁里。桐树不结花,何由得
梧子?

其 八

长樯铁鹿子①,布帆阿那起。诧侬安在间,一去三
千里。

① 铁鹿子:船上收放篷帆的铁辘轳。

其 九

暂薄①牛渚矶,欢不下廷板。水深沾侬衣,白黑何
在浣。

① 薄:通"泊"。

其　十

爱子好情怀，倾家料理乱。揽裳未结带，落托行人断。

其　十　一

月落天欲曙，能得几时眠。凄凄下床去，侬病不能言。

其　十　二

发乱谁料理，托侬言相思。还君华艳去，催送实情来。

其　十　三

山头草，欢少。四面风，趋使侬颠倒。

其　十　四

懊恼奈何许，夜闻家中论，不得侬与汝。

神弦歌

　　清商曲辞中的《神弦歌》，《乐府诗集》归入《吴声歌》一类。察《神弦歌》虽与《吴声歌》同为南朝民间乐府，但其体制、内容有异，故而萧涤非将其分列，今从其例，将《神弦歌》单列为一类。

　　《古今乐录》载《神弦歌》十一曲，其辞十七章。《乐府诗集》载十一曲，辞十八章。萧涤非考其发生乃在南朝前期，即属东晋宋齐辞，根据之一是郭茂倩将《神弦歌》列之《吴歌》与《西曲》之间，之二是以歌中清溪、白石及赤山湖等地名考之，知其发生仍不离建业左右也。今依其说，当以晋宋齐辞视之。

神　弦　歌①（十八首）
宿　阿　曲

苏林开天门，赵尊闭地户。神灵亦道同，真官今来下。

① 此十八首录自《乐府诗集》卷四七。郭茂倩解引《古今乐录》曰："神弦歌十一曲:一曰《宿阿》,二曰《道君》,三曰《圣郎》,四曰《娇女》,五曰《白石郎》,六曰《清溪小姑》,七曰《湖就姑》,八曰《姑恩》,九曰《采菱童》,十曰《明下童》,十一曰《同生》。"今按:《神弦歌》十一题共十八首。

道 君 曲

中庭有树,自语梧桐,推枝布叶。

圣 郎 曲

左亦不伴伴,右亦不翼翼。仙人在郎傍,玉女在郎侧。酒无沙糖味,为他通颜色。

娇 女 诗(二首)

其 一

北游临河海,遥望中菰菱。芙蓉发盛华,渌水清且澄。弦歌奏声节,仿佛有余音。

其 二

蹀躞越桥上,河水东西流。上有神仙①居②,下有西流鱼。行不独自去③,三三两两俱。

① 神仙:《乐府诗集》注"一作仙圣"。 ② 居:《乐府诗集》阙,据《古乐府》卷六补。 ③ 去:《乐府诗集》阙,据《古乐府》及《诗纪》补。

白石郎曲(二首)

其 一

白石郎,临江居。前导江伯后从鱼。

其 二

积石如玉,列松如翠。郎艳独绝,世无其二①。

① 其二:《古乐府》及《诗纪》无此二字。

青溪小姑曲①

开门白水②,侧近桥梁。小姑所居,独处无郎。

① 郭茂倩解引吴均《续齐谐记》曰:"会稽赵文韶,宋元嘉中为东扶侍,廨在

青溪中桥。秋夜步月,怅然思归,乃倚门唱《乌飞曲》。忽有青衣,年可十五六许,诣门曰:'女郎闻歌声,有悦人者,逐月游戏,故遣相问。'文韶都不之疑,遂邀暂过。须臾,女郎至,年可十八九许,容色绝妙。谓文韶曰:'闻君善歌,能为作一曲否?'文韶即为歌'草生盘石下',声甚清美。女郎顾青衣,取箜篌鼓之,泠泠似楚曲。又令侍婢歌《繁霜》,自脱金簪,扣箜篌和之。婢乃歌曰:'歌繁霜,繁霜侵晓幕。何意空相守,坐待繁霜落。'留连宴寝,将旦别去,以金簪遗文韶。文韶亦赠以银碗及琉璃匕。明日,于青溪庙中得之,乃知得所见青溪神女也。"按干宝《搜神记》曰:"广陵蒋子文,尝为秣陵尉,因击贼,伤而死。吴孙权时封中都侯,立庙钟山。"《异苑》曰:"青溪小姑,蒋侯第三妹也。" ② 白水:即青溪,又作"清溪"。三国东吴所凿水道,发源于钟山西南,屈曲穿过建业(今南京市),南入秦淮河。

湖就姑曲(二首)

其 一

赤山湖就头,孟阳二三月,绿蔽贲荐薮。

其 二

湖就赤山矶,大姑大湖东,仲姑居湖西。

姑 恩 曲(二首)

其 一

明姑遵八风,蕃谒云日中。前导陆离兽,后从朱鸟麟凤凰。

其 二

苕苕山头柏,冬夏叶不衰。独当被天恩,枝叶华葳蕤。

采莲童曲(二首)

其 一

泛舟采菱叶,过摘芙蓉花。扣楫命童侣,齐声采莲歌。

其 二

东湖扶菰①童,西湖采菱②芰③。不持歌作乐,为持解愁思。

① 扶菰:扶,疑当作"拔"。"拔菰"犹"拔蒲",乐府"西曲"有《拔蒲歌》(二首),是乐曲名。 ② 采菱:乐曲名。 ③ 芰:疑当作"伎",乐人。

明下童曲(二首)

其 一

走马上前阪,石子弹马蹄。不惜弹马蹄,但惜马上儿。

其 二

陈孔骄①赭白,陆郎乘班骓。徘徊射堂头,望门不欲归。

① 骄:据《说文》,马高六尺为骄。此泛指高大的骏马。

同 生 曲(二首)

其 一

人生不满百,常抱①千岁忧。早知人命促,秉烛夜行游。

① 抱:《古乐府》卷六作"怀"。

其 二

岁月如流迈,行已及素秋。蟋蟀鸣高堂,感怅令人忧。

杂歌谣辞

杂歌谣辞包括民间的徒歌、谣谚、谶语,不入乐,但却有鲜明的时代性。郭茂倩《乐府诗集》创列此类,收集和保存了较丰富的民间歌谣。这里收录的是从其中摘出的东晋歌谣,经过整理校订,保存了宝贵资料。

歌辞

豫州歌①

　　幸哉遗黎免俘虏②,三辰③既朗遇慈父。玄酒忘劳甘瓠脯,何以咏思④歌且舞。

　　① 此首录自《乐府诗集》卷八五。郭茂倩解引《晋书》曰:"祖逖为豫州刺史,躬自俭约,督课农桑,克己务施,不畜资产,子弟耕耘,负担樵薪。又收葬枯骨,为之祭醊,百姓感悦。尝置酒大会,耆老中坐流涕曰:'吾等老矣,更得父母,死将何恨!'乃作此歌。其得人心如此。"今按:祖逖(266—321),东晋名将。字士稚。范阳遒县(今河北涞水北)人。　　② 遗黎免俘虏:《诗纪》卷四三引《祖逖别传》作"遗民免豺虎"。　　③ 三辰:指日、月、星。《左传·桓公二年》:"三辰旂旗,昭其明也。"杜预注:"三辰,日、月、星也。画于旂旗,象天之明。"　　④ 何以咏思:《诗纪》作"亦何报恩"。又,"思"字,《晋书·祖逖传》作"恩"。

应詹歌①

　　乱离既普,殆为灰朽。侥幸之运,赖兹应后。岁寒不凋,孤境独守。拯我涂炭,惠隆丘阜。润同江海,恩犹父母。

　　① 此首录自《乐府诗集》卷八五。郭茂倩解引《晋书》曰:"王澄为荆州牧,应

詹督南平、天门、武陵三郡军事。天下大乱,詹境独全,百姓歌之。"今按:应詹,字思远。以才艺文章知名当世。任东晋为太子舍人,累官光禄勋。王敦叛,明帝以詹为都督前锋军事,贼平,以功封观阳县侯。都督江州诸军事,领江州刺史。

吴 人 歌①

纵如打五鼓,鸡鸣天欲曙。邓侯挽不来②,谢令推不去。

　　① 此首录自《乐府诗集》卷八五。郭茂倩解引《晋书》曰:"邓攸为吴郡守,载米之官,俸禄无所受,唯饮吴水而已。及去郡,百姓数千人留牵攸船,不得进,乃以小舟夜中发去,吴人歌之。"　② 来:《诗纪》卷四三作"留"。

并 州 歌①

士为将军何可羞,六月重茵披豹裘,不识寒暑断他头。雄儿田兰为报仇,中夜斩首谢并州。

　　① 此首录自《乐府诗集》卷八五。郭茂倩解引《乐府广题》曰:"晋汲桑力能扛鼎,呼吸闻数里,残忍少恩。六月盛暑,重裘累茵,使人扇之,忽不清凉,便斩扇者。并州大姓田兰、薄盛,斩于平原,士女庆贺,奔走道路而歌之。"

陇 上 歌①

陇上壮士有②陈安,躯干虽小腹中宽,爱养将士同心肝。骢骢父马铁锻鞍③,七尺大刀奋如湍④,丈八蛇矛左右盘,十荡十决无当前⑤。战始三交失蛇矛⑥,弃我骢骢窜岩幽,为我外援而悬头。西流之水东流河,一去不还奈子何。

　　① 此首录自《乐府诗集》卷八五。郭茂倩解引《晋书·载记》曰:"刘曜围陈安于陇城,安败,南走陕中。曜使将军平先、丘中伯率劲骑追安。安与壮士十余

骑于陕中格战,安左手奋七尺大刀,右手执丈八蛇矛,近交则刀矛俱发,辄害五六,远则双带鞬服,左右驰射而走。平先亦壮健绝人,与安搏战,三交,夺其蛇矛而退,遂追斩于涧曲。安善于抚接,吉凶夷险,与众同之。及其死,陇上为之歌。曜闻而嘉伤,命乐府歌之。"今按:陈安(?—323),十六国时前赵人。刘曜攻占长安后,他在陇右组织武装,据守上邽(今甘肃天水西南),自称秦州刺史,反抗前赵的统治。光初五年(322),众至十余万,称凉王。次年,刘曜亲自督率各军围攻,战败被杀。陇右流传《壮士之歌》,称他为"陇上壮士"。刘曜(?—329),十六国时前赵国君,318年—329年在位,匈奴族。字永明,刘渊侄。刘渊建汉国,他历任要职。刘聪时,镇守长安。刘粲即位,他任相国,都督中外诸军事,仍留长安。靳准杀粲夺帝位,他率兵攻准,进军平阳(今山西临汾西南),即帝位,尽灭靳氏,迁都长安,改汉为赵,史称前赵。光初十一年底,与石勒交战,兵败被俘杀。
② 壮士有:《御览》卷三五三、《诗纪》卷四三引《赵书》作"健儿曰"。又,陇上壮士《乐府诗集》注"一作陇上健儿"。 ③ "骢骢"句:骢骢父马,《诗纪》作"骤骢骏马",《太平御览》脱"骏"字。锻,《太平御览》作"镂"。 ④ 奋如湍:《诗纪》作"配齐钚"。 ⑤ "十荡"句:《诗纪》句下尚有"百骑俱出如云浮,追者千万骑悠悠"两句,《太平御览》作"骑修修"。 ⑥ "战始"句:《诗纪》句下尚有"十骑俱荡九骑留。弃我骢骢攀岩幽,天非降雨迫者休。阿呵呜呼奈子何!呜呼阿呵奈子何"!《太平御览》只有"十骑俱荡"一句,无下四句。《十六国春秋》"天非降雨迫者休"作"大雨降后追者休"。

庾 公 歌① (二首)

其 一

　　庾公上武昌,翩翩如飞鸟。庾公还扬州,白马牵旒旐。

① 此首录自《乐府诗集》卷八七。郭茂倩解引《晋书·五行志》曰:"庾亮初镇武昌,出至石头,百姓于岸上歌之。后连征不入,及薨,还都葬焉。"今按:庾亮(289—340),字元规,东晋颍川鄢陵人。历仕元、明、成三帝,以成帝舅为中书令,掌朝政,后居武昌,出任江、荆、豫州刺史。

其　二

庾公初上时,翩翩如飞鸟。庾公还扬州,白马牵流苏①。

① 流苏:《诗纪》卷四三作"旒车"。

御路杨歌①

青青御路杨,白马紫游缰。汝非皇太子,那得甘露浆。

① 此首录自《乐府诗集》卷八七。郭茂倩解引《宋书·五行志》曰:"晋海西公太和中民为此歌。白者金行,马者国族,紫为夺正之色,明以紫间朱也。海西公寻废,三子非海西子,并绐以马缰,死之。明日,南方献甘露。"今按:海西公即东晋废帝司马奕,在位五年,年号太和。

凤　皇　歌①

凤皇生一雏,天下莫不喜。本言是马驹,今定成龙子。

① 此首录自《乐府诗集》卷八七。郭茂倩解引《宋书·五行志》曰:"晋海西公生皇子,百姓歌之,其歌甚美,其旨甚微。海西公不男,使左右向龙与内侍接,生子以为己子。"

历　阳　歌①

重罗黎,重罗黎②,使君南上无还时。

① 此首录自《乐府诗集》卷八七。郭茂倩解引《晋书·五行志》曰:"庾楷镇历阳,百姓歌之。后楷南奔桓玄,为玄所杀。"今按:历阳在今安徽和县。桓玄,桓温之子,东晋安帝时为江州刺史,据江陵,都督荆州等八州军事。元兴元年,攻入

建康,迫安帝禅位,建号楚。后被刘裕讨伐,杀于江陵。　② 两"黎"字,《宋书》均作"犁"。

苻坚时长安歌①

一雌复一雄,双飞入紫宫。

① 此首录自《乐府诗集》卷八七。郭茂倩解引《晋书·载记》曰:"苻坚既灭燕,慕容冲姊伪清河公主年十四,有殊色。坚纳之,宠冠后庭。冲年十二,亦有龙阳之资,坚又幸之。姊弟专宠,宫人莫进。长安歌之,咸惧为乱。王猛切谏,坚乃出冲,后竟为冲所败。"今按:苻坚(338—385),十六国时期前秦皇帝。字永固,略阳临渭(今甘肃秦安东南)人。初为东海王,后杀苻生自立,任用王猛,攻灭前燕、前凉、代国,统一了北方大部,又夺取东晋之益州。后兵败于淝水,被杀。

淫 豫 歌①(二首)

其　一

滟预大如马,瞿塘不可下。

① 此二首录自《乐府诗集》卷八六。郭茂倩解引郦道元《水经注》曰:"白帝山城水门之西,江中有孤石,名淫豫石。冬出水(今按:《乐府诗集》作'水冬出',据《水经注》卷三四改)二十余丈;夏则没,亦有裁出焉。江水东迳广溪峡(今按:《乐府诗集》作'峡溪',据《水经注》改),乃三峡之首(今按:《乐府诗集》作'首之',据《水经注》改)也。峡中有瞿塘、黄龛二滩,夏水回复,沿溯所忌。"《十道志》曰:"淫豫石与城郭门外石潜通,蜀人往烧火伏石则淫预(豫)边沸。"《国史补》曰:"蜀之三峡,最号峻急,四月五月尤险,故行者歌之。"淫或作滟,预或作豫。今按:《乐府诗集》将此篇列在梁简文帝萧纲《淫豫歌》之前,而《古乐府》称梁简文帝萧纲《淫豫歌》作"古辞",故疑此篇为晋宋齐辞,依《乐府诗集》所列录之,待考。

其　二

滟预大如牛,瞿塘不可流①。

① 流,或作"留"。中华书局本校引《诗纪》卷四三列另一首:"淫预大如马,

瞿塘不可下。淫预大如象,瞿塘不可上。"

巴东三峡歌①(二首)

其 一

巴东三峡巫峡长,猿鸣三声泪沾裳。

① 此二首录自《乐府诗集》卷八六。郭茂倩解引郦道元《水经注》曰:"巴东三峡,谓广溪峡、巫峡、西陵峡也。三峡七百里中,两岸连山,略无阙处。重岩叠嶂,隐蔽天日。非亭午夜分,不见日月。其中有滩,名曰黄牛。江湍纡回,信宿犹见。故行者谣曰:'朝发黄牛,暮宿黄牛;三朝(今按:《乐府诗集》作"日",据《水经注》卷三四改)三暮,黄牛如故。'《宜都山川记》曰:'自黄牛滩东入西陵界,至峡口一百许里,山水纡曲,林木高茂。猿鸣至清,山谷传响,泠泠不绝。行者闻之,莫不怀土,故渔者歌云。'"今按:《乐府诗集》将此篇列在梁简文帝《淫豫歌》之后,梁范静妻沈氏《挟琴歌》之前,视作梁辞。因与《淫豫歌》同为《水经注》所载,亦当疑为"古辞",推及晋宋齐,暂列此待考。

其 二

巴东三峡猿鸣悲,猿鸣三声泪沾衣①。

①《水经注》无此二句,兹依《乐府诗集》收录。

谣辞

晋明帝太宁初童谣①

恻恻力力,放马山侧②。大马死,小马饿。高山崩,石自破。

① 此首录自《乐府诗集》卷八八。郭茂倩解引《晋书·五行志》曰:"明帝太宁初童谣。及明帝崩,成帝幼,为苏峻所逼,迁于石头,御膳不足。此'大马死,小马饿'也。高山,峻也,言峻寻死。石,峻弟苏石也。峻死后,石据石头,寻亦破,此山崩石破之应也。" ② 山侧:《世说新语·容止》引《晋阳秋》作"出山侧"。

晋哀帝隆和初童谣①

升平不满斗，隆和那得久。桓公入石头，陛下徒跣走。

① 此首录自《乐府诗集》卷八八。郭茂倩解引《晋书·五行志》曰："哀帝隆和初童谣。朝廷闻而恶之，改年曰兴宁。民复歌曰：'虽复改兴宁，亦复无聊生。'哀帝寻崩。升平五年而穆帝崩，不满斗，不至十年也。"今按：穆帝死，哀帝司马丕继之，登位四年亦死。

晋太和末童谣①

犁牛耕御路，白门②种小麦。

① 此首录自《乐府诗集》卷八八。郭茂倩解引《晋书·五行志》曰："太和末童谣。及海西公被废（今按：《宋书·五行志》下有'处吴'二字），百姓耕其门以种小麦，遂如谣言。"今按：东晋成帝之子司马奕，继其兄哀帝即位，年号太和，在位六年，被废为海西公处吴，史称废帝。 ② 白门：南京市旧时的别称。

晋孝武太元末京口谣①

黄雌鸡，莫作雄父啼。一旦去毛衣，衣被拉飒栖。

① 此首录自《乐府诗集》卷八八。郭茂倩解引《晋书·五行志》曰："孝武帝太元末京口谣。寻王恭起兵诛王国宝，旋为刘牢之所败，故言'拉飒栖'也。"今按：东晋孝武帝司马曜，在位二十四年，年号宁康、太元。

晋安帝元兴初童谣①

草生及马腹，乌啄桓玄目。

① 此首录自《乐府诗集》卷八九。郭茂倩解引《宋书·五行志》曰："晋桓玄既篡，有此童谣。及玄败走江陵，五月中诛，如其期焉。时又有民谣云：'征钟落

地桓迸走。'征钟,至秽之服。桓,四体之下称。玄自下居上,犹征钟之厕歌谣,下体之咏民口也。而云'落地',坠地之祥,迸走之言,其验明矣。"按《帝纪》,桓玄篡位在安帝元兴二年十二月也。今按:桓玄自称楚王,刘裕起兵讨之,玄败死。

晋安帝元兴中童谣①

长干巷,巷长干。今年杀郎君,明年斩诸桓。

① 此首录自《乐府诗集》卷八九。郭茂倩解引《宋书·五行志》曰:"晋安帝元兴中,桓玄既得志而有童谣。及玄败走,而诸桓悉诛焉。郎君,司马元显也。"

晋安帝义熙初童谣①

官家养芦化成荻,芦生不止自成积。

① 此首录自《乐府诗集》卷八九。郭茂倩解引《晋书·五行志》曰:"安帝义熙初童谣。时官养卢龙,宠以金紫,奉以名州。养之已极,而龙不能怀我好音,举兵内伐,遂成仇敌也。及败,斩伐其党,如草木之成积焉。"按《列传》:"卢循小字元龙,元兴二年寇广州,逐刺史吴隐之,自摄州事,号平南将军。安帝乃假循征虏将军、广州刺史。义熙中,刘裕破循于豫章,循走交州,为刺史杜慧度所杀。"

晋安帝义熙初谣①(二首)

其 一

芦生漫漫竟天半。

① 此二首录自《乐府诗集》卷八九。郭茂倩解引《宋书·五行志》曰:"卢龙据有广州,民间有谣。后拥上流数州之地,内逼京辇,应'天半'之言。时复有谣言,龙后果败,不得入石头矣。"

其 二

卢橙橙,逐水流。东风忽如起,那得入石头。

晋吴中童谣[1]

　　宁食下湖荇，不食上湖莼。庾、吴没命丧，复杀王领军。

　　[1] 此首录自《乐府诗集》卷八九。郭茂倩解引《宋书·五行志》曰:"晋庾羲(今按:《乐府诗集》作"义",据《晋书·庾亮传附子羲传》改)在吴郡时吴中童谣。无几而庾羲、王洽相继亡。"今按:庾羲,鄢陵人,庾亮子,字文叔,为吴兴内史。献诗穆帝,方见授用而卒。王洽,王导三子,少有美称,历官吴郡内史。

晋荆州童谣[1]

　　芒笼目，绳缚腹。殷[2]当败，桓[3]当复。

　　[1] 此首录自《乐府诗集》卷八九。郭茂倩解引《晋书·五行志》曰:"殷仲堪在荆州时童谣。未几而仲堪败,桓玄遂有荆州。"今按:殷仲堪,孝武时都督荆、益、宁三州军事,镇江陵。安帝时与桓玄战,兵败被执,自杀。　[2] 殷:指殷仲堪。　[3] 桓:指桓玄。

晋京口谣[1]

　　昔年食白饭，今年食麦麸。天公诛谪汝，教汝捻咙喉。咙喉喝复喝，京口败复败。

　　[1] 此首录自《乐府诗集》卷八九。郭茂倩解引《宋书·五行志》曰:"晋王恭镇京口,诛王国宝,百姓为此谣。按'昔年食白饭',言得志也。'今年食麦麸',麦麸粗秽,其精已去,明将败也,天公将加谴谪而诛之也。'捻咙喉',气不通,死之祥也。'败复败',丁宁之辞也。恭寻死,京师大行咳疾,而喉并喝焉。"

晋京口民间谣①（二首）

其 一

黄头小人②欲作贼，阿公在城下，指缚得。

① 此二首录自《乐府诗集》卷八九。郭茂倩解引《宋书·五行志》曰："晋王恭在京口，民间忽有此谣。按黄字，上恭字头也；小人，恭字下也。寻如谣言。"
② 小人：《晋书·五行志中》作"小儿"。

其 二①

黄头小人欲作乱，赖得金刀作蕃②扞。

① 会稽王司马道子执政，恭每正色直言，为道子所忌，后终为道子所害。此谣疑有人编造，非妖异也。　② 蕃：《晋书》作"藩"。

苻坚时长安谣①

凤皇凤皇止阿房。

① 此首录自《乐府诗集》卷八九。郭茂倩解引《晋书·苻坚载记》曰："苻坚时长安有此谣。坚以凤皇非梧桐不栖，非竹实不食，乃植桐竹数十万株于阿房城以待之。后坚为慕容冲所败，入止阿房城焉。凤皇，冲小字也。"

苻坚初童谣①

阿坚连牵三十年，后若欲败时②，当在江湖边。

① 此首录自《乐府诗集》卷八九。郭茂倩解引《晋书·五行志》曰："苻坚初有此童谣。及坚败于淝水，为姚苌所杀，在伪位凡三十年。"　② 时：《晋书·苻坚载记》阙。

苻坚时童谣①

河水清复清，苻诏②死新城。

① 此首录自《乐府诗集》卷八九。郭茂倩解引《晋书·苻坚载记》曰："苻坚强盛时有此童谣。坚闻而恶之,每征伐,戒军候云:'有新城者避之。'后因寿春之败,其国大乱,竟死于新平(今按:《乐府诗集》作'城',据《晋书》改)佛寺。"《五行志》曰:"时复有谣云:'鱼羊田斗当灭秦。'识者以为鱼羊,鲜也;田斗,卑也。坚自号秦,言灭之者鲜卑也。其群臣谏坚,令尽诛鲜卑,坚不从。及淮南败还,初为慕容冲所攻,又为姚苌所杀,身死国灭云。"　② 诏:《晋书》作"坚"。

史歌谣辞

　　史歌谣辞是对《乐府诗集》中杂歌谣辞的补充。由于是从二十五史中搜集的,有较高的史料价值,故称"史歌谣辞"。

　　《晋书》中的谣谚甚多,这里仅收录有关东晋、并较有价值的六篇,题目是辑录者根据历史情况编拟的。

歌辞

苻坚时百姓歌①

　　长安大街,夹树杨槐。下走朱轮,上有鸾栖。英彦云集,诲我萌黎。

　　① 此首录自《晋书·苻坚载记》:自永嘉之乱,庠序无闻,及坚之僭,颇留心儒学,王猛整齐风俗,政理称举,学校渐兴。关陇清晏,百姓丰乐,自长安至于诸州,皆夹路树槐柳,二十里一亭,四十里一驿,旅行者取给于途,工商贸贩于道。百姓歌之曰:"长安大街……"

郗　王　歌①

　　髯参军②,短主簿③,能令公喜,能令公怒。

　　① 此首录自《晋书·郗超传》:超字景兴,一字嘉宾……桓温辟为征西大将军掾。温迁大司马,又转为参军。温英气高迈,罕有所推,与超言,常谓不能测,遂倾意礼待。超亦深自结纳。时王珣为温主簿,亦为温所重。府中语曰:"髯参军……"超髯、珣短故也。　② 髯参军:指郗超,他的胡子很长。　③ 短主簿:指王珣,他的胡子很短。

赞郗王歌①

盛德绝伦郗嘉宾,江东独步王文度。

① 此首录自《晋书·王坦之传》:坦之字文度,弱冠与郗超俱有重名,时人为之语曰:"盛德……"嘉宾,超小字也。

为王祥歌①

海沂之康,实赖王祥。邦国不空,别驾②之功。

① 此首录自《晋书·王祥传》:徐州刺史吕虔檄为别驾,祥年垂耳顺,固辞不受。(弟)览劝之,为具车牛,祥乃应召,虔委以州事。于时寇盗充斥,祥率励兵士,频讨破之,州界清静,政化大行。时人歌之曰:"海沂之康……"　② 别驾:刺史的佐吏。此指王祥。

京都三明歌①

京都三明各有名,蔡氏②儒雅荀葛③清。

① 此首录自《晋书·诸葛恢传》:诸葛恢,字道明,琅珥阳都人也。……于时颍川荀闿字道明、陈留蔡谟字道明,与恢俱有名誉,号曰"中兴三明",人为之语曰:"京都三明……"　② 蔡氏:指蔡谟,博学儒士。　③ 荀葛:指荀闿和诸葛恢,皆为政清明。

谣辞

长安谣①

东海大鱼化为龙,男便为王女为公。问在何所洛门东。

① 此首录自《晋书·符生载记》:初,生梦大鱼食蒲,又长安谣曰:"东海大

鱼……"东海,苻坚封地,时为龙骧将军,第在洛门之东。生不知是坚,以谣梦之故,诛其侍中、太师、录尚书事鱼遵及其七子十孙。时又谣曰:"百里望空城,郁郁何青青。瞎儿不知法,仰不见天星。"于是悉坏诸空城以禳之。

琴曲歌辞

《乐府诗集》收录东晋乐府之琴曲歌辞凡二题五首,兹转录之。

宛 转 歌①（二首）

刘妙容②

其 一

月既明,西轩琴复清。寸心斗酒争芳夜,千秋万岁同一情。歌宛转,宛转凄以哀。愿为星与汉,光影共徘徊。

○ 此二首录自《乐府诗集》卷六〇。郭茂倩解云,一曰《神女宛转歌》。《续齐谐记》曰:"晋有王敬伯者,会稽余姚人。少好学,善鼓琴。年十八,仕于东宫,为卫佐。休假还乡,过吴,维舟中渚。登亭望月,怅然有怀,乃倚琴歌《泛露》之诗。俄闻户外有嗟赏声。见一女子,雅有容色,谓敬伯曰:'女郎悦君之琴,愿共抚之。'敬伯许焉。既而女郎至,姿质婉丽,绰有余态,从以二少女,一则向先至者。女郎乃抚琴挥弦,调韵哀雅,类今之登歌,曰:'古所谓《楚明君》也,唯嵇叔夜能为此声,自兹已来,传习数人而已。'复鼓琴,歌《迟风》之词,因叹息久之。乃命大婢酌酒,小婢弹箜篌,作《宛转歌》。女郎脱头上金钗,扣琴弦而和之,意韵繁谐,歌凡八曲。敬伯唯忆二曲。将去,留锦卧具、绣香囊,并佩一双,以遗敬伯。敬伯报以牙火笼、玉琴轸。女郎怅然不忍别,且曰:'深闺独处,十有六年矣。邂逅旅馆,尽平生之志,盖冥契,非人事也。'言竟便去。敬伯船至虎牢戍,吴令刘惠明者,有爱女早世,舟中亡卧具,于敬伯船获焉。敬伯具以告,果于帐中得火笼、琴轸。女郎名妙容,字雅华,大婢名春条,年二十许,小婢名桃枝,年十五,皆善弹箜篌及《宛转歌》,相继俱卒。"唐李端又有《王敬伯歌》,亦出于此。 ② 刘妙容(生卒年不详):传说是吴令刘惠明之女,字雅华,善鼓琴。死后十六年,月夜与会稽余姚王敬伯琴歌相娱,作《宛转歌》。

其 二

悲且伤,参差泪成①行。低红掩翠方无色,金徽玉轸为谁锵。歌宛转,宛转情复悲。愿为烟与雾,氛氲对容姿。

① 成:《乐府诗集》注"一作几"。

琴 歌①（二首）

赵 整②

其 一

昔闻盟津河③,千里作一曲。此水本自清,是谁乱使浊④?

① 此二首录自《乐府诗集》卷六〇。郭茂倩解引《晋书》曰:"苻坚末年,怠于为政,赵整援琴作歌二章以讽。"今按:此首于《诗纪》卷三六作《讽谏诗》。
② 赵整(生卒年不详):东晋文学家。一名正,字文业,前秦略阳清水(今属甘肃)人,一说济阴(今山东定陶西北)人。年十八,苻坚用为著作郎,后迁黄门侍郎、武威太守。苻坚死后,出家,更名道整。晚年曾致力于前秦史著述。 ③ 盟津河:《诗纪》作"孟津河"。 ④ 乱使浊:《诗纪》作"搅令浊"。

其 二

北园有枣①树,布叶垂重阴。名虽多②棘刺,内实有赤心。

① 枣:《诗纪》作"一"。 ② 多:《诗纪》作"饶"。

琴 歌①

赵 整

阿得脂,阿得脂②,博劳③旧父④是仇绥。尾长翼短不能飞,远徙种人留鲜卑,一旦缓急语阿谁⑤?

① 此首录自《乐府诗集》卷六〇。郭茂倩解引《晋书·苻坚载记》曰:"苻坚

分氏户于诸镇,赵整因侍,援琴而歌。坚笑而不纳。及败于姚苌,果如整言。"

② 阿得脂,阿得脂:《太平御览》卷九二三不重。　③ 博劳:鸟名,即"伯劳"。

④ 旧父:《太平御览》作"舅父"。　⑤ 语阿谁:《诗纪》注《通鉴》作当语谁"。

杂曲歌辞

大 道 曲^①

谢 尚^②

青阳二三月,柳青桃复红。车马不相识,音落黄埃中。

① 此首录自《乐府诗集》卷七五。郭茂倩解引《乐府广题》曰:"谢尚为镇西将军,尝着紫罗襦,据胡床,在市中佛国门楼上弹琵琶,作《大道曲》。市人不知是三公也。" ② 谢尚(308—357):东晋文人,玄学家。字仁祖。善音乐,博综众艺,王导器之,比之王戎,辟为椽,累迁历阳太守、中郎将。永和中,拜尚书仆射,出为豫州刺史。不久升为镇西将军,镇寿阳。制石声以备太乐,东晋有钟石之乐,自谢尚始。

合 欢 诗^①(五首)

杨 方^②

其 一

虎啸谷风起,龙跃景云浮。同声好相应,同气自相求。我情与子亲,譬如影追躯。食共同^③根穗,饮共连理杯,衣共^④双丝绢,寝共^⑤无缝裯;居愿接膝坐,行愿携手趋。子静我不动,子游我不^⑥留。齐彼^⑦同心鸟,譬彼比目鱼。情至断金石,胶漆未为牢。但愿长无别,合形作一躯。生为并身物,死为同棺灰。秦氏自言至,我情不可俦。

① 此五首录自《乐府诗集》卷七六。郭茂倩解引《乐府解题》曰:"《合欢诗》,

晋杨方所作也。言妇人谓虎啸风起,龙跃云浮,磁石引针,阳燧取(今按:《乐府诗集》作'改',据第二首诗句'阳燧飞炎烟'改)火,皆以同声相应,同气相求,我与君情(《乐府古题要解》作'我情与君'),亦犹形影宫商之不离也。常愿食共并根穗,饮共连理杯,衣供双丝绢,寝共无缝裯;坐必接膝,行必携手。如鸟同翼,如鱼比目,利断金石,密逾胶漆也。"今按:《古乐府》卷一〇此题下只录前二首。《诗纪》卷三二作"二首",后三首作《杂诗》。《乐府解题》述杨方《合欢诗》大意不涉及后三首,可见只前二首为《合欢诗》。后三首内容各异,与前二首皆不相关。《玉台新咏》卷三合此五首作"杨方《合欢诗》五首",《乐府诗集》从之,实有误。今依《乐府诗集》收录,待考。   ② 杨方(生卒年不详):字公回,晋会稽人。少微贱,好读书。元帝初,内史诸葛恢见而奇之,免其役,待以门人之礼,始为人所重。王导辟为掾属,转任东安太守,迁司徒,参军事。求补远郡,欲闲居著述,明帝太宁元年(323),补高梁太守。著《五经钩沈》、《吴越春秋削繁》。   ③ 同:《玉台新咏》作"并"。   ④ 共:《玉台新咏》作"用"。   ⑤ 共:《玉台新咏》注"一作用"。   ⑥ 不:《玉台新咏》作"无"。   ⑦ 彼:《玉台新咏》作"此"。下句"彼"同。

其　二

磁石引①长针,阳燧下炎烟。宫商声相和,心同自相亲。我情与子合,亦如影追身。寝共织成被,絮共②同功绵。暑摇比翼扇,寒坐并肩毡。子笑我必哂,子戚我无欢。来与子共迹,去与子同尘。齐彼蛩蛩③兽,举动不相捐。唯愿长无别,合形作一身。生有同室好,死成并棺民。徐氏自言至,我情不可陈。

① 引:《玉台新咏》作"招"。   ② 共:《玉台新咏》作"用"。   ③ 蛩蛩:古代传说中的异兽。《山海经·海外北经》:"(北海)有素兽焉,状如马,名曰蛩蛩。"

其　三

独坐空室中,愁有数千端。悲响答愁叹,哀涕应苦言①。彷徨四顾望,白日入西山。不睹佳人来,但见飞鸟还。飞鸟亦何乐,夕宿自作群。

① 言:《玉台新咏》注"一作心"。

其　四

飞黄衔长辔，翼翼回轻轮。俯涉渌水涧，仰过九层山。修途曲且险，秋草生两边。黄华如沓金，白花如散银。青敷罗翠采，绛葩像赤云。爰有承露枝，紫荣合素芬。扶疏垂^①清藻，布翘芳且鲜。且为艳采回，心为奇色旋。抚心悼孤客，俯仰还自怜。踟蹰向壁叹，揽笔作此文。

　① 疏垂:《乐府诗集》作"路重"，据《玉台新咏》改。

其　五

南邻^①有奇树，承春挺素华。丰翘被长条，绿叶蔽朱柯。因风吹^②微^③音，芳气入紫霞。我心羡此木，愿徙著予家。夕得游其下，朝得弄其葩。尔根深且坚^④，予宅浅且洿。移植良无期，叹^⑤息将如何。

　① 南邻:《玉台新咏》注"一作南林"。　② 吹:《玉台新咏》作"吐。"　③ 微:《玉台新咏》注"一作徽"。　④ 坚:《艺文类聚》卷八作"固"。　⑤ 叹:《乐府诗集》作"欲"，据《艺文类聚》改。

郊庙歌辞

晋江左宗庙歌①（十一首）

曹毗②

歌高祖宣皇帝③

於赫高祖，德协灵符。应运拨乱，厘整天衢。勋格宇宙，化动八区。肃以典刑，陶以玄珠。神石吐瑞，灵芝自敷。肇基天命，道均唐虞。

① 此十三首录自《乐府诗集》卷八。并参考逯钦立《先秦汉魏晋南北朝诗》卷一九。逯钦立解引《晋书·乐志》曰："永嘉之乱，海内分崩，伶官乐器，皆没于刘、石。江左初立宗庙，以无雅乐器及伶人，省太乐并鼓吹令。是后颇得登歌，食举之乐，犹有未备。明帝又诏阮孚等增益之。成帝复置太乐官，鸠集遗逸，而尚未有金石也。庾亮为荆州，与谢尚修复雅乐，未具而亮薨。及慕容儁平冉闵，邺下乐人颇有来者。永和十一年，谢尚镇寿阳，采拾乐人，以备太乐，并制石磬，雅乐颇具。太元中，破苻坚，获其乐工杨蜀等，闲习旧乐，于是四厢金石始备，使曹毗、王珣等增造宗庙歌诗，然郊祀遂不设乐。"今按：兹依逯氏辑录体例而录之。

② 曹毗（生卒年不详）：东晋诗人、辞赋家。字辅佐，曹休玄孙。少好文籍，善属词赋，历任著作郎、尚书郎、镇东大将军从事中郎、下邳内史。太和、咸安间，作《宗庙歌》。迁中书郎、左卫将军，官至光禄勋卒。　③ 宣皇帝：司马炎建晋时，追尊司马懿为晋高祖宣皇帝。

歌世宗景皇帝①

景皇承运，纂隆洪绪。皇维重抗，天晖再举。蠢矣二寇，扰我扬楚。乃整元戎，以膏齐斧。叠叠神算，赫赫王旅。鲸鲵既平，功冠帝宇。

① 司马炎建晋时，追尊司马师为世宗景皇帝。

歌太祖文皇帝①

太祖齐圣,王猷诞融。仁教四塞,天基累崇。皇室多难,严清紫宫。威厉秋霜,惠过春风。平蜀夷楚,以文以戎。奄有参墟,声流无穷。

① 司马炎建晋时,追尊司马昭为太祖文皇帝。

歌世祖武皇帝①

於穆武皇,允龚钦明。应期登禅,龙飞紫庭。百揆时序,听断以情。殊域既宾,伪吴亦平。晨流甘露,宵映朗星。野有击壤,路垂颂声。

① 世祖武皇帝:即西晋武帝司马炎。

歌中宗元皇帝①

运屯百六,天罗解贯。元皇②勃兴,网笼江汉。仰齐七政,俯平祸乱。化若风行,泽犹雨散。沦光更耀,金辉复焕。德冠千载,蔚有余粲。

① 中宗元皇帝:即东晋元帝司马睿。 ② 元皇:指开国皇帝。

歌肃宗明皇帝①

明明肃祖,阐弘帝祚。英风凤发,清晖载路。奸逆纵忒,罔式皇度。躬振朱旗,遂豁天步。宏猷渊塞,高罗云布。品物咸宁,洪基永固。

① 肃宗明皇帝:东晋明帝司马绍。

歌显宗成皇帝①

於休显宗,道泽玄播。式宣德音,畅物以和。迈德蹈仁,匪礼弗过。敷以纯风,濯以清波。连理映阜,鸣凤栖柯。同规放勋,义盖山河。

① 显宗成皇帝:即东晋成帝司马衍。

歌康皇帝①

康皇穆穆,仰嗣洪德。为而不宰,雅音四塞。闭邪②以诚,镇物以默。威静区宇,道宣邦国。

① 康皇帝:即东晋康帝司马岳。　② 闭邪:疑当作"闲邪"。《易·乾·文言》:"闲邪存其诚。"

歌孝宗穆皇帝①

孝宗夙哲,休音允臧。如彼晨离,曜景扶桑。垂训华幄,流润八荒。幽赞玄妙,爰该典章。西平僭蜀,北静旧疆。高猷远畅,朝有遗芳。

① 孝宗穆皇帝:即东晋穆帝司马聃。

歌哀皇帝①

於穆哀皇,圣心虚远。雅好玄古,大庭是践。道尚无为,治存易简。化若风行,民犹草偃。虽曰登遐,徽音弥阐。愔愔《云》《韶》,尽美尽善。

① 哀皇帝:即东晋哀帝司马丕。

四时祠祀歌

肃肃清庙,巍巍圣功。万国来宾,礼仪有容。钟鼓振,金石熙。宣①兆祚,武开基。神斯乐兮。理管弦,有来斯和。说功德,吐清歌。神斯乐兮。洋洋玄化,润被九壤。民无不悦,道无不往。礼有仪,乐有式。咏九功,永无极。神斯乐兮。

① 宣:指晋宣帝司马懿。

歌太宗简文皇帝①

王　珣②

皇矣简文,於昭于天。灵明若神,周淡如渊。冲应其来,实与其迁。亹亹心化,日用不言。易而有亲,简而可传。观流弥远,求本逾玄。

① 太宗简文皇帝:即东晋司马昱。　② 王珣(349—400):东晋诗人,书法家。字元琊,琅邪临沂(今属山东)人,王导孙。初为桓温幕掾、主簿,为温所信任。后迁给事黄门侍郎,转吴国内史。以才学文章受知于孝武帝,征为尚书右仆

射,领吏部,累官散骑常侍。今存文十一篇,宗庙歌诗二首。

歌烈宗孝武皇帝①

王 珣

天鉴有晋,钦哉烈宗。同规文考,玄默允恭②。威而不猛,约而能通。神钲一震,九域来同。道积淮海,雅颂自东。气陶淳③露,化协时雍。

① 烈宗孝武皇帝:即东晋孝武帝司马曜。 ② 恭:《乐府诗集》作"龚",据《晋书》改。 ③ 淳:《晋书》作"醇"。